해동소학

海東小學

해동소학

초판 1쇄 인쇄 2018년 8월 2일
초판 1쇄 발행 2018년 8월 7일

엮은이 김한진
펴낸이 김진남
펴낸곳 배영사

등 록 제2017-000003호
주 소 경기도 고양시 일산서구 구산동 1-1
전 화 031-924-0479
팩 스 031-921-0442
이메일 baeyoungsa3467@naver.com

ISBN 979-11-960665-8-1 (03810)
잘못 만들어진 책은 바꾸어 드립니다.

정가 18,000원

해동소학

海東小學

김한진 엮음

배영사

'해동소학'은 '우리나라 소학'이란 뜻으로, 원래 이름은 '해동속소학'이지만 우리에게는 '해동소학'이란 이름으로 더 많이 알려져 있습니다.

이 책을 엮은 사람은 조선 말기 고종 때의 경상도 학자인 박재형이란 선비입니다. 그는 청소년들을 위하여 우리 조상들의 말씀과 행실 가운데에서 그 본보기가 될 만한 것들을 뽑아 우리말로 옮겨놓는 작업을 해야 하겠다고 생각하였던 것 같습니다. 그는 점차 사라져 가는 우리나라의 아름다운 풍속과 조상들의 훌륭한 업적이 기록되지 못하는 것을 보고 매우 안타깝게 여겼던 것 같습니다.

그래서 우리나라 청소년들의 마음가짐과 몸가짐을 닦고 공부하는데 기틀을 잡아주기 위해 그들을 위한 책을 만들었는데 이 책이 바로 '해동소학'입니다.

'해동소학'은 중국 송나라 때의 학자인 주자(朱子)가 엮은 '소학'의 체재를 본떠 그대로 만들었으며, 1884년에 간행된 것으로 되어 있습니다. 그 내용을 살펴보면, 올바른 교육을 확립한다는 입교(立敎). 인간의 윤리를 밝힌다는 명륜(明倫). 몸가짐을 조심한다는 경신(敬身). 조상의 훌륭한 업적을 살

펴본다는 계고(稽古), 아름다운 말씀을 모은 가언(嘉言), 훌륭한 행실을 모은 선행(善行)의 여섯 편으로 나누어져 있습니다.

입교·명륜·경신편에는 사람이면 당연히 해야 할 일 및 몸과 마음을 닦는 방법을 수록하고 있고, 계고편에서는 삼국시대에서부터 고려 말기까지의 훌륭한 인물들의 언행과 사적을 뽑아서 입교·명륜·경신의 내용을 증명하였습니다. 그리고 가언과 선행편은 조상들의 훌륭한 말씀과 모범이 될 만한 착한 행실을 역시 입교·명륜·경신의 순서대로 엮은 것입니다.

'해동소학'은 오래된 고전은 아니지만 그 내용은 오랜 옛날부터 우리 조상들의 훌륭한 업적과 행실을 여러 면으로 가려서 엮은 책이므로 우리가 모두 본받아야 된다는 점에서 무척 귀하고 가치가 있는 책이라 할 것입니다. 모쪼록 우리 조상들의 참된 가르침과 행실을 접하여 올바르게 살아갈 수 있는 방법과 도리를 깨닫게 되었으면 합니다.

엮은이 김한진

차례

주자가 옛사람의 아름다운 말씀과 훌륭한 행실을 뽑아 '소학'을 편찬하니, 천하가 이것을 숭상하고 있다. 우리 해동은 기자가 교화를 편 아래로 예악과 문물이 중화와 비견되고 현자들이 수없이 배출되었으며, 온갖 문물이 중국과 비견할 만하고 어진 성현이 많이 나왔으나, 주자 같은 분이 세상에 나오지 않아 우리나라 사람들의 격언과 훌륭한 행실이 '소학' 책에 편입되지 못하니, 나는 이 때문에 매우 서글퍼하였다. 이에 내가 또한 스스로 옛 사람의 언행을 뽑되 그 규모와 범례를 한결같이 '소학'을 따르고 '해동속소학'이라 제목하였다.

　　손님 중에 이를 힐난하는 자가 있어 "주자는 대현이니, 주자라면 좋겠지만 자네가 감히 이러한 일을 하니, 분수에 넘치지 않는가." 하였다. 이에 나는 얼굴을 찌푸리고 대답하기를 "내 일찍이 이퇴계 선생에게 들으니, 농부가 뽕나무와 삼을 가꾸는 것을 말하고, 목수가 먹줄과 먹통을 말하는 것은 각기 자기 직분에 떳떳한 일인데, 세상에서는 농부를 나무라기를 '이는 참람하게 신농씨(神農氏)가 되려는 것이다' 하고, 목수를 나무라기를 '이는 외람되게 공수자(公輸子)가 되려는 것이다' 라고 하니, 신농씨와 공수자의 경지에는 진실로 쉽게 다다를 수 없으나 이것을 버리면 또 어떻게 농부와 목수의 일을 배우겠는가 하셨다. 이제 나는 주자를 배우는 자이니, 농부로서 신농씨를 배우고 공인으로서 공수자를 배우는 것에 가깝지 않겠는가. 자네는 어찌 이것을 나무라는가." 하였다. 이에 손님은 "옳다 옳다." 하고 물러가므로, 나는 이것을 써서 스스로 속죄하는 바이다.

- 임오년(1882) 하지에 해동의 후학 박재형 쓰다

제1장

立教

입교

제1장

立教 입교

입교(立教)는 올바른 교육을 확립한다는 뜻으로 우리 선현들의 교육적인 말씀을 뽑아 첫 번째 편으로 만들었다. 이는 교육이 인간형성의 첫걸음이 되기 때문이다.

擊蒙要訣曰 "生子, 自稱有知識時, 嘗導之以善, 若幼而不教, 至於卽長, 則習非放心, 教之甚難, 教之之序, 當依小學."

격몽요결왈 "생자, 자초유지식시, 상도지이선, 약유이불교, 지어즉장, 즉습비방심, 교지심난, 교지지서, 당의소학."

격몽요결에서 말하였다.

"자식을 낳아서 그 아이가 차츰 자라서 사물의 이치를 알 때부터는 마땅히 착한 행동을 하도록 인도하여야 한다. 만약 어려서부터 바르게 가르치지 않다가 나쁜 것을 배우게 되면 장성한 다음에는 바르게 가르치기 매우 어렵게 되는 것이다. 또한 가르치는 차례는 마땅히 '소학'에 따라야 한다."

一蠹先生 鄭文獻公汝昌, 少時嗜酒, 一日, 與友人痛飮, 醉倒曠野, 經宿而返, 母夫人責曰 "爾父旣沒, 未亡人所賴者, 惟爾也, 今爾如此, 吾誰賴乎?" 先生深自刻厲, 酒禮更不接口.

일두선생 정문헌공여창, 소시기주, 일일, 여우인통음, 취도광야, 경숙이반, 모부인책왈 "이부기몰, 미망인소뇌자, 유이야, 금이여차, 오수뇌호?" 선생심자각려, 주례경불접구.

－〈見圃樵雜錄(견포초잡록)〉

문헌공 일두 정여창 선생이 젊었을 때에 술 마시기를 좋아하였는데, 그는 어느 날 하루는 친구들과 함께 술을 많이 마시고 취하여 쓰러져 들판에서 하룻밤을 새우고 다음날 아침 집으로 돌아왔다. 그러자 어머니께서 꾸짖으며 이렇게 말하였다.

"너의 아버지가 이미 돌아가셨으므로 내가 의지할 것은 오직 너뿐인데, 지금 네가 이와 같은 짓을 하니 나는 누구를 의지하고 산다는 말이냐?"

라고 하였다. 어머니의 이런 말씀에 선생은 스스로 깊이 반성하고 다시는 술을 입에 대지 않았다.

東皐李忠定公 浚慶母夫人申氏, 常戒曰 "寡婦之子, 人
不與交, 必十倍勤學, 以毋壁舊服."

동고이충정공 준경모부인신씨, 상계왈 "과부지자, 인불여교, 필십배근
학, 이무벽구복."

- 〈見南冥師友錄(견남명사우록)〉

충정공 동고 이준경의 어머니 신씨 부인은 항상 이렇게 아들을 훈계
하였다.

"과부의 자식은 사람들이 사귀려 하지 않으니, 반드시 남보다 열 배
를 더 부지런히 공부하여 우리의 가풍을 떨어뜨리지 말도록 하라."
라고 하였다.

私淑齋訓子說曰 "夫父之於子, 猶農夫之於嘉穀, 養穀不
成, 終罹餓餒之患, 敎子無成, 竟致孤危之禍, 其糞壤耘
耨之法, 訓誨翼勵之方, 曷嘗少弛於心?"

사숙재훈자설왈 "부부지어자, 유농부지어가곡, 양곡불성, 종리아뇌지
환, 교자무성, 경치고위지화, 기분괴운누지법, 훈회익여지방, 갈상소
이어심?"

"篆養子弟, 日見父兄亨富貴, 意以爲人皆如此, 彼安知
今日綺紈之輕暖, 乃前日鸝疎之儉? 今日膏粱之軟美,
乃前世鸝疎之積 歟? 不知其源, 何能有爲?"

"환양자제, 일견부형형부귀, 의이위인개여차, 피안지금일기환지경난,
내전일추소지검? 금일고량지연미. 내전세추소지적 여? 부지기원, 하

능유위?"

'사숙재 훈자설'에 다음과 같이 말하였다.

"대체로 부모가 자식을 가르치는 것은 농부가 곡식을 가꾸는 것과 같은 것이다. 농부가 농사를 잘 짓지 못하면 마침내 굶주리는 어려움을 당하게 되고, 부모가 자식을 잘 가르치지 못하면 마침내 위태로운 화를 당하게 된다. 그러므로 농부가 부지런히 곡식에 거름을 주고 김을 매어 옥토로 만드는 일과 부모가 자식을 가르치고 훈계하여 모든 일에 힘쓰게 하는 방법을 어찌 조금이라도 마음 속에서 잊어 버리겠는가?"

양반집 어린 아이들은 날마다 그 부모들이 높은 지위를 누리고 풍족하게 생활하는 것을 보고는 남들도 다 이와 같이 잘 산다고 생각하게 된다. 저들이 어떻게 오늘날 가볍고 따뜻한 비단옷을 입는 것이, 곧 지난날 거친 옷을 입고 검소하게 생활하였기 때문이며, 오늘날 기름지고 맛있는 음식을 먹는 것이 곧 지난날 거친 옷을 입고 검소하게 생활하여 쌓아 올린 보람인 것을 알 것인가? 그 근원을 알지 못한다면 그들이 어떻게 보람 있는 일을 할 수 있겠는가?"

退溪先生曰 "古者鄕大夫之職, 導之以德行道藝, 而糾之以不率之刑, 爲士者, 亦必修於家, 著於鄕而後, 得以賓興於國, 孝悌忠信, 人道之大本, 而家與鄕黨, 實其所行之地也, 先王之教, 以是爲重, 故, 立法如是, 至於後世, 法制雖廢, 而彝倫之則, 固自若也, 惡可不酌古今之宜, 而爲之勸懲也哉?"

퇴계선생왈 "고자향대부지직, 도지이덕행도예, 이규지이불솔지형, 위

사자, 역필수어가, 저어향이후, 득이빈홍어국, 효제충신, 인도지대본,
이가여향당, 실기소행지지야, 선왕지교, 이시위중, 고, 입법여시, 지어
후세, 법제수폐, 이이윤지즉, 고자약야, 오가불작고금지의, 이위지권
징야재?"

- 〈見退溪集(견퇴계집)〉

퇴계 이황 선생이 말씀하였다.

"옛날 '향대부'*의 직분은 아래 사람들을 훌륭한 행동과 바른 행실과
바른 학예로써 인도하고, 이에 따르지 않는 자들을 형벌로 바로잡았으
며, 선비가 된 자들도 집에서 행실을 닦아 시골에 이름이 드러난 뒤에
야 서울에 손님의 예로 천거될 수 있었다. 효도·공경·충성·믿음은
사람으로서 행할 올바른 도리의 근본이고, 가정과 마을은 실로 그런 행
실을 실행하는 곳이다. 선왕의 가르침은 이를 중시하였기 때문에 법을
제정함이 이와 같았는데 후세에 이르게 하였는데, 이 법은 비록 폐하였
다 하더라도 사람으로서 행하여야 할 올바른 법칙은 그대로 있으니, 어
찌 가히 고금을 통하여 마땅한 근본 도리를 위하여 권하고 징계해야할
일을 짐작하지 못하겠는가?"

退溪先生, 論四學諸生曰 "國家設學而養士, 其意甚隆,
師生之間, 尤當以體義相先, 師嚴生敬, 各盡其道, 自今
諸生, 凡日用飮食, 無不周旅於禮義之中, 惟務相飭勵,
灑濯舊習, 推入事父兄之心, 爲出事長上之禮, 內主忠

---

*향대부 : 주나라 때 지방장관.

信, 外行遜悌, 以副國家右文興學設校養士之意."

퇴계선생, 유서학제생왈 "국가건학이양사, 기의심융, 사생지간, 우당
이체의상선, 사엄생경, 각진기도, 자금제생, 범일용음식, 무불주어
예의지중, 유무상칙려, 쇄탁구습, 추입사부형지심, 위출사장상지예,
내주충신, 외행손제, 이부국가우문흥학설교양사지의."

퇴계 선생이 '사학'*의 학생들에게 다음과 같이 훈시하였다.

"국가가 학교를 설치하고, 선비를 기르는 그 뜻은 매우 큰 것이니, 스
승과 학생의 사이는 마땅히 예절과 의리로 서로 존중하며 스승은 엄격
하고 학생은 공경하여 각각 그 맡은 도리를 다하여야 한다. 지금부터
여러 학생은 일상 음식 생활을 예절과 의리에 맞도록 주선하지 않는 일
이 없어야 하며, 서로 경계하고 격려하여 낡은 습관을 깨끗이 씻어 버
리는 데 힘쓰고, 집안에 들어와서는 부모 형제를 섬기는 마음을 갖추고
나아가서는 어른을 섬기는 예절을 다하며, 안으로는 충성과 믿음을 으
뜸으로 하고, 밖으로는 공손과 공경을 실행하여 국가가 글을 숭상하고
학문을 일으키고 학교를 설치하고 선비를 양성하는 뜻에 부응하도록
하라."

**重峯 趙文烈憲, 上疏曰 "竊見山海關以西, 村立鄕約所,
皆高皇帝所定之敎也, 父子兄弟, 雖多異爨, 而不忍分
門割戶, 如遇正至生日, 雖一間少屋之人, 必以四拜禮,
賀于尊長, 族人有喪, 則男女長幼, 俱以白衣巾, 終其月**

＊사학 : 조선시대에 나라에서 인재를 기르기 위해 사원의 네 곳에 세운 교육 기관.

數, 四歲童子, 亦能作揖, 廝夫走卒, 亦一無斂髮之不正者, 我國, 本以禮義之邦, 民心日漓, 紀綱板蕩, 聞之故老, 己卯歲, 寧邊民, 有貧不能養其父, 而棄之壑者, 聞鄕約之書, 降自朝廷, 卽日迎歸, 而竭力以養焉, 若此不已, 則其何以不爲善俗乎?"

중봉 조문열헌, 상소왈 "절견산해관이서, 촌립향약소, 개고황제소정지교야, 부자형제, 수다이찬, 이불인분문할호, 여우정지생일, 수일문소옥지인, 필이서배례, 하우존장, 족인유상, 즉남녀장유, 구이백의건, 종기월수, 사세동자, 역능작읍, 시부주졸, 역일무염발지부정자, 아국, 본이예의지방, 민심일리, 기강판탕, 문지고로, 기묘세, 영변민, 유빈불능양기부, 이기지학자, 문향약지서, 강자조정, 즉일영귀, 이갈역이양언, 약기불이, 즉기하이불위선속호?"

문열공 중봉 조헌이 다음과 같이 상소하였다.

"가만히 '산해관'*에 엎드려 살펴보오니, 서쪽 중국에는 마을마다 향약소를 세웠는데, 이는 다 고황제가 정한 가르침이었습니다. 부자 형제는 비록 따로 식사하는 사람은 많다고 하더라도 차마 따로 갈라져 살지 않았으며, 만약 설이나 동지 또는 생일을 만나면 비록 한 가문이라도 작은 집의 사람들은 반드시 네 번 절하는 예로써 웃어른에게 하례합니다. 그리고 한 집안 사람이 죽는 일이 생기면 남자와 여자, 어른과 어린이 할 것이 없이 다함께 흰 옷을 입고 흰 건을 쓰고 상복을 입는 기간을 마쳤으며, 네 살 먹은 어린 아이도 역시 절을 할 줄 알고, 마부와 심부름하는 사람들 또한 역시 하나도 몸가짐이 바르지 않는 사람은 없었

---

*산해관 : 중국 만리장성의 동쪽 끝에 자리하고 있는 중요한 관문의 하나.

습니다.

　우리 나라는 본래 예절과 의리가 바른 나라이오나 백성들의 마음이 날로 엷어지고 기강이 어지러워 졌습니다. 나이 많은 어른에게 들은 일입니다만 기묘년에 영변 백성으로서 집안이 가난하여 그의 아버지를 봉양할 수가 없어서 산골짝에 내다버린 사람이 있었는데, '향약'*의 책이 조정으로부터 내리자 그는 곧 그 아버지를 다시 모시고 돌아와서 힘을 다하여 봉양하였다는 말을 들었습니다. 만약 이와 같은 일을 이어지지 않으면 그 어찌 좋은 풍속이 만들어지지 않겠습니까?"

> 周愼齋先生世鵬, 與人書曰 "切切勉進, 勿暫刻弛過, 若謂有來日, 便不得進步, 來日又來日, 吾之白髮, 積來日得之, 痛悔無及."

> 주신재선생세붕, 여인서왈 "절절면진, 물잠각이과, 약위유내일, 편불득진보, 내일우내일, 오지백발, 적래일득지, 통회무급."

　신재 주세붕 선생이 남에게 보낸 편지에 다음과 같이 말하였다.

　"학문을 하는 사람은 글의 뜻을 깊이 연구하고 진정한 마음으로 힘써 나아가야 하며, 잠시라도 헛된 시간을 가져서는 안 된다. 만약에 오늘 못한다면 내일 해야지 하는 생각을 한다면 마침내 자기 발전은 없을 것이다. 내일 또 내일 하는 사이에 나의 백발이 더 늘어나기만 할 것이니, 그때 가서 크게 뉘우쳐도 소용없을 것이다."

---

* 향약 : 조선시대 향촌 사회의 자치규약.

退溪先生, 與子寯書曰 "三冬長夜, 勤苦讀書, 今不勤苦
做業, 隙駒光陰, 一去難追, 千萬刻念, 毋忽毋忽."

퇴계선생, 여자준서왈 "삼동장야, 근고독서, 금불근고주업, 극사광음,
일거난추, 천만각념, 무홀무홀"

퇴계 이황은 참된 삶을 찾는 길은 학문을 게을리 하지 않는 것이라고
아들 준에게 당부하는 마음을 다음과 같은 편지를 썼다.

"겨울 석 달 동안의 긴긴 밤에 부지런히 공부를 해라. 너는 지금 부지
런히 공부하지 않으면, 화살처럼 빠른 세월은 한 번 가 버리면 쫓아가
기 어렵다. 그러므로 천만 번 명심하여 소홀히 하지 말아라."

人有質問, 雖淺近說話, 必留少間而答之, 未嘗應聲而對.

인유질문, 수천근설화, 필유소간이답지, 미상응성이대.

– 〈見退陶言行錄(견퇴도언행록)〉

퇴계 선생은 남이 묻는 일이 있으면 그 사실이 비록 그다지 중요하지
않은 이야기라 하더라도 반드시 좀 사이를 두고서 대답할 것이지, 묻는
소리가 떨어지자마자 즉시 대답하는 적이 없으셨다.

裵敎官紳, 號洛川, 戒門生曰 "勤苦, 有無限好味, 乘肥
衣輕, 非學者事, 汝於勤苦氣味最欠, 雖有美質, 不能長
進, 吾嘗爲汝憂之. 又曰 "蕩心伐性, 無如酒色, 然, 酒
之欲輕, 猶可易制, 男女之情, 大欲所在, 其害尤重, 避
色如避寇, 方可以有爲, 汝曹宜戒之."

배교관신, 호낙천, 계문생왈 "근고, 유무한호미, 승비의경, 비학자사, 여어근고기미최흠, 수유미질, 불능장진, 오상위여우지. 우왈 "탕심벌성, 무여주색, 연, 주지욕경, 유가이제, 남녀지정, 대욕소재, 기해우중, 피색여피구, 방가이유위, 여조의계지."

- 〈見南冥師友錄(견남명사우록)〉

교관 배신은 호가 낙천인데 그의 제자들에게 다음과 같이 경계하여 말하였다.

"부지런히 힘써서 공부를 하다 보면 무엇이라고 표현할 수 없는 재미가 있다. 맛이 있는 음식을 좋아하고, 살찐 말을 타고 좋은 비단옷을 입기를 좋아하는 것은 공부하는 사람이 할 일이 아니다. 너희들은 부지런히 노력하는 끈기가 부족해서, 비록 좋은 자질을 가졌다 하더라도 학업이 크게 발전할 수 없을 것 같아 나는 늘 이 점을 염려한다."

그는 또 다음과 같이 말하였다.

"마음을 방탕하게 하고 성품을 해치는 것 가운데 술과 이성에 대한 생각보다 더 나쁜 것이 없다. 그러나 술을 마시고 싶어 하는 욕심은 가벼워서 오히려 쉽게 제어할 수 있지만, 남녀의 애정은 쉽게 제어할 수 없어서 그 해로움이 더욱 크다. 그러므로 이성에 대한 욕심을 피하기를 도적을 피하듯 해야 올바른 공부를 할 수 있다. 너희들은 이 점을 명심해야 한다."

成大谷運曰 "志先立, 而行隨之, 須將鼓舞振作四箇字, 常自激昂, 委靡偸惰者, 雖有美質, 決無有成之理."

성대곡운왈 "지선입, 이행수지, 수장고무진작사개자, 상자격앙, 위미

투타자, 수유미질, 결무유성지리."

- 〈見南冥師友錄(견남명사우록)〉

대곡 성운이 말하였다.

"사람은 뜻이 먼저 서고 나서 행실이 따르는 것이니, 모름지기 '고무
진작'*이란 네 글자를 가지고 항상 스스로 격려하여야 한다. 나약하게
쓰러지고 경박하고 게으른 자는 비록 좋은 자질이 있더라도 결코 성공
하지 못한다."

權晚悔得己曰 "問學之道, 無他, 只心要無一毫虛僞, 事
要求一箇是而己."

권만회득기왈 "문학지도, 무타, 지심요무일호허위, 사요구일개시이이."

- 〈見炭翁集(견탄옹집)〉

만회 권득기가 말씀하였다.

"모르는 것을 물어 배우는 방법은 다름 아니라. 다만 마음에 털끝만큼
의 거짓이 없어야 하며, 일이란 꼭 하나의 옳음을 찾아야 할 따름이다."

河西先生 金文正公 麟厚嘗謂, "學者爲學, 亦必時時體
認浴沂庭翠底意思, 方能少進耳."

하서선생 김문정공 인후상위, "학자위학, 역필시시체인욕기정취저의
사, 방능소진이."

＊고무진작 : 사람들의 마음을 부추겨 크게 기운을 일으키게 만든다는 말.

문정공 하서 김인후 선생이 일찍이 학자들에게 다음과 같이 말씀하였다.

"학자가 학문을 할 때에는 반드시 명예와 이익을 잊고 환경에 따라 아무런 불평이 없이 공부하는 마음을 가슴속 깊이 체득하여야 비로소 발전할 수 있을 것이다."

南冥先生 曺文貞公植曰 "沈潛底人, 須剛克做事, 天地之氣剛, 故, 不論甚事, 皆透過."

남명선생 조문정공식왈 "심잠저인, 수강극주사, 천지지기강, 고, 불논심사, 개투과."

문정공 남명 조식 선생이 말씀하였다.

"차분한 성질을 가진 사람은 모름지기 굳건한 기운으로 그 성품을 이겨내며 모든 일을 처리해 나간다. 하늘과 땅의 기운은 굳센 까닭으로 아무리 어려운 일이라도 말할 것 없이 다 거리낌 없이 통과해 낼 수 있는 것이다."

晦齋先生嘗謂, "道備於吾性, 而其說, 具在方冊, 苟能篤志, 無不得之理."

회재선생상위, "도비어오성, 이기설, 구재방책, 구능독지, 무불득지리."
　　　　　　　　　　　　　　　　　　　　　－〈見退溪集(견퇴계집)〉

회재 이언적 선생이 일찍이 다음과 같이 말씀하였다.

"도는 내 성품에서 갖추어지고, 그 학설은 다 책에 갖추어져 있는 것이니, 진실로 그 뜻을 굳건하게 가진다면 그 참된 이치를 터득하지 못할 까닭이 없을 것이다."

退溪先生曰 "學者以其孳孳嚮道之誠, 易其汲汲馳外之心, 本之於性分, 而求之於方冊, 則凡古聖賢一言一行, 皆可自法."

퇴계선생왈 "학자이기자자향도지성, 역기급급치외지심, 본지어성분, 이구지어방책, 즉범고성현일언일행, 개가자법."

퇴계 선생이 말씀하였다.

"배우는 자는 그 부지런히 올바른 도리로 향하는 정성으로써 급하게 밖으로 달리는 마음을 바꾸며, 그 어진 성품에 뿌리를 박고 그 참된 진리를 책에서 방법을 찾는다면, 무릇 옛날 성현의 한 마디 말이나 한 가지 행실을 다 스스로 본받을 수 있게 될 것이다."

趙文孝公翼曰 "朱子釋經, 可謂盡矣." 猶有曰 "不盡釋云者, 欲因其所釋而求之, 以及於其所未釋, 此誠先賢之所望於後學者也."

조문효공익왈 "주자석경, 가위진의." 유유왈 "불진석운자, 욕인기소석이구지, 이급어기소미석, 차성선현지소망어후학자야."

– 〈見浦渚集(견포저집)〉

문효공 조익이 말씀하였다.

"주자가 경전을 풀이한 것은 과연 잘 되었다고 이를 만한 것이다. 그래도 그가 다 풀이하지 않았다고 말한 까닭은 그 풀이한 것에 따라서 더 참된 진리를 찾아내고, 그 풀이 하지 못한 것을 더 잘 풀이하도록 하는 데 이르게 하려고 한 것이니, 이는 실로 선현이 후학들에게 바라는 바였다고 할 것이다."

漢陰 李文翼公德馨, 訓子弟帖曰 "濂溪周先生, 自少信古, 好以名節自砥礪, 奉己甚約, 俸祿悉以周宗族及分司而歸, 妻子餰粥, 或不給, 而亦曠然不以爲意, 襟懷飄灑, 雅有高趣, 尤樂佳山水, 遇適意處, 或徜徉終日." 黃山谷曰 "茂叔, 人品甚高, 胸中灑落, 如光風霽月."

한음 이문익공덕형, 훈자제첩왈 "염계주선생, 자소신고, 호이명절자지려, 봉기심약, 봉록실이주종족급분사이귀, 처자전죽, 혹불급, 이역광연불이위의, 금회표쇄, 아유고취, 우요가산수, 우적의처, 혹상양종일." 황산곡왈 "무숙, 인품심고, 흉중쇄락, 여광풍제월."

문익공 한음 이덕형이 자제를 훈계하는 문서에 이런 말들을 하였다. "'주염계'* 선생은 젊어서부터 옛 것을 믿고 명예와 절조를 좋아하여 스스로 학문과 품성을 수양하고 자기를 받드는 데는 항상 검소하고 절약하며, 봉록은 모두 일가 친척을 구제하는 데 썼다. 가정에 돌아와서는 처자와 죽을 쑤어 먹었고, 때로는 생활비를 내주지 않고서도 역시 태연하여 마음 속으로 걱정하지 않았으며, 마음씨가 아름답고 아담하고 고상하였으며, 더욱 아름다운 산수를 좋아하여 뜻에 맞는 곳을 보면

---

*주염계 : 송나라의 성리학자.

하루 종일 거닐곤 하였다."

'황산곡'*은 "'주염계'의 인품을 매우 고상하고 마음속이 탁 틔어 시원스럽고 쾌활하다."라고 말하였다.

> 明道程先生, 姿稟旣異, 充養有道. 寬而有制, 和而不流,
> 視其色, 接物也如陽春之溫, 聽其言, 入人也如時雨之
> 潤, 其行己, 內主於敬, 而行之以恕, 敎人而人易從, 怒
> 人而人不怨, 賢愚善惡, 咸得其心, 終日怡悅, 未嘗見忿
> 厲之容.

> 명도정선생, 자품기이, 충양유도. 관이유제, 화이불류, 시기색, 접물야
> 여양춘지온, 청기언, 입인야여시우지간, 기행기, 내주어경, 이행지이
> 서, 교인이인역종, 노인이인불노, 현우선악, 함득기심, 종일이열, 미상
> 견분려지용.

'정명도'** 선생은 용모와 성품이 남다르게 살았다.

그는 충분한 교양으로 도덕적인 소양을 몸에 갖췄으며, 모든 일에 너그러우면서도 법도가 있으며, 부드러우면서도 사치스럽지 않았다. 그가 사물을 보고 만물을 대접하는 것은 따뜻한 봄날의 온기와 같이 부드럽고, 그 말을 듣고 남을 이해하는 것은 비 오는 때의 윤기와 같이 빛나며, 그 몸가짐은 안으로는 공경을 으뜸으로 하여 이를 실행하며, 너그럽게 용서하라는 뜻으로 남을 가르쳐도 사람들은 쉽게 따르고, 남을 꾸짖어도 사람들은 원망하지 않았다. 그는 어질고 어리석고 착하고 악한

＊황산곡 : 송나라 때 시인 황정견(黃庭堅).
＊＊정명도 : 중국 송나라의 도학자.

도리를 다 그 마음속에 체득해서 종일토록 기쁘고 즐겁게 보내어 일찍이 성내는 얼굴을 보지 못하였다.

> 伊川程先生, 學本於至誠, 其見於言動, 事爲之間者, 疏通簡易, 不爲矯異, 不爲狷介, 寬猛合宜, 莊重有體, 先大夫太中年老, 左右致養無違, 以家事自任, 悉力營判, 雖細事, 必親瞻給, 內外親族八十餘人, 其敎人, 以居敬窮理爲主,
>
> 이천정선생, 학본어지성, 기현어언동, 사위지간자, 소통간역, 불위교이, 불위견개, 관맹합의, 장중유체, 선대부태중연노, 좌우치양무위, 이가사자임, 실력영판, 수세사, 필친섬급, 내외친족팔십여인, 기교인, 이거경궁리위주,

'정이천'* 선생은 학문은 정성을 다하는 데 뿌리를 박고, 그것을 말과 행동에 나타내어, 일이 잘 안 되는 것도 소통을 간편하고 쉽게 하며, 일을 섣불리 하지 않고, 고집불통으로 자기 지조만을 내세우며 남과 어울리지 않는 짓을 하지 않으며, 매사에 너그럽고 엄격하고 마땅하고 장중하고 체통이 있으며, 선친인 태중공이 연로하였는데, 그 옆에서 봉양을 다하여 어긋남이 없었으며, 집안 일은 스스로 맡아 힘을 다하여 다스렸으며, 비록 작은 일이라도 반드시 친히 보살펴 주었는데 안팎으로 친척이 80여 명이나 되었다. 그는 사람을 가르칠 때는 사람을 공경하고 삼가는 마음가짐을 으뜸으로 삼았다.

---

*정이천 : 중국 송나라 도학의 대표적인 학자.

橫渠張先生, 言有教, 動有法, 晝有爲, 宵有得, 瞬有養,
息有存, 嘗曰 "書多閱而好忘者, 只爲義理未精耳, 義理
有疑, 卽濯去舊見, 以來新意, 讀書, 須成誦, 精思, 多
在夜中靜坐得之, 不記則思不起矣, 敎人, 以禮爲先."

횡거장선생, 언유교, 동유법, 주유위, 소유득, 순유양, 식유존, 상왈 "서
다열이호망자, 지위의리미정이, 의리유의, 즉탁거구견, 이래신의, 독서,
수성송, 정사, 다재야중정좌득지, 불기즉사불기의, 교인, 이례위선."

'장횡거'* 선생은 말에는 가르침이 있고 행동에는 법도가 있으며, 낮
에는 하는 일이 따로 있고 밤에는 터득하는 것이 있으며, 눈을 한번 깜
박하는 동안에도 자신을 수양하고 숨을 한번 쉴 때에도 살피는 것이 있
었다. 그는 일찍이 이렇게 말하였다. "책을 많이 읽고서도 잊어 버리기
를 잘하는 사람은 다만 뜻과 이해하는 데 자세하지 못하기 때문이다.
뜻과 이해에 의심나는 점이 있으면 곧 낡은 견해를 씻어 버리고 새로운
생각을 가져야 한다. 책을 읽을 때 모름지기 잘 외우면서 자세히 생각
하는 것은 대부분 밤중에 고요히 앉아서 터득하는데 있으니, 기억하지
않으면 생각이 일어나지 않을 것이다. 그리고 남을 가르칠 때는 예절
을 우선으로 삼아야 할 것이다." 라고 하셨다.

康節邵先生, 始學於百源, 堅苦刻厲, 冬不爐, 夏不扇,
夜不就席者數年, 其學純一, 而不雜, 平夷渾大, 不見圭
角, 程明道曰 "堯夫, 四通八達, 如空中樓閣."

---

*장횡거 : 중국 북송시대의 유교 철학자.

강절소선생, 시학어백원, 견고각려, 동불로. 하불선, 야불취석자수년, 기학순일, 이불잡, 평이혼대, 불견규각, 정명도왈 "요부, 사통팔달, 여 공중누각."

'소강절'* 선생은 학문을 굳은 각오로 시작하였는데, 오로지 한 마음 한 뜻으로 힘을 다하여 겨울에는 화로를 놓지 않고 여름에는 부채를 들지 않고 밤에도 잠자리에 들지 않는 것이 여러 해나 되었다. 그의 학문은 순수하여 다른 것이 섞이지 않고 평탄하고 웅대하여 모가 나타나지 않았다. 정명도는 말씀하기를 "소강절은 사통오달하여 공중의 누각과 같다."고 하였다.

> 武夷胡先生, 凡辭受取舍, 一介之微, 必度於義, 恬靜簡
> 黙, 寡於言動, 每晨昏子弟定省, 必問其所業 曰 "士當
> 志於聖人." 見怠慢不敬, 必嚬蹙, 曰 "流光可惜, 無爲小
> 人之歸." 敎人, 以立志爲先, 忠信爲本, 以致知爲窮理之
> 漸, 以居敬爲持養之要.

무이호선생, 범사수취사, 일개지미, 필도어의, 염정간묵, 과어언동, 매신혼자제정성, 필문기소업 왈 "사당지어성인." 견태만불경, 필빈축, 왈 "유광가석, 무위소인지귀." 교인, 이입지위선, 충신위본, 이치지위궁리지점, 이거경위지양지요.

'호무이'** 선생은 무릇 사양하고 받으며 취하고 버림에 있어 한 개의

---

*소강철 : 중국 송나라의 철학자.
**호무이 : 송나라의 학자 호안국.

작은 것이라도 반드시 의리에 비추어 헤아려 보았고, 성품이 편안하고 고요하며 간략하고 과묵하여 말과 행동을 적게 하였다. 새벽이나 밤에 자제들이 잠자리를 보살피거나 문안을 하러 들어오면 반드시 그 공부하는 형편을 물으며 말하기를 "선비는 마땅히 성인에 뜻을 두어야 한다."라고 하였고, 게으름을 나타내거나 공경하지 않으면 반드시 낯을 찡그리며 말씀하기를 "흐르는 세월은 살같이 빠르니 아껴야 한다. 소인의 꼴로 돌아가게 되어서는 안 된다." 라고 하였다. 그는 사람을 가르칠 때 뜻을 세우는 것을 먼저하고 충성과 신의를 근본으로 삼았으며 아는 것을 확실하게 해야 사물의 이치를 구하는 지혜가 점점 발전된다고 하였고 공경하는 몸가짐을 수양하는 요점으로 삼았다.

晦菴朱先生, 閒居, 未明而起, 深衣幅巾方屨, 拜於家廟, 退坐書室几案, 必正書籍, 器用必整, 奉親, 極其孝, 撫下極其慈, 閨庭之內, 思義之篤, 怡怡如也, 祭祀, 無鉅細, 必誠必敬, 小不如意, 終日不樂, 祭無違禮, 則油然而喜, 於親故, 雖疎遠, 必致其愛, 於鄉黨, 雖微賤, 必致其恭, 自奉則衣取蔽體, 食取充腹, 居止取足以障風雨, 人不堪而處之裕如也.

회암주선생, 한거, 미명이기, 심의폭건방리, 배어가묘, 퇴좌서실궤안, 필정서적, 기용필정, 봉친, 극기효, 무하극기연, 규정지내, 사의지독, 이이여야, 제사, 무거세, 필성필경, 소불여의, 종일불락, 제무위례, 즉유연이희, 어친고, 수소원, 필치기애, 어향당, 수징천, 필치기공, 자봉칙의취폐체, 식취충복, 거지취족이장풍우, 인불감이처지유여야.

'주희암'* 선생은 한가히 집안에 거처할 때는 새벽 일찍이 일어나서 의관을 정제한 다음 바로 사당에 참배하고, 물러 나와 서재에 앉아서 책상을 대하는데, 반드시 서적을 바르게 놓고 기물은 반드시 정돈하였고, 어버이를 받드는 데는 효도를 다하고, 아랫 사람을 어루만지는 데는 사랑을 다하고, 집안을 다스리는 데는 은혜와 의리를 두텁게 베풀어 기쁘고 즐겁고 화목하게 만들었으며, 제사를 지낼 때는 큰 일 작은 일 할 것 없이 반드시 정성과 공경을 다하였는데, 조금만 뜻과 같이 안 되면 종일토록 즐거워하지 않았고, 제사가 예절에 어긋나는 일이 없으면 아주 기뻐하였으며, 아는 사이에 있어서는 비록 사이가 멀다 하더라도 반드시 사랑을 다하였고, 향당에 있어서는 비록 미천한 사람이라도 반드시 공경을 다하였으며, 한편 자신을 받드는 데 있어서는 옷은 해진 것으로 몸을 가리고, 밥은 아무것으로나 배를 채우고, 사는 집은 다만 비바람을 막으면 족하게 여겨 남들은 견디지 못할 데 살면서도 태연하게 지냈다.

南軒張先生, 爲人坦蕩明白, 表裏洞然, 詣理旣精, 而信道又篤, 其樂於聞過, 而勇於徒義, 則又舊厲明決, 無毫髮滯吝意, 以至疾病垂死, 而口不絶吟於天理人欲之間, 則平日所養, 可知也, 答鄭自明書, 曰 "天理難窮, 資質難恃, 工於論人者, 察己常疎, 狃於訐直者, 所發多弊病."

남헌장선생, 위인탄탕명백, 표리동연, 예리기정, 이신도우독, 기락어문과, 이용어도의, 즉우구려명결, 무호발체인의, 이지질병수사, 이구

불절음어천리인욕지간, 즉평일소양, 가지야, 답정자명서, 왈 "천리난
궁, 자질난시, 공어논인자, 찰기상소, 유어알직자, 소발다폐병."

'장남헌'* 선생의 사람됨은 공평하고 명백하여서 겉이나 속이나 다
한결 같았으며, 진리에 대한 조예가 이미 세밀하고 도리와 믿음이 또한
확실하며, 그는 잘못을 듣는 것을 즐기고 옳은 행실로 옮기는 데 용감
하였으며, 또한 모든 일은 힘써 분명하게 처리하면서 조금도 지체하거
나 인색해 하는 뜻이 없었다. 병이 들어 거의 죽을 지경에 이르러서도
입으로 천리와 인욕에 대한 말씀을 그치지 않았으니, 평소의 그 수양한
것을 알만하다. 그가 '정자명'**에게 대답한 글에 말하기를 "천리를 연
구하기 어렵고 타고난 자질은 믿기가 어려우며, 남을 평론하는 데 밝은
사람은 자기의 잘못을 살피는 데 항상 소홀하며, 군이 남의 비밀을 들
춰내는 데 익숙한 사람은, 그 밝혀낸 사실이 나쁜 폐해가 되는 것이 많
은 것이다." 라고 하였다.

偶閱宋時諸老先生言行錄, 拈出其中切要者書送, 願兒
輩常目在之, 以感發良心. 噫! 父母之情, 爾其知之.

우열송시제노선생언행록, 염출기중절요자서송, 원아배상목재지, 이감
발양심, 희! 부모지정, 이기지지.

- 〈見漢陰集(견한음집)〉

우연히 송나라 때의 여러 노선생의 언행록을 보다가 그 중에서 가장

---

*장남헌 : 송나라의 성리학자.
**정자명 : 송나라의 학자.

중요한 것을 뽑아 써서 이를 써 보내니, 너희들은 항상 눈여겨 보며 좋은 마음을 불러 일으키기를 원하였으니, 아! 너희들은 부모의 심정을 알아야 할 것이다.

林瞻慕堂芸, 字彥成, 葛川薰之弟也. 常曰 "世人不動謀生, 馴致家業之零替, 非徒仰事俯育之不克, 送終報本之禮, 亦廢而不擧者, 多矣, 可謂能盡其人道乎? 彼以不義者, 固不足道, 如其義也, 有何嫌乎?"

임첨모당운, 자언성, 갈천훈지제야. 상왈 "세인부동모생, 순치가업지영체, 비도앙사부육지불극, 송종보본지례, 역폐이불거자, 다의, 가위능진기인도호? 피이불의자, 고불족도, 여기의야, 유하혐호?"

첨모당 임운은 자가 언성이니, 갈천 훈의 아우이다. 그는 항상 다음과 같이 말하였다.

"세상 사람들이 부지런히 생업을 도모하지 아니하여 집안 살림을 곤궁하게 하는 데 이르니, 이는 다만 웃어른을 우러러 섬기고 아랫사람을 굽어 기르는 것을 잘하지 못할 뿐만 아니라, 죽은 사람을 보내는 장례나 제사를 지내는 예의도 역시 그만두고 거행하지 않는 사람이 많으니, 어찌 사람의 도리를 다했다고 이를 수 있겠는가? 저 의롭지 않은 사람은 실로 말할 것도 없거니와 만약 의리에 맞는 다면 생업을 도모함이 그 무엇을 꺼리겠는가?"

제2장

明
倫

명륜

明
倫 명륜

인간의 윤리를 밝힌다는 뜻으로 부자간의 친애, 군신간의 의리, 부부간의 분별, 어른과 어린이의 질서, 친구간의 사귐을 밝혔다.

明父子之親 명부자지친

- 아버지와 아들의 사랑을 밝힘.

退溪先生曰 "孝, 爲百行之源, 一行有虧, 則孝不得爲純孝矣."

퇴계선생왈 "효, 위백행지원, 일행유휴, 즉효부득위순효의."

퇴계 선생이 말씀하였다.

"효도는 온갖 행실의 근원이 되는데, 한 가지 행실이라도 잘못이 있으면 효도라도 순수한 효도라고 할 수 없다."

擊蒙要訣 曰 "人子之受生, 性命血肉, 皆親所遺, 喘息呼吸, 氣脈相通, 此身非我私物, 乃父母之遺氣也, 豈敢自有其身, 以不盡孝於父母乎?" "人家父子間, 多是愛踰於敬, 必須極其尊敬, 父母所坐臥處, 子不敢坐臥, 所接客處, 子不敢接私客, 上下馬處, 子不敢上下馬可也." "凡事父母者, 一事一行, 毋敢自專, 必稟命而後行, 若事之可爲者, 父母不許, 則必委曲陳達, 頷可而後行, 若終不許, 則亦不可直遂其情也."

격몽요결 왈 "인자지수생, 성명혈육, 개친소견, 천식호흡, 기맥상통, 차신비아사물, 내부모지견기야, 기감자유기신, 이불진효어부모호?" "인가부자간, 다시애유어경, 필수극기존경, 부모소좌와처, 자불감좌와, 소접객처, 자불감접사객, 상하마처, 자불감상하마가야." "범사부모자, 일사일행, 무감자전, 필품명이후행, 약사지가위자, 부모불허, 즉필위곡진달, 함가이후행, 약종불허, 즉역불가직수기정야."

격몽요결에 말하였다.

"사람의 자식으로 태어날 때 목숨과 육체는 모두 어버이가 주신 것이다. 기침하고 숨을 쉬어 기맥이 서로 통하니, 이 몸은 나의 사유물이 아니라, 바로 부모께서 남겨주신 기운이니, 어찌 감히 그 몸을 자기 것이라 하여 부모에게 효성을 다하지 않겠는가?"

사람들의 가정을 보면 아버지와 아들 사이에는 대부분 사랑이 공경보다 지나치는데, 반드시 아들은 아버지에게 존경을 다하도록 하여야 한다. 부모가 앉았거나 누워 있는 곳에서 자식은 감히 앉거나 눕지 말아야 하며, 부모가 손님을 대접하는 곳에서 자식은 감히 사사로이 손님을 대접하지 말아야 하며, 부모가 말을 타고 내리는 곳에서 자식은 감히 말을 타고 내리지 말아야 한다.

무릇 부모를 섬기는 사람은 한 가지 일이나 한 가지 행실도 감히 자기의 뜻대로 하지 말고, 반드시 물어서 명령을 받은 뒤에 행하여야 한다. 만약 일이 할 만한 것이라도 부모가 허락하지 않으면 반드시 자세하게 설명하여 납득을 시켜 좋겠다고 허락을 받은 뒤에 행하도록 하고, 만약 끝내 허락하지 않으시더라도 또한 곧바로 자기 뜻을 이루려고 해서는 안 될 것이다.

> 晦齋先生曰 "人子之事親, 必以恭敬爲本, 以修身愼行爲
> 先, 如有一毫驕吝之心, 爭亂之事, 必至於辱身危親, 其
> 不孝大矣, 口腹之養, 奚足贖哉?"
>
> 회재선생왈 "인자지사친, 필이공경위본, 이수신신행위선, 여유일호교
> 린지심, 쟁란지사, 필지어욕신위친, 기불효대의, 구복지양, 해족속재?"

회재 이언적 선생이 말씀하였다.

"자식이 어버이를 섬기는 데는 반드시 몸가짐을 공손하게 하는 것을 근본으로 삼고 몸을 잘 닦고 행실을 삼가는 것을 소중하게 여길 것이다. 만약 털끝만치라도 교만하고 인색한 마음을 먹거나 다투고 어지럽히는 일이 있으면, 반드시 욕되게 하고 어버이를 위태롭게 할 것이니,

그 효도하지 못하는 잘못은 실로 큰 것이다. 자식이 그 어버이를 배불리만 먹여 봉양한다면 어찌 그 잘못을 속죄할 수 있겠는가?"

退溪先生曰, "古之悅親, 不必官爵, 尹和靖母, 所謂吾知汝以善養, 不願汝以祿養."

퇴계선생왈, "고지열친, 불필관작, 윤화정모, 소위오지여이선양, 불원여이녹양."

퇴계 선생이 말씀하였다.

"옛사람이 어버이를 기쁘게 하였던 것은 반드시 벼슬로만 하는 것은 아니었다. '윤화정'*의 어머니는 이르기를 나는 네가 나를 잘 봉양하려는 뜻을 알고 있으나, 네가 녹봉으로 봉양하는 것을 원하지 않는다." 라고 하였다.

甘旨之關, 雖人子之心, 所甚憂者, 亦不可以是而別生意思, 別求方法, 以要必得之也, 今人每以榮養藉口, 而受無禮義之祿食, 若充類而言之, 與乞墦間而充甘旨, 自以爲孝, 殆無以異, 故, 君子雖急於奉養, 不以是變所守也.

감지지관, 수인자지심, 소심우자, 역불가이시이별생의사, 별구방법, 이요필득지야, 금인매이영양자구, 이수무예의지녹식, 약충유이언지, 여걸번간이충감지, 자이위효, 태무이이, 고, 군자수급어봉양, 불이시변소수야.

– 〈見退溪集(견퇴계집)〉

---

*윤화정 : 북송 하남 사람. 화정은 윤돈의 호.

맛 좋은 음식이 아닌 것을 어버이에게 대접하게 되는 것은 비록 어떤 사람의 자식의 마음이라도 몹시 근심하는 것이지만, 역시 이로 인해서 별다른 생각을 한다거나, 별다른 방법을 찾아 그 뜻을 이루려고 하는 것은 옳지 않은 것이다. 지금 사람들은 어버이에게 좋은 옷과 맛있는 음식을 올려 봉양한다는 구실로 예의에 어긋나는 봉급을 받는데, 만약 봉급을 이런데서 충당하는 것은 공동묘지에서 제사를 지내고 먹다가 남은 음식을 빌어서 이를 맛있는 음식에 충당하며 스스로 효도를 한다고 생각하는 것과 다름이 없다. 그러므로 군자는 비록 어버이를 봉양하는데 급하다고 해서 이러한 편법으로써 자식의 도리를 지키려고 해서는 안 될 것이다.

> 記言曰, "敬親者, 一擧足而不敢忘父母, 毋服闇而招咎, 毋履險而危身, 愛親者, 一出言不敢忘父母, 毋苟訛而招詬, 毋苟笑而媚人."
>
> 기언왈, "경친자, 일거족이불감망부모, 무복암이초구, 무리험이위신, 애친자, 일출언불감망부모, 무구와이초후, 무구소이미인."

미수 허목의 '기언'*에 말하였다.

"어버이를 공경하는 사람은 한 번 발을 옮길 때라도 감히 부모를 잊지 않으니, 어두운 곳에서 일을 하다가 잘못을 불러일으키지 말며, 위험한 데를 밟다가 몸을 위태롭게 하지 말아야 하며, 어버이를 사랑하는 사람은 한 번 말을 할 때라도 감히 부모를 잊지 말고, 구차하게 거짓말

---

*기언 : 미수기언이라고도 하며, 미수 허목의 전집이다.

을 하다가 부끄럽고 욕된 결과를 불러일으키지 말며, 구차하게 꾸짖어
욕을 부르지 않고 구차하게 웃어가며 남에게 아첨하지 말아야 한다."

旅軒先生 張文康公顯光曰, "吾一身, 乃百千萬代之祖先
所流, 傳以遣之者." 則其敢曰 "吾身, 卽吾所有哉?   輕
吾身, 卽輕吾祖先也, 或至辱其身, 敗其身者, 無非辱
其祖先, 敗其祖先也, 然則, 盡愛之理, 致孝之道, 果外
於能愛其身, 而敬重之者乎? 一思慮而思祖先, 恐有違
於祖先之心也, 一云爲而思祖先, 恐有違於祖先之德也,
一動作而思祖先, 恐有違於先之道也, 戰戰焉, 兢兢焉,
常若臨深淵, 履薄氷焉, 則庶乎可以能不墜祖先之遣訓,
祖先亦可謂有子孫也."

여헌선생 장문강공현광왈, "오일신, 내백천만대지조선소유, 전이견지
자." 즉기감왈 "오신, 즉오소유재? 경오신, 즉경오조선야, 혹지욕기신,
패기신자, 무비욕기조선, 패기조선야, 연즉, 진애지리, 치효지도, 과외
어능애기신, 이경중지자호? 일사려이사조선, 공유위어조선지심야, 일
운위이사조선, 공유위어조선지덕야, 일동작면사조선, 공유위어선지도
야, 전전언, 긍긍언, 상약임심연, 이박빙언, 즉서호가이능불추조선지
견훈, 조선역가위유자손야."

문강공 여헌 장현광 선생이 말씀하였다.

"내 한 몸은 곧 백 천 만대의 선조가 전한 것을 물려받은 것이다. 그
렇다면 감히 내 몸은 곧 나의 소유라고 말하겠는가? 내 몸을 가벼이 하
는 것은 그 몸을 욕되게 하는 것이며, 그 몸을 패망하게 만드는 것은 그
선조를 욕되게 하고 그 선조를 패망하게 하는 것이다. 그렇다면 사랑

을 다하는 이치와 효도를 다하는 도리가 과연 그 자신을 잘 사랑하고 공경하고 중히 여기는 것에서 벗어나겠는가? 한 번 생각에도 선조를 생각하여 선조의 마음에 어긋남이 있는가를 염려하고, 한 번 말할 때도 선조를 생각하여 선조의 덕망에 어긋남이 있는가를 염려하며, 한 번 움직일 때도 선조를 생각하여 선조의 행한 도리에 어긋남이 있는가를 염려하며, '전전긍긍'*하여 항상 깊은 연못에 다다른 듯, 엷은 얼음을 밟는 듯 조심하면 거의 선조의 남긴 교훈을 떨어뜨리지 않는다고 말할 수 있고, 선조들도 역시 훌륭한 자손을 두었다고 이를 것이다."

栗谷先生 李文成公珥曰, "今人, 多是被養於父母, 不能以己力養其父母, 若此奄過日月, 則終無忠養之時, 必須躬幹家事, 自備甘旨, 然後, 子職乃修. 若父母堅不聽從, 則雖不能幹家, 亦當周施補助, 而盡力得甘旨具, 以適親口, 可也."

율곡선생 이문성공이왈, "금인, 다시피양어부모, 불능이기력양기부모, 약차엄과일월, 즉종무충양지시, 필수궁간가사, 자비감지, 연후, 자직내수. 약부모견불청종, 즉수불능간가, 역당주시보조, 이진력득감지구, 이적친구, 가야."

문성공 율곡 이이 선생이 말씀하였다.
"지금 사람들은 대개 부모에게 양육되기만 하고, 자기의 힘으로 그 부모를 봉양하지 못하고 있는데, 만약 이 같이 세월을 지낸다면 끝내 부모를 정성으로 봉양할 수가 없을 것이니, 반드시 몸소 집안일을 바로

---

* 전전긍긍 : 매우 두려워하며 조심함.

잡으며, 스스로 맛 좋은 음식을 갖춰 대접한 연후에야 그 자식 된 직분을 다하게 되는 것이다. 만약 부모가 굳게 그 뜻을 들어 주지 않는다면 비록 그 집안일을 바로잡을 수 없더라도 마땅히 모든 일을 주선하고 보조하며, 힘을 다하여 맛 좋은 음식을 갖춰 어버이의 입에 맞도록 하는 것이 옳은 것이다."

尤菴先生　宋文正公時烈曰, "父母以性命之全遣我, 而性命之中萬善畢具, 一善未明, 非孝也, 一善未行, 非孝也, 必須盡去人欲, 而盡復天理, 使父母遺體, 常立淸明正大之域, 雖父母沒, 此心不衰, 然後, 父子之倫, 亦可謂盡矣."

우암선생 송문정공시열왈, "부모이성명지전견아, 이성명지중만선필구, 일선미명, 비효야, 일선미행, 비효야, 필수진거인욕, 이진복천리, 사부모견체, 상립청명정대지역, 수부모몰, 차심불쇠, 연후, 부자지륜, 역가위진의."

문정공 우암 송시열 선생이 말씀하였다.

"부모님께서 물려주신 나의 성품 속에는 여러 가지 착한 마음이 모두 들어 있다. 그러므로 착한 마음 가운데서 한 가지라도 밝게 알지 못한다면 효도하는 것이 아니며, 한 가지의 착한 일도 실행하지 않는다면 역시 효도하는 것이 아니다.

반드시 사람의 잘못된 욕망을 다 버리고 하늘의 도리를 다하며, 부모님이 물려주신 이 몸을 항상 깨끗하고 밝고 바르게 하여 올바로 처신하면 비록 부모님이 돌아가시더라도 마음속 깊이 조금의 부끄러움도 없을 것이니, 이렇게 한 뒤에야 아버지와 아들의 도리를 다했다고 말할 것이다."

芝山先生曺文簡公好益, 祭祀尤致謹, 凡百器用, 別所藏之家, 衆執事, 皆前期沐浴, 以布掩口鼻, 然後, 滌器具饌, 井泉豫爲陶淨, 不使他人混汲, 醋醬亦爲別置, 不令他用.

지산선생조문간공호익, 제사우치근, 범백기용, 별소장지가, 중집사, 개전기목욕, 이포엄구비, 연후, 척기구찬, 정천예위도정, 불사타인혼급, 초장역위별치, 불영타용.

문간공 지산 조호익 선생은 제사에 정성을 지극히 하여, 제기와 제물을 간직하는 집을 따로 만들었으며, 여러가지 일을 맡은 사람들은 모두 제사에 앞서 목욕하고 삼베로 입과 코를 가린 다음 그릇을 씻고 제물을 장만하며, 우물을 미리 깨끗이 청소하여 다른 사람들이 뒤섞여 물을 길어가지 못하게 하고, 초와 간장도 따로 장만해 두어 다른 데에 쓰지 않게 하였다.

金健齋千鎰, 每享祀, 極其誠敬, 庖廚不離左右, 祭物必親檢, 別以小冊, 書祭儀, 令內外居常肄習, 將事之時, 公正色凝神, 不出一言, 執事者, 不失尺度, 諱日, 素衣冠, 食饘粥, 如初喪.

김건재천일, 매향사, 극기성경, 포주불리좌우, 제물필친검, 별이소책, 서제의, 영내외거상이습, 장사지시, 공정색응신, 불출일언, 집사자, 부실척도, 휘일, 소의관, 식전죽, 여초상.

－〈見睡隱集(견수은집)〉

건재 김천일은 제사를 올릴 때에 정성과 공경을 다하여 음식을 장만하는 집을 멀리 떨어져 있지 않게 하고 제물을 반드시 친히 살펴보고 별도로 작은 책자에 제사지낼 때의 의식을 기록하여 안팎의 사람들로 하여금 항상 익히게 하며, 제사를 지낼 때에 공은 얼굴 빛을 엄숙히 하고 정신을 집중하여 말을 한 마디도 하지 않았으며, 제사를 돕는 자들도 모두 법도를 잃지 않게 하였다. 그리고 제삿날에는 흰 옷과 흰 의관으로 단장하고 미음과 죽을 먹으며 초상을 지낼 때와 같이 하였다.

聽松先生 成文貞公守琛, 立墓祭法, 置墓田臧獲, 搆室墓下, 藏器有閣, 收穀有庫, 具饍有廳, 致齋有房, 凡百皆備, 以至床席器用之細, 皆規畫精固, 爲之立籍, 以爲經遠之圖.

청송선생 성문정공수침, 입묘제법, 치묘전장확, 구실묘하, 장기유각, 수곡유고, 구선유청, 치재유방, 범백개비, 이지상석기용지세, 개규화정고, 위지입적, 이위경원지도.

－〈見栗谷集(견율곡집)〉

문정공 청송 성수침 선생은 산소에서 지내는 제사 법을 확립하여 제사를 지내는데 필요한 '묘전'*과 노비를 장만해 두고, 재실을 묘 아래에 지어 제기를 간직하는 집과 곡식을 거둬들이는 창고를 따로 마련하였

---

*묘전 : 묘를 관리하는 비용을 조달하는 논과 밭.

으며, 제찬을 장만하는 대청과 재계하는 방이 따로 있어서 제반 사항이 모두 구비되었으며, 제상과 자리 · 그릇 등의 세세한 것에 이르기까지 모두 정밀하고 견고하게 계획하고 책자를 만들어 영구히 이어갈 수 있는 계책을 세웠다.

> 黃朽淺宗海, 門規曰 "諸子孫, 敬事宗子, 毋或慢之, 如 有慢之者, 則是無異於慢其祖先也."
> 황후천종해, 문규왈 "제자손, 경사종자, 무혹만지, 여유만지자, 즉시무 이어만기조선야."
>
> – 〈見東言當法(견동언당법)〉

후천 황종해의 문중 규약에 다음과 같이 말하였다.

"여러 자손들은 종갓집 아들을 공경하고 섬겨야지, 혹시라도 이에 홀대해서는 안 된다. 만약 이에 홀대하는 사람이 있으면 곧 그 조상을 공경하지 않고 조상을 홀대하는 것과 다름이 없는 것이다."

> 退陶言行錄曰 "奉先, 主於誠敬, 而不貴於物侈, 守業, 在於繼述, 而每患於終怠."
> 퇴도언행록왈 "봉선. 주어성경, 이불귀어물치, 수업, 재어계술, 이매환 어종태."

퇴도 언행록에 말하였다.

"조상을 받드는 일은 정성과 공경을 으뜸으로 하고 물질적 사치를 귀하게 여기지 말아야 하며, 가업을 지키는 일은 선조의 뜻과 일을 잘 이어 나가는 데 있고, 항상 게을러질까 근심하여야 한다.”

明君臣之義 명군신지의

- 임금과 신하의 의리를 밝힘.

慕齋金文敬公安國曰 “平時則勿欺盡職, 臨危則效死
勿貳.”

모재김문경공안국왈 “평시즉물기진직, 임위즉효사물이.”

문경공 모재 김안국 선생이 말씀하였다.

“평상시에는 임금을 속이지 말고 직분을 다할 것이요, 위태로울 때를
당해서는 목숨을 바치고 두 마음을 품지 말아야 한다.”

洪判書曇, 嘗曰 “上臣事君以人, 中臣事君以身, 下臣事
君以貨, 余雖不得爲上臣, 願無失爲中臣,

홍판서담, 상왈 “상신사군이인, 중신사군이신, 하신사군이화, 여수부
득위상신, 원무실위중신,

- 〈見芝峯類說(견무봉유설)〉

판서 홍담이 일찍이 말씀하였다.

“가장 훌륭한 신하는 군주 섬기기를 사람의 도리로써 하고, 보통의

신하는 군주 섬기기를 몸으로써 하고, 가장 못한 신하는 군주 섬기기를
재물로 섬긴다고 한다. 나는 비록 가장 훌륭한 신하는 될 수 없더라도
최소한 보통의 신하로서 실수가 없기를 원한다."

靜菴先生 趙文正公光祖, 進講而退, 謂學者曰 "人雖
有美質, 必待學問, 然後, 知事君之道, 大凡進講之際,
雖小官, 討論經義, 極陳皇王之道, 輔養君德, 則無所
過矣."

정암선생 조문정공광조, 진강이퇴, 위학자왈 "인수유미질, 필대학문,
연후, 지사군지도, 대범진강지제, 수소관, 토론경의, 극진황왕지도, 보
양군덕, 즉무소과의."

문정공 정암 조광조 선생이 경서를 강의하고 물러나와 학자들에게
다음과 같이 말씀하였다.

"사람이 비록 훌륭한 자질을 가졌다고 하더라도 반드시 학문을 닦은
후에야 임금을 섬기는 도리를 알게 되는 것이다. 대체로 경연에 나아
갈 때에는 비록 낮은 벼슬아치라 하더라도 경서의 뜻을 토론하는 데 있
어서는 임금의 도리를 극진히 진술하여 임금의 덕을 도와서 기른다면
잘못되는 바가 없을 것이다."

思齋 金文穆公正國曰 "余自校理, 歷典翰直提學, 必取
所講書, 從頭至尾, 歷覽考閱, 無有闕疑, 每入直, 又與
僚員, 終夕徹夜, 質疑問難, 快足於心, 而後進講, 講臣
職分, 當然也, 筵臣不閱講書, 臨時取具, 蒼黃失對, 誠

非細故, 可以爲講臣之誠. 伊川, 每當進講, 必夙齊, 預
戒潛心存誠, 冀以感動上心, 臣子用心, 當如是也."

사재 금문목공정국왈 "여자교리, 역전한직제학, 필취소강서, 종두지
미, 역람고열, 무유궐의, 매입직, 우여요원, 종석철야, 질의문난, 쾌족
어심, 이후진강, 강신직분, 당연야, 연신불열강서, 임시취구, 창황실대,
성비세고, 가이위강신지성, 이천, 매당진강, 필숙제, 예계잠심존성, 기
이감동상심, 신자용심, 당여시야."

- 〈見海東野言(견해동야언)〉

문목공 사재 김정국 선생이 말씀하였다.

"나는 교리로부터 전한·직제학을 거쳤어도 반드시 강론할 책을 가
져다가 처음부터 끝까지 잘 보고 잘 살펴서 조금도 의심되는 점이 없
도록 하였고, 숙직을 할 때마다 동료들과 함께 밤을 새우면서 의심나는
점과 어려운 점을 물어서 마음속으로 충분하다고 생각한 뒤에야 임금
앞에 나가 강론을 하였는데, 이는 강론하는 신하의 직분으로서 당연한
도리이다. 경연에 나가는 신하가 강론할 책을 살펴보지 않고 그때그때
둘러맞추다가 잘못 대답하는 것은 진실로 작은 문제가 아니니, 이는 강
론하는 신하가 크게 경계할 일이다. 이천 선생은 강론하러 나갈 때마
다 미리 몸가짐을 깨끗하게 하고 마음가짐을 참되게 가져 임금의 마음
이 감동하기를 바랐는데, 신하된 사람의 마음가짐은 마땅히 이와 같아
야 할 것이다."

李漢陰子如璧, 除關西縣宰, 公寄書誡之曰 "我旣負國竊
廩, 尚叨匪據, 而汝又以我蔭爲民宰, 非有施爲政令之

動於人者, 人皆指爲何哉? 辱親負國, 唯在汝處之以誠
勤與否耳, 出門如見大賓, 使民如承大祭, 乃聖人勉以
爲仁之功, 汝臨事, 每思此言, 則心不放, 而思過半矣,
聽政之暇, 勤讀經書, 本源自有培養之地, 汝其念之."

이한음자여벽, 제관서현재, 공기서성지왈 "아기부국절름, 상도비거,
이여우이아음위민재, 비유시위정령지동어인자, 인개지위하재? 욕친
부국, 유재여처지이성근여부이, 출문여견대빈, 사민여승대제, 내성인
면이위인지공, 여임사, 매사차언, 즉심불방, 이사과반의, 청정지가, 근
독경서, 본원자유배양지지, 여기염지.

– 〈見漢陰集(견한음집)〉

　한음 이덕형의 아들 여벽이 평안도 지방의 현감으로 임명되었는데,
그는 편지를 보내서 아들에게 다음과 같이 당부를 하였다.
　"내가 이미 나라의 은혜를 입어 봉급이나 축내면서 지금껏 차지해서
는 안 될 자리에 머물러 있는데, 네가 또 나의 덕으로 백성을 다스리는
현감이 되었으니, 올바른 정치를 베풀지 못하여 사람들이 모두 손가락
질을 하게 된다면 어떻게 되겠느냐?
　부모를 욕되게 하고 국가를 저버리는 것은 오직 네가 처신하기를 참
되고 부지런하게 처신하느냐, 그렇지 않느냐에 달려 있을 따름이다.
　문을 나가서는 큰 손님을 대하는 것같이 하고, 백성들을 다스리기를
큰 제사를 받드는 것같이 하게 하라. 이것이 바로 올바른 정사를 펴는
방법이다. 네가 일할 때에 늘 이 말을 생각하고, 또 정사를 다스리는 틈
틈이 부지런히 공부를 하면 본바탕이 저절로 닦여질 테니, 너는 이것을
명심해야 한다."

張旅軒先生曰 "鄕曲中凡民, 豈待立朝事君, 然後, 有以致
君臣之義哉? 惟能各職其職, 各事其事, 以不負國家生養囿育之
恩, 乃民之義也, 讀書業士者, 其志固有望於他日矣, 至於服田
食力之人, 凡其一衣一食, 一坐臥之安, 無非國家之澤也, 其所
以報效之道, 只在愼貢賦力徭役而已."

장여헌선생왈 "향곡중범민, 개대립조사군, 연후, 유이치군신지재?
유능각직기직, 각사기사, 이불부국가생양유육지은, 내민지의야, 독서
업사자, 기지고유망어타일의, 지어복전식력지인, 범기일의일식, 일좌
와지안, 무비국가지택야, 기소이보효지도, 지재신공부역요역이이."

여헌 정현광 선생이 말씀하였다.

"시골에 사는 백성들이 어찌 조정에 가서 임금을 섬긴 뒤에야 임금과
신하의 의리를 다한 것이라고 할 수 있겠는가? 그들은 오직 각각 자기
의 직분을 다하고 자기의 일을 노력하여 나라에서 길러주고 키워주는
은혜를 저버리지 않는 것이 백성의 도리이다. 선비가 글을 읽는 목적
은 그 뜻을 확고히 해 희망을 뒷날에 두고, 농사를 지어 생활하는 농사
꾼들은 무릇 그 한 가지 옷, 한 그릇의 음식을 먹으며 한 번 앉고 눕는
삶이 나라의 혜택이 아닌 것이 없으니, 그 은혜를 갚으려고 힘을 다하
는 방법은 다만 세금을 잘 바치고 부역에 힘쓰는 데 있을 뿐이다."

我東昏禮鹵莽, 中古以來, 士夫, 皆於昏夕, 委禽婦家,
而不行合졸之禮, 三日後, 方行之, 此甚無謂. 徐花潭,
始折衷, 爲昏夕合졸之禮, 至今行之.

아동혼례노망, 중고이래, 사부, 개어혼석, 위금부가, 이불행합근지례,
삼일후, 방행지, 차심무위. 서화담, 시절쇠, 위혼석합근지예, 지금행지.

　　　　　　　　　　　　- 〈見晦隱集(견회은집)〉

　우리 나라의 혼례는 매우 거칠어 졌다. 고려 이래로 사대부들이 모두
혼인하는 날 밤에 신부 집에 머물고 있다가 사흘이 지난 뒤에야 비로소
혼례를 행하니, 이는 매우 무식한 짓이다. 그런데 화담 서경덕이 절충
하여 혼인하는 날 밤에 '합환주'*를 하는 예를 만들어 지금까지 행해 오
고 있다.

　退溪先生曰 "夫婦, 人倫之始, 萬福之源, 雖至親至密,
而亦至正至謹之地, 世人都忘禮敬, 遽相狎昵, 遂至侮
慢凌蔑, 無所不至者, 皆生於不相賓敬之故."
　"怒爲外人發者, 易於制止, 爲家人發者, 難於制止, 難

─────────────

*합환주 : 전통 혼례식에서, 신랑 신부가 서로 잔을 바꾸어 마시는 술.

於制之者, 於家人責望素重, 而又在吾手下, 故 怒易至
甚, 而或不屑於制止耳凡此皆理不馭氣, 而不免於任情
害仁之病矣."

퇴계선생왈 "부부, 인륜지시, 만복지원, 수지친지밀, 이역지정지근지
지, 세인도망예경, 거상압일, 거지모만능멸, 무소불지자, 개생어불상
빈경지고."

"노위외인발자, 역어제지, 위가인발자, 난어제지, 난어제지자, 어가인
책망소중, 이우재어수하, 고 노역지심, 이혹불설어제지이범차개리불
어기, 이불면어임정해인지병의."

- 〈見言行錄(견언행록)〉

퇴계 선생이 말씀하였다.

"부부간은 인륜의 시초이며 온갖 행복의 근원이다. 비록 지극히 친근
하고 지극히 밀접하더라도 역시 지극히 바르고 지극히 삼가 해야 할 사
이이다. 그런데 세상 사람들은 다 예절과 공경을 잊고서 급히 서로 어
울려 친해졌다가, 드디어는 업신여기고 깔보는데 까지 이르며 못하는
짓이 없게 되는 것은 다 서로 손님처럼 공경하지 않은 까닭에게 생기는
것이다."

"노여움은 남들 때문에 생기는 것은 제재하기 쉬우나 집안 사람으로
말미암아 생기는 것은 막기가 어렵다. 막기 어려운 까닭은 집안 사람
에게는 책망이 평소에 거듭되었고, 또 다 내 손아래에 있으므로 노여움
이 지극히 심한 데 이르기가 쉽고, 혹은 막는 데 이르지 못하기 때문이
다. 무릇 이는 이치가 기운을 부리지 못하고 인정에 맡기면 인덕을 해
치는 병폐를 면하지 못하는 까닭이다."

南溪禮說曰 "我國薦紳, 雖稱巨閥, 自高麗以上, 靡得以
詳, 則夫諸李之鄉貫, 雖異籍, 安知其不如魯之庶姓自
別, 而俱出於一源乎? 嘗聞之故老, 李漢陰德馨, 於壬
辰倭亂時, 以接伴使, 隨天將往來幕中, 儒士有慕其風
儀者, 又聞娶於李山海之門, 曰 '此夷虜之風也, 中國絶
無此事.' 又曰 '李爺, 若非此事, 豈不爲完人?' 至於國
家議婚, 率斥姓李者, 不在揀選中."
"宣廟朝, 自有所屬望, 必欲破此格, 而諸名臣, 引爭之
甚力, 遂從之. 獨士大夫家, 至今承訛襲舛, 不以爲非,
蓋任便從俗, 不稽古經之過也."

남계예설왈 "아국천신, 수칭거벌, 자고려이상, 미득이상, 즉부제이지
향관, 수이적, 안지기불여노지서성자별, 이구출어일원호? 상문지고노,
이한음덕형, 어임진왜란시, 이접반사, 수천장왕래막중, 유사유모기풍
의자, 우문취어이산해지문, 왈 '차이노지풍야, 중국절무차사.' 우왈 '이
야, 약비차사, 개불위완인?' 지어국가의혼, 솔척성이자, 부재간선중."
"선묘조, 자유소속망, 필욕파차격, 이제명신, 인쟁지심력, 수종지. 독
사대부가, 지금승와습천, 불이위비, 개임편종속, 불계고경지과야."

박세채의 남계예설에 다음과 같이 말씀하였다.

"우리 나라의 신분이 높은 선비는 비록 큰 문벌이 있었다고 칭하더라
도 고려 때 그 이전은 자세히 알 수가 없다. 예를 들어 이씨의 관향이
비록 다르지만 그것이 노나라의 여러 성처럼 정말 다른지, 아니면 함께
한 근원에서 나온 것인지 알겠는가? 일찍이 옛 노인들에게 들으니 한
음 이덕형이 임진왜란 때 접반사로 명나라 장수를 따라 진중으로 왕래

했는데 한 선비가 그 행실을 사모하는 자가 있었다. 그런데 그는 그가 이산해의 집안에 장가를 들었다는 말을 듣고 말하기를 '이런 혼사는 오랑캐의 풍속이다. 중국에는 절대로 이런 일이 없다'라고 말하고, 또 말하기를 '이 대감이 만약 이와 같은 일이 아니었다면 어찌 완전한 인품을 갖춘 사람이라고 하지 않으랴?' 하였다고 하는데, 국가에서 혼인을 의논할 때에는 이씨 성을 가진 사람은 간택에서 제외했었다."

"선조 때에 왕은 스스로 촉망하는 사람이 있어서 이 격식을 깨뜨리고자 하였으나, 여러 명신들이 사례를 들어가며 강력히 간쟁하여 마침내 옛 격식을 그대로 따르게 되었다. 그런데 유독 사대부의 집안에서는 지금까지도 잘못된 풍습을 그대로 인습하고 잘못된 일로 여기지 않으니, 이는 편할 대로 풍속만을 따르고 옛날의 경서를 상고하지 않는 데서 온 잘못이다."

> 吳楸灘允謙, 字汝益, 海州人, 仁祖臨筵, 問 "孔子曰 '戒之在色, 戒之在鬪, 戒之在得.' 三者孰最難" 公對曰 "色最難" 上曰 "予則以爲戒得最難" 公曰 "戒色者, 非必蠱心於妖物, 夫婦之間, 或不能相接以禮, 是亦不善於戒色." 上曰 "卿言, 果是矣."

> 오추탄윤겸, 자여익, 해주인, 인조임연, 문 "공자왈 '계지재색, 계지재투, 계자재득.' 삼자숙최난" 공대왈 "색최난" 상왈 "여즉이위계득최난" 공왈 "계색자, 비필고심어요물, 부부지간, 혹불능상접이례, 시역불선어계색." 상왈 "경언, 과시의."

> – 〈昇東言當法(견동언당법)〉

추탄 오윤겸은 자가 여익인데 해주사람이다. 인조가 경연에 임하여 묻기를, "공자가 말하기를 '경계할 것이 나이에 따라 색이 있고, 경계할 것이 다투는 데 있고, 경계할 것이 얻는 데 있다'라고 하였는데, 이 세 것 중에서 어느 것이 가장 어렵겠는가?"라고 하자, 공이 대답하기를

"색을 경계하는 것이 가장 어렵겠습니다."라고 하니, 왕이 말하기를

"나는 얻는 것을 경계하는 것이 가장 어렵겠다고 생각된다."라고 하였다. 이에 공은 말하기를

"색을 경계한다는 것은 반드시 마음을 요상하고 망령된 것만을 뜻하는 것이 아닙니다. 부부 사이라도 서로 대접하기를 예절로써 하는 것도 이 역시 색을 경계하는 데 좋은 일이 아니오리까?"라고 하니, 왕이 말하기를

"경의 말이 과연 옳은 말이다." 라고 하였다.

> 曹南冥先生曰 "恒居, 不宜與妻子混處, 雖有資質之美, 因循汩沒, 終不做人矣."
>
> 조남명선생왈 "항거, 불의여처자혼처, 수유자질지미, 인순골몰, 종불 주인의."

남명 조식 선생이 말씀하였다.

"항상 거처하는 곳은 처자들과 뒤섞여 지내지 말아야 하니, 이렇게 하면 아무리 타고난 자질이 좋다 하더라도 낡은 습관에 젖게 되고 마침내는 남의 좋은 점을 본받게 되지 못하여 훌륭한 사람이 되지 못한다."

> 白沙 李文忠公恒福 曰 "聖人制禮, 年過七歲, 男女不

同席, 嫂叔不通問, 其別嫌愼徵之意, 至密且詳. 不如
是, 無以防後世之嫌, 而有以起淫泆之端, 後世之人, 不
知此意, 親戚接遇有別, 則曰 '短於睦族' 指無倫, 無法
之家, 曰 '親戚相愛' 至於接膝而坐, 同床而食, 謔浪笑
傲駸駸淪, 入於禽獸之域, 而自不能覺, 或謗興於情外,
變生於帷薄, 亡身滅族而後悔, 可不戒哉?"

백사 이문충공항복 왈 "성인제례, 연과칠세, 남녀부동석, 수숙불통문,
기별혐신징지의, 지밀차상. 불여시, 무이방후세지혐, 이유이기음일지
단, 후세지인, 부지차의, 친척접우유별, 즉왈 '단어목족' 지무륜, 무법
지가, 왈 '친척상애' 지어접슬이좌, 동석이식, 학랑소방침침윤, 입어금
수지역, 이자불능각, 혹방흥어정외, 변생어유부, 망신멸족이후회, 가
불계재?"

- 〈見白沙集(견백사집)〉

문충공 백사 이항복 선생이 말씀하였다.

"성인이 예절을 마련할 때, '사람의 나이가 일곱 살을 넘으면 남자와
여자가 같은 자리에 앉지 아니하고, 형수와 '시숙'* 사이라도 방문하지
않는다.'라고 하였는데, 그것은 남녀의 분별에 있어서 꺼리고 삼가는
뜻이 지극히 세밀하고 또한 자세한 것으로, 이와 같이 하지 않으면 후
세에 꺼리는 일을 막을 수가 없어, 음란한 마음을 일으킬 수 있기 때문
이다.

그런데 후세의 사람들은 이 뜻을 알지 못하고 친척이 서로 접대하는
데 분별이 있으면 일가친척을 화목하게 하는데 모자란다고 말하여 인

---

*시숙 : 남편의 형제.

륜이 없는 것으로 지목하고, 법도가 없는 집안에서는 친척이 서로 우애한다고 말하면서 함께 무릎을 맞대고 앉고 한 상에서 밥을 먹으며, 농담을 주고받으며 웃고 오만한 짓을 터놓고 하여 '금수'*같은 지경으로 빠져 들어가도 스스로 깨닫지 못하여, 이로 말미암아 혹 비방하는 말이 뜻밖에 일어나고, 변고가 집안에 생기게도 만들어서 몸을 망치고 집안의 체통을 실추시킨 뒤에야 뉘우치게 되니, 어찌 경계하지 않을 수 있겠는가?"

牛溪先生 成文簡公渾曰 "姉妹, 夫不在, 不可夜入其室, 而與姉妹也."

우계선생 성문간공혼왈 "자매, 부불재, 불가야입기실, 이여자매야."

- 〈見師友錄(견사우록)〉

문간공 우계 성혼 선생이 말씀하였다.

"자매 사이라도 그 남편이 집에 없으면 밤중에 그 방으로 들어가서는 안 되고, 그리고 자매와 함께 말을 해서도 안 된다."

退溪先生曰 "閨門之間, 日用周旅飲食言笑, 豈可與裸股肱, 不裏頭, 奴人相對, 無障蔽耶?"

퇴계선생왈 "규문지간, 일용주여음식언소, 개가여라고굉, 불리두, 노인상대, 무장폐야?"

- 〈見退溪集(견퇴계집)〉

---

*금수 : 날짐승과 길짐승.

퇴계 선생이 말씀하였다.

"집안에서 날마다 일을 주선하고, 음식을 만들고, 말하고 웃고 하는데 어찌 팔다리를 드러내 놓거나, 머리를 싸매지 않으며, 종들과 얼굴을 맞대고 거리낌 없이 행동하는 것이 옳은 일이겠는가?"

明長幼之序 명장유지서

- 어른과 어린이의 차례를 밝힘.

退溪先生曰 "古人事兄, 如事嚴父, 出入扶將, 以盡子弟之道."

퇴계선생왈 "고인사형, 여사엄부, 출입부장, 이진자제지도."

- 〈見言行錄(견언행록)〉

퇴계 선생이 말씀하였다.

"옛날 사람들은 형님을 섬기는 것을 엄격한 아버지를 섬기는 것 같이하여, 나갈 때나 들어올 때나 아우 된 도리를 다하였다."

或問 '兄弟有過, 可相言之否?' 退溪先生曰 "此是最難處事, 但當致吾誠意, 使之感悟, 然後, 始得無害於義, 若誠意不孚, 而徒以言語正責之, 則不至於相疎者, 幾希. 故, 孔子曰 '兄弟怡怡,' 良以此也."

혹문 '형제유과, 가상언지부?' 퇴계선생왈 "차시최난처사, 단당치오성
의, 사지감오, 연후, 시득무해어의, 약성의불부, 이도이언어정책지, 즉
불지어상소자, 기희. 고, 공자왈 형제이이, 양이차야."

- 〈見言行錄(견언행록)〉

어떤 사람이 퇴계에게 이렇게 물었다.

'형제가 잘못하는 일이 있을 때 서로 바른말을 해주는 것이 옳습니
까, 그렇지 않은 것이 옳습니까?'

그러자 퇴계는 다음과 같이 대답하였다.

"이는 가장 난처한 경우이다. 그러나 마땅히 자신의 성의를 다하여
형제로 하여금 잘못을 느끼고 깨닫게 해야만 비로소 의리를 해치는 일
이 없게 될 것이다. 만약 성의를 다하지 못하면서 말로만 꾸짖으면 서
로의 사이가 멀어지지 않는 경우가 거의 드물 것이다. '형제는 즐겁게
화합해야 한다.'는 말은 실로 이런 경우를 두고 한 말이다."

張旅軒先生 族契書曰 "篤其恩, 以一其心, 定其規, 以
齊其事, 時焉講睦, 以融其和好之情, 事焉同力, 以通其
資助之義, 使之富有所分, 貧有所濟, 慶同其喜, 憂同其
恤. 此所以保家宜族之深慮遠計也."

장여헌선생 족계서왈 "독기은, 이일기심, 정기규, 이제기사, 시언강목,
이융기화호지정, 사언동력, 이통기자조지의, 사지부유소분, 빈유소제,
경동기희, 우동기휼. 차소이보가의족지심려원계야."

- 〈見旅軒集(견여헌집)〉

여헌 장현광 선생의 '족계서'*에 다음과 같이 말하였다.

"그 은혜를 돈독히 하여 그 마음을 한가지로 하고, 그 규약을 결정하여 그 일을 정제하여, 때로는 화목을 강론하여 그 화목하고 좋아하는 마음을 융합시키고, 그들로 하여금 부유하면 나눠 주는 것이 있고, 가난하면 도와주는 것이 있으며, 경사스러운 일이면 함께 기뻐하고 근심스러운 일이면 그 근심을 함께 나눌 것이니, 이는 곧 가정을 보전하고 일가를 화목하게 만드는 깊은 생각이요, 원대한 계획이라고 할 것이다."

"同吾所受之氣, 同傳祖先之姓者, 勢雖至於疎遠, 事或涉於咎怨, 豈以疎遠而忘之, 咎怨而讐之哉? 嗚呼! 若自祖先之爲父母者, 而兩視之, 則曾不過一呵一撻而止者, 爲子孫者, 不體祖先同慈之恩, 不念百枝一本之義, 怒焉藏之, 怨焉宿之, 此果待同氣道乎? 此吾族人, 所當深戒者也."

"동오소수지기, 동전조선지성자, 세수지어소원, 사혹섭어구원, 개이소원이망지, 구원이수지재? 오호! 약자조선지위부모자, 이양시지, 즉증불과일가일달이지자, 위자손자, 불체조선동자지은, 불념백기일본지의, 노언장지, 원언숙지, 차과대동기도호? 차오족인, 소당심계자야."

"나의 타고난 기운이 같고, 조상으로부터 전한 성이 같은 사람은, 형세가 비록 사이가 먼 형편에 있거나 혹은 원망하는 일이 생기더라도 어찌 그 사이가 먼 것으로 해서 그 근본을 잊으며, 원망하여 원수로 여기겠는가? 아! 만약 한 조상의 부모 된 사람이 이를 다투는 사람들을 본다

---

*족계서 : 친척 간에 서로 지켜야 할 중요한 규약.

면 한 번 꾸짖고 한 번 종아리를 치는 정도에 그치는 데 지나지 않는데, 자손 된 사람으로 조상이 평등하게 사랑하는 은혜를 체득하지 못하고, 모든 가지가 한 뿌리에서 생겨난 뜻을 망각하여 노여움을 간직하고 원한을 마음속에 품는다면, 이것이 과연 동기간을 대접하는 도리이겠는가? 이는 우리 친족들이 깊이 경계하여야 할 것이다."

"異姓疎遠, 亦推先生之恩, 廣姻睦之道, 以先世視之, 慈情, 豈間於内外? 人莫不有子女, 以其情而體吾先世之心, 則可以想矣, 當不分同異姓, 其相厚之義, 則宜無間然."

"이성소원, 역추선생지은, 광인목지도, 이선세시지, 자정, 개간어내외? 인막불유자녀, 이기정이체오선세지심, 즉가이상의, 당불분동이성, 기상후지의, 즉의무간연."

"성이 달라 사이가 멀더라도 또한 선대의 은혜를 생각하여 혼인하고 화목하게 지내는 도리를 넓혀야 하니, 선인들의 입장에서 본다면 사랑하는 정이 어찌 안과 밖의 차이가 있겠는가. 사람들은 아들딸이 없는 이가 없으니, 그 심정으로 우리 선대의 마음을 헤아려 본다면 이를 상상할 수 있을 것이다. 그러하니 성씨가 같고 다른 것을 구분하지 않고 서로서로 의리를 두터이 한다면 마땅히 사이가 벌어지는 일은 없을 것이다."

士小節曰 "後長者寢, 先長者興, 點燈伏火, 手自習之, 日執巾帚, 以拭以掃, 整排床席, 齊摺衾褥, 檢圖書, 帙筆硯."

"同學之兒, 年雖相若, 或有先冠者, 稍敬之, 勿爾汝也,
勿服長者冠帶以爲遊戲, 勿坐臥長者之坐臥處."

"長者之會, 有可聞之言, 必參坐, 敬恭聽, 銘心不忘,
或有可記之事, 必退而記之."

사소절왈 "후장자침, 선장자흥, 점등복화, 수자습지, 일집건추, 이식이
소, 정배상석, 제접금욕, 검도서, 질필연."

"동학지아, 연수상약, 혹유선관자, 초경지, 물이여야, 물복장자관대이
위유희, 물좌와장자지좌와처."

"장자지회, 유가문지언, 필참좌, 경공청, 명심불망, 혹유가기지사, 필
퇴이기지."

'사소절'*이란 책에 이런 말이 있다.

"젊은이나 어린이는 어른보다 늦게 자고 일찍 일어나서 등불을 켜고
끄는 일을 스스로 익히며, 날마다 걸레와 빗자루를 들고서 집 안팎을
청소하는 한편 책상과 자리를 정돈하고 배열하며, 이부자리를 가지런
히 개고, 책을 점검하며 붓과 벼루를 정리해야 한다."

"함께 공부하는 아이들은 비록 나이가 같더라도, 간혹 먼저 결혼한
사람이 있으면 공경하여 '너'니 '자네'니 하지 말아야 한다. 또 윗사람의
옷이나 갓을 쓰고 장난치지 말아야 하며, 윗사람이 앉거나 눕는 곳에서
는 함부로 앉거나 눕지 말아야 한다."

"윗사람들이 모인 곳에 들어 둘 만한 좋은 말씀이 있으면 반드시 참
여하여 앉아서 공손히 듣고 명심하여 잊지 말며, 혹시 기록할 만한 일

＊사소절 : 조선 후기에 이덕무가 지은 책.

이 있으면 반드시 물러 나와서 이를 기록해 두어야 한다."

趙龍洲絅, 往一宰臣家, 蔭官老人先在座, 主人孫兒年
方六七, 甚嬌愛, 使兒戲辱蔭官, 公正色曰"小兒心氣未
定, 雖撻而敎之, 使敬長老, 猶有不奉其敎, 今乃敎之以
侮辱, 兒必認以爲老旣可慢, 則兄可慢, 父可慢, 君上亦
可謾, 幾何不至於犯惡逆也?" 主人, 氣塞不能言.

조용주경, 왕일재신가, 음관노인선재좌, 주인손아연방육칠, 심교애,
사아희욕음관, 공정색왈 "소아심기미정, 수달이교지, 사경장노, 유유
불봉기교, 금내교지이모욕, 아필인이위노기가만, 즉형가만, 부가만,
군상역가만, 기하불지어범악역야?' 주인, 기색불능언.

용주 조경이 한 재상의 집에 갔는데, 부모의 덕분에 벼슬을 한 늙은
노인이 먼저 와서 자리에 있었다. 이때 나이가 예닐곱 살쯤 된 재상의
손자가 같이 있었는데, 재상은 그를 몹시 귀여워하고 사랑하는 탓인지,
아이를 시켜 장난삼아 늙은이를 욕보이고 놀리게 하였다. 이에 공은
정색을 하며 다음과 같이 말씀하였다.

"어린 아이는 마음과 기운이 아직 정해지지 않았으니, 비록 종아리를
치며 가르쳐서 어른을 공경하게 하더라도 간혹 그 가르침을 잘 따르지
않는데, 지금 이렇게 어른을 업신여기고 모욕하도록 가르친다면 저 아
이는 반드시 늙은이를 업신여겨도 된다고 여길 것이다. 이렇게 한다면
형을 업신여기고 아버지를 업신여기고 임금 또한 업신여겨도 된다고
여길 것이니, 어찌 죄악과 반역을 저지름에 이르지 않겠는가?"

하니, 주인은 기가 질려서 말을 하지 못하였다.

厭避長者, 甘處下流, 最是日入於庸賤陋惡, 幼與傭人遊
者, 雖至壯大, 言語容貌, 終未超脫俚俗之氣, 故, 敎子
弟, 必使之從遊醇謹雅飭之人, 方不竟抵于不肖無狀, 詩
云, 出自幽谷, 遷于喬木.

염피장자, 감처하류, 최시일입어용천루악, 유여겸인유자, 수지장대,
언어용모, 종미초탈리속지기, 고, 교자제, 필사지종유순근아칙지인,
방불경저우불초무상, 시운, 출자유곡, 천우교목.

– 〈見士小節(견사소절)〉

어른을 꺼리고 피하며 아랫사람들과 있기를 좋아하는 사람은 날마다
용렬하고 천하며 누추하고 악한 데로 들어가게 된다. 어려서 하인들과
놀던 사람은 비록 장대한 어른이 되더라도 언어와 용모가 마침내 속된
기운을 벗어나지 못한다. 그러므로 자제를 가르칠 때에 반드시 깨끗하
고, 우아하고, 삼가는 사람과 어울리게 하여야 어리석고 무례하고 악한
사람이 되지 않을 것이다. '시경'*에 이르기를 낮은 골짜기로부터 나와
서 높고 큰 나무로 옮겨간다.'라고 하였다.

＊시경 : 중국에서 가장 오래된 시집.

明朋友之交 명붕우지교

擊蒙要訣曰 "凡侍先生長者, 當質問義理, 以明其學, 侍
鄉黨長老, 小心恭謹, 不放言語, 有問則敬對以實. 與朋
友處, 當以道義講磨, 只談文字義理而已, 世俗鄙俚之
說, 及時政得失, 守令賢否, 他人過惡, 一切不可掛口,
與鄉人處. 隨問應答, 而終不可發鄙褻之言, 雖莊栗自
持, 而切不可存矜高之色, 惟當以善言誘掖, 必以欲引
而向學, 與幼者處, 當諄諄言孝悌忠信, 使發其善心."

격몽요결왈 "범시선생장자, 당질문의리, 이명기학, 시향당장노, 소심
공근, 불방언어, 유문즉경대이실. 여붕우처, 당이도의강마, 지담문자
의리이이, 세속비리지설, 급시정득실, 수령현부, 타인과악, 일절불가
괘구, 여향인처. 수문응답, 이종불가발비설지언, 수장율자지, 이절불
가존긍고지색, 유당이선언유액, 필이욕인이향학, 여유자처, 당순순언
효제충신, 사발기선심."

'격몽요결'이란 책에 이런 말이 있다.

"선생님이나 어른을 모실 때는 마땅히 올바른 이치를 물어서 그 진리
를 분명하게 배워야 하고, 나이 많고 점잖은 마을 어른을 모실 때는 마
땅히 조심하고 공경하여 말을 함부로 하지 말며, 묻는 말이 있으면 사
실대로 공손히 대답해야 한다.

친한 친구들과 함께 있을 때는 사람이 마땅히 해야 할 일과 글의 뜻

및 옳은 이치를 이야기하고, 세상에 떠도는 저속한 말이나 정치 혹은 정세에 대한 비방, 남의 잘못과 나쁜 일은 일체 입에 담지 말아야 할 것이다.

마을 사람들과 함께 있을 때는 물음에 따라 대답하더라도 끝내 더러운 말을 해서는 안 되고, 몸가짐은 점잖게 하되 잘난 체 해서는 안 되며, 오직 좋은 말로써 타이르고 이끌어 학문에 힘쓰도록 해야 한다. 어린이들과 함께 있을 때는 마땅히 좋은 말로 타이르고, 효도와 우애와 신의와 충성을 이야기하여 그들로 하여금 착한 마음이 일어나도록 해야 한다."

愚伏先生 鄭文莊公經世曰 "朋友切偲之道, 惟當隨遇, 而盡其心, 不當以吾知未至, 吾行未力, 而恝然於忠告 之事. 至於君子聽言之道, 則但觀其理之得失, 而爲從 違, 不當視其人賢否, 而爲進退."

우복선생 정문장공경세왈 "붕우절시지도, 유당수우, 이진기심, 부당이
오지미지, 오행미력, 이괄연어충고지사. 지어군자청언지도, 즉단관기
이지득실, 이위종위, 부당시기인현부, 이위진퇴."

문장공 우복 정경세 선생이 말씀하였다.

"친구간에 정성을 다하여 서로 힘쓰도록 하는 도리는 오직 만나는 데에 따라 그 참된 마음을 다해야 하는데 나의 지식이 충분하지 못하고, 나의 행실이 부족하다 하여 남의 잘못을 충고하는 일에 소홀해서는 안 된다.

더구나 학식과 덕망을 갖춘 인격자가 남의 말을 받아들이는 도리는

다만 그것이 이치에 맞느냐 혹은 맞지 않느냐를 관찰해서 결정해야지, 그 사람의 어질고 어질지 못함을 보아 나아가거나 물러가서는 안된다."

静菴先生曰 "學者立志, 雖以聖賢自期, 未爲過也, 至於待人, 則每取其長, 而務廣容人之量可也, 躬自厚, 而薄責於人, 不可不體認."

정암선생왈 "학자입지, 수이성현자기, 미위과야, 지어대인, 즉매취기장, 이무광용인지량가야, 궁자후, 이박책어인, 불가불체인."

정암 조광조 선생이 말씀하였다.

"학자가 뜻을 세우는 데는 비록 성인과 현인이 되기를 스스로 목표로 삼더라도 지나치거나 과한 것은 아니다. 더구나 남을 대접하는데 있어서는 언제나 그의 좋은 점을 취하여 남을 너그럽게 포용해주는 도량을 넓히기를 힘써야 한다. 항상 자신을 책망하는 것은 철저하게 하고, 남을 책망하는 것은 너그럽게 해야 함을 깊이 명심하지 않으면 안 된다."

李永膺至男, 戒其子曰 "士以忠信, 不欺爲本, 今之學者, 專事遨遊, 隨朋逐伴, 論人是非, 至於失身者多, 切宜痛戒."

이영응지남, 계기자왈 "사이충신, 불기위본, 금지학자, 전사오유, 수붕축반, 논인시비, 지어실신자다, 절의통계."

– 〈見蓮峰集(견연봉집)〉

영웅 이지남이 아들을 경계하여 다음과 같이 말하였다.

"선비는 충성과 성실함과 속이지 않는 것을 근본으로 삼아야 하는데, 지금 학생들은 오로지 노는 것만 일삼아 벗들과 어울려 다니면서 남의 옳고 그름이나 따지다가 몸을 망치는 자가 많으니, 마땅히 크게 경계하여야 할 것이다."

通論 통론

일반적인 의논

金慕齋, 請於朝曰 "萬民至衆, 不可家諭而户曉, 必有鼓舞振作之方, 然後, 民自興起, 而從善也. 祖宗朝, 撰三綱行實, 形諸圖畫, 播之, 歌詠頒諸中外, 使民勸習, 甚盛意也, 然, 長幼朋友, 與三綱, 幷爲五倫, 以長幼推之, 敦睦宗族, 以朋友推之, 鄕黨僚吏, 亦人道所重, 不可闕也. 當以此二者, 補爲五倫行實, 擇古人善行, 爲圖畫詩章, 頒諸中外, 敦勸而獎勉之."

김모재 청어조왈 "만민지중, 불가가유이호효, 필유고무진작지방, 연후, 민자흥기, 이종선야. 조종조, 찬삼강행실, 형제도화, 파지, 가영본계흥외, 사민권습, 심성이야, 연, 장유붕우, 여삼강, 병위오륜, 이장유추지, 돈목종족, 이붕우추지, 향당요리, 역인도소중, 불가관야. 당

이차이자, 보위오륜행실, 택고인선행, 위도화시장, 반제중외, 돈권이
장면지."

모재 김안국이 조정에 다음과 같이 요청하였다.

"만백성은 그 수가 지극히 많으므로, 집집마다 타이르고 깨우칠 수
가 없으므로, 반드시 그들의 기운을 일으켜 크게 고무시키고 진작시키
는 방법이 있은 뒤에야 백성들이 스스로 일어나 착한 행실을 따를 것
입니다.

세종께서 삼강행실을 편찬할 적에 그림으로 그리고, 노래와 시에 담
아 널리 반포하여, 백성들로 하여금 잘 익히게 하였으니, 이는 실제로
매우 훌륭한 뜻입니다. 그러나 어른과 어린이의 차례와 벗과 벗의 신
의는 세 가지 근본과 아울러 다섯 가지 인륜으로 삼으니, 어른과 어린
이는 차례로써 이를 받들어 일가친척을 화목하게 만들고 벗과 벗은 신
의로써 받들어 향당의 관료들도 역시 사람의 도리가 중한 것을 잊어서
는 안 되는 것입니다.

마땅히 이 두 가지로써 오륜행실을 돕게 하고, 옛 사람의 선행을 가
려서 그림과 시와 글로 만들어서 나라에 널리 펴서 인륜의 중요한 점을
돈독히 권하고 이를 힘써 행하도록 장려하여야 합니다."

趙龍門昱, 教子有法, 少有差失, 則必擧小學章, 使讀而
責之諄諄曰 "人之爲人, 不出此孝悌而爲聖爲賢, 亦在
推而大之也. 立身揚名, 以顯父母, 雖是人子之道, 若以
富貴利達爲心, 則事親事君, 必不得善其終矣, 汝輩切
宜戒之." 子弟未敢以榮利爲言.

조용문욱, 교자유법, 소유차실, 즉필거소학장, 사독이책지순순왈 "인
지위인, 불출차효제이위성위현, 역재추이대지야. 입신양명, 이현부모,
수시인자지도, 약이부귀이달위심, 즉사친사군, 필불득선기종의, 여배
절의계지." 자제미감이영이위언.

용문 조욱은 자식을 가르치는데 법도가 있었다. 그리하여 조금이라
도 어긋나거나 잘못하는 것이 있으면 반드시 소학의 글귀를 들어 읽게
하고 간곡하게 말하였다.

"사람이 사람이 된 이유는 곧 효도와 공경 때문이며, 그리고 성인이
되고 현인이 되는 것도 역시 이를 받들고 크게 하는 데 달려 있는 것이
다. 사람이 세상에 나서 훌륭한 이름을 떨쳐 부모의 이름까지 드러나
게 하는 것이 비록 자식의 도리라 하더라도, 만약 부하고 귀하고 이익
과 영달만을 마음에 둔다면 결국은 어버이를 섬기고 임금을 섬기는 일
과 반드시 착한 사람이 되지는 못하고 말 것이다. 너희들은 마땅히 이
런 점을 경계하라."

라고 하니, 자제들이 감히 영화와 이익을 말하지 못하였다.

晦齋先生曰 "天之生物, 理無虧欠, 而人之處物, 每不盡
理, 如君臣父子兄弟夫婦, 皆出於天性, 而各有當然之
則, 有一毫不盡其心, 不當乎理, 是爲不盡分也. 聖人,
所以爲人倫之至者, 只是盡其分也."

회재선생왈 "천지생물, 이무휴흠, 이인물처물, 매불진리, 여군신부자
형제부부, 개출어천성, 이각유당연지즉, 유일호불진기심, 부당호리,
시위부진분야. 성인, 소이위인륜지지자, 지시진기분야."

회재 이언적 선생이 말씀하였다.

"하늘이 만물을 생겨나게 한 데는 그 이치에 완전하지 못한 점이 없으나, 사람이 만물에 대처하는 데는 늘 그 이치를 다하지 못하고 있는 것이다. 임금과 신하, 아버지와 아들, 남편과 아내와 같은 인륜 관계는 다 하늘이 마련한 천성에서 나온 것이므로, 각각 마땅한 법칙이 있어 조금이라도 그 마음을 다하지 않는 일이 있으면 이치에 맞지 않는 것이니, 곧 그 분수를 다하지 않았기 때문이다. 이것이 성인이 '사람이 인륜과 도리를 충실히 다하는 것은 다만 곧 그 분수를 다하는 데 달려 있다.'라고 하는 까닭이다."

退溪先生曰 "君父一體, 事之如一, 惟其所在, 則致死焉, 然父子天屬, 就養無方, 君臣義合, 就養有方, 無方者, 恩常掩義, 有方者, 義或奪恩, 有不得不去之處."

퇴계선생왈 "군부일체, 사지여일, 유기소재, 즉치사언, 연부자천속, 취양무방, 군신의합, 취양유방, 무방자, 은상엄의, 유방자, 의혹탈은, 유불득불거지처."

퇴계 선생이 말씀하였다.

"임금과 아버지는 같은 관계의 사람이므로 섬기는 것도 한결 같아야 하고, 오직 그 장소에서는 죽음도 다하여야 하는 것이다. 그러나 아버지와 아들과의 관계는 타고난 친분이라서 봉양하는 데는 일정한 방법이 없지만 어떤 방법을 써서라도 봉양해야 하지만 임금과 신하와의 관계는 의리의 결합이라서 봉양하는 데는 일정한 방법이 있는 것이다. 방법이 없다는 것은 은혜가 크므로 의리로써는 그 뜻을 다하지 못하다는 말이요, 정해진 방법이 있는 경우에는 의리가 우선이어서 혹 은혜를 빼앗기도 하여, 필요에 따라서는 떠나갈 수도 있는 것이다."

郭忘憂堂再祐, 與女壻書曰 "世人見新郎形容之善, 歌舞之美, 例以奴婢田地別給, 余則亂離之後, 奴婢盡死於飢餓, 無可別給也, 田地則好田好畓, 處處陳荒, 欲耕則無禁, 不須別給也, 余以一言平生之所爲寶者, 別給, 何也? 勤以讀書, 愼以持身, 忠以事君, 孝以事親, 其於行世也, 萬倍於奴婢千萬口者也, 余之所贈, 不亦大乎, 請服膺而勿失之, 人無與爭之者."

곽망우당재우, 여여서서왈 "세인견신낭형용지선, 가무지미, 예이노비전지별급, 여즉란이지후, 노비진사어기아, 무가별급야, 전지즉호전호답, 처처진황, 욕경즉무금, 불수별급야, 여이일언평생지소위보자, 별급, 하야? 근이독서, 신이지신, 충이사군, 효이사친, 기어행세야, 만배어노비천만구자야, 여지소증, 불역대호, 청복응이물실지, 인무여쟁지자."

망우당 곽재우가 사위에게 준 편지에 다음과 같이 말하였다.

"세상 사람들은 신랑의 얼굴이 잘 생기고 노래와 춤을 잘하는 것을 보면 으레 노비와 전지를 별도로 주는데, 나는 난리를 겪은 뒤라 노비가 다 굶어 죽어서 따로 줄 만 한 자가 없고, 전지로 말하면 좋은 전답이 곳곳마다 묵고 있어 아무라도 경작하고자 하면 경작할 수 있으니, 따로 줄 것이 없다. 그보다도 나는 평생의 보배가 될 만한 교훈 한 마디를 특별히 주려 하니, 어떠한가? 책을 읽기를 부지런히 하고, 몸가짐을 삼가고, 임금을 섬기는 데 충성을 다하고, 어버이를 섬기는 데 효도를 다하는 것이 세상을 살아가는 데 있어서 노비가 천만 명 있는 것보다 만 배나 나을 것이다. 내가 너에게 주는 것이 크지 않겠는가? 이를 가슴속에 깊이 간직해 두고 잊지 말기를 바란다. 이렇게 하면 사람들이 함께 다툴 자가 없을 것이다."

敬身

경신

敬
身 경신

'몸가짐을 조심한다.'는 뜻으로, 마음의 수양과 몸가짐에 관한 각종 예절을 제시하였다.

明心術之要 명심술지요

- 마음가짐의 요긴한 점을 밝힘.

晦齋先生, 在謫所几案上, 書自戒之辭. 曰 "吾日三省吾身, 事天有未有盡歟, 爲君親有未誠歟, 持心未有正歟?"

회재선생, 재적소궤안상, 서자계이사. 왈 "오일삼성오신, 사천유미유진여, 위군친유미성여, 지심미유정여?"

회재 이언적 선생이 귀양살이하고 있을 때 안석과 책상 위에 스스로 경계하는 말씀을 다음과 같이 써 붙였다.

"나는 날마다 세 번 내 자신의 몸가짐을 반성한다. 하늘을 섬기는 일에 극진하지 않았는가, 임금과 부모를 위하여 정성을 다하지 않았는가, 마음가짐과 몸가짐을 바르게 하지 않았는가?"

鄭困齋曰 "讀書講學, 一以明理爲務, 而不以誇多爲意, 處心行事, 一以循理爲主, 而不以悅人爲意. 尊賢取友, 必以誠信, 而毋以私恭苟容爲心, 待人接物, 必以寬恕, 而毋以犯校責備爲心. 懲忿窒慾, 不但制之於已發之後, 當講明, 平日論學之際, 以知其忿慾之所自, 遷善改過, 不但治之於見聞之後, 當內省於平日操存之際, 以察其善惡之所在."

정곤재왈 "독서강학, 일이명리위무, 이불이과다위의, 처심행사, 일이순리위주, 이불이열인위의. 존현취우, 필이성신, 이무이사공구용위심, 대인접물, 필이관서, 이무이범교책비위심. 징분질욕, 부단제지어이발지후, 당강명, 평일론학지제, 이지기분욕지소자, 천선개과, 불단치지어견문지후, 당내성어평일조존지제, 이찰기선악지소재."

— 〈見愚得錄(견우득록)〉

곤재 정개청이 말하였다.

"책을 읽고 학문을 강론하는 데는 오로지 참된 진리를 밝히는 것을 힘쓸 것이요, 많이 아는 것을 과시하려 하지 말며, 마음을 다듬고 일을 행하는 데는 오로지 이치에 따르는 것을 으뜸으로 삼을 것이며, 남을 기쁘게 하는 것만을 생각해서는 안 될 것이다. 어진 사람을 존경하고 친구를 사귀는 데는 반드시 정성과 믿음으로 사귈 것이지, 사사로이 공경하거나 굳이 용납하는 것을 마음가짐으로 삼지 말 것이다. 남을 대하고 사물을 대하는 데는 반드시 너그러운 마음으로써 할 것이며, 잘못을 따지거나 완벽하기를 바라지 말아야 한다. 분함을 징계하고 욕심을 막음은 다만 이미 분함과 욕심을 낸 뒤에 막을 것이 아니라, 마땅히 평소 학문을 닦을 때에 강론하여 밝히고 그 분함과 욕심내는 까닭을 알아서 스스로 잘못을 고쳐 착한 마음으로 옮겨야 할 것이다. 착한 마음을 먹고 잘못을 고치려는 데는 보고 들은 뒤에 시행할 것이 아니라, 마땅히 평소의 마음가짐을 가다듬을 때에 잘 반성하여 그 착하고 악한 원인을 살필 것이다."

李栗谷先生曰 "學者, 終身讀書, 不能有成, 只是志不立, 志之不立, 其病有三, 一曰不信, 以聖人之言, 爲誘人, 而設只玩其文, 不以身踐. 二曰不智, 自分資質之不美, 安於退托, 殊不知進則爲聖爲賢, 退則爲愚爲不肖, 皆所自爲也. 三曰不勇, 稍知聖賢之不我欺, 氣質之可變化, 只是恬常滯. 故, 不能舊發, 昨日所爲, 今日難革, 今日所爲, 明日憚改, 如是因循, 進寸退尺, 人有此三病, 故, 君子不世出, 六籍爲空言, 可勝歎哉?"

이율곡선생왈 "학자, 종신독서, 불능유성, 지시지불립, 지시불립, 기병유삼, 일왈불신, 이성인지언, 위유인, 이설지완기문, 불이신천. 이왈부지, 자분자질지불미, 안어퇴탁, 수불지진즉위성위현, 퇴즉위우위불소, 개소자야. 삼왈불용, 초지성현지불아기, 기질지가변화, 지시염상체.

고, 불능구발, 작일소위, 금일난혁, 금일소위, 명일탄개, 여시인순, 진
촌퇴척, 인유차삼병, 고, 군자불세출, 육적위공언, 가승탄재?"

이율곡 선생이 말씀하였다.

"공부하는 사람이 죽을 때까지 책을 읽으면서도 훌륭한 사람이 되지
못하는 것은 바로 뜻을 세우지 못했기 때문이다. 뜻을 세우지 못한 것
은 세 가지 결점이 있기 때문이다.

첫째는 성인의 가르침을 믿지 않는 것이다. 이는 입으로는 성인의 말
씀을 지껄이면서 그 가르침은 하나도 몸으로 실천하지 않는 것이다.

둘째는 지혜롭지 못한 것이다. 이는 스스로 자기는 성인이 될 수 있
는 훌륭한 자질을 타고나지 못했다고 생각하여 안일하게 물러나 체념
을 함으로써 노력하면 성인이나 현인이 되고, 노력하지 않으면 어리석
은 사람이나 어질지 못한 사람이 되는 것이 모두 자기 자신에 달려 있
음을 전혀 알지 못하는 것이다.

셋째는 용감하지 못한 것이다. 이는 성현의 가르침이 옳고 또 그 가
르침대로 하면 기질을 변화시킬 수 있다는 것을 알면서도, 다만 일상에
안주하고 옛날 습관에 빠져서 잘 분발하지 못하여 어제 저지른 잘못을
오늘 고치지 못하고, 오늘 한 잘못을 내일 고치기를 꺼려 하니, 이와 같
이 그럭저럭 세월만 보내다보면 발전하는 것은 작고 퇴보하는 것은 크
게 되는 것이다.

사람들에게 이와 같은 세 가지 결점이 있기 때문에 군자가 세상에 나
오지 못하고, 많은 경전들이 모두 쓸데없는 헛된 말이 되고 마는 것이
니, 탄식을 금할 길이 없다."

曹南冥先生曰 "學莫要於持敬, 故, 用工於主一. 學莫善
於寡欲, 故, 致力於克己."

조남명선생왈 "학막요어지경, 고, 용공어주일. 학막선어과욕, 고, 치력
어극기."

남명 조식 선생이 말씀하였다.

"학문을 공경하는 마음을 갖는 것보다 중요한 것이 없다. 그러므로
오로지 공경하는 마음으로 공부하는 일에만 힘을 써야 한다. 그리고
학문은 욕심을 적게 갖는 것보다 좋은 것이 없다. 그러므로 자기의 욕
심을 스스로 막아내는데 힘을 다하여야 한다."

申松溪季誠曰 "存養熟, 則氣象高大, 省察久, 則此心自
然誠明."

신송계계성왈 "존양숙, 즉기상고대, 성찰구, 즉차심자연성명."

‒〈見師友錄(견사우록)〉

송계 신계성이 말씀하였다.

"본 마음을 잃지 않도록 착한 성품을 기르는 데 익숙하면 그 마음씨
가 높고 커지고, 잘 잘못을 살피는 마음 가짐이 오래되면 그 마음은 저
절로 성실해지고 밝아지는 것이다."

靜菴先生曰 "古人云希顔, 要在用心剛剛, 則爲善不難
矣. 如某者, 亦於淸夜湋寂之中, 或有志氣淸明之時, 苟
能養之不失, 則古人可希, 而用心不剛. 故, 明日還有終

擾之患矣."

정암선생왈 "고인운희안, 요재용심강강, 즉위선불난의. 여모자, 역어
청야잠적지중, 혹유지기청명지시, 구능양지부실, 즉고인가희, 이용심
불강. 고, 명일환유종요지환의."

정암 조광조 선생이 말씀하였다.

"옛 사람이 이르기를 '희안'*은 꼭 마음 쓰는 것을 굳고 곧은 데 두었
으므로 착한 일을 하기에 어렵지 않았다. 나와 같은 자도 맑은 밤, 고요
한 곳에서는 혹 뜻과 기운이 청명할 때가 있으니, 만약 이 청명한 기운
을 잘 기르고 잃지 않는다면 옛사람처럼 되기를 바랄 수 있을 것이다.
그러나 마음이 굳세지 못하기 때문에 다음 날이면 다시 혼란스럽고 어
지러워지는 것이다."

**成大谷曰 "克己一端, 爲學第一功夫, 所謂己者, 吾心所
好, 不合天理之謂也, 須於日用, 仔細檢察, 纔覺己私,
一劒兩斷, 淨洗心地, 不留苗脈, 則自然天理昭著, 人欲
退聽."**

성대곡왈 "극기일단, 위학제일공부, 소위기자, 오심소호, 불합천리지
위야, 수어일용, 자세검찰, 재각기사, 일검양단, 정세심지, 불유묘맥,
즉자연천리소저, 인욕퇴청."

대곡 성운 선생이 말씀하였다.
"자신의 사리사욕을 이겨내는 것이 학문하는 사람의 가장 큰 공부다.

---

*희안 : 조선 세종 때의 명신 강희안.

자신의 사리사욕이란 내 마음이 좋아하는 사사로운 욕심으로 올바른 도리에 어긋난 마음이다. 반드시 일상생활을 하는 동안에 행동거지 하나하나를 자세히 검토하고 살펴야만 비로소 자신의 사사로운 욕심을 겨우 찾을 수 있을 것이다. 이런 마음은 한 칼로 두 동강을 내듯이 선뜻 잘라버리고 마음의 바탕을 깨끗이 씻어서 사사로운 욕심의 싹과 뿌리를 남기지 않아야 한다. 이렇게 하면 올바른 도리는 저절로 나타나고 사람의 나쁜 욕망도 없어지게 될 것이다."

> 張旅軒先生曰 "見善必遷, 則可以盡天下之善, 有過必改, 則可以無一身之過, 遷善而至於盡善, 改過而至於無過."
>
> 장여헌선생왈 "견선필천, 즉가이진천하지선, 유과필개, 즉가이무일신지과, 천선이지어진선, 개과이지어무과."

여헌 장현광 선생이 말씀하였다.

"착한 일을 보면 반드시 그대로 착한 행실을 다할 수 있고, 잘못하는 일을 보고서 반드시 이것을 고치면 자신의 몸에 잘못이 없게 될 것이며, 착한 행실을 옮겨 착한 일을 하는데 이르게 하고, 잘못된 행실을 고쳐 잘못된 일이 없도록 하는 데 이르게 할 것이다."

> 金沖菴淨, 勇箴曰 "世有大勇者, 毁之而不怒, 犯之而不驚, 辱之而不屑, 夫勇於行義. 故, 忿懥之事, 不入于懷, 徒見其恂恂如也."
>
> 김충암정, 용잠왈 "세유대용자, 훼지이불노, 범비이불경, 욕지이불설,

부용여행의. 고, 분치지사, 불입우회, 도견기순순여야."

충암 김정이 용잠'*에 말하였다.

"세상에 아주 용기 있는 사람은 남이 헐뜯어도 노여워하지 않고, 덤벼들어도 놀라지 않으며, 모욕을 주어도 개의치 않는다. 용기란 의로운 일을 하는 데 쓰는 것이기 때문에 분하고 성나는 생각을 마음속에 넣어 두지 않는다. 다만 그 성실함만을 볼 뿐인 것이다."

> 記言曰 "自私者欺人, 天理昭著, 人不可欺, 徒自欺耳.
> 故, 誠身, 必自毋自欺始."
>
> 기언왈 "자사자기인, 천리소저, 인불가기, 도자기이. 고, 성신, 필자무
> 자기시."

미수 허목의 '기언'이란 책에 이런 말이 있다.

"간사한 사람은 남을 속이려 하지만 하늘의 참된 이치가 밝게 드러나서 남을 속일 수 없고, 다만 자신을 속일 따름이다. 그러므로 자신을 참되게 하는 것은 반드시 자신을 속이지 않는 데서부터 시작되는 것이다."

> 金沖菴曰 "見憂而憂, 憂未必去, 見懼而懼, 懼未必止,
> 惟其徐而察之, 使自解之, 和而受之, 使自消之, 乃達理
> 之行, 造道之至, 是以君子樂天知命, 故, 不憂不懼."

＊용잠 : 용맹스러운 행동에 관하여 경계하는 말.

김충암왈 "견우지우, 우미필거, 견구이구, 구미필지, 유기서이찰지, 사
자해지, 화이수지, 사자소지, 내달이지행, 조도지지, 시이군자낙천지
명, 고, 불우불구."

충암 김정이 말씀하였다.

"근심스러운 일을 보고서 근심하더라도 근심이 반드시 없어지는 것
은 아니고, 두려운 일을 보고서 두려워하더라도 두려움이 반드시 그쳐
지는 것은 아니므로, 오직 그런 일을 천천히 살펴서 저절로 풀리게 하
고, 부드럽게 받아들여서 저절로 없어지게 할 것이니, 이것이 곧 사리
에 통달하는 행실이요, 올바른 도리에 이르게 하는 지극한 행동이다.
그러므로 군자는 타고난 운명을 즐거워하고, 인생의 삶의 보람을 알고
있는 것이다. 그러므로 모든 일을 근심하지도 않는 것이다."

明威儀之則 명위의지칙

- 바른 몸가짐의 법칙을 밝힘.

靜菴先生曰 "持己, 當使嚴中有恭, 恭中有嚴, 此所謂體
樂, 不可斯須去身者也."

정암선생왈 "지기, 당사엄중유공, 공중유엄, 차소위예악, 불가사수거
신자야."

정암 조광조 선생이 말씀하였다.

"자기 자신의 몸가짐은 엄숙한 가운데에도 공순함이 있고, 공순한 가운데도 엄숙한 점이 있게 하여야 하니, 이것이 이른바 사회의 질서를 바로잡는 예의와 사람의 마음을 부드럽게 하는 음악을 잠시라도 몸에서 떠나게 하여서는 안 되는 것이다."

金沖菴曰 "容儀者, 一身之表, 而德之符也, 望之而可敬, 卽之而可慕, 蔚然凝遠者, 其中之所養可見也. 自非聖人, 不能從容中道, 則貴夫修飭惕厲, 莊以律身, 夫莊則重, 重則和, 和則明, 夫如是心正, 而身修矣, 世俗之人, 憚於拘束, 頑慢自恣, 遊戲於體法之外, 積習爲常, 恬不爲怪, 以是而求入於德, 不亦遠哉? 夫君子周旋中規, 折旋中矩, 揖讓升降, 酬酢進退, 以至日用勤靜, 無不有節, 固將遠其粗僻之習, 而養其中知之德, 未嘗敢自暇荒廢也."

김충암왈 "용의자, 일신지표, 이덕지부야, 망지이가경, 즉지이가모, 울연응원자, 기중기소양가견야. 자비성인, 불능종용중도, 즉귀부수칙척려, 장이율신, 부장즉중, 중즉화, 화즉명, 부여시심정, 이신수의, 세속지인, 탄어구속, 완만자자, 유희어체법지외, 적습위상, 염불위괴, 이시이구입어덕, 불역원재? 부군자주선중규, 절선중구, 읍양승강, 수작진퇴, 이지일용근정, 무불유절, 고장원기조벽지습, 이양기중지지덕, 미상감자가황폐야."

충암 김정이 말씀하였다.

"용의라는 것은 한 몸을 가리는 웃옷이고, 바른 도리와 착한 행실의 보람이므로 이를 바라보아도 가히 공경하게 되고 이를 가까이 하더라도 가히 사모하게 되는 것이며, 뛰어난 성품과 엄숙하고 올바른 풍채가 그런 속에서 길러져 나타나는 것이다. 자신이 성인답지 못하면 조용히 있어도 도리에 맞지 않으니, 대체로 몸가짐을 닦아 자신의 행동을 삼가 함에 힘쓰는 것을 귀하게 여겨, 장엄하고 씩씩하며 단정하고 공경하는 행실로써 몸가짐을 바로잡을 것이다. 몸가짐을 장엄하게 가지면 신중하게 되고, 신중하게 가지면 화합하게 되고, 화합하면 분명하게 되는 것이니, 대체로 이와 같이 해야 마음가짐이 바르게 되고 몸가짐이 수양되는 것이다. 세상 사람들은 무엇에나 구속되는 것을 꺼리고, 사리에 어두워 제멋대로 날뛰고, 예의 바른 법도의 밖에서 놀아나며, 이러한 나쁜 버릇이 쌓이는 것을 예사로 여겨 괴이하게 생각하지 않으니, 이러고서야 바르고 착한 행실에 들어가기를 구한다고 해도 역시 멀었다고 하지 않겠는가? 무릇 군자는 동작이 법규에 맞고, 온갖 행실이 법도에 맞으며, 공손히 절하며, 오르고 내리며, 손님을 대접하며, 나아가고 물러서는 행동이 일상생활에 이르기까지 예절에 맞지 않는 것이 없는 것이니, 늘 거칠고 편벽한 버릇을 멀리하고, 곧고 바른 덕행을 기르면 감히 거칠어질 겨를이 없을 것이다."

徐花潭敬德曰 "若不危坐, 思慮不一, 思慮不一, 則不能窮格."

서화담경덕왈 "약불위좌, 사려불일, 사려불일, 즉불능궁격."

화담 서경덕이 말씀하였다.

"사람이 만약 바르게 앉아서 공부하지 않으면 생각이 하나로 집중되

지 않고, 생각이 하나로 집중되지 않으면 사물의 진리를 제대로 연구할
수 없다."

**退溪先生曰 "收歛身心, 齊莊整肅, 則有時盤坐, 雖不如
危坐之嚴肅, 自不害義理."**

퇴계선생왈 "수감신심, 제장정숙, 즉유시반좌, 수불여위좌지엄숙, 자
불해의리."

퇴계 선생이 말씀하였다.

"몸과 마음을 잘 거두어 모아 장중하고 정숙한 태도를 갖추고 있으
면, 때로는 편안히 앉아 있더라도 비록 앉아서 엄숙한 태도를 짓는 것
같지 못하지만, 자연 올바른 이치를 해치지는 않을 것이다."

**洪恥齋仁祐曰 "儒者, 苟志學聖賢, 勤容周旋, 當以古人
爲準, 若畏人非笑, 憫於爲善, 終必爲無狀人."**

홍치재인우왈 "유자, 구지학성현, 근용주선, 당이고인위준, 약외인비
소, 겁어위선, 종필위무상인."

치재 홍인우 선생이 말씀하였다.

"선비가 진실로 성현의 행실을 배우는 데 뜻을 두고, 행동하고 주선
하는 데는 마땅히 옛 사람들이 행한 착하고 올바른 행실을 표준으로
삼아야 할 것이다. 만약 남의 비난과 비웃음을 두려워하여 선행하는
것을 주저 한다면, 마침내는 반드시 보잘 것 없는 사람이 되고 말 것
이다."

慕齋家訓曰 "愼言語, 勿誇己長, 而談人短, 勿談過惡及
隱微之事, 勿談國家朝廷政令得失, 勿言守令宰相朝官
得失, 勿喜談淫褻醜語. 聞人善則喜談之, 勿言毀人之
語, 勿談傲慢侮人之言, 勿談反常凶悖之言, 勿講張妄
誑言語."

모재가훈왈 "신언어, 물과이장, 이담인단, 물담과악급은미지사, 물담
국가조연정령득실, 물언수령재상조관득실, 물희담음설추어. 문인선
즉희담지, 물언훼인지어, 물담방만모인지언, 물담반상흉패지언, 물주
장망황언어."

모재 김안국의 가훈에 말하였다.

"말을 조심하여 자신의 장점을 자랑하거나 남의 단점을 말하지 말며,
남의 잘못한 일이나 악행 또는 은밀한 일을 말하지 말며, 국가나 조정
에서 내놓는 정령의 옳고 그름을 말하지 말며, 수령이나 재상이나 관리
의 잘하고 잘못하는 점을 말하지 말며, 음란하고 추악한 말을 입에 담
기를 좋아하지 말며, 남의 선행을 들으면 기뻐하고, 남을 헐뜯는 말을
하지 말며, 오만하여 남을 업신여기는 말을 하지 말며, 상도에 위반되
거나 도리에 어긋나는 말을 하지 말며, 과장되고 황당한 말을 하지 말
아야 한다."

寒暄堂先生 金文敬公宏弼, 訓諸子曰 "爾等心存敬畏,
無敢懈怠, 人或議己, 切勿相較言人之惡. 如含血噴人,
先汚其口, 宜以此爲戒."

한훤당선생 김문경공굉필, 훈제자왈 "이등심존경외, 무감해태, 인혹의

기, 절물상교언인지악. 여함혈분인, 선오기구, 의이차위계."

문경공 한훤당 김굉필 선생이 여러 자제들을 훈계하여 다음과 같이
말씀하였다.

"너희들은 항상 마음속에 남을 존경하고 두려워하는 마음을 갖고 이
것을 게을리 하는 일이 없도록 해야 한다. 어떤 사람이 혹시 자신을 비
방했다고 해서 그 사람의 나쁜 점을 말하는 것은 옳지 않다. 만약 피를
입에 머금고 남에게 내뿜으면 먼저 내 자신의 입이 더러워지는 것이므
로 마땅히 이 점을 조심해야 한다."

> 寒岡先生 鄭文穆公述, "嘗言學者自持其身, 當如閨中
> 處子, 不可一點受汚於人. 至於有官者, 尤不可輕見, 輕
> 見則必有後悔, 觀陣無己, 所以辭章子厚, 則其所以自
> 重者如何哉? 此不可不爲之法也."
>
> 한강선생 정문목공구, "상언학자자지기신, 당여규중처자, 불가일점수
> 오어인. 지어유관자, 우불가경견, 경견즉필유후회, 관진무기, 소이사
> 장자후, 즉기소이자중자여하재? 차불가불위지법야."

문목공 한강 정구 선생이 일찍이 말씀하였다.

"배우는 자는 몸가짐을 규중의 처녀와 같이 하여 조금이라도 남에게
더럽힘을 받지 말아야 한다. 특히 관직에 있는 자에 있어서는 더더욱
함부로 사람들을 만나지 말아야 하니, 함부로 사람을 만나게 되면 뒤에
반드시 후회할 일이 생기게 된다. 진무기가 장자후의 만나자는 요청을
거절한 것을 보면 스스로 몸가짐을 삼가는 것이 어떠하였는가? 이것을

법으로 삼지 않으면 안 된다."

士小節曰 "君子出入進退, 有信有漸, 不可來如驟雨, 去
如飄風."
"男子長處內, 而頻入閨, 則儀多失, 而威不行."
"不可因一小愁, 作嚬蹙欲哭之狀, 不可因一小恚, 作吼
咆欲罵之容."

사소절왈 "군자출입진퇴, 유신유점, 불가내여취우, 거여표풍."
"남자장처내, 이빈입규, 즉의다실, 이위불행."
"불가인일소수, 작빈축욕곡지상, 불가인일소에, 작후포욕매지용."

사소절에 말하였다.

"군자는 나오고 들어가고 나아가고 물러서는 데 신의가 있고 차례가
있어야 하며, 소나기처럼 왔다가 폭풍처럼 가버려서는 안 되는 것이다."

"남자가 오랫동안 안방에 거처하거나 자주 안방에 들어가면 거동에
실수가 많고 위엄이 행하여지지 않는다."

"조그마한 근심으로 인하여 얼굴을 찌푸리거나 울상을 짓지 말 것이
며, 조그마한 노여움으로 인하여 큰 소리를 지르거나 꾸짖으려는 얼굴
을 짓지 말아야 한다."

磻溪 柳處士馨遠曰 "志於道, 而能立者, 志爲氣惰也.
夙興夜寐, 未能也, 正衣冠, 尊瞻視, 未能也, 事親之
際, 和顔色, 未能也, 居室之間, 敬相對, 未能也."

반계 유처사형원왈 "지어도, 이능입자, 지위기타야. 숙흥야매, 미능야,

정의관, 존첨시, 미능야, 사친지제, 화안색, 미능야, 거실지간, 경상대, 미능야."

반계처사 유형원이 말씀하였다.

"올바른 도리를 연구하는 데도 실행이 안 되는 것은, 뜻의 기질 때문에 게을러지는 까닭이다. 이러면 아침에 일찍 일어나고 밤에 늦게 자는 것도, 의관을 정제하고 시선을 엄숙히 하는 것을 제대로 하지 못하며, 어버이를 섬길 때에 얼굴빛을 온화하게 하지 못하고, 집에 거처할 때에 공경히 서로 대하지 못한다."

明衣服之制 명의복지제

- 옷 입는 법도를 밝힘.

靜菴先生曰 "古云齊明盛服, 只令精潔寬大而已, 可也, 豈奢侈之謂哉? 朝廷士大夫, 若以儉素相尙, 則儒生亦必效之, 不尙奢侈, 當自士大夫始, 常時賢士會處, 豪富子弟, 如或相遇, 必發愧顔, 宜使人人皆如是知愧焉."

정암선생왈 "고운제명성복, 지령정결관대이이, 가야, 개사치지위재? 조정사대부, 약이검소상상, 즉유생역필효지, 부상사치, 당자사대부시, 상시현사회처, 호부자제, 여혹상우, 필발괴안, 의사인인개여시지괴언."

정암 조광조 선생이 말씀하였다.

"옛 사람이 이르기를 마음과 몸을 깨끗이 하고 옷을 잘 갖춰 입는 것은 다만 정결하고 점잖게 하는 것일 뿐인데, 어찌 사치스러운 차림을 말하겠는가? 조정의 사대부들이 만약 서로 검소하게 생활하는 것을 서로 숭상한다면 유생들도 반드시 이를 본받을 것이니, 사치를 숭상하지 않음은 마땅히 사대부로부터 시작하여야 한다. 평상시 어진 선비들이 모인 자리에서 부호가의 자제들이 혹 서로 만나게 되면 반드시 얼굴에 부끄러워하는 빛을 띠니, 사람마다 모두 이와 같이 부끄러워 할 줄을 알게 하여야 한다."

尚成安公震, 每謂子弟曰 "丈夫之志, 不累外飾, 服美于人, 可恥之甚者也."

상성안공진, 매위자제왈 "장부지지, 불누외식, 복미우인, 가치지심자야."

− 〈見淸江集(견청강집)〉

성안공 상진은 항상 자제들에게 다음과 같이 말씀하였다.

"대장부의 뜻은 겉치레를 하는 데 매이지 말아야 한다. 아름다운 옷을 입고 남에게 보이는 것 같은 행동은 크게 부끄러워해야 할 것이다."

蘇齋先生 盧文懿公守愼曰 "衣者身之章, 所以正威儀, 惜損費, 非欲誇耀於人, 計較於利也."

소재선생 노문의공수신왈 "의자신지장, 소이정위의, 석손비, 비욕과요어인, 계교어이야."

문의공 소재 노수신 선생이 말씀하였다.

"옷은 몸의 꾸밈인바, 용의를 바르게 하고 비용을 아껴야 할 것이요, 남에게 빛나는 모습을 자랑하거나 이점을 비교하려 해서는 안 될 것이다."

安公坦大, 家世寒微, 性敦謹, 不與人較. 女人宮, 爲中宗後宮, 是爲昌嬪, 自是持身愈謹, 及嬪生王子, 遂杜門不出, 恐人或以王子外家稱之. 昌嬪次子德興大院君寏, 誕我宣祖大王, 入承大統, 安公處地, 尤尊貴, 而不變賤時之心, 身不着粫緞, 晚以老病失明, 宣廟欲榮其身, 擬以尚方所, 進貂裘賜之, 而恐違雅志, 使人試之曰 "主上, 方製貂裘, 以賜公, 旣賜之後, 則公不敢不着矣." 安公曰 "我是賤人, 着貂裘死罪, 違上命亦死罪, 毋寧安分而死." 上知其意不可奪, 命家人稱以兒狗皮, 以進之, 安公以手摩之, 曰 "尚方之狗, 有別種耶? 毛之柔細, 何至於此耶?" 乃加於身. 宣廟之於安公, 乃外曾孫也, 而不過厚其衣食, 安其寢處而已, 未嘗加一命之官, 蓋不敢官私人也. 至孝廟朝, 追賜右議政.

안공탄대, 가세한미, 성돈근, 불여인교. 여인궁, 위중종후궁, 시위창빈, 자시지신유근, 급빈생왕자, 수두문불출, 공인혹이왕자외가칭지. 창빈차자덕흥대원군식, 탄아선조대왕, 인승대통, 안공처지, 우존귀, 이불변천시지심, 신불착주단, 만이노병실명, 선묘욕영기신, 의이상방소, 진초구사지, 이공위아지, 사인시지왈 "주상, 방제초구, 이사공, 기사지후, 즉공불감불착의." 안공왈 "아시천인, 착초구사죄, 위상명역사죄, 무영안분이사." 상지기의불가탈, 명가인칭이아구피, 이진지, 안공이수마지, 왈 "상반지구, 유별종야? 모피유세, 하지어차야?" 내가어신.

선묘지어안공, 내외중손야, 이불과후기의식, 안기침처이이, 미상가일
명지관, 개불감관사인야. 지효묘조, 추사우의정.

- 〈見公私見聞錄(견공사견문록)〉

안공 탄대는 집이 대대로 가난하고 미천하였으나 성품이 후덕하고
근신하여 남과 잘잘못을 따지지 않았다. 그런데 그의 딸이 궁중에 들어
가 중종의 후궁이 되었으니, 바로 창빈이다. 이후로 공은 몸가짐을 더
욱 근신하였는데, 창빈이 왕자를 낳게 되자, 마침내 문을 닫고 밖에 나
가지 않았다. 이는 사람들이 혹시라도 왕자의 외가라고 말을 할까 염려
하였기 때문이었다. 창빈의 둘째 아들인 덕흥대원군이 선조대왕을 낳
아서 임금의 자리를 잇게 되자, 안공은 처지가 더욱 높고 귀해졌으나
미천했던 때의 마음을 변치 않아 몸에 명주와 비단옷을 입지 않았다.

그는 만년에는 늙고 병들어 눈이 멀었는데, 선조는 그의 몸을 영화롭
게 해주려고 하여 '상의원'*에서 지어 올린 초피 갖옷을 하사하려 하였
으나 공이 평소 뜻을 어길까 염려하여, 사람을 시켜 시험하기를 "주상
께서 지금 초피 갖옷을 지어 공에게 하사하려 하니, 하사받은 뒤에는
공도 입지 않을 수 없을 것이다. 라고 말하게 하였다. 이에 안공은 말
씀하기를 '나는 미천한 사람이니 분수에 넘치게 초피 갖옷을 입는 것은
죽을 죄를 짓는 것이요. 성상의 명령을 어기는 것도 죽을 죄를 짓는 것
이니, 차라리 분수를 지켜 죽느니만 못하다."라고 하였다.

"임금은 그의 뜻을 빼앗을 수 없음을 알고, 집안 사람들에게 명하여
강아지 가죽으로 만들었다고 말하고 올리게 하였는데, 공은 손으로 갖

＊상의원 : 조선시대에 임금의 의복과 궁내의 일용품, 보물 따위의 관리를 맡아보던 관아.

옷을 만져보고, 상의원에는 특별한 개가 있는가? 어쩌면 털이 이처럼 보드랍고 가늘단 말인가?' 하고는 몸에 걸쳤다.

선조는 바로 공의 외종손이었지만 그에게 옷과 음식을 후하게 내리고 잠자리와 거처를 편안히 하는데 불과하였고, 일찍이 한 품계의 관직도 내리지 않았으니, 이는 감히 관직을 남에게 사사로이 줄 수가 없어서였다. 공은 효종 때에 이르러서야 우의정에 추증되었다.

> **鄭相公維城之孫齊賢, 尙淑徽公主, 爲寅平尉. 公益加畏愼, 嘗謂公主曰 "主不欲孫兒生耶?" 對曰 "不省所謂" 公曰 "福過則災生, 吾家世世淸寒, 今奉承太過, 則禍藥必生, 願加節省." 後寅平將死, 公就見之見室內內賜服物出而, 歎曰 "宜其死矣."**
>
> 정상공유성지손제현, 상숙휘공주, 위인평위. 공익가외신, 상위공주왈 "주불욕손아생야?" 대왈 "불성소위" 공왈 "복과즉재생, 오가세세청한, 금봉승태과, 즉화벽필생, 원가절생." 후인평장사, 공취견지견실내내사복물출이, 탄왈 "의기사의."

상공 정유성의 손자 제현이 숙휘공주에게 장가들어 인평위가 되었다. 그 뒤 공은 더욱 더 몸가짐을 삼가하였다. 그는 일찍이 공주에게 이르기를

"공주는 손자아이가 살기를 원하지 않는가?"

라고 하니, 공주는 대답하여 말하기를

"무슨 말씀을 하시려는지 살피지 못하겠습니다."

라고 하고 대답하였다. 공은 말씀하기를

"세상 일은 복이 지나치면 재앙아 생기는 법이니, 우리 집안은 대대로 청빈하였는데, 이제 너무 지나치게 몸을 받들면 재앙이 반드시 생길 것이니, 절제하도록 하라."라고 하였다.

뒤에 인평위가 죽게 되었으므로 공이 찾아가 보았는데, 방안에 궁중에서 하사한 의복과 물건이 많은 것을 보고는 나와서 한탄하며

"저의 죽음이 마땅하다."라고 하였다.

> 淑徽公主, 嘗請得一繡衣裳, 孝廟下敎曰 "吾方君臨一
> 國, 欲以儉示先, 豈敢令汝着繡衣乎? 吾萬歲後, 汝慈
> 母氏爲大妃, 則汝雖着此, 人不深咎, 姑待他日可也."
> 終不許.
>
> 숙휘공주, 상청득일수의상, 효묘하교왈 "오방군임일국, 욕이검시선,
> 개감영여착수의호? 오만세후, 여자모씨위대비, 즉여수착차, 인불심
> 구, 고대타일가야." 종불허.
>
> － 〈見公私見聞錄(견공사견문록)〉

숙휘 공주가 일찍이 효종에게 수놓은 옷 한 벌을 내려줄 것을 청하였다. 이에 효종은 말씀하기를 "내가 지금 한 나라의 임금의 자리에 올랐으나, 검소한 생활을 숭상하여 백성들에게 본보이려고 하는데, 어찌 감히 너로 하여금 수놓은 옷을 입게 하겠는가? 내가 죽은 뒤에 너의 어머니가 대비가 되거든 그 때는 이런 옷을 입더라도 남들이 크게 허물하지 않을 것이니, 아직은 그 날을 기다리는 것이 좋겠다." 하고 끝내 허락하지 않았다.

명음식지절 明飮食之節

- 음식의 예절을 밝힘.

盧蘇齋曰 "節飮食, 不多食, 食不厭精, 食不厭溫, 食不語. 先飢而食, 食不可太飽, 先渴而飮, 飮不可太多, 食欲數而小, 不欲煩而多, 食不可急, 當輕吞緩嚼, 膏粱之味, 不可過食, 勿使肉勝食氣, 食忌生冷壁硬焦燥粘滑之物. 勿食申後飯, 勿飮卯時酒, 酒不可過, 茶不必啜."

노소재왈 "절음식, 불다식, 식불염정, 식불염온, 식불어. 선기이식, 식불가태포, 선갈이음, 음불가태다, 식욕삭이소, 불욕번이다, 식불가급, 당경탄완작, 고량지미, 불가과식, 물사육승식기, 식기생랭벽경초점점골지물. 물식신후반, 물음묘시주, 주불가과, 차불필철."

소재 노수신이 음식에 관한 예절을 다음과 같이 말하였다.

"음식을 절제하여 많이 먹지 말고, 밥은 정백미로 지은 것을 싫어하지 말며, 음료는 따뜻한 것을 싫어하지 말고, 음식을 먹을 때는 말하지 말아야 한다. 배고프기 전에 먹되 너무 배부르게 먹지는 말고, 목이 마르기 전에 마시되 너무 많이 마시지 말며, 밥은 조금씩 자주 먹어야지 여러 번 많이 먹으려 하지 말고, 음식을 먹을 때는 급하게 먹지 말고 마땅히 조금씩 입에 넣어서 천천히 씹어 먹어야 한다. 기름지고 맛있는 음식을 지나치게 먹지 말고, 고기를 너무 많이 먹지 말며, 음식은 날 것, 찬 것, 굳고 딱딱한 것, 마른 것, 차진 것, 미끈미끈한 것을 피해야 한다.

오후 4시 이후에는 밥을 먹지 말고, 오전 6시 이후에는 술을 마시지 말며, 술은 또한 많이 마시지 말고, 차는 반드시 마시지 않아도 된다."

南秋江孝溫曰 "夫酒之爲德, 得其中, 則可以合賓主, 可以養耆老, 行之几席, 而有文達之天地, 而不悖, 失其中, 則囚首散髮, 恒歌亂舞, 叫呼乎百拜之間, 顚仆於相讓之際, 敗禮滅義, 發作無節, 甚者無故, 而憑心怒目, 爭鬪或起, 小而殞身, 中而亡家, 大而亡國者, 比比有之, 得失之間, 不容一髮, 可不愼哉? 中下之人, 所執不壁, 而用之不節, 則甘味移人, 愈危愈亂, 至於酗, 而不知其所以酗者, 理之必然爲, 士當躬飭內詔, 杜絶亂根, 百倍平人, 然後, 可免此禍矣."

남추강효온왈 "부주지위덕, 득기중, 즉가이합빈주, 가이양기노, 행지궤석, 이유문달지천지, 이불패, 실기중, 즉수수산발, 항가난무, 규호호백배지간, 전부어상양지제, 패례멸의, 발작무절, 심자무고, 이빙심노목, 쟁투혹기, 소이운신, 중이망가, 대이망국자, 비비유지, 득실지간, 불용일발, 가불신재? 중하지인, 소집불벽, 이용지부절, 즉감미이인, 유위유난, 지어후, 이불지기소이후자, 이지필연위, 사당궁칙내조, 두절난근, 백배평인, 연후, 가면차화의."

추강 남효온이 말씀하였다.

"대체로 술의 도덕은 그것을 알맞게 마시면 손님과 주인을 즐겁게 만들어 가히 나이 많은 늙은이를 즐겁게 봉양하는 것이 되고, 화합하는 자리를 문화적으로 만들어 주고 천지의 신명에게 올릴 수 있어 위배되지 않는다. 그러나 알맞게 마시지 않으면 죄수처럼 머리를 빗지도 않고 산발하며 항상 노래하고 어지럽게 춤추어 백 번 절하는 사이에 고함치고 서로 사양하는 즈음에 엎어지고 자빠져 예의를 무너뜨리고 절도가 없이 발작하며, 심한 자는 까닭 없이 화를 내고 눈을 부릅뜬다. 그리하여 혹 싸움이 일어나 작게는 몸을 망치고, 중간에는 집안을 망치고, 크게는 나라를 망치는 경우가 왕왕 있어서 잘하고 잘못하는 사이에 털끝만큼도 용납하지 않으니, 삼가지 않을 수 있겠는가? 중간 밑의 사람은 마음가짐이 굳건하지 못하고, 사람들은 평소 마음가짐이 견고하지 못한데, 술을 절제하지 않으면 술의 감미로운 맛이 사람을 바꿔놓아 더욱 위태롭고 어지러워져서 술주정을 하면서도 자신이 주정하는 것을 알지 못하니 이는 당연한 이치이다. 선비가 된 자는 술을 삼가라는 왕명을 몸소 잘 지켜 분란의 근원을 막고 끊어서 일반인들보다 백배나 노력한 뒤에야 술의 화를 면할 수 있을 것이다.”

孝廟, 辛禁苑別堂, 尚食進牛飯, 東平尉侍食, 纔過五六匙, 以水澆飯, 飯多不能盡喫, 上責之曰 “量而後澆之, 使無所餘可也. 澆水餘飯, 或食禽獸, 則猶爲有用之物, 無知下賤全昧貴穀之道, 多棄汚地, 未免爲暴殄, 天物之歸使之然者, 皆由於喫飯者, 甚非惜福之意也.” 東平, 悚然敬服, 偶於撤膳之時, 竊視御盌, 無一物留底者.

효묘, 신금원별당, 상식진우반, 동평위시식, 재과오육시, 이수요반, 반다불능진끽, 상책지왈 “양이후요지, 사무소여가야. 요수여반, 혹사금수, 즉유위유용지물, 무지하천전매귀곡지도, 다기오지, 미면위폭진,

천물지귀사지연자, 개유어끽반자, 심비석복지의야." 동평, 송연경복,
우어철선지시, 절시어완, 무일물유저자.

－〈見國朝彙言(건국조휘언)〉

효종이 일찍이 금원의 별당에 행차하였는데, '상식'*이 점심밥을 올
렸다. 동평위인 정재륜이 효종을 모시고 밥을 먹게 되었는데, 동평위는
겨우 대여섯 숟갈을 뜨고는 밥을 물에 말았으나 밥이 많아 다 먹지 못
하였다. 이를 본 효종이 꾸짖기를

"다 먹을 수 있는가를 헤아린 뒤에 물을 말아서 남기지 않도록 하여
야 한다. 물에 말아 먹다가 남은 밥은 혹 짐승에게라도 먹이면 그래도
유용한 물건이 될 수 있으나 미천한 것들이 곡식을 귀히 여기는 도리를
전혀 몰라서 대부분 더러운 땅에 버려 하늘이 낸 물건을 함부로 내버리
는 행동을 한다. 이렇게 만드는 것은 모두 밥을 먹는 자에게서 연유하
는 것이니, 심히 안타까운 일이다."

라고 하니 동평위는 그 뜻에 감동되어 공손히 복종하고는 우연히 밥
상을 물릴 때에 살며시 임금의 밥 그릇을 살펴보니, 밥알이 한 알도 밑
에 남아 있는 것이 없었다.

退溪先生入京, 寓西城内, 左相權公轍, 往見焉, 先生具
飯待之, 淡饌薄味不可食, 而先生若啖珍味, 少無難意,
權公, 竟不能下筋, 退謂人曰 "從前誤養口體, 到此, 甚可
愧也."

---

*상식 : 조선 시대 때, 내명부 종 5품.

퇴계선생입경, 우서성내, 좌상권공철, 왕견언, 선생구반대지, 담찬박
미불가식, 이선생약담진미, 소무난의, 권공, 경불능하근, 퇴위인왈 "종
전오양구체, 도차, 심가괴야."

- 〈見言行錄(견언행록)〉

퇴계 이황이 시골에 살다가 한양으로 올라와서 서쪽 성안에 묵고 있
을 때였다. 그때 이황이 성안에 묵고 있다는 말을 듣고 높은 관리나 학
자들이 그를 뵙고자 서둘러 찾아왔다.

그때 정승으로 있던 권철도 역시 찾아와서 뵈었다. 이런저런 얘기를
하는 동안 끼니때가 되어 두 사람은 함께 식사를 하게 되었다.

그러나 허술한 소반에 차려져 나온 반찬과 밥이 모두 맛이 없어서 권
철은 도저히 먹을 수가 없었다. 하지만 이황은 조금도 싫어하는 기색
없이 맛있게 음식을 드셨으므로 권철은 끝내 그런 이황 앞에서 수저를
감히 놓을 수 없었다.

권철은 물러 나온 후 사람들에게 이렇게 고백하였다.

"평소에 내 입과 몸을 잘못 길들여서 이런 지경에 이르렀으니, 매우
부끄러운 일이 아닐 수 없었다."

**孟文貞公思誠, 淸潔簡古, 不事生産, 飮食常以祿米. 一
日家以新米飯進之, 公曰 "何處得新米?" "家人言祿米甚
陳, 不可食, 借於隣家耳." 公惡曰 "旣受祿, 當食其祿,
何事於借?"**

맹문정공사성, 청결간고, 불사생산, 음식상이녹미. 일일가이신미반진
지, 공왈 "하처득신미?" "가인언녹미심진, 불가식, 차어인가이." 공오왈

"기수록, 당식기록, 하사어차?"

문정공 맹사성은 성품이 깨끗하여 가난하고 고생스러워도 생업을 관여하지 않아, 음식을 항상 녹봉으로 받은 쌀을 사용하였는데, 하루는 집에서 햅쌀로 지은 밥을 올렸다. 공이 말하기를

"어디에서 햅쌀을 구했는가?"

하고 묻자, 집안 사람이 말하기를

"녹봉으로 주는 쌀은 너무 묵어서 먹을 수가 없으므로 이웃집에서 꾸어 왔습니다."

라고 대답하였다. 공은 이마를 찌푸리며 말씀하기를

"이미 녹봉으로 주는 쌀을 받았으면 그것을 먹어야지 어찌 꾸어올 것이 있는가?"

라고 하였다.

尚成安公, 平生自奉甚薄, 朝夕所供, 不過數器, 味若
疊進, 則必捨一器, 曰 "古之賢相, 食不重肉, 況我乎?"
有時廚肉不繼, 家人欲貿諸市, 止之曰 "我家若買之, 亦
近於矯僞."

상성안공, 평생자봉심박, 조석소공, 불과수기, 미약첩진, 즉필사일기, 왈 "고지현상, 식불중육, 황아호?" 유시주육불계, 가인욕무제시, 지지 왈 "아가약매지, 역근어교위."

– 〈見淸江集(견청강집)〉

성안공 상진은 평소 매우 검소하여 아침저녁으로 식사를 하는 것이

두어 그릇에 지나지 않았으며, 만약 맛있는 음식을 두 가지 이상 올리면 반드시 한 그릇은 치워놓고 말씀하기를

"옛날의 어진 재상은 밥을 먹을 때에 고기를 두 가지 이상 먹지 않았으니, 하물며 나야 될 말인가?"

라고 하였다. 한때 부엌에 고기가 떨어졌으므로 집안 사람들이 시장에서 사오려 하자, 공은 이를 그만두게 하며 말하기를

"우리 집에서 만약 고기를 사다 먹는다면 역시 남의 흉내를 내려고 거짓을 꾸며 남을 속이는 행동이라고 말을 할 것이다."

라고 말을 하였다.

> 退溪先生, 僑居漢城, 隣家栗樹數枝, 過墻, 子熟落庭,
> 恐兒童取食, 捨而投之墻外.
>
> 퇴계선생, 교거한성, 인가율수수지, 과장, 자숙낙정, 공아동취식, 사이
> 투지장외.
>
> － 〈見士小節견사소절〉〉

퇴계 선생이 임시로 서울에 살고 있을 때에 이웃집의 밤나무 몇 가지가 담장을 넘어 왔는데, 밤알이 익어 뜰에 떨어졌다. 선생은 집안의 아이들이 주워 먹을까 염려하여 손수 주워서 담장 밖으로 던지셨다.

> 士小節曰 "儉者, 自奉節, 故, 常有餘而能施. 奢者, 自
> 奉厚, 故, 常不足而反吝."
>
> 사소절왈 "검자, 자봉절, 고, 상유여이능시. 사자, 자봉후, 고, 상불족이
> 반린."

사소절에 말하였다.

"검소한 사람은 스스로 생활하는 것이 절약하는 까닭으로 항상 넉넉하면서 남을 잘 도와줄 수가 있으며, 사치한 사람은 스스로 생활하는 것이 사치를 하게 하기 때문에 항상 부족하여 남에게 도리어 인색하다."

제4장

稽古

계고

稽古 계고

옛날 선현들의 사적을 밝힌다는 뜻으로, 신라시대부터 고려 말기에 이르기까지 여러 명현들의 실례들을 각종 서적에서 발췌하여 실었다.

立敎 입교

- 가르치는 도리를 세움.

金庾信, 爲兒時, 母日加嚴訓, 不妄交遊. 一日偶宿女隷
天官家, 其母面數之, 日"我老, 日夜望汝成長立功名,
今與小兒遊戲, 淫房酒肆耶?" 號泣不已, 庾信, 卽於母

前, 誓不復過門. 一日被酒, 馬遵舊路, 公悟, 誤至娼
家. 斬所乘馬, 棄鞍而返.

김유신, 위아시, 모일가엄훈, 불망교유. 일일우숙여예천관가, 기모면
수지, 왈 "아노, 일야망녀성장입공명, 금여소아유회, 음방주사야?" 호
읍불이, 유신, 즉어모전, 서불복과문. 일일피주, 마준구로, 공오, 오지
창가. 참소승마, 기안이반.

- 〈見東京誌(견동경지)〉

김유신은 어렸을 때에 어머니가 날마다 엄격한 훈계를 하여 함부로
벗들과 사귀어 놀지 못하게 하였다. 그는 어느 날 우연히 기생 천관의
집에서 자고 왔는데, 그 어머니는 그를 곧 앞에 불러 세우고 꾸짖기를

"나는 이미 늙었으므로 밤낮으로 네가 얼른 자라서 나라에 큰 공명을
세우기를 바라고 있는데, 이제 너는 어린아이들과 함께 기생방과 술집
에서 논다는 말이냐?"

하며 흐느껴 울기를 그치지 않았다. 이 때 김유신은 즉시 어머니 앞
에서 다시는 술집 문 앞을 지나지 않기로 맹세하였다. 하루는 술에 취
하여 돌아오는데, 타고 있는 말이 옛길을 따라 잘못하여 기생의 집에
이르렀다. 김유신은 이를 깨닫고 타고 있던 말을 목을 베어 죽이고, 안
장을 버려 둔 채로 돌아왔다.

金盤屈, 新羅沙梁人. 父欽春, 受命伐百濟, 至黃山原,
戰不利, 欽春召盤屈, 謂之曰 "爲臣莫若忠, 爲子莫若
孝, 見危致命, 忠孝兩全." 盤屈曰 "謹聞命矣" 乃力戰
死之, 三軍感義, 皆有死志, 進擊百濟, 破之.

김반굴, 신라사량인. 부흠춘, 수명벌백제, 지황산원, 전불리, 흠춘소반
굴, 위지왈 "위신막약충, 위자막약효, 견위치명, 충효양전." 반굴왈 "근
문명의" 내역전사지, 삼군감의, 개유사지, 진격백제, 파지.

－ 〈見東京誌(견동경지)〉

김반굴은 신라의 사량 사람이다. 아버지 흠춘이 왕명을 받고 백제를
토벌하려고 황산벌에 이르러, 싸웠으나 승리하지 못하였다. 흠춘은 반
굴을 불러 이르기를

"신하가 되어서는 충성보다 더 중한 것이 없고, 자식이 되어서는 효
도보다 더 중한 것이 없으니, 위태로움을 보고 목숨을 바치면 충성과
효도를 다 완전히 할 수 있을 것이다."

하니, 반굴은 말하기를

"삼가 분부를 따르겠습니다."

라고 하고는 마침내 힘써 싸우다가 죽으니, 신라의 군사들은 모두 그
의 의리에 감격하여 결사적으로 싸우려는 마음을 품고 백제를 향해 진
격하여 대파하였다.

安文簡公宗源, 年十七登第, 選補史翰. 當遷, 同僚沈東
老, 年高位下, 公讓之, 公之父軸, 聞喜之日 "讓德之先
也, 我讓於人, 人誰捨我? 我家有人, 殆益昌乎?"

안문간공종원, 연십칠등제, 선보사한. 당천, 동료심동로, 연고위하, 공
양지, 공지부축, 문희지왈 "양덕지선야, 아양어인, 인수사아? 아가유
인, 태익창호?"

－ 〈見高麗史(견고려사)〉

문강공 안종원은 나이 17세에 과거에 급제하여 사한에 보임되어 벼슬생활을 시작하였다. 후에 승진할 기회가 오자 그는 나이는 많았으나 지위가 낮은 동료 심동로에게 그 기회를 양보하였다.

그의 아버지 축이 이 말을 듣고 매우 기뻐하면서 이렇게 말하였다.

"양보는 덕행 중에서 으뜸이다. 내가 남에게 양보하면 누가 나를 버리겠는가? 우리 집에도 훌륭한 인물이 났으니 이제 번성해질 것이다."

> 李文貞公嵒, 嘗寫太甲篇, 獻于王, 謂其子岡曰 "吾旣老矣, 無官守, 無言責, 當以格君心爲務."
>
> 이문정공암, 상사태갑편, 헌우왕, 위기자강왈 "오기노의, 무관수, 무언책, 당이격군심위무."
>
> － 〈見高麗史(견고려사)〉

문정공 이암이 일찍이 서경의 태갑편을 옮겨 써서 임금에게 바치고 그 아들 강에게 말하기를

"나는 이미 늙어 맡은 관직이 없고 말할 책임도 없으니, 마땅히 임금의 마음을 바로잡는 것을 나의 임무로 삼는 것이다."

라고 하였다.

> 咸有一, 位至尚書, 不事生産, 其妻曰 "及公生時, 何不慮子孫計?" 答曰 "余勤儉守節, 以立門戶, 兒輩但當正直節儉, 以俟命耳, 何戚戚於貧窶乎?"
>
> 함유일, 위지상서, 불사생산, 기처왈 "급공생시, 하불여자손계?" 답왈 "여근검수절, 이립문호, 아배단당정직절검, 이사명이, 하척척어빈구호?"

함유일은 지위가 '상서'*에 이르렀으나 재산을 모으는 일을 하지 않았다. 그러자 그의 아내가 답답하여 이렇게 물었다.

"당신은 어째서 살아 계실 때에 자손들을 위한 장래계획을 생각하지 않습니까?"

그는 이렇게 대답하였다.

"나는 외로운 몸으로 누구의 도움도 없이 부지런히 일하고 검소한 생활에 힘쓰며 절개를 지켜 가정을 일으켰으니, 아이들은 다만 마땅히 몸가짐을 바르고 곧게 가지고, 생활비를 절약하며, 타고난 운명을 기다릴 뿐이오. 그러니 어찌 가난함을 근심하겠소?"

> 崔侍中瑩, 年十六, 父雍戒之, 曰 "汝當見金如石." 公
> 終身佩服, 服食儉約, 屢至空乏, 見乘肥衣輕者, 不啻如
> 犬豕, 雖身都將相, 久典兵權, 關節不行, 賞賜民田, 皆
> 固辭不受.
>
> 최시중영, 연십육, 부옹계지, 왈 "여당견금여석." 공종신패복, 복식검
> 약, 누지공핍, 견승비의경자, 불시여견시, 수신도장상, 구전병권, 관절
> 불행, 상사민전, 개고사불수.

시중 최영은 나이 열 여섯 살 적에 아버지 옹이 경계하여 말하기를

"너는 황금 보기를 돌과 같이 하라."

라고 하였다. 공은 죽을 때까지 이 말씀을 마음속에 간직하여 옷과 음식을 검소하게 하여 자주 양식이 떨어지는 지경에 이르렀으며, 살찐

---

*상서 : 고려 때 종1품 벼슬.

말을 타고 좋은 옷을 입은 자를 보면 개돼지보다도 더 천하게 여겼다. 자신이 비록 장수와 재상의 임무를 도맡아 오랫동안 병권을 장악하였으나 청탁을 받지 않았으며, 상으로 하사 받은 노비와 토지를 모두 굳이 사양하고 받지 않았다.

> **祭酒先生 禹文僖公倬, 博通經傳, 尤邃於易, 時程傳初來, 東方無識者, 遂閉門月餘, 參究乃解, 教授生徒, 義理之學, 始行矣.**
>
> 제주선생 우문희공탁, 박통경전, 우수어역, 시정전초래, 동방무식자, 수폐문월여, 참구내해, 교수생도, 의리지학, 시행의.
>
> — 〈見高麗史(견고려사)〉

제주를 지낸 문희공 우탁 선생은 경전을 널리 통달하였고 특히 역학에 심오하였는데, 이때 '정전'*이 처음 들어와서 우리나라에 아는 자가 없었다. 선생은 마침내 문을 닫고 연구한 지 한 달 남짓 만에 연구하여 마침내 해득한 다음 학생들을 가르쳐 의리의 학문이 비로소 행해지게 되었다.

> **晦軒先生 安文成公裕, 憂學校日衰, 議兩府, 請令百宮出錢布, 以贍學錢, 兩府從之, 以聞, 王出內庫錢穀, 助之, 有武人, 不肯出錢, 公謂諸相, 曰 夫子之道, 垂憲萬世, 臣忠於君, 子孝於父, 弟恭於兄, 是誰教也?" 其**

＊정전 : 송나라 유학자였던 정이가 주역을 달아 설명한 주역.

人慝甚. 卽出錢, 又以餘財送中原. 畵先聖及七十弟子
像, 並求祭器 · 樂器 · 六經 · 諸子史以來.

회헌선생 안문성공유, 우학교일쇠, 의양부, 청령백관출전포, 이섬학
전, 양부종지, 이문, 왕출내고전곡, 조지, 유무인, 불긍출전, 공위제상,
왈 부자지도, 수헌만세, 신충어군, 자효어부, 제공어형, 시수교야?" 기
인참심. 즉출전, 우이여재송중원. 화선성급칠십제자상, 병구제기 · 악
기 · 육경 · 제자사이래.

－〈見群豹一斑錄(견군표일반록)〉

   문성공 회헌 안유 선생은 학교가 날로 쇠퇴함을 근심하여 양부의 대
신들과 의논하여 조정의 모든 관리로 하여금 돈과 베를 내어 교육에 필
요한 재정을 충족시킬 것을 청하였다. 양부에서 그의 뜻에 따라 아뢰
니, 왕은 '내탕고'*의 돈과 곡식을 내어 돕도록 하였다. 이 때 무장 한 사
람이 돈을 내려 하지 않자, 선생은 여러 대신들에게 말씀하기를 부자의
도는 만대의 법을 남기셨으니, 신하가 군주에게 충성하고 자식이 부모
에게 효도하고 아우가 형에게 공경하는 것이 누구의 가르침인가?라고
하였다. 이에 그 무장은 매우 부끄러워하고 즉시 돈을 내놓았다. 선생
은 또 남은 재물을 가지고 사람을 중국에 보내어 옛날 공자와 현인 및
그 제자 70여 명의 초상화를 그려 오게 하고, 아울러 제기와 악기, 육경
과 제자서와 사서를 구입해 오게 하였다.

---

*내탕고 : 왕실의 재물을 넣어 두던 창고.

明倫 명륜

- 인륜을 밝힘.

孫順, 牟梁人. 父沒家貧, 傭作以養母. 順有少兒, 每奪母食, 順與其妻負兒, 歸山掘地欲埋, 忽得石鐘, 謂其妻曰 "得此異物, 殆兒之福, 不可埋也." 將兒與還, 懸於樑, 撞之, 聲聞王宮, 興德王聞之, 曰 西郊有鐘聲, 清遠異常, 卽令尋得之, 曰 "昔, 郭巨埋子, 天錫金釜, 今孫順埋子, 地出石鐘, 前後同符." 賜順家一區, 歲給粟五十石.

손순, 모량인. 부몰가빈, 용작이양모. 순유소아, 매탈모식, 순여기처부아, 귀산굴지욕매, 물득석종, 위기처왈 "득차이물, 태아지복, 불가매야." 장아여환, 현어양, 당지, 성문왕궁, 홍덕왕문지, 왈 서교유종성, 청원이상, 즉영심득지, 왈 "석, 곽거매자, 천석금부, 금손순매자, 지출석종, 전후동부." 사순가일구, 세급속오십석.

- 〈見東京誌(견동경지)〉

손순은 모량 사람이다. 그는 아버지가 일찍 죽고 집이 가난하여 남의 집 일을 해주고 먹을 것을 얻어 가지고 와서 어머니를 봉양하였다. 손순에게는 어린 아이가 있었는데, 늘 어머니의 드시는 음식을 빼앗아 먹으므로, 손순은 그 아내와 의논하여 아이를 버리기로 정하고는 아이를 업고 산으로 가서 땅을 파고 묻으려고 하다가 돌종을 하나 얻었다. 손순은 그의 아내에게 말하기를

"이런 이상한 물건을 얻었는데, 이는 틀림없이 아이의 복이니 묻어서
는 안 되겠다."

라고 하고는 아이를 데리고 돌아와서 돌종을 대들보에 매달아 놓고
두드리니, 소리가 왕궁에까지 들렸다. 흥덕왕은 이 종소리를 듣고

"서쪽 교외에서 종소리가 들려오는데, 소리가 맑고 멀리까지 울려 퍼
지니 이상하다."

라고 하고는 즉시 찾게 하여 이 사실을 알게 되었다.

왕은 말씀하기를

"옛날에 곽거가 아이를 묻으려 할 때에는 하늘이 금 가마솥을 내렸는
데, 지금 손순이 자식을 묻으려 함에 땅에서 돌종이 나왔으니, 전후의
일이 서로 꼭 맞는다."

라고 하며 손순에게 집 한 채를 주고, 해마다 곡식 50섬을 내려주었다.

丕寧子, 新羅中軍也. 眞德王時, 百濟來侵, 金庾信率兵
拒之, 苦戰力竭, 庾信謂丕寧子曰 "歲寒然後, 知松柏之
後凋. 今日事急矣, 非子誰能舊力出奇, 以激衆心乎?" 對
曰 "今於稠人廣衆, 獨屬我, 可謂知己, 當以死報之." 出
語其奴合節曰 "今日, 當上爲國家, 下爲知己死." 遂橫槊
力戰而死, 子擧眞曰 "見父之死, 偸生苟存, 豈得爲孝?"
亦死之, 合節曰 "所天崩矣, 不死何爲?" 亦交鋒而死. 三
軍感激, 奮擊濟兵, 破之.

비녕자, 신라중군야. 진덕왕시, 백제내침, 김유신솔병거지, 고전역갈,
유신위비영자왈 "세한연후, 지송백지후조. 금일사급의, 비자수능구력
출기, 이격중심호?" 대왈 "금어조인광중, 독촉아, 가위지기, 당이사보

지." 출어기노합절왈 "금일, 당상위국가, 하위지기사." 수횡삭역전이
사, 자거진왈 "견부지사, 투생구존, 개득위효?" 역사지, 합절왈 "소천붕
의, 불사하위?" 역교봉이사. 삼군감격, 분격제병, 파지.

- 〈見三國史(견삼국사)〉

비녕자는 신라의 중군이었다. 진덕여왕 때에 백제가 쳐들어오자, 김
유신이 군사를 거느리고 나가 막았는데, 고전하여 힘이 빠져 전세는 불
리한 형편에 놓였다. 이 때 김유신은 비녕자에게 말하기를

"날씨가 추워진 뒤에야 소나무와 잣나무의 푸른 빛이 변하지 않는다
는 것을 알게 되는 법이다. 오늘날 사태가 위급하다. 오늘과 같이 정세
가 위급한 때에 그대가 아니면 누가 힘을 떨치고 일어나 기이한 계책을
내어 사람들의 마음을 격동시키겠는가?"

라고 하였다. 비녕자는 대답하기를

"장군께서는 지금 여러 사람들이 많이 모여 있는 가운데 유독 저에게
부탁하시니, 저를 알아준다고 이를 만합니다. 저는 마땅히 죽음으로써
보답하겠습니다."

라고 하고는 나와서 종인 합절에게

"내 오늘 위로는 국가를 위하고 아래로는 지기를 위해 죽으리라."

라고 말한 다음, 마침내 창을 비껴들고 힘써 싸우다가 죽었다. 한편
비녕자의 아들 거진은 "자식이 아버지가 죽는 것을 보고 구차하게 살아
남는다면 어찌 효도라 하겠는가?"라고 하며 그 또한 싸우다 죽었다. 그
때 그의 종 합절이 말하기를

"하늘이 무너졌는데 낸들 죽지 않고 무엇 하겠는가?"

하면서 역시 적진으로 달려 들어가 싸우다 죽었다. 이것을 본 신라의

삼군은 이에 감격하여 백제군을 용감히 공격하여 대파하였다.

神武王, 生子, 容貌美好, 王奇愛之, 名曰 '好童' 元妃
恐奪嫡, 譖于王, 乃泣告曰 "好童, 欲無禮於妾." 或曰
"何不自釋?" 好童曰 "我若釋之, 是顯母之惡, 貽父之
憂." 遂伏劒而死.

신무왕, 생자, 용모미호, 왕기애지, 명왈 '호동' 원비공탈적, 참우왕, 내
읍고왈 "호동, 욕무예어첩." 혹왈 "하불자석?" 호동왈 "아약석지, 시현
모지악, 이부지우." 수복검이사.

신무왕이 아들을 낳았는데 용모가 뛰어나게 아름다웠다. 왕은 기특
하게 여기고 사랑하여 이름을 호동이라고 하였다. 이에 원비는 호동에
게 적자의 자리를 빼앗길까 우려하여 왕에게 참소하였는데, 울면서 아
뢰기를

"호동은 첩에게 무례한 짓을 하려 하였습니다."

라고 하였다. 어떤 사람이 호동에게

"어찌하여 스스로 해명하지 않는가?"

하자, 호동이 말하기를

"만약 내가 해명하면 이는 어머니의 죄악이 드러내고 아버지에게 근
심을 끼쳐드리는 행위이다."

라고 하고는 마침내 칼에 엎드려 찔러 죽었다.

靈山辛氏, 郞將斯蔵女也. 倭寇靈山, 斯蔵挈家避亂, 將
渡蔑浦, 賊追及, 射斯蔵殪之, 執辛氏, 欲與俱去, 露刃

劫之. 辛氏大罵曰 "汝旣殺吾父, 不共戴天之讐也, 寧死義, 不從汝生." 遂扼賊吭蹴之, 賊怒, 遂害之, 時年二十. 事聞于朝, 立石紀其蹟.

영산신씨, 낭장사천여야. 왜구영산, 사천설가피난, 장도멸포, 적추급, 사사천에지, 집신씨, 욕어구거, 영인겁지. 신씨대매왈 "여기살오부, 불공대천지수야, 영사의, 부종여생." 수액적항축지, 적노, 수해지, 시연이십. 사문우조, 입석기기적.

- 〈見輿地勝覽(견여지승람)〉

영산 신씨는 낭장 신사천의 딸이다. 왜적이 영산을 침략하므로 신사천은 집안 식구들을 이끌고 난리를 피하여 멸포를 건너가려 하였으나, 왜적들이 뒤쫓아 와서 사천을 쏘아 죽인 다음, 신씨를 잡아 함께 데려가려고 하며 칼날을 뽑아들고 위협하였다. 이때 신씨는 크게 꾸짖으며 말하기를

"네가 이미 내 아버지를 죽였으니, 너와 나는 한 하늘 아래에서 살 수 없는 원수이다. 내 차라리 의리에 따라 죽을지언정 너를 따라가 살지 않을 것이다."

라고 하고는 마침내 왜적의 목을 누르고 발로 찼다. 이에 왜적이 노하여 그를 죽이니, 이때 신씨 나이가 스무 살이었다. 고을에서는 이 일을 조정에 보고하여 비석을 세워 그의 행적을 기록하게 하였다.

朴愷妻林氏, 事姑田氏, 盡婦道. 愷宦遊京師, 林氏獨侍, 夜分家失火, 人皆驚愕自救, 姑老, 且病伏枕不能起, 林氏虺入抱其姑, 出觸階而仆, 風烈火熾, 以身蔽姑

頭背, 爛終不捨有健, 僕感其義, 走入悍火, 負以出, 姑
婦俱免, 世號林義婦.

박조처임씨, 사고전씨, 진부도. 조환유경사, 임씨독시, 야분가실화, 인
개경악자구, 고노, 차병복침불능기, 임씨극입포기고, 출촉계이부, 풍
열화치, 이신폐고두배, 란종불사유건, 복감기의, 주입한화, 부이출, 고
부구면, 세호임의부.

- 〈見輿地勝覽(견여지승람)〉

　박조의 아내 임씨는 시어머니 전씨를 섬길 적에 며느리의 도리를 극
진히 하였다. 박조가 서울에 가서 벼슬하였으므로 임씨가 홀로 시어머
니를 모시고 살았는데, 어느 날 밤중에 집에 불이 났다. 사람들이 모두
놀라 뛰어 나갔고 임씨는 늙은 시어머니를 구하려고 하였는데, 병으로
자리에 누워 일어나지 못하였다. 임씨는 급히 방으로 들어가서 그 시
어머니를 안고 나오다가 섬돌에 걸려 넘어졌다. 이 때 심한 바람으로
불길이 심하게 일어났는데, 임씨는 자기 몸으로 시어머니를 가려 머리
와 등이 불에 데어 벗겨졌으나 끝내 놓지 않았다. 이때 건장한 노복 하
나가 그의 의로운 행동에 감복하여 사나운 불길 속으로 뛰어 들어가 업
고 나와서 시어머니와 며느리가 모두 화를 면하였다. 이에 세상에서는
임씨를 임의부라고 칭하였다.

　金后稷, 新羅眞平王時人. 王妃佃獵, 后稷切諫不聽, 將
死語其子曰"我爲人臣, 不能匡救其惡, 我死, 須瘞於王
之遊佃路側." 其子從之, 他日, 王出佃, 中道有聲, 若
曰"王無去者三" 王顧問之, 從者曰"金后稷墓也" 遂陳

臨死之言, 王潸然流涕, 曰 "夫子生而忠諫, 死而不忘,
其愛我深矣. 若終不改, 何顏見夫子於地下耶?" 終身不
復佃獵, 人謂之墓諫.

김후직, 신라진평왕시인. 왕비전엽, 후직절간부청, 장사어기자왈 "아
위인신, 불능광구기악, 아사, 수예어왕지유전노측." 기자종지, 타일,
왕출전, 중도유성, 약왈 "왕무거자삼." 왕고문지, 종자왈 "김후직묘야"
수진임사지언, 왕산연유체, 왈 "부자생이충간, 사이불망, 기애아심의.
약종불개, 하안견부자어지하야?" 종신불복전렵, 인위지묘간.

김후직은 신라 진평왕 때 사람이다. 왕이 사냥을 좋아하므로 후직이
사냥에 너무 빠지지 말도록 간절히 간하였으나 왕은 듣지 않았다. 후
직은 장차 죽으려 할 때에 아들에게 말하기를

"나는 신하가 되어 군주의 악행을 바로잡지 못하였으니, 내가 죽거든
반드시 왕이 사냥 다니는 길 옆에다 나를 묻어라."

라고 하였으므로 그의 아들은 아버지의 유언을 그대로 따랐다. 후일,
왕이 사냥하러 나갔는데 도중에 들으니, 마치

"왕은 가지 마소서!"

라고 하는 듯한 소리가 세 번 들렸다. 왕이 돌아보고 묻자, 수행하
는 자들이

"김후직의 묘에서 나는 것입니다."

라고 대답하고, 김후직이 죽을 때에 했던 말을 아뢰었다. 왕은 눈물을
흘리면서 말하기를 "선생은 살아서는 나에게 충성으로 간하였고, 죽어
서도 나를 잊지 않으니, 나를 사랑함이 깊다. 만약 내가 끝까지 이것을
고치지 않는다면 무슨 낯으로 지하에서 선생을 뵙겠는가?"라고 하고는

종신토록 사냥을 하지 않았다. 이에 사람들은 묘간이라고 하였다.

朴堤上, 新羅人, 訥祇王有二弟, 卜好質高句麗, 未斯欣
質倭國, 王思其弟, 聞堤上勇而謀, 召問曰 "吾二弟, 久
質麗倭, 何術以生還?" 堤上曰 "臣雖無狀, 請行." 遂聘
高句麗, 言辭激切, 麗王, 許與同歸. 旣還, 王語堤上曰
"我念二弟如左右手, 今得一臂, 奈何?" 堤上曰 "旣以身
許國, 何敢辭?" 遂以死自誓, 不見妻子, 若爲得罪而叛
者, 入倭國. 倭王信之, 將襲新羅, 以堤上·未斯欣爲鄕
導, 行至海島. 勸未斯欣潛逃, 堤上獨寢舟中, 晏起以斯
欣之遠行. 倭王覺怒, 囚堤上, 鞫問, 堤上曰 "臣是鷄林
之臣, 欲成吾君之志耳." 倭王怒, 具五刑, 王曰 汝稱倭
王之臣, 則必賞以重祿. 堤上曰 "寧爲鷄林之犬豚, 不爲
倭王之臣子, 寧受鷄林之捶禁, 不受倭王之爵祿." 倭王
剝堤上脚, 刈蒹葭, 使趨其上, 曰 "汝何國臣?" 曰 "鷄
林之臣." 又使立於然鐵之上, 曰 "汝何國臣?" 曰 "鷄
林之臣." 倭王知其不屈, 乃燒殺木島中. 王聞之, 哀痛,
贈太阿湌, 厚賜其家, 使未斯欣娶其女. 堤上妻, 率三
女, 上鵄述嶺, 望倭國, 痛哭而死, 至今嶺上有望夫石.

박제상, 신라인, 눌지왕유이제, 복호질고구려, 미사흔질왜국, 왕사기
제, 문제상용이모, 소문왈 "오이제, 구질여왜, 하술이생환?" 제상왈 "신
수무상, 청행." 수빙고구려. 언사격절, 여왕, 허여동귀. 기환, 왕어제
상왈 "아염이제여좌우수, 염득일비, 내하?" 제상왈 "기이신허국, 하감
사?"수이사자서, 불견처자, 약위득죄이반자, 입왜국. 왜왕신지, 장습

신라, 이제상·미사흔위향도, 행지해도. 권미사흔잠도, 제상독침주중, 안기이사흔지원행. 왜왕각노, 인제상, 국문, 제상왈 "신시계림지신, 욕성어군지지이." 왜왕노, 구오형, 왕왈 여칭왜왕지신, 즉필상이중록. 제상왈 "영위계림지견돈, 불위왜왕지신자, 영수계림지추금, 불수왜왕지작록."왜왕박제상각, 예겸가, 사추기상, 왈 "여하국신?" 왈 "계림지신." 우사입어연철지상, 왈 "여하국신?" 왈 "계림지신." 왜왕지기불굴, 내소살목도중. 왕문지, 애통, 증태아찬, 후사기가, 사미사흔취녀. 제상처, 솔삼여, 상치술령, 망왜국, 통곡이사, 지금령상유망부석.

박제상은 신라 사람이다. 눌지왕은 두 아우가 있었는데, 복호는 고구려에 인질로 가 있었고, 미사흔은 왜국에 인질로 가 있었다. 왕은 두 아우들을 생각하며 마음 편할 날이 없었는데, 박제상이 용맹스럽고 지모가 있다는 말을 듣고 불러 묻기를

"나의 두 아우가 오랫동안 고구려와 왜국에 인질로 가 있으니, 무슨 방법으로 이들을 살아서 돌아오게 하겠는가?"

라고 하였다. 박제상은 말하기를

"신이 비록 보잘 것 없는 몸이 오나 뜻을 받들고 가보겠습니다."

라고 하며, 고구려로 찾아가서 간절히 말하여 복호를 돌려 보내 줄 것을 청하니, 고구려 왕은 감동하여 돌아가도록 허락하였다.

복호가 돌아온 뒤에 왕은 박제상에게

"나는 두 아우를 좌우의 손처럼 생각하고 있는데, 이제 한 팔만 얻었으니, 어찌한단 말인가?"

라고 하였다. 박제상은 말하기를

"저는 이미 나라에 몸을 바치기로 허락하였으니, 어찌 감히 사양하겠습니까?"

라고 하며, 마침내 죽기로 맹세하여 처자도 만나보지 않고, 죄를 지어 나라를 배반한 것처럼 꾸며 왜국으로 들어갔다. 왜왕은 그를 신임하여 신라를 습격하려 할 때에 박제상과 미사흔을 향도로 삼았다. 왜군이 행군하여 해도에 이르자, 박제상은 몰래 미사흔에게 도망하도록 권하고 자신은 홀로 배안에서 자다 늦게 일어나 미사흔이 멀리 도망가기를 기다렸다.

왜왕이 이 사실을 발견하고 노여워하여 박제상을 가두고 국문하니, 박제상은 말하기를

"나는 곧 계림국의 신하인 바, 우리 임금님의 소원을 이루려고 하였을 뿐이다."

라고 말하였다. 왜왕은 크게 노하여 다섯 가지 형구를 모두 갖추어 놓고 말하기를

"네가 나의 신하라고 말하면 나는 반드시 상으로 중한 녹을 내리겠다."

라고 하였다. 그러나 박제상은

"내 차라리 계림국의 개돼지가 될지언정 왜왕의 신하는 되지 않을 것이요, 차라리 계림국의 형벌을 받을지언정 왜왕의 관작과 녹은 받지 않겠다."

라고 사절하였다. 왜왕은 박제상의 다리의 가죽을 벗기고 갈대를 벤다음 그 위를 걷게 하면서

"너는 어느 나라 신하인가?"

라고 다시 물었다. 박제상이 대답하기를

"나는 계림국의 신하이다."

라고 말하였다. 왜왕은 그를 굴복시킬 수 없음을 알고 마침내 목도

가운데에서 불에 태워 죽였다. 눌지왕은 이 말을 듣고 애통해 하여 대아찬의 벼슬에 추증하고 그의 집안에 물건을 후히 하사하고, 미사흔으로 하여금 그의 딸을 아내로 맞이하게 하였다. 한편, 박제상의 아내는 세 딸을 거느리고 치술령에 올라가 남편이 있는 왜국을 바라보고 통곡하다가 죽었는데 지금까지도 고개 위에 망부석이 남아 있다.

勿稽子, 新羅人. 偶儻有大志, 奈解王時, 浦上八國, 侵加羅, 王命與子老·利音, 往救之. 勿稽子有大功, 見忌於利音, 不記. 或曰 "子之功莫大, 而不見錄怨乎?" 曰 "何怨之有?" 又曰 "盍聞于王?" 曰 "矜功求名, 志士不爲, 但勵志而已." 後, 渴火城之戰, 有功, 又不見錄. 乃語婦曰爲臣之道, 見危致命, 臨亂忘身, 忠也. 渴火之役, 不能以致命, 忘其身, 聞於王, 不忠也. 旣以不忠, 累及於先人, 可謂孝乎? 旣失忠孝, 將何面目, 以出市朝?" 遂被髮携琴, 入師彘山, 不返.

물계자, 신라인. 척당유대지, 내해왕시, 포상팔국, 침가라, 왕명여자노·이음, 왕구지. 물계자유대공, 견기어이음, 불기. 혹왈 "자지공막대, 이불견록원호?" 왈 "하원지유?" 우왈 "합문우왕?" 왈 "긍공구명, 지사불위, 단려지이이." 후, 갈화성지전, 유공, 우불견록. 내어부왈위신지도, 견위치명, 임난망신, 충야. 갈화지역, 불능이치명, 망기신, 문어왕, 불충야. 기이불충, 누급어선인, 가위효호? 기실충효, 장하면목, 이출시조?" 수피발휴금, 입사체산, 불반.

물계자는 큰 뜻을 지닌 용맹한 신라 사람이었다.
내해왕 때 다른 나라가 가야를 침략하자 왕은 두 장군으로 하여금 군사를 이끌고 가서 구원하라고 지시를 내렸다. 이때 물계자도 이 전투에 참가하여 큰 공을 세웠으나 상관인 이음에게 시기를 당하여 그 공이 보고 되지 않았다.

어떤 사람이 그에게 물었다.

"자네는 큰 공을 세웠음에도 불구하고 보고되지 않았으니 원망스럽지 않은가?"

"까짓 것, 무슨 원망이 있겠는가?"

"어째서 왕에게 사실대로 아뢰지 않는가?"

"자신의 공을 내세워서 다른 사람들이 알아주기를 원하는 것은 뜻 있는 사람이 할 일이 아니네. 다만 뜻한 바 대로 힘을 다할 따름이지."

그 후 물계자는 다시 전투에 참가하여 큰 공을 세웠으나 평민이라는 이유로 또다시 상부에 보고되지 않자 마침내 아내에게 이렇게 말하였다.

"신하가 된 도리는 위태로운 일을 당하면 목숨을 바쳐 왕을 모시고, 어지러운 때에 다다르면 몸을 내던져 싸우는 것이 충성이오. 나는 이번 전투에서 충성을 다하지 못하고 살아서 돌아왔으니, 이는 왕에 대한 불충이오. 또한 이미 충성을 다하지 못함으로써 돌아가신 부모님을 욕되게 하였으니 어찌 효도를 했다고 할 수 있겠소? 그러니 왕에게 불충하고 부모님에게 불효를 저지른 내가 장차 무슨 면목으로 세상에 나가 다닐 수 있겠소?"

이렇게 말한 후 그는 마침내 머리를 풀어서 산발한 채 거문고를 들고는 산으로 들어가 다시는 돌아오지 않았다.

金歆運, 新羅武烈王時人. 少遊花郎文努之門, 爲郎幢大監, 代百濟, 屯陽山下, 濟人, 乘夜來襲. 大舍詮知說曰

"賊起暗中, 咫尺不辨, 公雖死, 人無知者." 歆運曰 "丈
夫, 旣以身許國, 人之知與不知一也, 豈可求名乎?" 遂
强立不動, 從者控馬勸避, 歆運, 以劒揮之, 遂突陣死之.

김흠운, 신라무열왕시인. 소유화랑문노지문, 위랑당대감, 대백제, 둔
양산하, 제인, 승야내습. 대사전지세왈 "적기암중, 지척불변, 공수사,
인무지자." 흠운왈 "장부, 기이신허국, 인지지여불지일야, 개가구명
호?" 수강입부동, 종자공마권피, 흠운, 이검휘지, 수돌진사지.

- 〈見三國史(견삼국사)〉

김흠운은 신라 무열왕 때 사람이다. 어려서부터 화랑낭도로 몸과 마
음을 닦았고 자라서 낭당대감이 되었다. 신라군이 백제를 정벌할 적에
양산 아래에 군을 주둔하고 있었는데, 백제의 군사들이 야음을 틈타 습
격하여 신라군은 그만 곤경에 빠지고 말았다. 이에 대사인 전지는 김
흠운에게 말하기를

"적들이 어두운 밤중에 뛰쳐나와 지척을 분간할 수 없으니, 공이 싸
우다가 죽더라도 알아주는 자가 없을 것입니다."

라고 하며, 피할 것을 권하였다. 그러나 김흠운은

"사내 대장부가 이미 몸을 나라에 바치기로 허락하였으면 남들이 알
아주든 말든 똑같아야 한다. 어찌 명예를 구하겠는가?"

라고 하고는 마침내 꼿꼿이 서서 동요하지 않았다. 이 때 그 부하가
말고삐를 잡아 당기며 피할 것을 권하였으나 김흠운은 칼을 휘두르며
적진으로 돌진하여 싸우다가 전사하였다.

竹竹, 大野陜川人. 百濟攻大野城, 主金品釋, 將出降,

竹竹止之曰 "與其鼠伏而偸生, 不若虎鬪而死." 品釋不
聽, 竹竹收散卒, 閉城固守, 或勸出降, 以圖後功, 竹竹
曰 "吾父, 名我以竹竹者, 使我歲寒不凋, 可折而不可
屈." 遂力戰而死, 賜阿湌.

죽죽, 대야합천인. 백제공대야성, 주김품석, 장출항, 죽죽지지왈 "여기
서복이투생, 불약호투이사." 품석불청, 죽죽수산졸, 폐성고수, 혹권출
항, 이도후공, 죽죽왈 "오부, 명아이죽죽자, 사아세한부조, 가절이불가
굴." 수역전이사, 사아찬.

－〈見群豹－斑錄(견군표일반록)〉

죽죽은 대야 합천 사람이다. 백제가 대야성을 공격하자, 성주인 김품
석이 온 힘을 다해 열심히 싸웠지만 전세가 불리해 지자 성문을 나가
항복하려 하므로 이에 죽죽은 이를 제지하면서

"쥐와 같이 놈들에게 항복하여 구차하게 살기보다는 호랑이처럼 싸
우다 죽느니만 못합니다."

라고 만류하였으나 김품석은 그의 말을 듣지 않고 성문을 빠져나가
고 말았다. 사태가 여기에 이르자 죽죽은 흩어진 군사를 모아 성문을
닫고 굳게 지켰다. 어떤 사람이 나가 항복하였다가 후일을 도모할 것
을 권하자, 죽죽은 태연한 표정으로 이렇게 대답하였다.

"나의 아버지가 나의 이름을 죽죽이라고 지으신 까닭은 나로 하여금
대나무처럼 날씨가 추워져도 시들지 않아 꺾을 수는 있어도 굽힘이 없
는 사나이가 되라는 뜻인데, 어찌 내가 죽음을 두려워하여 적에게 항복
해서 구차하게 살기를 바란단 말인가?"

라고 하며, 마침내 힘써 싸우다가 장렬하게 전사하였다. 그러자 나라

에서는 이 소식을 듣고 그에게 아찬 벼슬에 추증하였다.

申崇謙, 谷城人, 佐麗太祖, 有大勳勞, 甄萱圍新羅景哀
王於鮑石亭, 太祖將兵救之, 萱兵圍之甚急, 公時爲大
將, 貌似太祖, 知其勢窮, 使太祖隱於礙藪, 代乘御車,
力戰死之. 太祖嘗宴群臣, 使公像隨坐, 行列賜酒, 輒
乾. 諡壯節.

신숭겸, 곡성인, 좌려태조, 유대훈노, 견훤위신라경애왕어포석정, 태
조장병구지, 훤병위지심급, 공시위대장, 모사태조, 지기세궁, 사태조
은어애폐, 대승어거, 역전사지. 태조상연군신, 사공상수좌, 행열사주,
첩건. 시장절.

신숭겸은 곡성 사람인데, 고려 태조를 도와 큰 공로를 세웠다. 후백
제의 견훤이 신라의 경애왕을 포석정에서 포위하였으므로 고려 태조
는 군대를 거느리고 구원하러 갔는데, 이때 견훤의 군대가 태조를 포위
하여 매우 위급한 상황에 처했다. 공은 당시 대장이 되어 태조를 모시
고 있었는데, 그는 모습이 태조와 흡사하였으므로, 공은 형세가 곤궁함
을 알고는 태조를 숲속에 숨게 한 다음, 대신 어거를 타고 나가 힘써 싸
우다가 마침내 죽었다. 태조는 일찍이 여러 신하들에게 잔치를 베풀었
는데, 이때 공의 초상을 그가 앉을 자리에 놓게 하고, 술을 하사하면 곧
공의 술잔에 술이 갑자기 없어졌다. 시호를 장절이라 하였다.

敬順王 謀降高麗, 王子曰 "國之存亡, 必有天命, 當與
忠臣義士, 收合人心, 以死自守, 力盡後已, 豈宜以一千

年社稷, 輕以與人?" 王不聽, 王子, 哭泣辭王, 徑入皆
骨, 倚巖爲屋, 麻衣草食, 以終其身. 史臣曰 "王子義
烈, 可與北地王諶, 爭光日月, 而名不傳. 不獨安市城主
之失其名, 東方文獻, 埋沒, 可惜."

경순왕 모강고려, 왕자왈 "국지존망, 필유천명, 당여충신의사, 수합인
심, 이사자수, 역진후이, 개의이일천년사직, 경이여인?' 왕불청, 왕자,
곡읍사왕, 경입개골, 기암위옥, 마의초식, 이종기신, 사신왈 "왕자의
열, 가여북지왕심, 쟁광일월, 이명부전. 불독안시성주지실기명, 동방
문헌, 매몰, 가석."

- 〈見東京誌(견동경지)〉

신라 경순왕이 고려에 항복하려 하자, 왕자가 아뢰기를

"나라의 생존과 멸망은 반드시 천명에 달려 있으니, 마땅히 충성된
신하와 의로운 인사들과 함께 민심을 거둬 모아 가지고 죽음으로써 지
키다가 힘을 다한 뒤에 그만둘 것이지, 어찌 천년 동안 이어온 사직을
가벼이 남에게 주시려 합니까?"

라고 하였으나 왕은 듣지 않았다. 왕자는 울면서 왕을 하직하고 곧바
로 개골산으로 들어가 바위를 의지하고 지붕을 삼고 삼베옷을 몸에 걸
치고 나물을 먹으면서 일생을 마쳤다.

이에 대하여 사신은 다음과 같이 평하였다.

"왕자의 의로운 정열은 촉한의 북지왕 유심과 함께 일월과 광채를 다
툴 만한데도 이름이 전해지지 않는다. 또한 당태종의 30만 대군을 물
리친 안시성주의 그 훌륭한 이름이 전해지지 않을 뿐만이 아니다. 우
리 나라의 귀중한 문헌이 많이 묻혀 없어져 버린 것은 실로 애석한 일

이다."

　高句麗王太子解明, 有力好勇, 黃龍國王聞之, 贈以强
弓, 解明彎而折之, 曰 "非我有力, 弓自不勁." 黃龍國
王, 慙欲害之, 王以爲怨結隣國, 乃賜劒, 或止之, 曰
"安知其非詐?" 太子曰 "我恐敵國輕我國家, 故, 挽折
之, 父命可逃乎?" 遂走馬, 觸槍而死.

고구려왕태자해명, 유력호용, 황용국왕문지, 증이강궁, 해명만이절지,
왈 "비아유력, 궁자불경." 황용국왕, 참욕해지, 왕이위원결인국, 내사
검, 혹지지, 왈 "안지기비사?" 태자왈 "아공적국경아국가, 고, 만절지,
부명가도호?" 수주마, 촉창이사.

- 〈見高句麗史(견고구려사)〉

　　고구려 왕의 태자인 해명은 힘이 세고 용감한 행동을 하기를 좋아하
였다. 황룡국 왕이 이 말을 듣고 강한 활을 그에게 선물하였다. 해명은
그 활시위를 당겨 꺾어버리고 말하기를
　"제가 힘이 세서 꺾어진 것이 아니라 활이 강하지 못해서입니다."
　라고 하였다. 황룡국 왕이 부끄러워하여 그를 살해하려고 하니, 고구
려 왕은 태자 해명이 이웃 나라에 원한을 샀다 하여 마침내 칼을 내려
자결하게 하였다. 태자가 자결하려 하자, 어떤 사람이 만류하기를
　"이것이 어찌 그렇게 만들려고 거짓을 꾸며놓은 것이 아니겠습니
까?"
　라고 하니, 태자가 말하기를
　"나는 적국이 우리나라를 얕볼까 염려한 까닭에 그가 준 활을 당겨

꺾어 버렸던 것인데, 어찌 아버지의 명령을 피할 수 있겠는가?"

라고 하고는 마침내 창을 거꾸로 들고 말을 달려 창에 찔려 죽었다.

徐熙, 利川人宰輔 弼之子也. 光宗, 嘗賜宰臣金酒器,
弼獨不受, 王曰 "卿能不以寶爲寶, 予當以卿言爲寶."
熙嘗從成宗, 幸海州, 王幸熙幕欲入, 熙曰 "臣之幕, 非
至尊所." 當臨, 命進酒, 熙曰 "臣之酒, 不堪獻." 成宗,
乃坐幕外, 進御酒, 共飮而罷. 初, 熙祖神逸, 郊居, 有
鹿帶矢奔投, 神逸拔其箭, 而匿之, 獵者至, 不獲而返,
夢有神人, 謝曰 "鹿吾子也, 賴君不死, 當令君之子孫,
世世爲鄕相."

서희, 이천인재보 필지자야. 광종, 상사재신금주기, 필독불수, 왕왈
"경능불이보위보, 여당이경언위보." 희상종성종, 행해주, 왕행희막욕
입, 희왈 "신지막, 비지존소." 당임, 명진주, 희왈 "신지주, 불감헌." 성
종, 내좌막외, 진어주, 공음이파. 초, 희조신일, 교거, 유록대시분투, 신
일발기전, 이닉지, 엽자지, 불획이반, 몽유신인, 사왈 "녹오자야, 뇌군
불사, 당영군지자손, 세세위향상."

– 〈見群豹一斑錄(견군표일반록)〉

서희는 이천 사람인데 재보 서필의 아들이다. 광종이 일찍이 재신들
에게 황금으로 만든 술그릇을 하사하였는데, 서필만은 홀로 이것을 받
지 않았다. 이에 왕은

"경은 보배를 보배로 여기지 않으니, 내 마땅히 경의 말을 보배로 삼
겠다."라고 하였다. 서희가 일찍이 성종을 따라 해주에 갔었는데, 왕이

서희의 막사에 행차하여 들어가려 하자, 서희는 아뢰기를

"신의 막사는 지존이 왕림하실 만한 곳이 아닙니다."

라고 사양하였으며, 왕이 술을 올리라고 명하였으나, 서희는

"신의 술은 임금께 올릴 만 한 술이 못됩니다."

라고 다시 사양하였다. 성종은 부득이 서희의 막사 밖에 앉아서 어주를 올리게 하여 함께 마시고 파하였다. 이보다 앞서 서희의 할아버지 신일이 교외에 살고 있었는데, 사슴 한 마리가 화살을 맞은 채로 달려와 품안으로 뛰어들었는데 신일이 화살을 뽑아주고 숨겨 주었다. 이때문에 사냥꾼이 뒤쫓아 왔으나 사슴을 찾지 못하고 그대로 돌아갔는데, 꿈에 신선이 나타나 사례하기를

"사슴은 내 아들인데 그대의 덕으로 죽지 않았으니, 내 마땅히 그대의 자손들로 하여금 대대로 경상이 되게 하겠다."

라고 하였다.

姜太師邯贊, 衿川人. 性淸儉, 少好學, 多奇略. 顯宗時, 却契丹兵, 除平章事, 王手書告身, 曰 "庚戌年中有虜塵, 干戈深入漢江濱, 當時不用姜公策, 擧國皆爲左衽人." 世多榮之. 生時, 大星隕于其家, 後宋使見公, 不覺下拜, 曰 "文曲星, 不見久矣, 今在此耶?" 體貌矮陋, 衣冠垢弊, 正色入朝, 屹然爲邦家柱石.

강태사감찬, 금천인. 성청검, 소호학, 다기략. 현종시, 각거란병, 제평장사, 왕수서고신, 왈 "경술년중유노진, 간과심입한강빈, 당시불용강공책, 거국개위좌임인." 세다영지. 생시, 대성운우기가, 후송사견공, 불각하배, 왈 "문곡성, 불견구의, 금재차야?" 체모왜루, 의관구폐, 정색

입조, 홀연위방가주석.

태사 강감찬은 금천 사람이다. 그는 성품이 청렴하고 검소하며 어려서부터 학문을 좋아하여 뛰어난 지략이 많았다. 현종 때에 거란군을 물리치고 평장사라는 벼슬에 임명되었다. 이때 왕이 손수 임명장에다 칭찬하는 시를 써주기를

"경술년에 오랑캐의 병난이 있어 병화가 깊숙이 한강까지 들어왔었다 당시에 강 장군의 계책을 쓰지 않았던들 온 나라가 모두 오랑캐가 될 뻔하였다."

라고 하니, 세상에서는 이것을 큰 영광으로 여기는 자가 많았다. 공이 태어날 때에 큰 별이 집에 떨어졌는데, 뒤에 송나라 사신이 와서 공을 만나보고 자신도 모르게 뜰 아래로 내려가 절하면서

"문곡성을 보지 못한 지가 오래 되었는데, 이제 여기에 있단 말인가?"
라고 하였다. 공은 체격과 용모가 왜소하고 못생겼으며, 의관이 때가 끼고 해졌으나, 정색을 하고 조정에 들어가면 우뚝이 뛰어나서 그야말로 나라의 기둥이요 주춧돌과 같은 큰 인물이었다.

成忠, 百濟義慈王時人. 王荒淫耽樂, 飮酒不止, 成忠極諫, 王怒囚之, 成忠不食, 臨死上書, 曰 "忠臣死, 不忘君, 願一言而死, 臣觀時察變, 必有兵革之事, 據險隘以備禦, 可也." 王不省, 遂死獄中. 及唐羅兵, 乘勝薄城, 王歎曰 "悔不用成忠之言, 以至於此."

성충, 백제의자왕시인. 왕황음탐락, 음주부지, 성충극간, 왕노수지, 성충불식, 임사상서, 왈 "충신사, 불망군, 원일언이사, 신관시찰변, 필유

병혁지사, 거험애이비어, 가야." 왕불성, 수사옥중. 급당라병, 승승박
성, 왕탄왈 "회불용성충지언, 이지어차."

성충은 백제 의자왕 때 사람이다. 의자왕이 주색에 빠지고 놀기를 좋
아하여 술 마시기를 그치지 않으므로 성충이 극간하니, 왕은 노하여 그
를 옥에 가두었다. 이에 성충은 아무것도 먹지 않고 굶다가 죽게 되자
글을 올려 말하기를

"충신은 죽더라도 군주를 잊지 않는 법이니, 한 말씀 올리고 죽기를
원합니다. 신이 세상을 관찰하고 변화를 살펴 보옵건대, 반드시 전란이
있을 것이오니, 전란이 일어나거든 지형이 험하고 막힌 곳을 점거하여
적을 막아야 할 것입니다."

라고 하였다. 그러나 왕은 이 말을 살펴보지 않아 성충은 마침내 옥
중에서 죽었는데, 그 뒤 나당 연합군이 승세를 타고 사비성으로 육박해
오자, 의자왕은

"내가 성충의 말을 듣지 않아 이 지경에 이른 것이 후회스럽다."

라고 한탄하였다.

崔碩 高麗順孝主時人, 知昇平府, 以廉謙稱, 府故事,
邑倅替還, 必贈八馬, 惟所擇. 碩秩滿還, 邑人進馬, 請
擇良, 碩笑曰 "馬能至京, 足矣, 何擇爲至家?" 歸其馬,
邑人不受, 碩曰 "吾守汝邑, 吾有牝馬生駒, 今帶以來,
是我之貪也, 並其駒還之. 自是, 贈馬之弊, 遂絶, 邑
人, 頌德立石, 號八馬碑.

최석 고려순효주시인, 지승평부, 이염겸칭, 부고사, 읍졸체환, 필증팔

마, 유소택. 석질만환, 읍인진마, 청택량, 석소왈 "마능지경, 족의, 하택
위지가?" 귀기마, 읍인불수, 석왈 "오수여읍, 오유빈마생구, 금대이래,
시아지탐야, 병기구환지. 자시, 증마지폐, 수절, 읍인, 송덕입석, 호팔
마비.

- 〈見輿地勝覽(견여지승람)〉

최석은 고려 순효주(충렬왕) 때 사람으로, 승평(지금의 순천)부사를
맡아 다스렸는데, 청렴하고 겸손한 인물로 알려졌다. 승평부에는 고을
원이 교체되어 돌아갈 때에 반드시 말 여덟 필을 주었는데, 원이 마음
대로 골라 갖게 하는 전례가 있었다. 최석이 임기가 만료되어 돌아갈
때에 고을 사람들이 말을 올리고 좋은 말을 고르라고 청하자, 최석은
웃으며 말하기를

"말은 서울까지 타고 가기만 하면 그만이니, 어찌 고를 것이 있겠는가?"

라고 하며, 사양하였다. 집에 도착한 뒤에는 타고 왔던 말을 되돌려
주니, 고을 사람들은 받지 않았다. 그러자 최석은 말하기를

"내가 너희 고을의 원으로 갈 때 암말을 가지고 갔는데 나의 암말이
망아지를 낳아서 지금 데리고 왔으니, 이는 내가 탐욕을 부린 것이다."

라고 하고는 그 망아지까지도 아울러 되돌려 보내었다. 이로부터 승
평부에는 원이 교체될 때에 말을 주던 폐습이 마침내 없어지니, 고을
사람들은 송덕비를 세우고, 이를 팔마비라고 칭하였다.

李文烈公兆年, 以敢言見憚於王, 每入見, 王聞履聲, 曰
"兆年來," 屛左右, 整容以俟, 王, 一日, 縱遊步自北門,
彈雀于松岡, 公, 徑進跪諫, 曰 "臣恐禍在朝夕, 此而

不怡, 顧玩細好乎?" 王不納, 公, 明日謝病, 匹馬還鄕,
不交世間事, 終身不出.

이문열공조년, 이감언건탄어왕, 매입견, 왕문이성, 왈 "조년래," 병좌
우, 정용이사, 왕, 일일, 종유보자북문, 탄작우송강, 공, 경진궤간, 왈
"신공화재조석, 차이불휼, 고완세호호?" 왕불납, 공, 명일사병, 필마환
향, 불교세간사, 종신불출.

문열공 이조년은 과감하게 직간을 하여 왕에게 존경을 받았다. 그리
하여 공이 들어가 왕을 알현하게 되면 왕은 공의 발자국 소리를 듣고
말씀하기를
"이조년이 온다."
라고 하며, 병풍을 좌우로 정돈하고 용모를 단정히 하고 기다리곤 하
였다.
그러던 어느 날 하루는 왕이 마음대로 유람하여 북문으로부터 송강
으로 걸어가 참새 사냥을 하였다. 그러자 공은 곧바로 나아가 꿇어앉
아 간하기를
"신은 재화가 가까이 조석에 있을까 두렵사온데 대왕께서는 이것을
근심하지 않으시고 도리어 사소한 놀이를 즐기십니까?"
라고 하였다. 왕이 그의 말을 받아들이지 않자, 공은 다음날 신병을
구실삼아 말 한 필을 타고 고향으로 돌아가 세상 일을 상관하지 않고
죽을 때까지 세상에 나오지 않았다.

禹祭酒, 丹陽人. 忠宣王, 自元奔喪 烝其父幸妃, 公爲

監察糾正, 翌日, 白衣持斧束藁, 上書敢諫, 近臣, 展疏
不敢讀, 公厲聲曰 "卿爲近臣, 未能格非, 而逢惡至此,
卿知其罪耶?" 左右震慄, 王有慙色.

우제주, 단양인. 충선왕, 자원분상 증기부행비, 공위감찰규정, 익일,
백의지부속고, 상서감간, 근신, 전소불감독, 공려성왈 "경위근신, 미능
각비, 이봉악지차, 경지기죄야?" 좌우진율, 왕색참색.

– 〈見群豹一斑錄(견군표일반록)〉

제주 우탁은 단양 사람이다. 충선왕이 원나라에 있다가 아버지가 돌
아가셨다는 부고를 받고 급히 돌아와서 장례를 치르고 있었는데, 왕은
부왕이 사랑하던 첩을 간통하였다. 이때 공이 '감찰규정'*으로 있었는
데, 이 사실을 알고, 다음날 소복을 입고 도끼를 들고 짚자리를 짊어지
고 가서 글을 올려 과감히 간하니, 가까이 모시는 신하들이 상소문을
펴 보고는 감히 읽지 못하였다. 공은 큰 소리로 말씀하기를

"경들은 가까이 모시는 신하로서 군주의 잘못을 바로잡지 못하고 악
을 조장함이 이 지경에 이르렀으니, 경들은 그 죄를 아는가?"

라고 꾸짖으니, 좌우에서 모시던 신하들이 모두 두려워하고 임금도
부끄러워하는 기색이 역력하였다.

金之岱, 淸道人, 力學能文, 倜儻有大志. 高宗江東之
役, 父預軍隊, 之岱以太學生, 代父而行, 戰士楯頭皆畫
奇獸, 之岱, 獨書一絶, 云 "國患臣之患, 親憂子所憂,

---

*감찰규정 : 고려 때, 감찰사에 속한 종6품 벼슬.

代親如報國，忠孝可雙修." 元帥趙沖，點兵見之，驚問
其故，器使之，明年凱還，登壯元科.

김지대, 청도인, 역학능문, 척당유대지. 고종강동지역, 부예군대, 지대
이태학생, 대부이행, 전사순두개화기수, 지대, 독서일절, 운 "국환신지
환, 친우자소우, 대친여보국, 충효가쌍수." 원사조충, 점병견지, 경문
기고, 기사지, 명년개환, 등장원과.

김지대는 청도 사람이다. 그는 학문에 힘쓰고 문장에 능하였으며 기
개가 높고 큰 뜻을 품고 있었다. 고종 때의 강동지역의 싸움에 아버지
가 군대에 나가게 되자, 김지대는 태학생으로 아버지를 대신하여 군대
로 나갔다. 이 때 딴 군사들은 방패 끝에 모두 기이한 짐승을 그렸으나,
김지대는 홀로 시 한 절구를 쓰기를
"나라의 걱정은 신하의 걱정이요, 어버이의 근심은 자식의 근심이네.
어버이를 대신하여 만일 국가에 보답한다면, 충성과 효도 모두 다할 수
있네."
라고 하였다. 원수 조충이 군사들을 검열하다가 이것을 보고는 놀라
그 까닭을 묻고, 그를 소중하게 여겨 중임을 맡겼다. 김지대는 다음해
개선하여 문과에 장원으로 급제하였다.

辛旽，譖柳淑於王，將殺之，家人謂曰 "不如走," 淑曰
"君父天也，天可逃乎? 亡將何之?" 遂就死.

신돈, 참유숙어왕, 장살지, 가인위왈 "불여주," 숙왈 "군부천야, 천가도
호? 망장하지?" 수취사.

– 〈見高麗史(견고려사)〉

신돈이 유숙을 왕에게 모함하여 죽이려 하였다. 집안 사람들이 유숙에게 이르기를

"도망하는 것이 좋겠습니다."

라고 말하니, 그는 말하기를

"임금과 아버지는 하늘과 같으니, 하늘을 어찌 피할 수 있겠는가? 도망한들 장차 어디로 가겠는가?"

라고 하고는 그대로 사지로 나아 죽음을 당하였다.

趙狷, 初名胤. 麗亡, 胤痛哭入頭流山. 我太祖, 擢拜戶曹典書, 書以招之, 胤答曰 "願採松山之薇, 不願爲聖人之邙." 仍改名曰 "狷" 字, 曰 "從犬" 蓋國亡不死, 有類於犬, 且取犬, 有戀主人之義也. 自頭流轉入淸溪山, 每陟最高峰, 望松京痛哭, 人指其峰, 曰 "望京峰." 太祖嘗幸淸溪, 狷韜面不入, 太祖嘉其節, 請見以賓主之禮, 狷始出見, 揖而不拜, 語多不諱, 而太祖皆容之. 臨還, 命對以淸溪一曲, 任便居住, 又築石室, 而與之, 狷終不居, 移住楊州之松山, 因以自號.

조견, 초명윤. 여망, 윤통곡입두유산. 아태조, 탁배호조전서, 서이초지, 윤답왈 "원채송산지미, 불원위성인지망." 잉개명왈 "견" 자, 왈 "종견" 개국망불사, 유유어견, 차취견, 유연주인지의야. 자두유전입청계산, 매척최고봉, 망송경통곡, 인지기봉, 왈 "망경봉." 태조상행청계, 견도면불입, 태조가기절, 청견이빈주지예, 견시출견, 읍이불배, 어다불휘, 이태조개용지. 임환, 명대이청계일곡, 임편거주, 우축석실, 이여지, 견종불거, 이주양주지송산, 인이자호.

- 〈見平壤誌(견평양지)〉

조견의 처음 이름이 윤이었다. 고려가 망하자, 조윤은 통곡하고 두류산으로 들어갔는데, 조선 태조가 호조전서로 발탁하고 편지를 보내 불렀다. 이에 조윤은 대답하기를

"송악산의 고사리를 뜯어 먹기를 원하고, 성인의 백성이 되기를 원치 않습니다."

라고 하고는 이어 이름을 견자로 고치고 말하였다.

"나라가 망하였는데도 죽지 않음은 개와 유사하고, 또 개는 주인을 그리워하는 뜻이 있음을 취한 것이다."

그는 두류산으로부터 전전하여 청계산으로 들어가 가장 높은 봉우리에 올라가 개성을 바라보고 통곡하곤 하니, 사람들은 그 봉우리를 가리켜 망경봉이라고 칭하였다. 태조가 한 번은 청계산에 행차하였는데, 조견은 얼굴을 가리고 들어가 만나보지 않았다. 태조가 그의 충절을 가상하게 여겨 손님과 주인의 예로 만나 볼 것을 청하자, 그제야 조견은 비로소 나와 만났는데, 태조에게 읍만 하고 절을 하지 않았으며, 서로 이야기를 할 때도 이름을 부르기를 꺼리지 않았는데 태조도 이를 다 용납하였다. 태조는 돌아올 때에 청계산 한 지역을 그에게 봉하여 주고 편의대로 살도록 명하고, 또 돌집을 지어 주었으나 조견은 끝내 여기에 살지 않고 양주의 송산으로 옮겨간 다음 송산이라고 스스로 호를 사용하였다.

圃隱鄭先生夢周, 麗季爲侍中, 忘身殉國, 欲扶社稷. 我太宗設宴, 請之作歌, 侑酒以觀其意, 圃隱作歌送酒, 曰 "此身 死了死了, 一百番更死了, 白骨爲壁土, 魂魄有也無, 向主一片丹心, 寧有改理也歟?"

포은정선생몽주, 여계위시중, 망신순국, 욕부사직. 아태종설연, 청지

작가, 유주이관기의, 포은작가송주, 왈 "차신 사료사료, 일백번갱사료,
백골위벽토, 혼백유야무, 향주일편단심, 영유개이야여?"

─ 〈見海東樂府(견해동악부)〉

포은 정몽주 선생은 고려 말엽에 시중이 되어 자기 몸을 잊고 나라
를 위해 종묘와 사직을 부지하려고 하였다. 어느 날 조선의 태종이 잔
치를 베풀고 그에게 노래를 짓기를 청하고 술을 권하며 그 뜻을 살폈는
데, 포은은 노래를 짓고 술잔을 돌려보내며 읊기를
"이 몸이 죽고 죽어 일백 번 고쳐 죽어, 백골이 진토 되어 넋이야 있
고 없고, 임 향한 일편단심이야 변할 리가 있으랴?"
라고 하였다.

吉冶隱先生再, 高麗恭讓王時, 爲門下注書, 知國將亡,
棄官歸善山, 以講明道學爲務, 國初, 定宗以太常博士
徵, 遂上書, 曰 "女無二夫, 臣無二主, 放歸田里, 以遂
不事二姓之志." 上許之, 世宗初, 崇獎節義, 召用其子,
子師舜赴召, 公誡之, 曰 "汝當效我向高麗之心, 事汝朝
鮮之王. 乃父之心, 外此無望也."

길야은선생재, 고려공양왕시, 위문하주서, 지국장망, 기관귀선산, 이
강명도학위무, 국초, 정종이태상박사징, 수상서, 왈 "여무이부, 신무이
주, 방귀전리, 이수불사이성지지." 상허지, 세종초, 숭장절의, 소용기
자, 자사순부서, 공계지, 왈 "여당효아향고려지심, 사여조선지왕. 내부
지심, 외차무망야."

─ 〈見師友錄(견사우록)〉

야은 길재 선생은 고려 공양왕 때에 문하주서로 있었는데, 나라가 장차 망할 줄을 알고는 벼슬을 버리고 선산으로 내려가서 제자를 가르치고 있었다. 조선이 새로 들어서자 정종이 태상박사의 벼슬을 주면서 그를 불렀으나 그는 글을 올려서 벼슬을 받지 않을 뜻을 밝혔다.

"신이 듣건대 여자는 두 남편을 섬기지 않고 충신은 두 임금을 섬기지 않는 법이니, 고향 마을로 돌아가 두 성을 섬기지 않으려는 뜻을 이루게 해주소서."

이 글을 읽은 정종은 그의 뜻을 갸륵하게 여겨서 이를 허락하였다. 세종 초기에 조정에서 절의를 장려하여 그의 아들을 불러 등용하려 하자, 아들 사순이 부름에 응하려 하였다. 이에 공은 경계하기를

"너는 부디 내가 고려를 향하는 마음을 본받아 너의 조선 임금을 섬겨라. 이것이 바로 네 아비의 마음이니, 이 밖에는 바라는 것이 없다."
라고 하였다.

金白巖濟, 善山人. 麗末知平海郡事, 聞望朝開運, 臨海痛哭, 題詩曰 "呼船東問魯連沂, 五百年今一介臣. 可使孤魂能不死, 願隨紅日曛中垠." 別妻子, 着蘆笠子, 乘丹入海, 不知所終.

김백암제, 선산인. 여말지평해군사, 문망조개운, 임해통곡, 제시왈 "호선동문로연진, 오백연금일개신. 가사고혼능불사, 원수홍일희중은."별처자, 착노입자, 승단입해, 불지소종.

백암 김제는 선산 사람이다. 고려 말엽에 지평해군사로 있었는데, 조선이 개국했다는 말을 듣고는 바닷가에 이르러 통곡하고 시를 짓기를

"배를 불러 동쪽으로 가며 '노중련'*의 나루터 물으니, 이제 5백년 이어온 나라의 한 신하이네. 만일 외로운 혼 죽지 않을진댄 붉은 해를 따라 지상을 비추기 원하네."

라고 하였다. 그는 처자와 이별하고 갈대로 만든 삿갓을 쓰고는 배를 타고 바다로 들어가 어디서 죽었는지 알지 못한다.

金籠巖澍, 白巖之弟. 奉使天朝, 歸到鴨綠江, 始聞時事, 臨江痛哭, 寄書夫人柳氏, 曰 "忠臣不事二君, 烈女不更二夫, 吾渡江, 卽無所容其身, 送朝服及靴, 但以此爲信, 夫人下世後, 以此合葬, 爲我夫婦之墓, 且以到江上, 還向中朝之日, 爲我忌日." 遂逝荊蠻, 諡忠貞.

김농암주, 백암지제. 봉사천조, 귀도압록강, 시문시사, 임강통곡, 기서부인유씨, 왈 "충신불사이군, 열녀불경이부, 오도강, 즉무소용기신, 송조복급화, 단이차위신, 부인하세후, 이차합장, 위아부부지묘, 차이도강상, 환향중조지일, 위아기일." 수두형만, 시충정.

－〈見雙節錄(견쌍절록)〉

농암 김주는 백암 김제의 아우이다. 사신의 임무를 받들고 중국에 갔었는데, 돌아오다가 압록강에 이르러 고려가 멸망한 사실을 듣고는 강가에 임하여 통곡하고 나서 부인 유씨에게 편지를 부치기를

"충신은 두 임금을 섬기지 않고, 열녀는 두 남편을 섬기지 않나니, 나는 압록강을 건너가면 몸을 의지할 만한 곳이 없소. 이제 조복과 신을 보내노니, 다만 이것을 신표로 삼아 부인이 별세한 뒤에 이것으로 합장

---

*노중련 : 중국 전국시대 말기 제나라의 충신.

하여 우리 부부의 묘를 만드시오. 그리고 내가 강가에 도착했다가 다시 중국으로 돌아간 날짜를 나의 기일로 삼으시오."

라고 하고는 형만 지방에 운둔하니, 시호를 충정이라 하였다.

> 徐甄, 遯居衿川鄕曲, 慨念前朝之事, 作詩曰 "千載神都
> 隔渺茫, 忠良濟濟佐明王. 統三爲一功安在? 却恨前朝
> 業不長." 臺諫欲罪之, 太宗變色曰 "甄爲高麗之臣, 作
> 時思之, 是赤夷齊之類, 不可罪也."
>
> 서견, 둔거금천향곡, 개념전조지사, 작시왈 "천재신도격묘망, 충량제
> 제좌명왕. 통삼위일공안재? 각한전조업불장." 대간욕죄지, 태종변색
> 왈 "견위고려지신, 작시사지, 시적이제지류, 불가죄야."

서견은 은둔하여 금천의 시골에 살았는데, 고려가 망한 일을 서글프게 생각하여 시를 짓기를

"천년의 옛 서울은 아득히 멀고먼데, 충량한 인재들 많고 많아 밝은 임금을 보좌하였네. 삼국을 통일한 위대한 공 지금 어디에 있나? 전조의 왕업 길지 못함 한탄하노라."

라고 하였다. 대간이 이 글을 중시하여 그를 처벌하려 하자, 태종은 낯빛을 바꾸고 말하기를

"서견이 고려의 신하가 되어 시를 지어 그리워하니, 이 사람은 또한 백이·숙제의 무리이다. 처벌해서는 안 된다."

라고 하였다.

> 李養中, 廣州人, 麗末任刑曹坐參議. 當革命之初, 抗不

臣之節, 遁去廣州村庄, 不受微命. 太宗, 以龍潛故人, 眷遇甚至, 特拜漢城尹, 亦不受. 太宗, 嘗幸廣州, 召與道舊, 公野服携琴拜謁, 獻壺酒盤魚, 歡然而罷, 竟不奪其志, 特官其子, 以獎之. 常分御羞, 好問不絕.

이양중, 광주인, 여말임형조좌참의. 당혁명지초, 항불신지절, 둔거광주촌장, 불수미명. 태종, 이용잠고인, 권우심지, 특배한성윤, 역불수. 태종, 상행광주, 소여도구, 공야복휴금배알, 헌호주반어, 환연이파, 경불탈기지, 특관기자, 이장지. 상분어수, 호문불절.

이양중은 광주 사람이다. 그는 고려 말엽에 형조좌참의를 맡았었는데, 조선이 개국하자 새 왕조에 신하노릇을 하지 않겠다는 절개로 항거하여 광주의 집에 은둔하고 부르는 명을 따르지 않았다. 태종은 그가 임금이 되기 전의 옛 친구라 하여 매우 지극히 예우하고 특별히 한성판윤을 임명하였으나 그는 역시 그 벼슬을 받지 않았다. 태종이 한 번은 광주에 가서 그를 불러 옛 정을 말하니, 공은 야인의 복장으로 거문고를 들고서 절한 다음 술병과 소반에 어물을 안주로 올렸다. 이에 태종은 같이 즐기다가 술자리를 파하고 끝내 그의 뜻을 빼앗지 않았으며, 특별히 그의 아들에게 벼슬을 주면서 그 장한 뜻을 장려하였다. 또한 태종은 항상 음식을 나누어 주었으며 계속하여 안부를 물으면서 다정한 정을 끊지 않았다.

逐睡錄曰 "王氏之亡, 但圃冶二人, 能成大節, 而不知牧隱之爲人, 可惜. 太宗, 受命之後, 召穡引見, 穡長揖不拜. 太宗降御榻, 接以賓禮, 俄以侍講, 以次列進, 上還陛御榻, 穡昂然而起, 曰 "老夫無坐次." 遂出.

축수록왈 "왕씨지망, 단포야이인, 능성대절, 이불지목은지위인, 가석. 태종, 수명지후, 소색인견, 색장읍불배. 태종강어탑, 접이빈례, 아이시강, 이차열진, 상환승어탑, 색앙연이기, 왈 "노부무좌차." 수출.

축수록에 말하였다.

"왕씨가 망할 때에 포은·야은 두 분이 훌륭한 충절을 이룬 것만 알고, 목은의 사람됨은 알지 못하니, 이는 매우 애석하다. 태종이 임금 자리에 오른 뒤에 목은 이색을 불러 접견하였는데, 이색은 길게 읍만 하고 절을 하지 않았다. 이 때 태종은 어탑에서 내려와 손님의 예로 접견하였는데, 얼마 뒤 '시강관'*들이 차례로 줄지어 나왔다. 태종이 다시 어탑으로 오르자, 이색은 벌떡 일어나며

"늙은이는 앉을 자리가 없습니다."

라고 하고는 그대로 나가 버렸다.

新羅加林郡女, 爲素那妻, 夫赴戰, 妻留在其家, 及那死, 有人弔之, 妻哭曰 "亡人常曰 '大丈夫, 固當死王事, 豈可死家人之手乎?' 今死, 乃其志也."

신라가림군여, 위소나처, 부부전, 처유재기가, 급나사, 유인조지, 처곡왈 "망인상왈 '대장부, 고당사왕사, 개가사가인지수호?' 금사, 내기지야."

- 〈見東京誌(견동경지)〉

---

*시강관 : 조선 때, 임금에게 경전의 강의하던 경연청의 정사품 벼슬.

신라 가림군의 한 여자가 소나의 아내가 되었는데 남편이 싸움터로 나가니, 아내는 집에 그대로 머물러 있었다. 남편 소나가 전사하였으므로 사람들이 조문을 하자, 아내는 울며 말하기를

"죽은 남편은 항상 말씀하기를 '대장부는 마땅히 국가를 위해 죽어야지, 어찌 집안 식구의 손에서 운명하겠는가?'라고 하셨으니, 지금 전사함은 바로 그의 뜻입니다."

라고 하였다.

> 許文敬公珙, 有女, 林衍, 時執國命, 欲以其子娶之, 公
> 不聽, 衍告于王, 王召謂曰 "衍奸凶, 不可取怨, 卿深計
> 之." 對曰 "臣寧受禍, 不敢嫁女於賊臣之家."
>
> 허문경공공　유녀, 임연, 시집국명, 욕이기자취지, 공불청, 연고우왕,
> 왕소위왈 "연간흉, 불가취원, 경심계지." 대왈 "신영수화, 불감가여어
> 적신지가."
>
> — 〈見高麗史(견고려사)〉

문경공 허공에게 과년한 딸이 있었다. 이 때에 나라의 정권을 잡고 있던 임연이 자기 아들을 그녀에게 장가들이려고 하였으나 공이 듣지 않았다. 임연이 이 사실을 왕에게 아뢰자, 왕은 공을 불러 말하기를

"임연은 간사하고 흉악이니, 그에게 원한을 사서는 안 된다. 경은 깊이 생각하라."

라고 하며, 혼인할 것을 권하였다. 이에 공은 대답하기를

"신은 차라리 화를 당할지언정 적신의 집에 딸을 시집보낼 수는 없습니다."

라고 하였다.

冶隱先生, 善山人. 聖朝龍興, 以罔僕之義, 避隱于金烏
山下, 婢僕皆感化. 有一婢年十八, 其夫以興販爲業, 飄
風海外, 未知存沒, 守信不改, 十年後, 其夫自日本還
來, 深夜至家, 呼門, 妻答曰 "言辭擧止, 莫非家翁, 雖
喜再生之逢, 然, 深夜無人, 安可以輕易相對乎?" 終不
開門, 坐以待朝, 會族黨出見, 乃其夫也, 因復偕老.

야은선생, 선산인. 성조용흥, 이망복지의, 피은우금오산하, 비복개감
화. 유일비연십팔, 기부이흥판위업, 표풍해외, 미지존몰, 수신불개, 십
년후, 기부자일본환래, 심야지가, 호문, 처답왈 "언사거지, 막비가옹,
수희재생지봉, 연, 심야무인, 안가이경역상대호?" 종불개문, 좌이대조,
회족당출견, 내기부야, 인복해로.

– 〈見國朝彙語(견국조휘어)〉

야은 길재 선생은 선산 사람이다. 조선이 개국하자, 새 왕조를 섬기
지 않는 의리를 지켜 금오산 아래에 은둔하니, 종들도 모두 감화되었
다. 이 때 한 계집종이 있었는데 그의 나이는 18세 이었다. 그의 남편
은 물건을 파는 것을 생업으로 하다가 풍랑을 만나 바다에 표류하여 죽
었는지 살았는지를 알지 못하였으나, 약속을 지키고 개가 하지 않았다.
10년 뒤에 그의 남편이 일본에서 돌아와 한밤중에 이르러 문 밖에서 부
르니, 아내는 대답하기를
"말씀과 행동거지가 모두 집안 어른과 똑같으니, 다시 살아오셔서 서
로 만남은 매우 기쁘오나 깊은 밤중이라 사람이 없으니, 어찌 쉽게 서

로 대할 수 있겠습니까?"

라고 하며, 끝내 문을 열어 주지 않고 앉은 채로 날이 새기를 기다렸다가 식구들을 모아 놓고 나가 보니, 참으로 그의 남편이었다. 그리하여 다시 백년해로하였다.

麗季, 倭賊大入寇, 康好文妻文氏, 遇賊, 突入居里. 文有二兒, 扶幼携長, 將走匿而被虜, 棄兩兒, 至夢佛山石崖高千尺, 曰 "汚賊求生, 不如潔身就死." 卽舊身而墜下, 有藤蘿草密, 得不死, 居三日, 賊退乃還.

여계, 왜적대입구, 강호문처문씨, 우적, 돌입거리. 문유이아, 부유휴장, 장주닉이피노, 기양아, 지몽불산석애고천척, 왈 "오적구생, 불여결신취사." 즉구신이추하, 유등라초밀, 득불사, 거삼일, 적퇴내환.

고려 말엽에 왜적이 크게 쳐들어왔다. 강호문의 아내 문씨는 마침 마을로 들이닥치는 왜적과 마주치게 되었는데, 문씨는 두 아이가 있었는데 한 아이는 등에 업고 큰 아이는 손을 잡고 도망하여 숨으려다가 그만 사로잡히고 말았다. 문씨는 두 아이를 버리고 몽불산의 천 길이나 되는 절벽 아래에 이르러

"내 적에게 몸을 더럽히고 살기 보다는 차라리 몸을 깨끗하게 하고 죽느니만 못하다."

라고 하고는 즉시 몸을 날려 절벽 아래로 떨어졌는데, 칡덩굴과 풀이 빽빽하여 죽지 않았다. 이곳에 쓰러져 있은 지 사흘 만에 왜적이 물러가 마침내 돌아왔다.

麗季, 倭賊突入, 至靈山. 郎將金遇賢, 以起軍將亡命,
監軍問其妻, 妻答曰 "若褒賞之事, 則當告夫所在, 今欲
加罪, 豈忍實告, 使良人就死地乎?" 痛加杖訊, 終不言
而死.

여계, 왜적돌입, 지영산. 낭장김우현, 이기군장망명, 감군문기처, 처답
왈 "약포상지사, 즉당고부소재, 금욕가죄, 개인실고, 사량인취사지호?"
통가장신, 종불언이사.

고려 말엽에 왜적이 갑자기 영산으로 쳐들어오니, 낭장 김우현은 기
군장으로 있다가 도망하였다. 국가에서는 감군에 명하여 그의 아내에
게 남편이 있는 곳을 물으니, 아내는 대답하기를

"만약 포상하는 일이라면 당연히 남편이 있는 곳을 말하겠지만 지금
처벌을 하려 하니, 내 어찌 차마 사실대로 말하여 남편을 죽을 곳에 나
아가게 하겠습니까?"

라고 하고는 혹독하게 곤장을 치고 모질게 심문을 하였으나, 끝내 말
하지 않고 죽었다.

高麗恭愍王時, 民有兄弟, 偕行, 弟得黃金二錠, 以其一
與兄. 至陽川江, 同舟而濟, 弟忽投金於水, 兄怪問之,
弟曰 "吾平日, 愛兄甚篤, 今而分金, 忽萌忌兄之心, 此
乃不詳之物也, 不若投諸江, 而忘之." 兄曰 "汝言誠是."
亦投之水. 時, 同舟者皆愚民, 無問其姓名云.

고려공민왕시, 민유형제, 해행, 제득황금이정, 이기일여형. 지양천강.
동주이제, 제홀투금어수, 형괴문지, 제왈 "오평일, 애형심독, 금이분

금, 홀맹기형지심, 차내불상지물야, 불약투제강, 이망지." 형왈 "여언
성시." 역투지수. 시, 동주자개우민, 무문기성명운.

- 〈見輿覽(견여람)〉

고려 공민왕 때에 백성 중에 형제가 함께 길을 가다가 아우가 황금
두 덩이를 주웠다. 아우는 그 중 한 덩이를 형에게 주었는데, 양천강*에
이르러 함께 배를 타고 강을 건너가다가 갑자기 아우가 금덩이를 강물
속에 넌셨다. 형이 이상하게 생각하고 그 이유를 물으니, 아우는 대답
하기를

"저는 평소 형님을 매우 사랑했었는데, 이제 금덩이를 주워 나누어 드
리자 갑자기 형을 싫어하는 마음이 싹트니, 이 황금은 참으로 좋지 못
한 물건입니다. 이것을 강물 속에 던지고 잊어버리는 것만 못합니다."

하니, 형은 말하기를

"너의 말이 참으로 옳다."

라고 하고는 그 또한 금덩이를 강물 속에 던져 버렸다. 이때 함께 배
를 타고 강을 건너던 자들이 모두 어리석은 백성들이어서 그들의 성명
을 물은 자가 없었다.

金文正公台鉉, 光州人. 嘗與儕輩, 受學於先進家, 家有
新寡稍解時. 一日, 從窓隙, 以詩投之 曰 "馬上誰家白
面生, 邐來三月不知名, 如今始識金台鉉, 細眼長眉暗
入情." 自此絶不往. 賀聖節如元, 帝適幸甘肅, 詔諸國

---

*양천강 : 한강의 하류(지금의 서울의 양천구).

使, 皆至京師以止, 公曰 "止於京師, 帝命, 達於行在, 吾君命也, 寧獲罪於帝, 不敢廢君命." 中書省許之, 遂達於行在, 帝嘉忠懇, 大加賞賚.

김문정공태현, 광주인. 상여제배, 수학어선진가, 가유신과초해시. 일일, 종창극, 이시투지 왈 "마상수가백면생, 이래삼월불지명, 여금시시김태현, 세안장미암은정." 자차절불왕. 하성절여원, 제적행감숙, 조제국사, 개지경사이지, 공왈 "지어경사, 제명, 달어행재, 오군명야, 영획죄어제, 불감폐군명." 중서성허지, 수달어행재, 제가충간, 대가상뢰.

문정공 김태현은 광주 사람이다. 그는 일찍이 친구들과 선배의 집에서 공부를 하였다. 그 집에 젊은 과부가 있었는데 시를 조금 지을 줄 알았다. 하루는 그 과부가 창문 틈으로 시를 지어 보내기를

"말 타고 온 어느 집 백면서생 석달 동안 이름을 알지 못하네. 이제야 비로소 김태현임을 알았으니, 가는 눈 긴 눈썹 은근히 정이 드네."

하니, 공은 이로부터 절대로 그 집에 가지 않았다.

그 후 공이 성절을 축하하러 원나라에 갔었는데, 황제가 마침 감숙에 가면서 여러 나라의 사신들에게 명을 내려 모두 도성인 연경에 머물러 있으라고 지시하였다. 공은 말씀하기를

"도성에 머물러 있으라는 것은 황제의 명령이요, 황제가 계신 행재소까지 가라는 것은 우리 군주의 명령이니, 내 차라리 황제에게 죄를 얻을 지라도 우리 군주의 명령을 어길 수는 없다."

라고 하였다. 중서성에서는 마침내 허락하여 황제가 있는 행재소에 도달하니, 황제는 공의 충성을 가상히 여겨 크게 상을 내렸다.

金得培, 恭愍王時人 爲賊臣金鏞所害, 梟首于尙州. 圃隱
先生, 時爲藝文檢閱, 自以得培門生, 請于王, 收葬其屍.

김득배, 공민왕시인 위적신김용소해, 효수우상주. 포은선생, 시위예문
검열, 자이득배문생, 청우왕, 수장기시.

- 〈見圃隱集(견포은집)〉

김득배는 공민왕 때 사람인데, '적신'*인 김용에게 살해되어 상주에
서 '효수'**되었다. 포은 정몽주 선생은 이때 예문관 검열로 있었는데
자신이 김득배의 문생이라 하여 왕에게 청하여 그의 시체를 거두어
장례하였다.

---

*적신 : 반역하거나 불충한 신하.
**죄인의 목을 베어 높은 곳에 매달아 놓음.

- 몸가짐을 삼가함.

李文忠公仁復曰 "吾性偏急, 恐有失言, 以忍爲守, 迄今
老矣, 不覺心動, 此吾養之未至耳."

이문충공인복왈 "오성편급, 공유실언, 이인위수, 흘금노의, 불각심동,
차오양지미지이."

문충공 이인복이 말하였다.

"나는 성질이 삐뚤어지고 급해서 실언하는 일이 있을까 염려하고, 참
는 것을 지켜야 할 마음가짐으로 지금 이렇게 늙었으나, 참고 견디는
마음의 움직임을 잘 깨닫지 못하고 있다. 이는 나의 마음가짐과 몸가
짐의 수양이 아직 훌륭한 처지에 이르지 못한 까닭이다."

吉冶隱, 嘗曰 "人之晝有錯於言行, 夜不存心, 每至夜, 撥
置萬念, 靜坐不言, 中夜而寢, 或擁衾待曉, 鷄初鳴而起,
具衣冠, 晨謁于祠堂, 退于書室, 對案委坐, 講明道學,
竟日忘倦, 言必主忠孝, 闢異端.

길야은, 상왈 "인지주유착어언행, 야불존심, 매지야, 발치만념, 정좌불
언, 중야이침, 혹옹금대효, 계초명이기, 구의관, 신알우사당, 퇴우서실,
대안위좌 강명도학, 경일망권, 언필주충효, 벽이단.

야은 길재가 일찍이 말씀하기를

"사람이 낮 동안에 말과 행실을 잘못하는 것은 밤에 마음을 보존하지 않기 때문이다."

라고 하였다. 그리하여 언제나 밤이 되면 온갖 상념을 버리고 고요히 앉아 말씀을 하지 않았으며, 한밤중에 잠을 자다가도 잡념이 일어나면 이불을 껴안고 날이 새기를 기다렸다. 첫닭이 울면 일어나서 의관을 갖추고 새벽에 사당에 나아가 배알하였으며, 서재로 물러나와 책상을 대하고 무릎 꿇고 앉아 도학을 강론하여 밝히며, 하루 종일 이렇게 하고도 피곤함을 잊었으며, 말씀을 하게 되면 반드시 충효를 주장하고 이단을 배척하였다.

> 權文正公溥, 平居, 目不眄粉黛, 口不發財賄, 待子姪如
> 賓遇, 輿億如尊.
>
> 권문정공부, 평거, 목불예분대, 구불발재회, 대자질여빈우, 여억여존.

문정공 권부는 평소 눈으로는 아름답게 꾸민 여자들을 곁눈질하지 않고, 입으로는 재물을 말하지 않았으며, 아들과 조카들을 대하기를 손님처럼 경건히 하고, 종들을 대하기를 높은 분을 대하듯이 하였다.

> 金文正公台鉉, 言動循禮, 晝不臥, 暑不袒.
>
> 김문정공태현, 언동순례, 주불와, 서불단.

문정공 김태현은 말하고 행동함에 모두 예를 따라 낮에는 눕지 않았고 더워도 옷을 벗지 않았다.

許文敬公, 群居愼口, 燕處如見大賓.

허문경공, 군거신구, 연처여견대빈.

문경공 허공은 여럿이 함께 거처할 때에 말을 조심하였으며 사사로이 거처할 때에도 높은 손님을 뵙듯이 공경하였다.

圃隱先生, 終日危坐, 手在兩膝, 穆然不動, 嘗航海如明, 及使日本, 每當風濤危急, 意思愈整, 精神愈淸明, 斂衿高拱, 如坐室中周旅.

포은선생, 종일위좌, 수재양슬, 목연부동, 상항해여명, 급사일본, 매당풍도위급, 의사유정, 정신유청명, 렴금고공, 여좌실중주여.

－〈見師友錄(견사우록)〉

포은 정몽주 선생은 종일토록 무릎 끓고 앉아 손을 두 무릎에 올려놓고 엄숙히 있어 몸을 움직이지 않았다. 일찍이 배를 타고 명나라에 갔었고 또 일본에 사신으로 다녀 왔는데, 풍랑을 만나 위급한 상황에 이르면 그때마다 생각이 더욱 정연해지고 정신이 더욱 맑아져서 옷깃을 여미고 두 손을 모아, 마치 방안에 앉아 동작하는 것과 같았다.

薛文良公公儉, 位至中贊, 布衾莞席, 蕭然若山居. 嘗臥疾, 蔡洪哲入臥內, 問疾, 出而嘆曰 "自吾輩而望公, 所謂壞蟲之於黃鵠也."

설문량공공검, 위지중찬, 포금완석, 소연약산거. 상와질, 채홍철입와내, 문질, 출이탄왈 "자오배이망공, 소위양충지어황곡야."

－〈見高麗史(견고려사)〉

문량공 설공검은 벼슬이 '중찬'*에 이르렀으나, 삼베 이불을 덮고 왕골자리를 깔아 쓸쓸하기가 산 속에 사는 사람과 같았다. 공이 일찍이 병으로 누워 있었는데, 채홍철이 누워 있는 곳으로 들어가 문병하고 나와 감탄하기를

"우리들로서 공을 바라봄은 이른바 땅벌레가 큰 고니를 바라보는 것과 같다."

라고 하였다.

庾應圭, 茂長人, 操行貞固, 持議端方. 時鄭仲夫等, 放毅宗, 立明宗, 應圭奉表如金, 告奏, 金主疑其篡, 不報. 應圭曰 "使於四方, 不辱君命, 臣之職也." 因具服立庭, 向闕待命, 晝夜不移, 七日不食, 金主憐之, 授回詔, 賜御饌幣帛, 而遣之, 金人, 高其節, 使价往來, 必問安否. 嘗守南京, 一芥不取, 其妻得疾, 但啜菜羹, 有衙吏密饋雙雉, 妻曰 "良人平生未嘗受人饋遺, 豈宜以我口腹, 累良人淸德?" 南人, 至今誦之.

유응규, 무장인, 조행정고, 지의단방. 시정중부등, 방의종, 입명종, 응규봉표여금, 고주, 금주의기찬, 불보. 응주왈 "사어사방, 불욕군명, 신지직야." 인구복입정, 향관대명, 주야불이, 칠일불식, 금주연지, 수회조, 사어찬폐백, 이견지, 금인, 고기절, 사개왕래, 필문안부. 상수남경, 일개불취, 기처득질, 단철채갱, 유아리밀궤쌍치, 처왈 "양인평생미상수인궤유, 개의이아구복, 누량인청덕?" 남인, 지금통지.

---

*중찬 : 고려 때, 종1품 관직.

유응규는 무장 사람이다. 그는 행동이 바르고 굳세며 논리가 정연하였다. 이 때 정중부 등이 의종을 추방하고 명종을 세웠으므로 유응규는 표문을 받들고 금나라로 가서 이 사실을 상주하였다. 그러나 금나라 임금은 명종이 왕의 자리를 빼앗았을까 의심하여 답서를 내리지 않았다. 이에 유응규는

"사방의 나라에 사신으로 가서 군주의 명령을 욕되게 하지 않는 것이 신하의 직분이다."라고 하며, 관복을 갖추어 입고 뜰에 서서 대궐을 향해 회답하는 명령이 내리기를 기다렸는데, 주야로 꼼짝하지 않고 그대로 서 있으면서 7일 동안 음식을 먹지 않았다. 이에 금나라 군주는 가련하게 여겨 회답하는 조서를 내리고 음식과 의복을 하사하여 돌려보내니, 금나라 사람들은 그의 절개를 높이 기려 사신이 왕래할 때에 반드시 그의 안부를 묻곤 하였다.

유응규가 일찍이 남경 태수로 있을 때 지푸라기 하나도 함부로 취하지 않았는데, 그의 아내가 병이 들어 앓으면서도 먹을 반찬이 없어 오직 나물국만 먹으므로 한 아전이 몰래 꿩 두 마리를 바쳤다. 그러나 그의 아내는 받지 않으며 말하기를

"남편이 평생에 한 번도 남의 선물을 받지 않았는데, 내 어찌 입과 배를 채우기 위하여 남편의 청렴결백한 덕에 누를 끼치겠는가?"

라고 하며, 끝내 받지 않았다. 그래서 사람들은 지금에 이르기까지 그들 부부를 칭송하고 있다.

李文貞公公升, 操行高潔. 嘗奉使如金, 時使者, 例收管卜軍銀人一月, 公不受・幾, 毅宗, 乘月道淸寧齋, 月份曰"秋月澄霽, 無一點塵, 正如公升胸中."

이문정공공승, 조행고결. 상봉사여금, 시사자, 예수관하군은인일근,
공불수일전, 의종, 승월유청영재, 목공왈 "추월징제, 무일점진, 정여공
승흉중."

- 〈見高麗史(견고려사)〉

　문정공 이공승은 품행이 고결하였다. 그는 일찍이 금나라에 사명을
받들고 갔는데, 당시 사신들은 관하의 군사들로부터 1인당 은 한 근을
거두어 가지고 갔었는데 공은 1전도 받지 않았다. 의종은 달밝은 밤에
청녕재에서 놀면서, 공을 지목하여 말하기를
　"가을 달이 맑게 개어 한 점의 티끌도 없으니, 바로 이공승의 가슴 속
과 같다."
　라고 하였다.

散員同正盧克淸, 家貧, 將賣宅, 未售, 因事之外郡, 其
妻受郎中玄德秀白金十二斤, 賣之. 克淸還, 詣德秀曰
"予嘗買此舍, 只給九斤, 居數年, 無數椽加飾, 而贏得
三斤, 豈理也? 請還之." 德秀曰 "爾能守義, 予獨未耶?"
遂不受, 克淸曰 "予平生, 不爲非義, 豈可賤買貴賣, 以
黷于貨? 子若不從, 卽當悉還, 其値復吾家也." 相讓不
已, 聞者皆嘆, 曰 "末俗競利之世, 得見如斯人也."

산원동정노극청, 가빈, 장매택, 미수, 인사지외군, 기처수랑중현덕수
백금십이근, 매지. 극청환, 예덕수왈 "여상매차사, 지급구근, 거수년,
무수연가식, 이영득삼근, 개리야? 청환지." 덕수왈 "이능수의, 여독미
야?" 수불수, 극청왈 "여평생, 불위비의, 개가천매귀매, 이독우화? 자약

불종, 즉당실환, 기치복오가야." 상양불이, 분자개탄, 왈 "말속경이지
세, 득견여사인야."

- 〈見高麗史(견고려사)〉

    산원동정 노극청이 가세가 어려워 집을 팔려고 하였으나 팔리지 않
았다. 노공이 마침 일이 있어 다른 고을에 갔었는데, 그의 아내가 낭중
인 현덕수에게 백금 열두 근을 받고 집을 팔았다. 노극청이 돌아와 이
사실을 알고 현덕수를 찾아가 말하기를
    "내 일찍이 이 집을 살 때에 다만 백금 아홉 근을 주었을 뿐인데, 몇
해를 살도록 서까래 몇 개도 더 꾸민 것이 없는데 백금 세 근을 더 받았
으니, 이 어찌 도리이겠는가? 그래서 내 이것을 돌려주겠다."
    라고 하였으나, 현덕수는 말하기를
    "그대만 의리를 지키고 나는 홀로 그렇게 하지 못한단 말인가?"
    라고 하며, 끝내 받지 않았다. 노극청은
    "나는 평생 의롭지 않은 일을 하지 않았으니, 어찌 헐값에 사서 비싸
게 팔아 재물을 탐하겠는가? 그대가 만약 내 말을 따르지 않는다면 나
는 즉시 그 값을 모두 되돌려 주고 우리집을 되찾겠다."
    하며, 서로 사양하기를 마지 않았다. 이 말을 들은 사람들은 모두 탄
복하기를
    "인심이 좋지 않고 이익을 다투는 세상에 이러한 사람들을 만나보다니!"
    라고 하며, 감탄하였다.

    李文忠公公遂, 還自燕京, 中途馬困, 至閭山站, 無人積
    粟于野, 從者取飼之. 公問 '粟一束値布幾尺?' 如其言

書布兩端, 置積粟中, 從者曰 "人必取去, 何益?" 公曰
"吾固知之, 然, 必如是而後, 吾心得安."

이문충공공수, 환자연경, 중도마곤, 지여산참, 무인적속우야, 종자취
사지. 공문 '속일속치포기척?' 여기언서포양단, 치적속중, 종자왈 "인
필취거, 하익?" 공왈 "오고지지, 연, 필여시이후, 오심득안."

– 〈見高麗史(견고려사)〉

　　문충공 이공수가 사신으로 중국의 연경을 다녀올 때의 일이었다. 한
마을에 다다랐을 때 말들은 오래 굶고 또한 먼 길을 오는 동안 지쳤으
므로 제대로 걷지를 못하였다. 여산참에 이르니 사람은 없고 곡식만
들에 쌓여 있었다. 사람들이 들에 쌓여 있는 곡식을 가져다가 말들에
게 먹이면서 한참 동안 주인이 나타나기를 기다렸으나 주인은 끝내 나
타나지 않았다. 공은 곡식 한 다발의 값이 베 몇 자에 해당하는 가를 묻
고는 그의 말에 따라 값을 계산하여 베 두 끝을 쌓아놓은 곡식 가운데
에 두고 왔다. 이에 함께 오던 사람들이 이상하게 생각하여 물었다.
　　"이렇게 놓아두면 딴사람이 주워갈지도 모르는데 무슨 소용이 있겠
습니까?"
　　라고 하였으나, 공은
　　"나도 이것을 잘 알지만 반드시 이렇게 한 뒤에야 내 마음이 편안하
다."
　　라고 하였다.

沙梁部人貴山, 新羅眞平王時人 少與箒項相善, 同受戒
於其師, 一曰事君以忠, 二曰事親以孝, 三曰交友以信,
四曰臨戰無退, 五曰殺生有擇. 及百濟來侵, 貴山‧箒
項, 並以少監拒之, 羅兵力困引退, 貴山曰 "吾嘗受敎於
師, 臨戰無退. 豈敢墜敎乎?" 與箒項, 力戰死之. 羅王
率群臣, 迎于阿邦之野, 以禮葬之.

사량부인귀산, 신라진평왕시인 소여추항상선, 동수계어기사, 일왈사
군이충, 이왈사친이효, 삼왈교우이신, 사왈임전무퇴, 오왈살생유택.
급백제내침, 귀산‧추항, 병이소감거지, 나병역곤인퇴, 귀산왈 "오상
수교어사, 임전무퇴. 개감추교호?" 여추항, 역전사지. 나왕솔군신, 영
우아방지야, 이예장지.

- 〈見三國史(견삼국사)〉

사량부 사람인 귀산은 신라 진평왕 때의 사람이다. 젊어서부터 추항
과 친하여 함께 그 스승에게 가르침을 받았는데, 첫째는 임금을 섬김에
충성하는 것이요, 둘째는 어버이를 섬김에 효도하는 것이요, 셋째는 친
구를 사귐에 신의로 하는 것이요, 넷째는 전투에 임하여 후퇴하지 않는
것이요, 다섯째는 산 것을 죽이되 선별하여 하라는 것이었다.

그 뒤 백제군이 신라로 쳐들어 오자, 귀산과 추항은 모두 '소감'*의 직

책으로 출전하여 적을 막았는데, 신라군이 힘이 다하여 후퇴하게 되었다. 이에 귀산은 말하기를

"내 일찍이 스승에게 가르침을 받을 적에 전투에 임하여 후퇴하지 말라 하였으니, 내 어찌 그 가르침을 실추시키겠는가?"

라고 하고는 추항과 함께 힘을 다해 싸우다가 죽었다. 신라왕은 여러 신하들을 거느리고 아방의 들에까지 나가 그들의 시신을 맞이하여 모두 후한 예로써 장사를 지냈다.

百結先生, 居狼山下, 家極貧, 衣百結, 因號之. 歲將暮, 隣里舂粟, 其妻聞杵聲, 曰 "人皆有粟, 我獨無, 何以卒歲?" 先生歎曰 "夫死生有命, 富貴在天, 其來也不可拒, 其去也不可追, 子何傷乎?" 乃鼓琴作杵聲, 以慰之, 世傳謂碓樂.

백결선생, 거낭산하, 가극빈, 의백결, 인호지. 세장모, 인이용속, 기처문저성, 왈 "인개유속, 아독무, 하이졸세?" 선생탄왈 "부사생유명, 부귀재천, 기래야불가거, 기거야불가추, 자하상호?" 내고금작저성, 이위지, 세전위대악.

– 〈見東國與地勝覽(견동국여지승람)〉

백결 선생이 낭산 아래에 살았는데, 집이 몹시 가난하여 옷을 백 군데나 기워 입었으므로 사람들이 백결 선생 이라고 불렀다. 한 해가 장차 저물어 세밑에 이웃 마을에서 곡식을 찧자, 그의 아내가 방아 찧는 소리를 듣고

＊소감 : 신라 때, 무관의 관직.

"남들은 모두 곡식이 있는데 우리만 없으니, 어떻게 설을 맞는단 말입니까?"

라고 하였다. 백결 선생은 한탄하면서

"죽고 사는 것은 명에 달려 있고, 부하고 귀한 것은 하늘에 달려 있으니, 오는 것은 막지 말고 가는 것은 쫓지 말아야 한다. 어찌 슬퍼할 것이 있겠는가?"

라고 하면서, 마침내 거문고를 타서 방아 찧는 소리를 내어 위로하였다. 이에 세상에서는 전해오기를 '대악'*이라 하였다.

薛文良公, 接物以儉, 持己以恭, 朝官六品以上有親喪,
雖素不相知, 必素服往弔, 有造謁者, 無貴賤, 倒屣出迎.

설문량공, 접물이검, 지기이공, 조관육품이상유친상, 수소불상지, 필소복왕조, 유조알자, 무귀천, 도사출영.

－〈見高麗史(견고려사)〉

문량공 설공검은 평소의 생활이 매우 검소하였으며, 몸가짐 또한 항상 겸손하게 하였다.

자신을 지키기를 공손하게 하여 조관 중에 육품 이상인 사람이 친상을 당하면 평소 잘 알지 못하는 사이라도 반드시 소복을 입고 가서 조문하였으며, 누가 자신을 찾아와 뵙는 자가 있으면 귀천을 막론하고 신을 거꾸로 신고 나아가 반갑게 맞이하곤 하였다.

---

*대악 : 백결 선생이 지은 방아 곡조.

李文忠公齊賢, 人有片善, 惟恐不聞, 先輩行事, 雖細爲難.

이문충공제현, 인유편선, 유공불문, 선배행사, 수세위난.

- 〈見高麗史(견고려사)〉

문충공 이제현은 사람들이 작은 선행이 있으면 행여 알려지지 않을
까 염려하였으니, 선배들이 행하신 일은 작은 일이라도 따르기가 어렵
다고 여겼다.

**韓惟漢, 隱於智異山, 淸修苦節, 世高其風致. 高麗王,
聞名, 遣使迎之, 謝曰 "外臣, 無所知." 卽閉門不出, 使
者排戶而入, 壁上書一句, 曰 "一片絲綸來入洞, 始知名
字落人間." 從北牖以逃.**

한유한, 은어지리산, 청수고절, 세고기풍치. 고려왕, 문명, 유사영지,
사왈 "외신, 무소지." 즉폐문불출, 사자배호이입, 벽상서일구, 왈 "일편
사륜래입동, 시지명자락인간." 종북유이도.

한유한이 지리산에 운둔하여 깨끗이 '고절'*을 닦으므로, 세상에서는
그의 풍치를 고상하게 여겼다. 고려왕은 그의 명성을 듣고 사자를 보
내어 맞이해 오게 하였으나, 그는 사절하기를 "외신은 아는 것이 없습
니다."
라고 하고는 즉시 문을 닫고 나오지 않았다. 사자가 문을 밀치고 들
어가 보니, 벽 위에 시 한 구를 써 붙이기를

＊고절 : 굳건한 지조를 지켜 그 뜻을 조금도 변하지 않는 것.

"한 마디 임금의 분부가 이 골짜기에 들어오니, 나의 이름 인간에 전해지는 것을 비로소 알겠네."라고 하고는 북쪽 창문으로 빠져 나가 도망하였다.

> 恭愍王時, 柳濯爲侍中, 有一元使出來, 擧止甚峻, 頗倨
> 於王, 見宰相不肯, 與坐及見濯, 禮貌甚恭. 李穡, 謂同
> 列曰 "柳侍中動容中禮, 其見重宜矣."
>
> 공민왕시, 유탁위시중, 유일원사출래, 거지심준, 파거어왕, 견재상불긍,
> 여좌급견탁, 예모심공. 이색, 위동열왈 "유시중동용중례, 기견중의의."
> － 〈見列傳(견열전)〉

공민왕 때에 유탁이 시중이 되었는데, 한 사람의 원나라 사신이 오고 가는 데 있어서도 그 행동이 매우 준엄하였다. 이 때 원나라 사신은 왕에게도 자못 거만스럽게 굴고 재상을 만나면 함께 앉으려고도 하지 않았다. 그러나 유탁을 만나고는 예모를 갖추어 매우 공손히 대하였다. 이에 이색은 같은 지위에 있는 동료들에게 이르기를

"유시중은 행동거지가 예의에 맞으니, 그에게 존경을 받음이 당연하다."

라고 하였다.

> 圃隱先生曰 "儒者之道, 皆日用平常之事, 飮食男女, 人
> 所同也, 至理存焉. 堯舜之道, 亦不外此, 動靜語默之得
> 其正者, 卽堯舜之道.
>
> 포은선생왈 "유자지도, 개일용평상지사, 음식남녀, 인소동야, 지리존

언. 요순지도, 역불외차, 동정어묵지득기정자, 즉요순지도.

- 〈見高麗史(견고려사)〉

포은 정몽주 선생이 말씀하였다.

"선비의 도리는 모두 일상 생활하는 평상적인 일이니, 음식을 먹는 것과 남녀간의 관계는 사람들이 똑같이 하는 것이나 지극한 이치가 여기에 있다. 요 임금 순 임금의 행한 도리도 역시 이러한 데에서 벗어나지 않으니, 움직일 때나 조용히 있을 때나 말할 때나 침묵을 지킬 때나 그 올바름을 얻을 수 있는 것은 곧 요 임금과 순 임금의 도리이다."

李牧隱先生穡, 曰 "夫事親事君, 其道則同, 程子以盡己訓忠始, 知孝者, 亦忠焉而已. 爲臣而盡己, 在朝之忠也, 爲子而盡己, 在家之忠也. 仕而喜, 已而愠, 則必不能盡己於君, 近而狎, 遠而忘, 則必不能盡己於親. 孝不以遠近異, 忠不以仕已易, 非盡己者能之乎?"

이목은선생색, 왈 "부사친사군, 기도즉동, 정자이진기훈충시, 지효자, 적충언이이. 위신이진기, 재조지충야, 위자이진기, 재가지충야. 사이희, 이이온, 즉필불능진기어군, 근이압, 원이망, 즉필불능진기어친. 효불이원근이, 충불이사이역, 비진기자능지호?"

목은 이색 선생이 말씀하였다.

"부모를 섬기고 임금을 섬기는 그 도리는 같은 것이다. 자기의 마음을 다하는 것이 충성이라고 해석한 것을 보면 효도를 하는 것도 또한 충성일 뿐이라는 것을 알 수 있을 것이다.

신하가 되어 자기의 마음을 다하는 것은 조정에서의 충성이고, 자식이 되어 자기의 마음을 다하는 것은 가정에서의 충성이다. 벼슬을 할 때는 기뻐하다가 그만두게 한다 하여 서운해 한다면 반드시 임금에게 자기 마음을 다하지 못하는 것이며, 가까이 있을 때는 친근하게 모시다가 멀리 있다고 잊어버린다면 반드시 부모에게 자기의 마음을 다하지 못하는 것이다.

　　효도는 멀리 있다거나 혹은 가까이 있다는 거리에 따라서 달라져서는 안 되고, 충성은 벼슬을 하고 있을 때나 그만두었을 때 바뀌어져서는 안 된다. 그러니 자기의 마음을 다하지 않는 사람이 어떻게 할 수 있는 일이겠는가?"

제5장

嘉言

가언

嘉言 가언

아름다운 말이라는 뜻으로 조선조 이후 선현들의 훌륭한 말씀을 뽑았다.

廣立敎 광립교

- 널리 가르치는 도리를 세움.

鄭寒岡先生, 構檜淵草堂, 約鄕友門徒, 爲月朔講會之契. 其約曰 "入約之人, 各自敦飭, 讀書修行, 雖知有淺深, 材有高下, 而要其志趣, 必學古人, 必正其誼, 不謀其利, 必明其道, 不計其功, 勿汲汲於富貴, 勿戚戚於貧

賤, 庶幾有儒者氣味, 須激昂於子路, 義勇氣象. 超然
脫灑於利勢, 不以富貴動心, 然後, 可以消人欲, 而進天
理. 周子曰 '銖視軒冕, 泥視富貴' 學者須知此意, 方不
碌碌矣. 各從現今地頭, 毋勞追悔於旣往, 莫恨資稟之
不及, 惟當刻心自勵, 百倍其功, 脫落舊習, 變化氣質,
則今人何患不及古人乎? 高可爲聖賢, 下不失爲吉人善
士, 惟吾用力如何耳."

정한강선생, 구회연초당, 약향우문도, 위월삭강회지계, 기약왈 "입약
지인, 각자돈칙, 독서수행, 수지유천심, 재유고하, 이요기지취, 필학고
인, 필정기의, 불모기이, 필명기도, 불계기공, 물급급어부귀, 물척척어
빈천, 서기유유자기미, 수격앙어자로, 의용기상. 초연탈쇄어이세, 불
이부귀동심, 연후, 가이소인욕, 이진천리. 주자왈 '수시헌면, 이시부귀'
학자수지차의, 방불녹녹의. 각종현금지두, 무노추회어기왕, 막한자품
지불급, 유당각심자려, 백배기공, 탈락구습, 변화기질, 즉금인하환불
급고인호? 고가위성현, 하불실위길인선사, 유오용역여하이."

　한강 정구 선생이 회연초당을 짓고 고향의 친구와 제자들을 모아서
매월 초하루마다 학문을 강의하고 토론하는 월삭강회의 계를 만들었
는데, 그 규약에서 다음과 같이 말하였다.

　"우리의 모임에 들어오는 사람은 저마다 모든 일에 돈독하고 부지런
하며, 좋은 책을 읽고 행실을 닦아야 할 것이니, 비록 사람에 따라 지식
에 얕고 깊음이 있고, 재능이 높고 낮음이 있으나 그 뜻하는 방향은 반
드시 옛사람의 올바른 행실을 배우는 것이다. 반드시 의리에 맞게 하
고 이익을 도모하지 말며, 반드시 도리를 밝히고 공을 헤아리지 말고,
또한 부귀에 급급해 하지 말고 빈천에 너무 걱정하지 말아야 거의 선비

다운 마음가짐이 있을 것이다.

모름지기 자로의 의롭고 용맹스러운 기상에 격앙되어 초연히 이익과 권세에서 탈피하여 부귀로써 마음을 동요하지 않은 뒤에야 인욕을 없애고 천리에 나아갈 수 있을 것이다.

주자는 말하기를, '높은 관직을 하찮게 여기고 부귀를 진흙처럼 보라.'고 하였는데, 공부하는 사람이 모름지기 이 뜻을 알면 바야흐로 평범하지는 않을 것이니, 각각 지금의 처지를 따르고 뉘우침을 지난 일에서 찾느라 애쓰지 말고, 타고난 성품이 미치지 못한 것을 한탄하지 말고, 오직 마땅히 마음을 가다듬어 스스로 힘쓰며, 그 공을 백배나 더하여 낡은 버릇을 벗어 버리고, 그 기질을 변화시키면 지금 사람인들 어찌 옛 사람에게 미치지 않겠는가? 잘 되면 성인이나 현인이 될 것이요, 못되어도 좋은 사람이나 선한 선비가 될 것이니, 이는 오직 나의 힘을 쓰는 것이 어떠한가에 달려 있을 뿐이다."

退溪先生伊山院規曰 "諸生讀書, 以四書五經爲本原, 小學家禮爲門戶, 遵國家作養之方, 守聖賢親切之訓, 知萬善具本於我, 信古道可行於今, 皆務爲躬行 心得明體, 適用之學, 其諸史集文章科擧之業, 亦不可不爲之旁, 務博通然, 當知內外本末輕重緩急之序, 常自激昻, 莫令墜墮, 自餘邪誕妖異淫僻之書, 并不得入院, 近眼以亂道惑志, 諸生立志堅固, 趨向正直, 業以遠大自期, 行以道義爲歸者, 爲善學, 其處心卑下. 取捨眩惑, 知識未脫於俗陋, 意望專在於利欲者, 爲非學, 如有性行乖邪, 譏笑禮法, 侮慢聖賢, 詭經反道, 醜言辱親, 敗群不

率者, 院中共議擯之, 諸生常宜靜處各齋, 專精讀書, 非
因講究疑難, 不宜浪過他齋, 虛談渡日, 以致彼我荒思
廢業, 無故切勿頻數出入, 凡衣冠作止言行之間, 各務
切偲, 相規以善, 伊川先生四勿箴, 晦菴先生白鹿洞規
十訓, 陳茂卿夙興夜寐箴, 揭諸壁上, 以相規警."

퇴계선생이산원규왈 "제생독서, 이사서오경위본원, 소학가례위문호,
준국가작양지방, 수성현친절지훈, 지만선구본어아, 신고도가행어금,
개무위궁행 심득명체, 적용지학, 기제사집문장과거지업, 역불가불위
지방, 무박통연, 당지내외본말경중완급지서, 상일격앙, 막영추타, 자
여사탄요이음벽지서, 병불득입원, 근안이란도혹지, 제생입지견고, 추
향정직, 업이원대자기, 행이도의위귀자, 위선학, 기처심비하. 취사현
혹, 지식미탈어속루, 의망전재어이욕자, 위비학, 여유성행괴아, 기소
예법, 모만성현, 궤경반도, 추언욕친, 패군불솔자, 원중공의빈지, 제생
상의정처각재, 전정독서, 비인강구의난, 불의랑과타재, 허담도일, 이
치피아황사폐업, 무고절물빈삭출입, 범의관작지언행지간, 각무절시,
상규이선, 이천선생사물잠, 회암선생백녹동규십훈, 진무경숙흥야매
잠, 게제벽상, 이상규경."

퇴계 선생의 이산원규에 다음과 같이 말하였다.

"여러 학생들이 책을 읽는 데 있어서 사서오경을 근본으로 삼고, 배
우는 길에는 '소학' '가례'를 입문서로 삼아, 나라에서 인재를 기르는 방
법을 잘 지키고, 성인과 현인의 친절한 가르침을 지켜, 온갖 착한 행실
이 모두 내 몸에 갖추어져 있음을 알고, 옛 성현들의 올바른 도리를 지
금에 행하여짐을 믿게 될 것이니, 모두 몸소 실행하고 마음으로 터득하
며 밝게 체험하여 알맞게 쓸 수 있는 학문으로 만드는 데 힘써야 한다.

그리고 여러 가지 사서와 문법, 문장과 과거 공부도 또한 널리 힘쓰고 통달하지 않으면 안 된다.

그러나 책을 읽는 데 있어서는 마땅히 내적인 것과 외적인 것, 먼저 할 것과 뒤에 할 것, 경한 것과 중한 것, 늦게 할 것과 급하게 할 것 등의 차례를 알고서, 항상 스스로 분발하여 실패하는 일이 없도록 하고, 그 밖에 간사하고 허탄하며 요망하고 괴이하며 음란하고 편벽된 글은 모두 서원에 들여와 눈에 가까이하지 못하게 하여, 도리를 어지럽히고 뜻을 미혹하는 일이 없도록 하여야 한다.

여러 학생들은 뜻을 세우기를 굳건하게 하고, 뜻하는 것이 바르고 곧으며, 일은 원대한 뜻을 스스로 기약하고, 행실은 올바른 도리로 귀결시키는 것이 좋은 학업이 될 것이며, 마음을 남보다 낮게 가져야 한다. 취하고 버리는 것이 어둡고 미혹하면, 지식이 속되고 비루한 데에서 벗어나지 못하고, 뜻과 바라는 것이 오로지 이익과 욕망에 있다면 옳지 못한 학업이 될 것이다. 만약 타고난 행실이 비뚤어져 바른 예법을 나무라고 비웃고, 성인 현인을 모욕하고 업신여기고, 잘못된 방법으로 바른 도리를 어기고 더러운 말로 어버이를 욕하며, 한 사람의 잘못으로 여러 사람을 해롭게 만들며 바른 법도를 따르지 않는 사람은 서원 안에서 함께 의논하여 내쫓을 것이다.

여러 학생들은 항상 각각 서재에 고요히 거처하여 오로지 독서를 힘써야 한다. 공부할 때 의심스럽거나 어려운 것을 강론하거나 연구하는 이유 때문이 아니면 다른 남의 서재를 함부로 방문하여 쓸데없는 이야기로 날을 보내어 피차간에 마음이 거칠어지고 학업을 폐하는 일이 없도록 하며, 연고가 없으면 절대로 자주 드나들지 말아야 한다. 무릇 옷을 입고 관을 쓰며 일어나고 앉으며 말하고 행동하는 사이에 각각 힘써 간절히 권면하여 서로 선으로써 타일러야 한다.

　이천 선생의 사물잠과 회암 선생이 지은 백록동규의 열 가지 가르침과 진무경의 숙흥야매잠을 벽 위에 걸어 놓고 서로 잘못되는 점을 바로잡아 깨우칠 것이다."

> 鄭海陽軾, 學於金思齋, 辭歸, 遂以近思錄贈之, 曰 "置
> 此冊於几案間, 常手閱, 而心惟於四子問答論辨, 如耳
> 聽而目接, 則雖無明師益友在我座側, 自不覺其學益明,
> 而德日造矣."
>
> 정해양식, 학어김사재, 사귀, 수이근사록증지, 왈 "치차책어궤안간, 상
> 수열, 이심유어사자문답론변, 여이청이목접, 즉수무명사익우재아좌
> 측, 자불각기학익명, 이덕일조의."

　해양 정식이 사재 김정국에게 글을 배웠는데, 하직을 하고 돌아갈 때에 스승은 그에게 '근사록'*을 주며 다음과 같이 당부하였다.

　"이 책을 책상에 놓아 두고는, 언제나 펴들고 읽어 보아 마음 속으로 항상 사자문답하고 논변을 생각하여 귀로 듣고 눈으로 보는 것과 같이 하면, 비록 밝은 스승과 이로운 벗이 나의 자리 곁에 없다고 하더라도 그 학문의 진리가 더욱 밝아지고 덕행이 날로 좋아지는 것을 저절로 깨닫게 될 것이다."

> 鶴峰先生金文忠公誠一, 嘗誨門生, 曰 "人患立志不誠,
> 何患才不足乎? 無才, 不妨爲君子儒, 有才, 亦不免小

---

*근사록 : 중국 송나라 때 신유학의 생활 및 학문의 지침서.

人之歸, 在所學之爲己爲人耳."

학봉선생김문충공성일, 상회문생, 왈 "인환입지불성, 하환재부족호?
무재, 불방위군자유, 유재, 역불면소인지귀, 재소학지위기위인이."

문충공 학봉 김성일 선생이 일찍이 제자들에게 이렇게 말씀하였다.
"사람은 누구나 자신의 뜻이 참되지 못한 것을 걱정해야지, 재주가
모자라는 것을 걱정할 필요는 없다. 재주가 모자란다고 해서 군자가
될 수 없는 것도 아니고, 재주가 있다고 해서 소인이 안 되는 것도 아니
기 때문이다. 그러므로 공부하는 목표가 자신을 수양하기 위한 것이냐,
아니면 남에게 과시하기 위한 것이냐에 따라 군자와 소인이 되는 것이
달려 있을 뿐이다."

金慕齋, 嘗教子弟, 曰 "惟謙與恭, 是君子盛德, 汝輩古
當佩服終身, 汝嘗見我以傲惰加人, 言人過失乎? 寧死,
不願聞子孫有此行也."

김모재, 상교자제, 왈 "유겸여공, 시군자성덕, 여배고당패복종신, 여
상견아이오타가인, 언인과실호? 영사, 불원문자손유차행야."

모재 김안국이 일찍이 자제들을 가르쳐 말씀하였다.
"오직 겸손함과 공손한 것은 군자의 위엄이고 덕망이니, 너희들은 마
땅히 죽을 때까지 마음속에 새겨 두어야 한다. 너희들은 일찍이 내가
오만함과 나태함으로 남을 대하거나 남의 잘못을 함부로 말하는 것을
보았는가? 내 차라리 죽을지언정 내 자손 중에 이러한 행실이 있다는
말을 듣기를 원하지 않는다."

西厓先生柳文忠公成龍, 與子袗書, 曰 "世雖危難, 男子
所當爲事, 不可以世亂而自廢. 昔許魯齋, 東西奔竄, 兵
戈擾攘之中, 到處不廢學業, 此雖非尋常人所敢言, 然,
立志則不可不如此也. 四書, 爲學者府庫, 若無此根本,
則他書雖讀無益, 須精思熟讀, 可也."

서애선생유문충공성용, 여자진서, 왈 "세수위란, 남자소당위사, 불가
이세란이자폐. 석허노재, 동서분찬, 병과요양지중, 도처불폐학업, 차
수비심상인소감언, 연, 입지즉불가불여차야. 사서, 위학자부고, 약무
차근본, 즉타서수독무익, 수정사숙독, 가야."

문충공 서애 유성룡 선생이 아들 진에게 준 편지에 다음과 같이 당부
하였다.

"세상이 비록 위태로우며 어려운 상황이지만 남자가 해야 할 일을 세
상이 어지럽다고 해서 스스로 공부를 그만두어서는 안 될 것이다. 옛
날에 원나라의 학자 허노재는 동서로 도망 다니고 전쟁으로 소란한 가
운데서도 가는 곳마다 공부하는 일을 그만두지 않았다. 이는 비록 보
통 사람들이 감히 말할 수 있는 것이 아니나, 공부하겠다는 뜻을 세움
은 이렇게 하지 않으면 안 될 것이다. 사서는 공부하는 사람들의 지식
의 창고가 되는 것이다. 만약 이를 근본으로 삼지 않으면 비록 딴 책을
읽더라도 유익함이 없을 것이니, 반드시 사서의 내용을 자세히 생각하
고 충분히 읽어야 할 것이다."

鄭一蠹先生, 爲學以篤實爲本, 嘗曰 "余質下於人, 若無
十分之功, 焉得絲毫之效? 譬學知種磽确之田, 嘉禾不

茂膏腴之地, 稊莠易生, 若無栽培鋤治之力, 雖有良田,
亦何益哉?"

정일두선생, 위학이독실위본, 상왈 "여질하어인, 약무십분지공, 언득
사호지효? 비학지종교학지전, 가화불무고유지지, 낭유역생, 약무재배
서치지력, 수유양전, 역하익재?"

일두 정여창 선생은 공부를 하는데 독실하고 진실한 것을 근본으로
삼았는데, 일찍이 다음과 같이 말씀하였다.
"나는 자질이 남보다 못하기 때문에 만약 충분한 노력을 기울여서 공
부를 하지 않았다면 아무런 보람도 거두지 못했을 것이다. 학문을 한
다는 것은 밭에 곡식을 심는 것과 같아서 척박한 밭에는 좋은 벼를 심
어도 잘 자라지 않고, 기름진 땅에는 잡초가 자라기 쉽다. 만약에 기름
진 땅이라고 해서 그 땅만 믿고 곡식을 잘 재배하고 가꾸는 노력을 들
이지 않는다면 비록 좋은 밭이라도 잡초만 무성해질 것이니 무슨 소용
이 있겠는가?"

徐達城虛谷記曰 "天地不虛, 無以圍群形, 河海不虛, 無
以納百川, 山藪不虛, 無以藏眾疾, 萬竅至虛也, 風蕩之
鳴, 萬隙至虛也, 日月容其光."

서달성허곡기왈 "천지불허, 무이유군형, 하해불허, 무이납백천, 산수
불허, 무이장중질, 만규지허야, 풍탕지명, 만극지허야, 일월용기광."

달성 서거정의 허곡기에 다음과 같이 말하였다.
"하늘과 땅이 비어 있지 않으면 온갖 형체를 간직할 수 없을 것이요,

큰 강과 바다가 비어 있지 않으면 온갖 냇물을 받아들일 수 없을 것이며, 산과 숲이 비어 있지 않으면 여러 가지 나쁜 것들을 숨길 수 없을 것이다. 온갖 구멍이 지극히 비어 있어 바람이 불면 소리가 울리고, 온갖 틈은 아주 비어 있는지라, 해와 달의 빛을 비추는 것이다."

私淑齋曰 "玉不琢, 不成器, 金不鍊, 不鑄劒. 玉之用在器, 而琢之必以沙石, 金之用在劒, 而鍊之必以爐炭, 苟惡沙石爐炭之麤, 而恥居之. 玉蘊於璞而已, 金祕於鑛而已, 安能成瑚璉 · 鑄龍泉, 以爲奇寶哉?"

사숙재왈 "옥불탁, 불성기, 금불련, 불주검. 옥지용재기, 이탁지필이사석, 금지용재검, 이연지필이노탄, 구오사석노탄지추, 이치거지. 옥온어박이이, 금비어광이이, 안능성호련 · 주용천, 이위기보재?"

사숙재 강희맹이 이렇게 말하였다.

"옥은 잘 다듬지 않으면 좋은 그릇을 만들 수 없고, 쇠는 잘 단련하지 않으면 좋은 칼을 만들 수 없다. 옥으로 그릇을 만들려면 반드시 모래와 돌로 연마해야 하고, 쇠로 칼을 만들려면 반드시 화로와 숯으로 단련해야 한다.

만일 모래와 돌로 옥을 갈고 다듬는 일이나 화로와 숯으로 쇠를 달구고 단련하는 일을 거친 일이라 하여 하기 싫어하고 가만히 앉아만 있다면, 옥은 돌덩이 속에 쌓여 있는 돌덩이에 불과하고 쇠는 금광 속에 묻혀 있는 쇳덩이에 불과할 뿐이니, 어찌 좋은 그릇 '호련'*과 좋은 칼 '용

＊호련 : 종묘 제사에 쓰이는 옥으로 만든 그릇.
＊＊용천검 : 천하제일의 명검을 일컫는 말.

천검'**을 만들어 기이한 보배가 되겠는가?"

> 鄭寒岡先生, 謂學者曰 "夫讀書, 如遊山, 有登山未半而
> 止者, 有歷遍而未知其趣者, 必也知其山水之趣, 方可
> 謂遊山."

정한강선생, 위학자왈 "부독서, 여유산, 유등산미반이지자, 유력편이
미지기취자, 필야지기산수지취, 방가위유산."

한강 정구 선생이 학생들에게 다음과 같이 말씀하였다.

"책을 읽는 것은 산을 구경하는 것과 같은 것이다. 산을 오르다가 반
도 못 올라가서 그만두는 사람이 있고, 산을 두루 다녔어도 그 정취를
모르는 사람이 있다. 따라서 산을 구경하려고 길을 나섰으면 그 산수
의 정취를 알고 깨달아야만 산을 구경했다고 말할 수 있을 것이다."

> 俞元淳常曰 "至妙之辭, 久而得味, 鄙近之辭, 一見卽
> 悅, 學者看書, 當熟讀之, 深思之, 期至於得意而後已."

유원순상왈 "지묘지사, 구이득미, 비근지사, 일견즉열, 학자간서, 당숙
독지, 심사지, 기지어득의이후이."

유원순은 항상 이렇게 말씀하였다.

"지극히 오묘한 말은 오래 새겨 봐야 참 맛을 터득하게 되는데, 아주
비근한 말을 한 번 보고 곧 기뻐해서 되겠는가? 공부하는 사람이 책을
볼 때에는 익숙히 읽고 깊이 생각하여 뜻을 터득함에 이른 뒤에야 그만
두려고 노력하여야 한다."

趙玄谷緯韓, 嘗直玉堂, 有學士看書未竟, 曰 "掩卷輒
忘, 見之何益?" 公曰 "人之喫飯, 不能恒留腹中, 消化
爲糞, 而其精靈之氣, 自能潤澤身體, 讀書亦類此, 見雖
輒忘, 自有長進之效, 不可以不能記, 自棄之."

조현곡위한, 상직옥당, 유학사간서미경, 왈 "엄권첩망, 견지하익?" 공
왈 "인지끽반, 불능항유복중, 소화위분, 이기정령지기, 자능윤택신체,
독서역유차, 견수첩망, 자유장진지효, 불가이불능기, 자기지."

- 〈見國朝彙語(견국조휘어)〉

현곡 조위한이 일찍이 옥당(홍문관)을 맡았을 적에 한 학사가 책을
보다가 다 보지 않고 한탄하기를

"책을 덮으면 곧 잊어버리니, 책을 본들 어찌 유익하겠는가?"

라고 하자, 이 말을 들은 조위한은 다음과 같이 말하였다.

"사람이 밥을 먹는다고 해서 그 밥이 항상 뱃속에 남아 있는 것이 아
니네. 소화가 되어 변이 되고 그 영양분만 흡수되어 사람의 몸을 윤택
하게 하듯, 책을 읽는 것도 역시 이와 같은 것이네. 비록 보고 나면 곧
잊더라도 반복해서 보다 보면 저절로 발전이 될 것이니 잊어버린다고
스스로 포기해서는 안 된다."

라고 하였다.

柳西厓先生, 曰 "夫人之一心, 敬怠無常, 自少至老, 不
可一日而無敎也. 一日敎廢, 則義理誠慤之心消, 而猖
狂放恣之意長, 一消一長, 因循轉輾, 以至於久, 而不
復, 則人理減, 而入於禽獸矣. 敎之之道, 以預爲急, 戒

飭之, 敎喻之, 使謹而不敢肆, 持而不敢忘, 若飢渴飮食之, 常接乎身而慣熟於心, 則智長習成, 端莊齊一, 自有不期然, 而然者矣. 大抵, 爲學有其本, 敎人有其漸有本, 故, 能進有漸, 故, 能入能進, 能入敎學之道, 備矣."

서애 유성룡 선생이 다음과 같이 말씀하였다.

"사람의 마음은 무엇을 결심했다가도 금방 변하기 때문에 젊어서부터 늙을 때까지 하루라도 가르침이 없어서는 안 된다.

하루라도 가르침을 따르지 않으면 사람이 지켜야 할 올바른 도리와 참된 마음은 사라지고 미친 짓과 방자한 생각이 싹트기 때문에, 좋은 생각은 차차 줄어들고 나쁜 생각은 차차 자라나게 된다. 이렇게 습관처럼 오랫동안 계속되다 보면 다시는 회복하지 못하는 지경에 이르러 사람다운 도리가 없어지고 개·돼지와 같은 사람이 되는 것이다. 따라서 그런 마음이 싹트지 않게끔 미리 조심하고 가르쳐서 감히 제멋대로 하지 않으며 마음속에 간직하고 감히 잊지 않게 하여, 굶주리고 목마를 때에 음식을 먹고 마시듯 항상 좋은 생각을 접하고 마음속에 익히면 나쁜 생각은 차차 줄어들고, 좋은 생각은 차차 자라서 자신도 모르는 사이에 습관처럼 몸에 배게 될 것이다.

또한 공부를 하는 데는 근본이 있어야 하고, 사람을 가르치는 데는 차례가 있어야 한다. 따라서 근본이 있기 때문에 크게 발전하고 차례가 있기 때문에 법도를 알게 되는 것이니 이렇게 되면 모든 행동이 저절로 법도에 들어맞아서 존경받는 사람이 될 것이다."

趙龍門, 嘗誡學者, 曰 "人之爲學, 非讀古書, 取科場而已. 將以是事君, 而行其道也, 必先盡修己之道, 而其法載於方策, 勿以涉獵爲事, 必以體行爲務, 且讀書貪多, 最是學者大病, 讀一書, 必盡一書之義, 然後, 又讀他書, 則自然有見得處, 必反於身, 而力行之, 則聖賢可期也. 學者以聖賢自期, 雖未至聖賢之城. 猶可爲善士, 若以中人自期, 則求爲下品不可得也."

조용문, 상계학자, 왈 "인지위학, 비독고서, 취과장이이. 장이시사군, 이행기도야, 필선진수기지도, 이기법재어방책, 물이섭렵위사, 필이체행위무, 차독서탐다, 최시학자대병, 독일서, 필진일서지의, 연후, 우독타서, 즉자연유견득처, 필반어신, 이역행지, 즉성현가기야. 학자이성현자기 수미지성현지성. 유가위선사, 약이중인자기, 즉구위하품불가득야."

용문 조욱이 일찍이 공부하는 학생들에게 경계하여 다음과 같이 말씀하였다.

"사람이 공부를 하는 것은 자기 자신을 수양하기 위해 하는 것이지, 출세를 하기 위해 하는 것은 아니다. 그러므로 여러 가지 많은 책을 읽으려고 하지 말고, 반드시 그 속에 담겨 있는 뜻을 몸소 느끼고 실행에 옮기는 데 힘써야 한다. 그런데 요즘 학생들은 책에 담겨 있는 뜻을 제대로 알지도 못하면서 무조건 많이만 읽으려고 하는데 이것은 큰 잘못이다.

한 권의 책을 읽을 적에는 반드시 그 책 속에 담겨져 있는 뜻을 다 알고 난 다음에 다른 책을 읽어야 하며, 또 그 책의 가르침과 내 행동을 견주어본 후 잘못된 점이 있으면 반성하고 고쳐나가야 한다. 그렇게 해서 자신의 몸에 단 한 가지의 잘못도 없게 되면 성인이나 현인이 누구나 될 수 있을 것이다.

공부하는 사람이 스스로 성현이 되겠다고 마음을 먹고 애쓴다면 비록 성현의 경지에는 이르지 못하더라도 착한 선비는 될 수 있을 것이다. 그러나 만약 스스로 착한 선비가 되겠다고 마음먹는다면 자신의 체면을 차리고 사는 사람도 될 수 없을 것이다."

靜菴先生, 語學者曰 "爲學切勿先立標準, 沈潛聖訓, 循循不已, 自有到處, 時日可惜, 存心不懈, 毋或放過."

정암선생, 어학자왈 "위학절물선립표준, 심잠성훈, 순순불이, 자유도처, 시일가석, 존심불해, 무혹방과."

정암 조광조 선생이 학생들에게 다음과 같이 말씀하였다.

"공부를 할 때에는 절대로 먼저 어느 정도 하겠다는 기준을 세우지 말고, 성인의 가르침에 완전히 몰두하여 차례차례 나아가고 그만두지 않으면 저절로 이르는 곳이 있을 것이다. 시간은 아까운 것이므로 조금이라도 게으름을 피워서는 안 되며, 혹시라도 그대로 지나쳐버리지 말아야 한다."

退溪先生, 嘗謂諸弟子曰 "儒家意味自別, 工文藝非儒
也, 取科第非儒也." 因歎曰 "世間許多英才, 混汩俗學,
更有甚人, 能擺脫此科臼耶?"

퇴계선생, 상위제제자왈 "유가의미자별, 공문예비유야, 취과제비유
야." 인탄왈 "세간허다영재, 혼골속학, 갱유심인, 능파탈차과구야?"

퇴계 선생이 일찍이 여러 제자들에게 말씀하였다.

"유학의 의미가 각별하니, 문예를 잘하는 것이 선비가 아니요, 과거
에 급제하는 것이 선비가 아니다."

라고 하시며, 한탄하기를

"세간의 수많은 영재가 세속의 학문에 골몰하고 있으니, 다시 어떤
사람이 이 함정을 벗어나겠는가?"

靜菴先生, 言於朝曰 "廢朝時, 以詞章不時取人, 故, 儒
者常佩筆墨, 以伺其動止, 如此等人, 只欲榮身肥己而
已, 雖得此等人, 何益於國家哉? 士習正, 則雖有科擧,
亦無害矣. 但上之人, 不以科擧爲重, 則人人知上意所
在, 樂於爲善, 而科擧自輕矣."

정암선생, 언어조왈 "폐조시, 이사장불시취인, 고, 유자상패필묵, 이사
기동지, 여차등인, 지욕영신비기이이, 수득차등인, 하익어국가재? 사
습정, 즉수유과거, 역무해의. 단상지인, 불이과거위중, 즉인인지상의
소재, 낙어위선, 이과거자경의."

정암 조광조 선생이 조정에서 다음과 같이 말씀하였다.

"연산군 때에 문장으로 시험을 보아 불시에 인물을 뽑았다. 이 때문에 선비들이 항상 붓과 먹을 가지고 다니면서 조정의 동정을 살폈습니다. 이러한 사람들은 단지 벼슬을 하여 자기 몸을 영화롭게 하고 자기의 몸을 살찌우고자 할 따름이니, 비록 이러한 인물을 뽑는다 한들 어찌 나라에 이롭겠는가? 선비가 바른 행실을 공부한다면 비록 과거를 본다고 하더라도 역시 해로울 것이 없을 것이다. 다만 윗사람이 과거를 중히 여기지 않으면 사람마다 윗사람의 뜻이 어디에 있는가를 알아, 선행을 좋아하여 과거제도가 저절로 가벼워지게 될 것이다."

鄭寒岡先生曰 "聖人之聖, 賢人之賢, 旣非高遠異常, 如昇天梯空之爲, 實人理當然, 如男耕女織, 職分常事, 只緣人自不察, 不能自修, 如者卽鮮, 行者尤鮮, 苟欲爲之, 實能爲之, 而不已焉, 終有所到, 如新生之木, 毋傷其長, 則心至參天, 新種之稼, 毋傷其養, 則必至成熟, 惟欲爲之心, 與不已之功, 爲貴, 故, 古人必言立志有爲, 伊尹初無任天下之志, 則不過爲莘野之一耕夫, 顔淵初無慕仲尼之志, 則何由三月仁於陋巷中乎? 況吾人皆孟子所謂可以爲堯舜之人也, 須各自憤勵立志, 自力不已, 則安知不於吾黨之中, 亦有見囂囂之樂, 不改之操乎?"

정한강선생왈 "성인지성, 현인지현, 기비고원이상, 여승천제공지위, 실인이당연, 여남경여직, 직분상사, 지연인자불찰, 불능자수, 여자즉선, 행자우선, 구욕위지, 실능위지, 이불이언, 종유소도, 여신생지목,

무상기장, 즉심지참천, 신종지가, 무상기양, 즉필지성숙, 유욕위지심, 여불이지공, 위귀, 고, 고인필언입지유위, 이윤초무임천하지지, 즉불과위신야지일경부, 안연초무모중니지지, 즉하유삼월인어누항중호? 황오인개맹자소위가이위요순지인야, 수각자분려입지, 자력불이, 즉안지불어오당지중, 역유견효효지악, 불개지조호?"

한강 정구 선생이 다음과 같이 말씀하였다.

"성인의 성스러움과 현인의 어짊은 다 특별히 뛰어나거나 남달리 이상하여 높은 사다리를 놓고 오르는 것 같은 것이 아니고, 실로 사람의 도리에 당연한 것이니, 남자는 밭을 갈고 여자는 길쌈을 하는 것과 같이 직분이 보통 일과 다름이 없는 것과 같은 것이다. 다만 사람들이 스스로가 사물을 잘 살피지 못하고 스스로 자신의 몸가짐을 잘 닦지 않는 데 대하여 아는 사람은 대개가 드물고 행하는 사람은 더욱 드문 것이다. 실로 이렇게 될 수도 있는 것이니, 만일 하려고 하고 실제로 행해서 중도에 그만두지 않는다면 마침내 도달하는 바가 있을 것이다. 이는 마치 새로 돋아난 나무가 자라는 것을 해치지 않으면 반드시 하늘 높이 이르고 새로 심은 곡식이 그 자라는 것을 방해하지 않으면 반드시 성숙하는 데 이르는 것과 같은 것이다. 요는 오직 하려는 마음과 중단하지 않는 공부가 필요한 것이다. 그러므로 옛사람들은 반드시 뜻을 세워 훌륭한 일을 하려고 하여야 함을 말하였으니, 이윤이 처음에 세상 일을 맡을 뜻이 없었다면 넓은 들판에서 일하는 한 농부에 지나지 않았을 것이요, 안연이 애당초 공자를 사모하여 그 처럼 되려는 뜻이 없었다면 어찌 3개월 동안 누추한 골목에서 어진 행실을 할 수 있겠는가? 하물며 우리 인간은 모두 맹자가 말한 이른바 요임금과 순임금처럼 될 사람이

니, 모름지기 각자 분발하고 힘써 뜻을 세워서 스스로 힘쓰고 그치지
말아야 한다. 이렇게 한다면 어찌 우리들 중에 또한 이윤처럼 얻는 즐
거움과 안연처럼 변치 않는 지조를 간직한 자가 나오지 않겠는가?"

> **晦齋先生曰 "聖門之敎, 每於容貌形色上, 以盡夫天之
> 所以賤我之則, 而保守其虛靈明德之本體, 豈流於人心
> 惟危之地哉?"**
>
> 회재선생왈 "성문지교, 매어용모형색상, 이진부천지소이천아지측, 이
> 보수기허영명덕지본체, 개유어인심유위지지재?"

회재 이언적 선생이 말씀하였다.

"공자가 가르친 도리는 늘 얼굴 모양과 태도에 있어서 하늘이 내게
내려준 법칙을 지키고 그 마음과 밝은 덕행의 근본 바탕을 잘 지켜야
할 것이다. 어찌 사람의 마음을 오직 위태로운 처지에 빠져 들어가게
만들겠는가?"

> **退溪先生曰 "凡看書窮理, 出言制行, 以至日間百爲, 最
> 先除去麤浮氣象, 一以莊敬涵養爲本, 沈潛硏索爲學."**
>
> 퇴계선생왈 "범간서궁리, 출언제행, 이지일간백위, 최선제거추부기상,
> 일이장경함양위본, 심잠연색위학."

퇴계 이황 선생이 다음과 같이 말씀하였다.

"책을 보고 진리를 연구하거나, 말하고 행동하는 것으로부터 일상생
활을 하는 사이의 모든 일에 있어서 가장 먼저 제거해야 할 일은 서두

르고 들뜨는 마음이다.

무엇을 하든지 간에 마음을 차분하게 가라앉힌 다음 바른 자세를 취해야 하며, 하는 일에 깊이 몰두하여 연구하고 찾음을 학문으로 삼아야 할 것이다."

鄭寒岡先生曰 "行貴於敦厚, 志貴於勇往, 學貴於醇正, 當以忠信篤實爲主."

정한강선생왈 "행귀어돈후, 지귀어용왕, 학귀어순정, 당이충신독실 위주."

한강 정구 선생이 말씀하였다.

"행실은 인정이 많은 것을 귀하게 여기고, 의지는 용감하게 나아가는 것을 귀하게 여기고, 학문은 깨끗하고 바른 것을 귀하게 여기는 것이니, 마땅히 충성스럽고 미덥고 돈독하고 진실한 것을 으뜸으로 할 것이다."

張旅軒先生曰 "虛爲萬實之府, 靜爲萬化之基, 貞爲萬事之幹謙爲萬益之柄, 儉爲萬福之源."

장여헌선생왈 "허위만실지부, 정위만화지기, 정위만사지간겸위만익지병, 검위만복지원."

여헌 장현광 선생이 이렇게 말씀하였다.

"빈 것은 모든 것을 채울 수 있는 창고가 되는 것이요, 고요한 것은 온갖 것을 변화시키는 터전이 되는 것이요, 또 곧고 바른 것은 모든 일의 줄기가 되는 것이요, 겸손한 것은 모든 유익함의 열쇠가 되는 것이요, 아끼는 것은 모든 행복의 근원이 된다."

趙月川先生穆曰 "保身莫如謙, 易六十四卦, 惟謙無凶."

조월천선생목왈 "보신막여겸, 역육십사괘, 유겸무흉."

월천 조목 선생이 말씀하였다.
"몸을 잘 보전하는 데는 겸손함보다 좋은 것이 없고, '주역'의 64괘 중에도 오직 겸손하면 흉한 일이 없다고 하였다."

李相國景奭, 常曰 "士以正直忠厚爲本, 正直不忠厚則
刻, 忠厚不正直, 則懦."

이상국경석, 상왈 "사이정직충후위본, 정직불충후즉각, 충후부정직, 즉나."

상국 이경석이 항상 이렇게 말씀하였다.
"선비는 마음가짐을 정직하고 충실하고 너그럽게 가져야 한다. 마음이 정직하기만 하고 충실하고 너그럽지 않으면 각박해지고, 마음이 충실하고 너그럽기만 하고 정직하지 못하면 나약해진다."

趙滄江涑曰 "人須是安分, 纔不安分, 則便失其身."

조창강속왈 "인수시안분, 재불안분, 즉편실기신."

창강 조속이 말씀하였다.

"사람은 모름지기 자기의 분수를 편안히 지켜야 하니, 잠깐 동안이라도 분수에 만족하지 않으면 마침내 그 자신을 망칠 것이다."

李忠武公舜臣, 嘗言 "丈夫生世, 用則效死, 不用則耕於野, 足矣. 取媚權貴, 以竊一時之榮, 吾甚恥之."

이충무공순신, 상언 "장부생세, 용즉효사, 불용즉경어야, 족의. 취미권귀, 이절일시지영, 오심치지."

충무공 이순신이 일찍이 이렇게 말씀하였다.

"대장부가 세상에 태어나서 나라에 등용되면 목숨을 바쳐 봉사하고, 등용되지 않으면 들에서 농사를 지으며 살면 된다. 세력가들에게 잘 보여 한때의 영화나 누리려 하는 것을 나는 가장 부끄러운 일이라고 생각한다."

라고 하였다.

曹南冥先生曰 "丈夫動止, 重如山嶽壁立萬仞, 時至而伸, 方似出許多事業, 譬之千鈞之弩, 一發能碎萬重堅壁, 固不爲鼫鼠發."

조남명선생왈 "장부동지, 중여산악벽립만인, 시지이신, 방사출허다사업, 비지천균지노, 일발능쇄만중견벽, 고불위오서발."

– 〈見師友錄(견사우록)〉

남명 조식이 말씀하였다.

"대장부의 행동거지는 무겁기가 산악과 같고, 절벽이 천만 길로 솟아

있는 것 같아야 하고, 때가 이르면 뜻을 펴서 바로 많은 사업을 만들어
내어야 한다. 이를 비유하면 천균의 활을 한 번 쏘면 능히 만 겹의 굳은
절벽도 부수어야지, 굳이 박쥐를 잡기 위하여 이 활을 쏘아서는 안 될
것이다."

鄭守夢曄曰 "無一念之不實, 無一言之不實, 則表裏一
於誠也, 此乾乾不息底工夫."

정수몽엽왈 "무일념지부실, 무일언지부실, 즉표이일언성야, 차건건불
식저공부."

수몽 정엽이 말씀하였다.

"한 가지 생각이라도 진실하지 않은 것이 없고, 한 가지 말이라도 진
실하지 않은 것이 없으면 외면과 내면이 참된 데에 일치하는 것이다.
이는 게으르지 않으려고 힘쓰며, 쉬지 않고 부지런히 공부하는 데에서
이루어지는 것이다."

姜介菴翼曰 "學貴自得, 非自得者, 易至差失, 事在勉
强, 非勉强者, 無以成功."

강개암익왈 "학귀자득, 비자득자, 역지차실, 사재면강, 비면강자, 무이
성공."

개암 강익이 말씀하였다.

"공부하는 데 귀중한 것은 스스로 터득하는 것이니, 스스로 터득하지
않는 사람은 잘못하는 데 이르기 쉬운 것이다. 일하는 데 중요한 점은

부지런히 힘쓰는 데 있는 것이니, 부지런히 힘쓰지 않는 사람은 성공할 수 없는 것이다."

柳西厓先生曰 "爲學, 不是別樣奇異事, 只是日用平平底法, 措心於坦易明白之地, 致功於講論思辨之際, 不驟不懈, 直作平生事業, 而勉勉循循, 則日往月來, 自然有意味油然, 而不可止矣. 今人不知學問路脉, 先以異衆自處, 不務講索, 少焉, 神疲氣塞, 世累之侵擾, 又不可終捨, 則往往舍其初心, 放誕無狀, 以誤一生者, 多矣."

유서애선생왈 "위학, 불시별양기이사, 지시일용평평저법, 조심어탄역명백지지, 치공어강론사변지제, 불취불해, 직작평생사업, 이면면순순, 즉일왕월래, 자연유의미유연, 이불가지의. 금인부지학문로맥, 선이이중자처, 불무강삭, 소언, 신피기색, 세루지침요, 차불가종사, 즉왕왕사기초심, 방탄무상, 이오일생자, 다의."

유성룡 선생이 이렇게 말씀하였다.

"공부를 한다는 것은 별다르고 기이한 일이 아니며 날마다 생활하는 것처럼 전혀 어려운 것이 아니다.

마음을 편안하게 가진 다음에 읽고 토론하고 생각하고 판단하는 것에 역점을 두어서 서둘지도 말고 게을리 하지도 말며, 다만 평생의 사업으로 삼아서 부지런히 힘쓰고 꾸준히 해나가면, 오랜 세월이 흘러가는 동안에 자연히 공부가 좋아져서 그만두고 싶어도 그만둘 수 없게 될 것이다.

그런데 지금 사람들은 공부하는 방법을 알지 못하고 먼저 자기는 다른 사람들과 다른 것으로 자처하며 읽거나 사색하는 데 힘쓰지 않으면서 조금만 공부를 하면 정신이 피로하고 답답하다 하여 세상의 온갖 유혹을 떨쳐 버리지 못한다.

그리하여 이따금 처음에 먹었던 마음을 버리고 방탕하고 나쁜 짓을 하여 일생을 그르치는 사람이 많다."

張旅軒先生曰 "讀書以窮其理, 力行以進其德, 無時不用其功, 無地不懈其念, 日以積之, 乃盡其月, 月以積之, 乃盡其歲, 歲以積之, 必盡吾生, 然後, 先賢所謂豁然貫通之境, 充實光大之域, 果在此心, 此身之所可至到, 而前聖後聖, 誠不我欺耳."

장여헌선생왈 "독서이궁기리, 역행이진기덕, 무시불용기공, 무지불해기념, 일이적지, 내진기월, 월이적지, 내진기세, 세이적지, 필진오생, 연후, 선현소위활연관통지경, 충실광대지역, 과재차심, 차신지소가지도, 이전성후성, 성불아기이."

여헌 장현광 선생이 말씀하였다.

"책을 읽는 데는 그 참된 이치를 연구하고 힘써 실행하며 그 덕을 쌓아나가야 할 것이다. 아무 때나 그 재주를 쓰지 않고 어떤 곳에서도 그 생각을 게을리 하지 않고, 매일 이를 쌓으면 곧 그 달까지 다하게 되고, 달로 이를 쌓으면 곧 그 해까지 다하게 되고, 해로 이를 다하면 반드시 그의 일생까지 다하게 될 것이다. 그런 후에야 선현들이 말씀한 '환히 깨달아 관통한다.'는 경지와 충실하고 광대한 지역이 과연 이 마음과 이 몸의 이르는 곳에까지 있게 되고, 앞선 성인과 뒷 성인의 말씀이 실로 나를 속이지 않게 될 것이다."

曹南冥先生, 常教學者云 "人遊於通道大市之中, 金銀珍
玩, 靡所不設, 終日上下街衢, 而談其價, 終非自家裏物,
只是說他家事耳, 却不如用吾一匹布, 取一尾魚來也. 今
之學者, 高談性理, 而無得於己, 何以異此?" 又曰 "學者,
無多著睡, 其思索工夫於夜尤專."

조남명선생, 상교학자운 "인유어통도대시지중, 금은진완, 미소부설,
종일상하가구, 이담기가, 종비자가이물, 지시설타가사이, 각불여용어
일필포, 취일미어래야. 금지학자, 고담성리, 이무득어기, 하이이차?"
우왈 "학자, 무다착수, 기사색공부어야우전."

남명 조식 선생이 학생들을 가르치면서 항상 이렇게 말씀하였다.

"사람이 큰 길거리나 시장 안을 돌아다니다 보면, 금·은 및 진귀한
보물들이 많이 진열되어 있어서 하루 종일 길거리를 누비면서 그 값에
대해 말을 하지만, 끝내는 그 중 한 가지도 자기의 물건으로 만들지 못
하고 말기 때문에 다만 남의 말만 하는 셈이 될 뿐이다. 따라서 이것은
자신의 한 필의 삼베를 팔아서 한 마리의 고기를 사오는 것만 못하다.

지금 공부하는 사람들 중에는 자기의 것으로 만들지도 못하는 학문
에 대해 고상하게 말하면서 실속을 차리지 못하니 무엇이 이와 다르겠
는가?"

또 말씀하였다.

"공부하는 사람은 잠을 많이 자는 일이 없는데, 이는 그가 사색과 공
부를 밤에 더욱 전심하기 때문이다."

周愼齋, 寄姪惿書, 曰 "土脈和沃, 則生草必茂, 一家和, 則生福必盛."

주신재, 기질조서, 왈 "토맥화옥, 즉생초필무, 일가화, 즉생복필성."

신재 주세붕이 조카인 조에게 보낸 편지에 다음과 같이 말씀하였다.
"땅 줄기가 기름진 토양에 어울리면 풀이 잘 자라 반드시 무성하고,
한 가정이 화목하면 복을 낳아 반드시 번성할 것이다."

廣明倫 광명륜

- 널리 인류을 밝힘

張旅軒先生曰 "人子之於父母, 其愛戴之心, 未嘗不一,
而父母之於男女, 其愛慈之情, 未嘗有異焉, 聖人非不
欲於外家, 先世並致其隆於外黨, 諸親畢致其厚, 只以
義有所難同, 勢有所不及耳, 余見世之人, 其外宗外黨,
一以薄道處之, 遂以爲當然, 彼不思其母胎中乳下積成
劬勞之恩乎, 然則, 其於情, 所可用, 力所可及, 容可不
爲之盡心乎?"

장여헌선생왈 "인자지어부모, 기애대지심, 미상불일, 이부모지어남녀,
기애자지정, 미상유이언, 성인비불욕어외가, 선세병치기융어외당, 제

친필치기후, 지이의유소난동, 세유소불급이, 여견세지인, 기외종외당,
일이박도처지, 수이위당연, 피불사기모태중유하적성구노지은호, 연
즉, 기어정, 소가용, 역소가급, 용가불위지진심호?"

여헌 장현광 선생이 이렇게 말씀하였다.

"사람의 자식으로 부모를 사랑하고 받드는 마음은 아들이나 딸이나
모두 같으며, 자식을 사랑하는 부모의 마음 또한 아들과 딸이 다르지
않다.

그래서 옛 성인도 외가나 처가의 여러 친척들에게 많은 정성을 쏟고
극진하게 대하였다. 그러나 지금 세상 사람들은 외가나 처가의 친척들
을 박절하게 대하면서도 오히려 그렇게 하는 것을 당연한 것으로 여기
고 있으니, 그것은 바로 여러 가지 어려움을 겪으면서 자신을 길러주신
어머니의 은혜를 생각하지 않는 것이다.

물론 의리에 있어서 친가와 똑같이 섬기기는 어렵기 때문에 그에 미
치지 못하는 바가 많겠지만 힘 다하는 데까지 충실하고 마음을 다해야
할 것이다."

擊蒙要訣曰 "喪祭二禮, 最是人子致誠處也, 已沒之親,
不可追養, 若非喪盡其禮, 祭盡其誠, 則終天之痛, 無
事可寓, 無時可洩也, 於人子之情, 當如何哉?" 曾子曰
'愼終追遠, 民德歸厚矣.' 爲人子者, 所當深念."

격몽요결왈 "상제이례, 최시인자치성처야, 이몰지친, 불가추양, 약비
상진기예, 제진기성, 즉종천지통, 무사가우, 무시가설야, 어인자지정,
당여하재? 증자왈 '신종퇴원, 민덕귀후의.' 위인자자, 소당심념."

격몽요결에 말하였다.

"상례와 제례 두 가지 예도는 자식이 가장 정성을 다하여야 할 일이다. 누구나 이미 돌아가신 어버이를 쫓아가서 봉양할 수는 없으니, 만약 상례에 그 예도를 다하지 않고 제례에 그 정성을 다하지 않는다면 일생의 비통함을 붙일 만한 일이 없고 그 한을 쏟을 만한 때가 없을 것이다. 그러니 자식 된 심정에 어떠하겠는가? 증자가 말씀하시기를 '부모의 장례를 삼가 모시고 먼 조상을 추모하면 백성들의 마음이 후덕한 데로 돌아간다.'라고 하셨으니, 자식된 자가 이것을 깊이 생각해야 한다."

趙浚上書, 自大夫以下室庶人忌日, 必祭, 不許騎馬出
入, 接待賓客, 以成追遠之風.

조준상서, 자대부이하실서인기일, 필제, 불허기마출입, 접대빈객, 이
성추원지풍.

조준의 상소에 다음과 같이 말하였다.

"대부로부터 아래로 서민에 이르기까지 조상의 기일에 반드시 제사를 지내고, 그 때에는 누구나 말을 타고 출입하거나 빈객을 접대하지 못하도록 하여, 돌아가신 분을 추모하는 풍속을 이룩하도록 할 것이다."

徐四佳居正曰 "守令, 卽古之諸侯, 於民有父母之道, 於
吏有君臣之分. 推父母之心, 愛民, 則民悅, 操威福之柄,
御吏, 則吏畏. 民不悅, 則失之苛, 吏不畏, 則失之慢."

서사가거정왈 "수령, 즉고지제후, 어민유부모지도, 어리유군신지분.
추부모지심, 애민, 즉민열, 조위복지병, 어리, 즉리외, 민불열, 즉실지

가, 이불외, 즉실지만."

사가정 서거정 선생이 말씀하였다.

"수령은 곧 옛날의 제후이다. 수령은 백성에게는 부모의 도리가 있고
관리에게는 군신의 분별이 있으니, 수령이 부모의 마음을 미루어 백성
들을 사랑하면 백성들이 기뻐하고, 상벌의 권세를 잡아 관리를 부리면
관리들이 두려워할 것이다. 백성들이 기뻐하지 않는 것은 수령이 너무
까다롭기 때문이요, 관리들이 두려워하지 않는 것은 수령이 너무 태만
하기 때문이다."

> 梧里李文忠公元翼, 子義傳之郡, 公戒之曰 "廉則公, 公
> 則明. 爲政以仁民愛物爲心, 號令平, 而賞罰無私, 則民
> 服. 人心散, 則萬事皆非, 高皇帝約束令群臣大小, 各盡
> 其職, 昔范文正公, 以日之所爲, 不稱其食, 爲戒勉之."
>
> 오리이문충공원익, 자의전지군, 공계지왈 "염즉공, 공즉명. 위정이인
> 민애물위심, 호령평, 이상벌무사, 즉민복. 인심산, 즉만사개비, 고황제
> 약속영군신대소, 각진기직, 석범문정공, 이일지소위, 불칭기식, 위계
> 면지."
>
> ‒ 〈見記言(견기언)〉

문충공 오리 이원익의 아들 의전이 원님이 되어 나가게 되자 그는 아
들에게 이렇게 당부하였다.

"관리는 청렴하면 공정해지고, 공정해지면 모든 사리가 명확해질 것
이다. 정치를 할 때는 백성을 사랑하는 마음을 잃지 말고 모든 일을 공

평하게 처리하며, 상을 주고 벌을 내릴 때 사사로운 마음이 없다면 백성들은 감동하여 잘 복종하게 될 것이다. 그리고 인심이 흩어지면 만사가 모두 잘못된다. 명나라 고황제의 법령에 '크고 작은 여러 신하들은 각기 그 직책을 다하라.'라고 하였고, 만약 그렇지 않고 잘못하여 사람들의 마음이 흐트러지면 만사가 모두 잘못될 것이니, 너는 부디 노력해야 한다."

洪應吉問曰 "士生天地間, 致君澤民, 分內事也, 或有懷寶, 遯世隱居, 而不仕者, 無乃不可乎?" 徐花潭曰 "士之出處非一, 或其道可行, 而時不可也, 則抱道而無悶者, 有之. 或民雖何以新, 而其德未新, 則揣分而自處者, 有之. 或明君在上, 可試所學, 而自放山林, 從吾所好者, 有之. 或其德未盡新, 而生民失所, 不可坐視, 不得已有爲於世者, 有之."

홍응길문왈 "사생천지간, 치군택민, 분내사야, 혹유회보, 둔세은거, 이불사자, 무내불가호?" 서화담왈 "사지출처비일, 혹기도가행, 이시불가야, 즉포도이무민자, 유지. 혹민수하이신, 이기덕미신, 즉췌분이자처자, 유지. 혹명군재상, 가시소학, 이자방산림, 종오소호자, 유지. 혹기덕미진신, 이생민실소, 불가좌시, 부득이유위어세자, 유지."

– 〈見恥齋集(견치재집)〉

응길 홍인우가 화담 서경덕에게 물었다.

"선비가 이 세상에 태어나서 임금에게 충성을 다하고, 백성을 윤택하게 마련하는 것이 선비가 할 일이라 하겠습니다. 그런데 어떤 선비는 보배를 품고 세상에서 도망하여 숨어 살면서 벼슬을 하지 않으니 어찌 옳지 않은 것이 아닙니까?"

라고 하자 서화담은 다음과 같이 대답하였다.

"선비가 조정에 나가서 벼슬을 한다든지, 시골로 물러나와 집에 있다든지 하는 것이 한 가지가 아니다. 어떤 선비는 그 뜻한 도리가 행하여질 만한 때가 안 되면 뜻을 품고도 벼슬할 것을 생각하지 않는 사람도 있고, 어떤 선비는 백성들이 비록 새로워질 만해도 그 자신의 덕망이 새로워지지 못하면 분수를 헤아려야 한다고 스스로 처신하는 사람도 있고, 어떤 선비는 밝은 임금이 위에 계시니 가히 배운 것을 시험할 만하다. 하고 스스로 산림을 방랑하며 자기가 좋아하는 것을 따라 행동하는 사람도 있고, 어떤 선비는 그 덕망이 아직도 다 새로워지지는 못하였으나 백성들이 살 곳을 잃고 헤매니 그냥 앉아서 볼 수 없다 하고 마지 못하여 세상에 나와 일하는 사람도 있는 것이다."

> 朴鼎山洲曰 "今之居京, 而赴鄉試者, 甚不可." 先儒曰 "欲事其君, 而先欺其君, 可乎?" 孔子曰 "不知命, 無以爲君子, 得失, 莫非命也, 地可擇也, 命不可擇也, 何甚惑也?" 朱子云 "科擧非累人, 人自累科擧, 科擧之中, 豈無當然之道乎?"

박정산주왈 "금지거경, 이부경시자, 심불가." 선유왈 "욕사기군, 이선기기군, 가호?" 공자왈 "부지명, 무이위군자, 득실, 막비명야, 지가택야, 명불가택야, 하심혹야?" 주자운 "과거비루인, 인자루과거, 과거지중, 개무당연지도호?"

– 〈見東溪雜記(견동계잡기)〉

정산 박주가 말씀하였다.

"지금 서울에 살면서 향시에 응시하는 사람이 있는데, 이는 아주 잘못된 것이다."

옛날 선비가 물었다.

"임금을 섬기려 하면서 먼저 임금을 속이면 되겠는가?"

라고 하였고, 공자는 대답하여 말하였다.

"운명을 알지 못하면 군자라고 생각할 수가 없다. 벼슬을 얻고 잃어버리는 것은 타고난 운명이 아닌 것이 없다. 근본 바탕은 가려도 좋지만 운명은 가려선 안 된다. 어찌 심히 의혹할 것이 있겠는가?"

주자는 말하였다.

"과거제도가 사람을 잘못하게 만드는 것이 아니라, 사람들이 제 스스로 과거 공부에 얽매인다. 하셨으니, 과거공부에도 어찌 당연한 도리가 없겠는가?"

靜菴先生, 爲都憲, 時有同年進士者, 不協於室家, 意欲黜之, 使人來稟, 先生正色答曰 "夫婦, 人倫之始, 萬福之源, 所關至重, 婦人之性, 陰暗無知, 雖有所失, 爲君子者, 當率以正, 使之感化, 共成家道, 此是厚德, 如或未盡於表率之道, 而遽欲去之, 不近於薄乎?"

정암선생, 위도헌, 시유동연진사자, 불협어실가, 의욕출지, 사인내품, 선생정색답왈 "부부, 인륜지시, 만복지원, 소관지중, 부인지성, 음암무지, 수유소실, 위군자자, 당솔이정, 사지감화, 공성가도, 차시후덕, 여혹미진어표솔지도, 이거욕거지, 불근어박호?"

정암 조광조 선생이 대사헌이 되었을 때에 진사에 같이 합격한 자가 있었는데 부인과 화합하지 못하였다. 그가 마음 속으로 아내를 내보내려고 하여 사람을 보내어 선생에게 여쭈니, 정암 선생은 이 말을 듣고 정색하고 다음과 같이 대답하였다.

"남편과 아내의 도리는 인륜의 시초이며 만복의 근원이니, 그 관계되는 바가 지극히 중요한 것이다. 부인의 성품은 사리에 어둡고 무지하니, 비록 잘못이 있더라도 남편이 마땅히 올바름으로 이끌어서 감화되게 하여 함께 가도를 이루어야 하는 것이다. 이것이 바로 후덕한 행위이다. 만약 혹 모범이 되는 도리를 다하지 못하고서 갑자기 아내를 버리려고 한다면 덕이 박함에 가깝지 않겠는가?"

退溪先生, 與人書曰 "似聞公有琴瑟不調之歎, 不知因何而有此不幸, 竊觀世有此患者不少, 有性惡難化者, 有媿醜不慧者, 有其夫狂縱無行者, 有好惡乖常者, 其變多端, 不可勝擧. 然, 以大義言之, 皆在夫反躬自厚, 黽勉善處, 以不失婦之道, 其所謂性惡難化者, 若非大段悖逆, 得罪名教者, 亦當隨宜處之, 不使遽至於離絶, 可也. 蓋古之去婦, 猶有他適之路, 七去可以易處, 今之婦人, 率皆從一而終, 何可以情義不適之故, 而待若路人, 視如讐仇, 使家道無造端之處, 萬福絶毓慶之原乎? 宜反覆深思, 而有所懲改焉."

퇴계선생, 여인서왈 "사문공유금슬부조지탄, 부지인하이유차불행, 절과세유차환자불수, 유성악난화자, 유무추부혜자, 유기부광종무행가, 유호악괴상자, 기변다단, 부가승거. 연, 이대의언지, 개재부반궁자후,

민면선처, 이불실부지도, 기소위성악난화자, 약비대단패역, 득죄 명교자, 역당수의처지, 불사거지어이절, 가야. 개고지거부, 유유타적지로, 칠거가이역처, 금지부인, 솔개종일이종, 하가이정의불적지고, 이대약로인, 시여수구, 사가도무조단지처, 만복절육경지원호? 의반복심사, 이유소징개언."

퇴계 선생이 남에게 보낸 편지에 다음과 같이 말씀하였다.

"공은 부부간의 화목한 정이 잘 융합되지 않는 한탄을 한다고 들은 듯한데, 무슨 원인으로 해서 이런 불행이 있는지 알지 못하겠다. 가만히 보니 세상에는 이와 같은 근심이 있는 사람이 적지 않은데, 그 중에는 그 성질이 나빠서 좋은 사람으로 만들기 어려운 사람도 있고, 얼굴이 추악하고 지혜롭지 못한 사람도 있고, 그 남편이 방탕하여 행실이 없는 사람도 있고, 남이 나쁘게 되는 것을 좋아하는 괴상한 사람도 있어, 그 변화가 여러 가지이므로 다 들을 수가 없는 것이다. 그러나 사람의 큰 의리로써 말하면 다 남편으로서 자기 자신의 몸가짐을 반성하여 스스로 친절하고 모든 일을 잘 처리하는 데 힘써 부부의 도리를 잘못되게 하지 않도록 하고, 이른바 성질이 나빠서 좋은 사람으로 만들기 어려운 사람도 만약 근본 도리에 어긋나거나 인류의 명분을 밝히는 가르침을 어기는 죄를 짓지 않은 사람이면 마땅히 그때그때 알맞게 처리할 것이지 갑자기 헤어지거나 인연을 끊어버리는 데 이르지 않는 것이 옳을 것이다. 대개 옛날에 아내를 버리는 데는 그래도 다른 데로 가는 길이 있어서 일곱 가지 버리는 칠거지악을 써 살 곳을 바꿨으나, 지금의 부인은 거의 다 한 남편을 따라 일생을 끝마치는데, 어찌 마음과 뜻이 맞지 않는 이유로 해서 길가다 만난 사람처럼 대하고, 원수와 같이 보아서 가정의 도리를 시조가 없는 처지로 만들어서 온갖 행복인 아들 딸을 기르는 기쁨의 근원을 끊어 버리겠는가? 마땅히 다시금 깊이 생각하고 잘못된 행실을 바로잡아 고치는 바가 있어야 할 것이다."

退溪先生曰 "古人嫡庶之分, 雖嚴, 而骨肉之分, 無異."

퇴계선생왈 "고인적서지분, 강엄, 유골육지분, 무익."

퇴계 선생이 말씀하였다.
"옛사람은 적자와 서자의 구분은 비록 엄격하였으나, 부자 형제의 친분은 차이가 없었다."

鄭愚伏先生曰 "諸丈之規, 警後生也, 純是惻怛之心, 絕無一點挾長矜傲之心, 後生之受責於諸丈也, 純是畏敬之心, 絕無一點受辱屈猾忿之氣, 方是善之又善."

정우복선생왈 "제장지규, 경후생야, 순시측달지심, 절무일점협장긍방지심, 후생지수책어제장야, 순시외경지심, 절무일점수욕굴창분지기, 방시선지우선."

– 〈見愚伏集(견우복집)〉

우복 정경세 선생이 이렇게 말씀하였다.
"여러 어른들이 젊은 사람들을 바르게 깨우칠 때는 간곡한 마음을 갖고 해야지, 조금이라도 나이가 많다는 것을 내세워 자랑하거나 거만한 마음을 가져서는 안 된다.
젊은 사람들이 여러 어른들에게 꾸지람을 들을 때는 순전히 두려워하고 공경하는 마음으로 받아들여야지, 조금이라도 굴욕을 당한 것으로 여겨 성내는 기색을 보여서는 안 된다. 그렇게 하는 것이 잘하는 것이다."

> 李國弼, 問嘗謂爲長者糞之之禮, 於父兄宗族則可, 非
> 吾父兄, 何必執廝役之勞? 後乃思之, 雖比吾父兄, 不
> 可無執敬之禮, 退溪先生曰 "自尊吾親敬吾長, 而推其
> 餘以及之, 但其敬之之禮, 或隨其人, 而有差等耳, 況以
> 西銘同胞之義, 言之, 凡天下高年之人, 皆吾一家之長
> 也, 吾安得不推吾事兄之心, 而事之乎?"

이국필, 문상위위장자분지지례, 어부형종족즉가, 비오부형, 하필집시
역지노? 후내사지, 수비오부형, 불가무집경지례, 퇴계선생왈 "자존오
친경오장, 이추기여이급지, 단기경지지례, 혹수기인, 이유차등이, 황
이서명동포지의, 언지, 범천하고연지인, 개오일가지장야, 오안득불추
오사형지심, 이사지호?"

– 〈見言行錄(견언행록)〉

국필 이기익이 퇴계 선생에게 다음과 같이 물었다.

"저는 일찍이 '어른을 위해 청소하는 예절은 자신의 부형과 종족에게 있어서는 좋겠지만, 부형이 아닌 경우에야 어찌 반드시 하인이 하는 수고로움을 할 것이 있겠는가?' 라고 생각했습니다. 그런데 뒤에 마침내 생각해 보니, 비록 나의 부형이 아니더라도 공경하는 예가 없어서는 안 될 듯합니다."

이에 퇴계 선생은 다음과 같이 말씀하였다.

"내 어버이를 높이고 내 어른을 공경함으로부터 나머지 사람들에게 까지 미루어야 하는데, 다만 공경하는 예가 혹 사람에 따라 차등이 있을 뿐이다. 더구나 '서명'*의 우리 인간은 다 동포라는 뜻을 가지고 말하면 천하에 나이가 많은 사람들은 다 우리 한 집안의 어른인 셈이니, 내 어찌 내 형님을 섬기는 마음을 가지고 남의 어른을 공경히 섬기지 않을 수 있겠는가?"

擊蒙要訣曰 "婢僕, 代我之勞, 當先恩而後威, 乃得其心, 君之於民, 主之於僕, 其理一也. 君不恤民, 則民散, 民散則國亡主不恤僕, 則僕散, 僕散則家敗, 勢所必至, 其於婢僕, 必須軫念飢寒, 資給衣食, 使得其所, 而有過惡, 則先須勤勤敎誨, 使之改革, 敎之不改, 然後, 乃施楚撻, 使其心知厥主之楚撻, 出於敎誨, 而非所以憎疾, 然後, 可使改心革面矣."

격몽요결왈 "비복, 대아지노, 당선은이후위, 내득기심, 군지어민, 주지어복, 기리일야. 군불휼민, 즉민산, 민산즉국망주불휼복, 즉복산, 복산즉가패, 세소필지, 기어비복, 필수진염기한, 자급의식, 사득기소, 이유과악, 즉선수동동교회, 사지개혁, 교지불개, 연후, 내시초달, 사기심지궐주지초달, 출어교회, 이비소이증질, 연후, 가사개심혁면의."

격몽요결에 말하였다.

"노비는 나의 수고로움을 대신하여 일하는 사람이니, 마땅히 먼저 은혜를 베푼 뒤에 위엄으로 다스려야 노비들의 마음을 얻을 수 있고, 임

*서명 : 장횡거가 지은 글.

금이 백성에게 있어서와 주인이 노비에게 있어서는 그 이치가 똑같다. 임금이 백성을 아끼지 않으면 백성이 흩어지고, 백성이 흩어지면 나라가 망하며, 주인이 노비를 아끼지 않으면 노비가 흩어지고, 노비가 흩어지면 집이 패망하게 되는 것이다.

노비들을 대함에 반드시 모름지기 춥고 굶주림을 깊이 염려하여 옷과 밥을 대주어 살아갈 방법을 얻게 할 것이요, 잘못이 있으면 먼저 부지런히 가르쳐서 고치게 하고, 가르쳐도 고치지 않은 뒤에야 회초리를 가하여, 그들이 마음속으로 주인의 회초리가 가르치려는 데에서 나온 것이요, 자기들을 미워해서가 아님을 알게 하여야 한다. 이렇게 한 뒤에야 마음을 고치고 얼굴을 고치게 할 수 있을 것이다."

> 張旅軒先生曰 "撫安僕隸之事, 亦無非道理所在, 大槪忠義之性, 雖曰愚夫同得, 又豈可一一望之於僕隸之徒乎? 爲家長者, 只當不失其大綱, 毋察其小過, 而雖或橫逆者間作, 亦不可專責其在下者, 而顧吾所以御之者, 無乃失其道乎? 以是自省, 此亦豈非進德之地乎?"
>
> 장여헌선생왈 "무안복례지사, 역무비도리소재, 대개충의지성, 수왈우부동득, 우개가일일망지어복예지도호? 위가장자, 지당부실기대강, 무찰기소과, 이수혹횡역자간작, 역불가전책기재하자, 이고오소이어지자, 무내실기도호? 이시자성, 차역개비진덕지지호?"

여헌 장현광 선생이 말씀하였다.

"하인들을 어루만지는 일은 역시 인륜의 도리에 어긋남이 없어야 한다. 대개 충성과 의리를 다하는 성질은 비록 어리석은 사람에게도 똑

같은 보람을 얻는다고 말하더라도 어찌 모든 보람을 하나하나 하인들의 무리에게서 바라겠는가? 한 집안의 어른이 된 사람은 하인을 다스릴 때는 마땅히 그 큰 근본만을 잃어버리지 않을 것이지, 그 조그마한 잘못은 지나치게 살피지 말도록 하며, 혹시 횡포한 사람이 더러 잘못하는 일이 생기더라도 역시 그 아랫 사람들을 함부로 책망하여서는 안 된다. 그리고 내가 하인들을 다스리는 것이 곧 그 도리를 잘못되게 하는 일이 없는가를 돌아보아 스스로 반성하면 어찌 올바른 행실로 나아가는 바탕이 되지 않겠는가?"

慈山公, 嘗戒子女曰 "動於自己之事, 而懶於他人之役者, 人情同然, 臧獲之輩, 自少至老, 逐日所役者, 無非他人之事, 豈宜事事致動? 汝輩但當恕之, 勿多詬怒也, 聞者以爲名言.

자산공, 상계자녀왈 "동어자기지사, 이라어타인지역자, 인정동연, 장획지배, 자소지노, 축일소역자, 무비타인지사, 개의사사치동? 여배단당서지, 물다후노야, 문자이위명언.

– 〈見松窩雜記(견송와잡기)〉

자산공이 일찍이 아들 딸들을 경계하여 말하였다.

"자기 일은 부지런히 하고 남의 일은 게을리 하는 것이 사람들의 똑같은 마음이다. 하인들은 어려서부터 늙을 때까지 날마다 남의 일만 하고 있으니, 어찌 하는 일마다 부지런히 하겠는가? 너희들은 하인들의 게으름을 마땅히 용서할 것이요, 크게 꾸짖고 노여워하지 말라." 하니, 듣는 자들이 명언이라고 하였다.

金思齋, 與友人書云 "二十年處約之中, 營屋數間, 産
業數畝, 冬絮夏葛, 臥外有餘地, 身邊有餘褐, 鉢底有餘
食, 得此三餘, 高臥一世, 廣廈千間, 玉粒萬鍾, 綺紈百
襲, 視同腐鼠, 恢恢乎處此身, 而無憾, 自號三餘居士."

김사재, 여우인서운 "이십년처약지중, 영옥수간, 산업수묘, 동서하갈,
와외유여지, 신변유여갈, 발저유여식, 득차삼여, 고와일세, 광하천간,
옥립만종, 기환백습, 시동부서, 회회호처차신, 이무감, 자호삼여거사."

사재 김정국이 친구들에게 보낸 편지에 다음과 같이 말하였다.

"나는 20년 동안 검소하게 살다보니 집 몇 칸이나마 장만하여 살게
되었고, 몇 십 평의 밭을 부치게 되어 겨울에는 따뜻한 솜옷을 입고, 여
름에는 시원한 삼베옷을 걸칠 수 있게 되었다. 잠자리를 펴고 누우면
넉넉한 자리가 있고, 몸에는 남는 옷이 있으며, 밥그릇에는 남는 밥이
있으니, 이 세 가지 넉넉함을 얻고 높이 한 세상에 살아가면서 넓은 집
천 칸과 옥 같은 곡식들과 비단옷 백 벌 보기를 썩은 쥐와 같이 여기니
이는 자고 입고 먹는 세 가지가 모두 여유 있게 된 것이 아니겠나?'

하고 스스로 삼여거사라고 하였다.

退溪先生, 與盧寡悔書曰 "古之君子, 莫不有師友之人.
同志相求, 同道相益, 故, 能學成而德立, 朱子於章句集
註之成, 因一時門人知舊, 擧疑請質, 而改亦不爲少, 不
立己私, 而能集衆善, 故, 天下萬世, 無得而議焉, 古人
眞見義理之無窮, 故, 其虛心求益之意, 亦無窮. 滉所以
期望於吾子者, 爲此爾."

퇴계선생, 여노과회서왈 "고지군자, 막불유사우지인. 동지상구, 동도
상익, 고, 능학성이덕립, 주자어장구집주지성, 인일시문인화구, 거의
청질, 이개역불위소, 불립기사, 이능집중선, 고, 천하만세, 무득이의언,
고인진견의리지무궁, 고, 기허심구익지의, 역무궁. 황소이기망어오자
자, 위차이."

퇴계 선생이 과회 노수신에게 준 편지에 다음과 같이 말씀하였다.
"옛날의 군자는 스승처럼 존경하는 벗이 없는 사람이 없었다. 같은
뜻을 가진 사람이 서로 찾고, 함께 공부해 나가는 사람이 서로 이롭게
하였으므로 능히 학문하는 뜻을 이루고 덕을 세웠다. 주자가 장구와
집주를 이룩하는데 있어서는, 한 때의 제자와 친구가 의심되는 점을 들
어 물음을 청하여서 고치는 것이 역시 적지 않았으며, 자기의 사사로운
뜻을 세우지 않고 여러 사람들의 좋은 점을 잘 모았으므로 세상에서 영
원히 말할 수 없을 만큼 잘 논의하여 놓았다. 옛 사람의 참된 견해와 올
바른 도리가 다함이 없었으므로, 공평무사한 마음으로 이로움을 구하
는 뜻도 역시 다함이 없는 것이다. 내 그대에게 기대하고 바라는 것은
이것이다."

> **盧蘇齋曰 "君子疾惡知探湯, 若於差誤, 則告令知改, 不**
> **改然後, 責之, 至其大故, 則在所當絶, 不可不察, 但不**
> **當聲言耳."**
>
> 노소재왈 "군자질악지탐탕, 약어차오, 즉고령지개, 불개연후, 책지, 지
> 기대고, 즉재소당절, 불가불찰, 단부당성언이."

소재 노수신이 말씀하였다.

"군자는 악한 행실을 꺼리기를 끓는 물에 손을 넣는 것처럼 여겨야할 것이다. 만약 잘못되는 일이 있으면 알려서 고쳐야 할 것을 알게 하고, 그래도 고치지 않으면 그런 뒤에 책망하며, 큰 사고를 저지르는 데 이르면 당장에 끊어 버리도록 하여 잘 살피지 않아서는 안 되게 할 것이다. 다만 그의 죄악을 야단스럽게 말하지 말아야 한다."

광경신 廣敬身

- 널리 몸가짐을 삼가함

世宗大王曰 "人之性資緩急, 度量大小, 難於必同, 寬裕有容者, 常得衆心, 威武嚴察者, 常犯衆怒. 得衆心者, 常保於安全, 犯衆怒者, 常及於禍敗, 此理之常也."

세종대왕왈 "인지성자완급, 도량대소, 난어필동, 관유유용자, 상득중심, 위무엄찰자, 상범중노. 득중심자, 상보어안전, 범중노자, 상급어화패, 차이지상야."

세종대왕이 말씀하였다.

"사람의 성질은 느리고 급하고, 도량이 크고 작은 것은 반드시 한 가지가 되기는 어려운 것이다. 그 마음이 너그러워서 남의 잘못을 잘 용서하는 사람은 항상 많은 사람들의 마음을 얻게 되고, 위엄과 힘으로 남의 잘못을 엄밀히 살피는 사람은 항상 많은 사람들의 노여움을 사게 되는 것이다. 남의 마음을 얻는 사람은 항상 자신의 안전을 보전하게 되고, 남의 노여움을 사게 하는 사람은 항상 재화와 실패에 이르게 되는데 이것이 사리의 떳떳한 도리이다."

> 宣祖大王曰 "凡人之立於天地之間, 但當爲我之所當爲, 若夫橫逆之自外至者, 初非所慮, 吉凶禍福, 順受而已."
>
> 선조대왕왈 "범인지립어천지지간, 단당위아지소당위, 약부횡역지자 외지자, 초비소려, 길흉화복, 순수이이."
>
> – 〈見寶鑑(견보감)〉

선조대왕이 이렇게 말씀하였다.

"사람들이 세상에서 살아나가는 데는 다만 자신이 해야 할 도리를 다 해야 할 것이다. 그런데 이치에 어긋나는 일이 밖으로부터 오는 횡포로 말하면 애당초 염려할 바가 아니다. 이런 일을 당하면 길하든 흉하든 복이든 순순히 받아들여야 할 뿐이다."

> 金鶴峰先生, 常謂學者曰 "吾平生得一語, '道吾過者, 是吾師, 談吾美者, 是吾賊,' 以此十四字, 恒自飭勵也. 名先於實, 非身之幸, 苟有諸己, 不患無名, 善必積而後成, 有一善自足, 則是驕其善也, 惡雖少而可懼, 有一惡自怒, 則是長其惡也. 涵養克治之功, 不力而欲一蹴以到者, 學者之通患也, 譬如養苗者, 慇懃培植, 至於成實, 然後, 可供粢盛, 去草朝暮鋤治, 剪除根柢, 然後, 不得

害吾嘉禾, 忘其田而不耘, 與助之長, 而揠苗者, 其心雖
異, 而爲害則一也." 嘗慨然歎曰 "丈夫生世, 未聞大道,
生死於醉夢中者, 可恥之甚者也."

김학봉선생, 상위학자왈 "오평생득일어, '도오과자, 시오사, 담오미자,
시오적,' 이차십사자, 항자칙려야. 명선어실, 비신지행, 구유제기, 불환
무명, 선필적이후성, 유일선자족, 즉시교기선야, 악수소이가구, 유일
악자노, 즉시장기악야. 함양극치지공, 불력이욕일축이도자, 학자지통
환야, 비여양묘자, 은근배식, 지어성실, 연후, 가공자성, 거초조모서치,
전제근저, 연후, 부득해오가화, 망기전이불운, 여조지장, 이알묘자, 기
심수이, 이위해즉일야." 상개연탄왈 "장부생세, 미문대도, 생사어취몽
중자, 가치지심자야."

학봉 김성일 선생이 항상 학생들에게 이렇게 말씀하였다.

"내가 평생을 살아오면서 깨달은 바가 있는데 그것은 바로 '나의 잘
못을 말해주는 사람은 나의 스승이고, 나의 좋은 점을 말해주는 사람은
나의 적이다.'라는 것이다. 나는 이 말을 명심하여 항상 스스로 몸가짐
을 조심하도록 힘쓸 것이다. 나는 이 14자로써 항상 스스로 삼가고 힘
쓸 것이다.

빈 그릇이 더 요란하듯 실제보다 명예가 앞서는 것은 자신을 영광스
럽게 하는 것이 아니다. 진실로 자신을 영광스럽게 하는 것은 자신의
행실에 달려 있는 것이므로 명예가 세상에 드러나지 않는 것을 걱정할
필요는 없다. 반드시 착한 행실을 쌓으면 모든 일이 잘 이루어질 것이
다. 한 가지 착한 일을 하고서 스스로 만족해 한다면 모처럼 애써서 한
착한 일마저 교만한 일이 되고 만다. 그리고 나쁜 일은 비록 작은 것이

라도 해서는 안 된다. 한 가지 나쁜 일을 하고서 스스로 용서한다면 이것은 그 나쁜 행실을 조장하는 것이 된다."

"학식을 넓혀 심성을 닦으며 힘써 차근차근 공부하지 않고 한 번 뛰어서 높은 자리에 오르고자 하는 것이 학생들의 공통적인 폐단이다. 이를 비유하면 농사짓는 사람이 정성껏 땅을 잘 북돋우고 심어서 열매를 맺도록 한 다음에야 풍성한 수확을 마련할 수가 있는 것이다. 싹이 잘 자라도록 잡초를 없애려면 아침저녁으로 호미를 들고 김을 매어야 하고, 잡초의 뿌리를 뽑아 없앤 뒤에야 좋은 싹을 해치지 않게 할 수 있을 것이다. 그 밭의 곡식을 잊고 김을 매어주지 않거나 곡식이 빨리 자라지 않는다고 싹을 뽑아 올려놓는다면 그 곡식이 제대로 자라서 열매를 맺을 수 있겠는가? 그러므로 농부가 김매고 정성껏 잘 북돋우지 않으면서 풍성한 수확을 바라는 것과 학생들이 심성을 닦고 차근차근 공부하지 않으면서 높은 자리에 오르려고 하는 것이 무엇이 다르다고 할 수 있겠는가?"

선생은 일찍이 서글피 탄식하여 말씀하였다.

"사내 대장부가 세상에 태어나 도리를 듣지 못하고, 술에 취하여 꿈속에서 살다가 죽는 자는 심히 부끄러워할 만한 일이다." 라고 하였다.

退陶言行錄曰 "問天地日月之象, 一也, 而四海八方之國, 各異其間, 災變支出, 各以其國之事, 獨現於一方乎? 抑一國有乖, 應現天下乎?" 先生曰 "災變, 固宜其國之事, 應現其國, 然, 他國亦豈不恐懼修省乎? 比如父母怒一子, 而譴責, 他子豈可以己不受責, 而安心乎? 其爲戰恐自守, 一也."

퇴도언행록왈 "문천지일월지상, 일야, 이사해팔방지국, 각이기간, 재변 지출, 각이기국지사, 독현어일방호? 억일국유괴, 응현천하호?" 선생왈 "재변, 고의기국지사, 응현기국, 연, 타국역개불공구수성호? 비여부모 노일자, 이견책, 타자개가이기불수책, 이안심호? 기위전공자수, 일야."

퇴도언행록에 말하였다.

"어떤 사람이 '하늘과 땅과 해와 달의 형상은 한 가지나 온 세상 여러 나라는 각각 다르고, 그 속에서 재앙이 일어나는 것도 그 나라의 사정에 따라서 유독 그 한 지방에만 나타나는 것입니까? 또 한 나라에 어긋나는 일이 생긴다면 당연히 그 현상이 온 세상에도 나타나는 것입니까?' 라고 물으니, 선생은 말하기를

'재앙은 실로 그 나라의 사정에 따라서 당연히 그 나라에 나타나는 것이다. 그러나 그런 일이 생기면 다른 나라도 역시 두려워하고 몸가짐을 잘 닦고 반성하지 않겠는가? 이를 견주어 말하면 부모가 한 아들의 잘못을 노여워하여 꾸짖는다면, 다른 아들이 어찌 자기는 꾸짖음을 받지 않는다고 해서 안심할 수 있겠는가? 그것은 싸움을 두려워하여 스스로 잘 지키는 것과 한 가지다.' 라고 했다."

趙浦渚翼, 嘗曰 "今人, 每言循例, 此言最害事, 國之所謂例者, 非治世之例, 乃衰世之例也, 因而循之, 則衰亂, 何由而振乎? 人之所謂例者, 非爲善之例也, 乃庸陋之例也, 因而循之, 則庸陋, 何由而改乎?"

조포저익, 상왈 "금인, 매언순례, 차언최해사, 국지소위례자, 비치세지예, 내쇠세지예야, 인이순지, 즉쇠란, 하유이진호? 인지소위예자, 비위

선지예야, 내용루지예야, 인이순지, 즉용루, 하유이개호?"

- 〈見同春集(견동춘집)〉

포저 조익이 항상 말씀하였다.

"지금 사람들은 언제나 '준례'*를 따른다고 말하는데, 이 말이 가장 일을 해친다. 오늘날 나라에 이른바 준례라는 것은 치세의 준례가 아니요 바로 쇠퇴한 세상의 준례인데, 이것을 그대로 따른다면 쇠퇴하고 혼란함을 무슨 수로 진작시키겠는가? 사람들의 이른바 준례라는 것은 좋은 준례가 아니요 바로 용렬하고 비루한 준례이니, 이것을 그대로 따른다면 용렬하고 비루함을 어떻게 고치겠는가?"

> 曹南冥先生 謂金東岡宇顒, 鄭寒岡逑曰 "天下第一鐵門關, 是花柳關也, 汝等能透此關否?" 因戲言 "此關, 鎖鑠金石, 汝輩平生所操到此, 想應鎖散, 無餘矣.

조남명선생 위김동강우옹, 정한강구왈 "천하제일철문관, 시화유관야, 여등능투차관부?" 인희언 "차관, 쇄삭금석, 여배평생소조도차, 상응쇄산, 무여의."

남명 조식 선생이 동강 김우옹과 한강 정구에게 일러 말하였다.

"세상에 쇠로 만든 문처럼 제일 굳은 관문은 '화류계'**의 관문이다. 너희들이 이 관문을 잘 통과하는지, 그렇지 못할지? 농담으로 하는 말을 따르면 '이 관문은 쇠나 돌도 녹인다.'라고 하는데, 너희들은 평생 조

---

*준례 : 표준이 될 만한 전례.
**화류계 : 유곽 또는 요릿집·기생집 등이 몰려 있는 지역 및 그곳에서의 생활화는 사람들의 사회.

심할 것은 이 관문에 이르면 마땅히 하나도 남는 것이 없이 녹아버린다는 것을 생각하라는 것이다."라고 하였다.

> **退陶言行錄曰 "談命之事, 亦不可謂無其理也, 但死生禍福, 豫定於冥冥, 先知何用, 且聖賢, 貴理不貴數, 惟理可爲者, 盡力爲之可也. 若徒信數而已, 則禍福之來, 一切委之數, 而無爲善之心矣, 奚可也?"**
>
> 퇴도언행록왈 "담명지사, 역불가위무기리야, 단사생화복, 예정어명명, 선지하용, 차성현, 귀리불귀수, 유리가위자, 진력위지가야. 약도신수이이, 즉화복지래, 일절위지수, 이무위선지심의, 해가야?"

퇴도언행록에 말하였다.

"사람의 운명을 말하는 사주 · 관상 · 점 등이 일리가 없다고는 말할 수 없을 것이다. 다만 죽고 사는 것과 잘되고 못 되는 것이 모두 운명에 달려 있는 것이라면 그것을 미리 안다고 한들 무슨 소용이 있겠는가?

또 옛 성현들도 마땅히 해야 할 일을 귀하게 여겼고, 운명 같은 것은 귀하게 생각하지 않았으므로 오직 마땅히 해야 할 도리를 힘을 다해서 하는 것이 옳을 것이다.

만약 단지 운명만 믿는다면 재화와 행복이 오는 것을 일체 운명에 맡겨 놓고 착한 일을 할 필요마저 느끼지 않을 테니 어떻게 옳다고 할 수 있겠는가?"

> **柳修巖先生衿, 題座右曰 "靜坐終日易, 操存一刻難."**
>
> 유수암선생진, 제좌우왈 "정좌종일역, 조존일각난."

수암 유진 선생은 자리 오른쪽에 다음과 같은 글을 써 붙였다.

"고요히 앉아서 하루 동안을 지내기는 쉽지만, 훌륭한 지조를 가지고 한 시각을 지내기는 어렵다."

農巖金文簡公昌協, 常曰 "書不可不細讀, 理不可不熟講, 處心不可不公平, 作事不可以固必, 應物不可以用智."

농암김문간공창협, 상일 "서불가불세독, 이불가불숙강, 처심불가불공평, 작사불가이고심, 응물불가이용지."

문간공 농암 김창협이 항상 이렇게 말씀하였다.

"책은 자세하게 읽지 않으면 안 되고, 진리는 충분하게 연구하지 않으면 안 된다. 마음가짐은 공평하게 쓰지 않으면 안 되며, 일을 마련하는 데는 굳이 하려고 해서만은 안 되고, 닥쳐오는 일을 대응할 적에는 지혜만 가지고는 안 된다."

鄭塤叟萬陽, 每詔其孫籌臣等, 曰 "鄕黨父兄宗族所在, 汝宜謹之." 常曰 "學者, 當有泥視軒冕, 錙視富貴底志, 始有著脚處, 不然, 百事底下無足觀." 又曰 "爲學, 必以聖人爲期, 若讓第一等, 不肯做, 欲做弟二等, 事是自棄也."

정훈수만양, 매조기손주신등, 왈 "향당부형종족소재, 여의근지." 상왈 "학자, 당유이시헌면, 치시부귀저지, 시유저각처, 불연, 백사저하무족관." 우왈 "위학, 필이성인위기, 약양제일등, 불긍주, 욕주제이등, 사시자기야."

훈수 정만양이 항상 손자인 주신 등에게 말씀하였다.

"고향은 부형과 종족이 살고 계신 곳이니, 너는 마땅히 몸가짐을 삼갈 것이다."

그는 항상 이렇게 말하였다.

"공부하는 사람은 마땅히 높은 벼슬자리를 진흙처럼 보고 부유하고 귀한 것을 작은 저울처럼 보아야만, 그 뜻에 비로소 다리를 붙일 데가 마련될 것이다. 그렇지 않으면 온갖 일이 나쁘게만 되어 족히 보잘 것 없는 사람이 될 것이다."

그는 또 이렇게 말하였다.

"공부하는 사람은 반드시 성스러운 사람이 되는 것을 다짐하여야 할 것이다. 만약 일등을 사양하여 공부하기를 즐기지 아니하고, 이등을 하려고 할 것 같으면 공부하는 일은 곧 스스로 버리는 것이 되고 말 것이다."

　　盧敬菴景任曰"人雖慢我, 我能容而答之, 則慢者恭, 人雖薄我, 我能容而待之, 則薄者厚, 人雖怒我, 我能容忍愼言, 則人必服."其死生說曰"氣息雖存, 積惡於身, 人皆賤惡, 則犬豕之不若, 何生之有? 氣息雖絶, 積德於身, 人皆尊信, 則萬世而不泯, 何死之有?"其言人過說曰"假令人有過, 猶當掩而不揚, 況無過而構捏詆毁乎? 此雖人面, 何異於豺虎蛇蝎? 被其構捏者, 曾不足爲捐益, 而渠已自陷於凶險, 噫! 孰得孰失焉?"又曰"擇好樣語言之, 尙恨歲月之不足, 何必擧此不祥說話, 掛諸齒牙間?"

노경암경임왈 "인수만아, 아능용이답지, 즉만자공, 인수박아, 아능용
이대지, 즉박자후, 인수노아, 아능용인신언, 즉인필복." 기사생설왈 "기
식수존, 적악어신, 인개천오, 즉견시지불약, 하생지유? 기식수절, 적덕
어신, 인개존신, 즉만세이불민, 하사지유?" 기언인과설왈 "가령인유과,
유당엄이불양, 황무과이구날저훼호? 차수인면, 하이어시호사갈? 피기
구날자, 증불족위연익, 이거이자함어흉험, 희! 숙득숙실언?" 우왈 "택
호양어언지, 상한세월지부족, 하필거차불상설화, 패제치아간?"

경암 노경임이 이렇게 말하였다.

"남이 비록 나에게 거만하게 굴더라도 내가 너그럽게 대접하면 거만
하던 사람도 공손해지고, 남이 비록 나를 박대하더라도 내가 너그럽고
인정 많게 대접하면 박한 사람도 후해지며, 남이 비록 나에게 화내더라
도 내가 너그럽게 받아들여 참고 조심한다면 그 사람도 반드시 감복할
것이다."

그는 또한 죽고 사는 인생관에 대하여 다음과 같이 말하였다.

"숨이 비록 붙어 있다고 하더라도 몸에 나쁜 행실이 쌓여 있으면 사
람들이 모두 천시하고 미워하며 개·돼지만도 못하게 여길 것이니, 어
찌 살아 있다고 할 수 있겠는가?

또 숨이 비록 끊어져 있다고 하더라도 몸에 착한 일이 쌓여 있으면
사람들이 모두 존경하고 신임하여 그 이름이 빛날 것이니, 어찌 죽었다
고 할 수 있겠는가?"

남의 잘못을 말하는 것을 경계한 글에 말하였다.

"가령 사람들이 잘못을 저지르더라도 도의상 덮어주고 드러내지 말
아야 할 것인데, 하물며 없는 잘못을 날조하여 비방하고 헐뜯는 다면,
이는 비록 외모는 사람의 얼굴을 갖고 있더라도 그 마음은 늑대와 호랑

이, 뱀과 전갈과 무엇이 다르겠는가? 모함을 당하는 자는 일찍이 그 때문에 조금도 잘못되는 것이 없고, 모함하는 자신만 스스로 흉하고 잘못에 빠지니, 아! 슬프다. 누가 얻고 누가 잃은 것인가?"

또 말하였다.

"좋은 말만 가려서 말하더라도 세월이 부족한 것을 한탄하는데, 하필 좋지 않은 말을 들어서 입에 담겠는가?"

> 金霽山聖鐸, 立春書門楣曰 "學當日新, 行當日競, 至於
> 富貴, 以俟天命."

김제산성탁, 입춘서문미왈 "학당일신, 행당일경, 지어부귀, 이사천명."

제산 김성탁이 입춘에 문기둥에 써 붙였는데, 이렇게 말하였다.

"학습은 마땅히 날로 새로워야 하고, 행실은 마땅히 날로 좋은 방향으로 나가야 하며, 더구나 부귀에 이르러서는 천명을 기다려야 할 것이다."

> 金沖菴曰 "名不與謗期, 而謗隨之, 利不與爭期, 而爭
> 及之, 富不與怨期, 而怨逮之, 是以, 君子必愼於求當
> 貴利綠."

김충암왈 "명불여방기, 이방수지, 이불여쟁기, 이쟁급지, 부불여원기,
이원체지, 시이, 군자필신어구당귀이록."

– 〈見沖菴集(견충암집)〉

충암 김정이 말씀하였다.

"명예는 비방과 만나기를 약속하지 않아도 명예가 있으면 비방이 따라오고, 이익은 다툼과 만나기를 약속하지 않아도 이익이 있으면 다툼이 이르고, 부유함은 원망과 만나기를 약속하지 않아도 부유하면 원망이 이른다. 이 때문에 군자는 반드시 부귀와 이득을 구하는 데 삼가야 할 것이다."

李栗谷先生曰 "爲善而近名, 亦利心也, 君子視之, 甚於穿窬, 況爲不善而征利乎?"

이율곡선생왈 "위선이근명, 역이심야, 군자시지, 심어첨유, 황위불선이정리호?"

이율곡 선생이 말씀하였다.

"착한 일을 하면서 명예를 가까이 하는 것도 이 또한 이익을 생각하는 마음이니, 군자는 이것을 보기를 담을 뚫고 넘어가 도둑질하는 것보다도 심하게 여긴다. 하물며 착하지 않은 일을 하고서 이익을 취하려는 따위야 더 말해 무엇하랴?"

退溪先生曰 "觀古之士, 其窮愈甚, 其志益勵, 其節益奇, 若困一苦, 拂而遽喪其所守, 則不可謂之士矣."

퇴계선생왈 "관고지사, 기궁유심, 기지익려, 기절익기, 약곤일고, 불이거상기소수, 즉불가위지사의."

퇴계선생이 말씀하였다.

"옛날의 선비를 보면 그 생활이 몹시 궁핍하더라도 그 뜻을 더욱 가

다듬고, 그 절개를 더욱 기특하게 지녔다. 그런데 만약 한 번 괴로움을 떨어 버리는 데 따라 그 지켜 온 도리를 잃어 버린다면 선비라고 말할 수는 없을 것이다."

貧窮士之常事, 赤何介意, 但當壁忍, 而順處自修, 以待天可也.

빈궁사지상사, 적하개의, 단상벽인, 이순처자수, 이대천가야.

－〈見言行錄(견언행록)〉

"아주 가난하고 궁핍한 선비의 떳떳한 일은 역시 무엇에 뜻을 쏟겠는가? 다만 굳게 참고 스스로 몸가짐을 닦으면서 하늘이 준 타고난 분수를 기다려야 옳을 것이다."

柳西厓先生曰 "中庸, 所謂素貧賤, 行乎貧賤, 無入而不自得, 使吾胸中, 常存此意思, 則亦一服淸凉散也."

유서애선생왈 "중용, 소위소빈천, 행호빈천, 무입이불자득, 사오흉중, 상존차의사, 즉역일복청량산야."

유서애 선생이 말씀하였다.

"중용에 이른바 '군자는 가난하고 천한 처지를 당하면 가난하고 천한 몸가짐을 행하여 어떠한 경우에 들어가더라도 자연 뜻대로 안 되는 것이 없다.'고 하였는데, 내 가슴 속에 항상 이러한 생각을 두면 또한 청량산*을 한번 먹는 것이 된다."

＊청량산 : 정신을 깨끗하게 만들어 주는 약.

退溪先生曰 "人有應接, 最易失於虛妄者, 惟言語爲然. 故, 聖人敎人, 以信爲言語之則, 信之與誠, 一理也, 故, 存誠, 當自不妄語始."

퇴계선생왈 "인유응접, 최역실어허망자, 유언어위연. 고, 성인교인, 이 신위언어지즉, 신지여성, 일리야, 고, 존성, 당자불망어시."

퇴계 선생이 말씀하였다.

"사람이 남과 만나는 데 있어서 가장 잘못되기 쉬운 것은 허망한 행동에서 실수하는 것인데, 생각하면 말로 인한 실수가 그러하다. 그러므로 성인이 사람을 가르칠 때 믿음을 말하는 것을 법칙으로 삼았으니, 믿는 것과 정성은 한 가지 도리이다. 그러므로 정성스러운 마음을 지니면 스스로 망령된 말로 인한 잘못은 시작되지 않을 것이다."

程子曰 "人當於有過中, 求無過, 不當於無過中求有過." 世之好議論喜攻發, 不樂成人之美者, 曉曉不已. 滉每 欲掩耳, 而不聞."

정자왈 "인당어유과중, 구무과, 부당어무과중구유과." 세지호의론희 공발, 불락성인지미자, 효효불이, 황매욕엄이, 이불문."

— 〈見退溪集(견퇴계집)〉

정명도가 말씀하였다.

'사람이 마땅히 허물이 있는 것을 덮어주고 허물이 없게 하여야 할 것이요, 허물이 없는 것을 찾아내어 허물이 있게 해서는 안 된다.' 하셨으니, 세상에 남을 비판하기를 좋아하고 잘못을 공격하거나 들춰내기 좋아하여 남의 아름다운 명성을 이루어주기를 좋아하지 않는 자들이 시끄럽게 떠들고 그치지 않거든 나는 언제나 귀를 막고 듣지 않고자 하노라."

柳眉巖希春曰 "程伯子有言, 理勝則事明, 氣拂則招咈."
凡言語之溫厚明辨者, 易感人, 觸犯激訏者, 反爲累, 可
不戒哉?"

유미암희춘왈 "정백자유언, 이승즉사명, 기불즉초불." 범언어지온후
명변자, 역감인, 촉범격알자, 반위루, 가불계재?"

– 〈見五峰集(견오봉집)〉

미암 유희춘이 이렇게 말씀하였다.

"정백자*가 말씀하기를 '이론으로 따지면 사리가 분명해지고, 기운으로 억누르면 어긋나게 된다.'는 말이 있듯이 말을 온화하고 분명하게 하는 사람은 남의 마음을 감동시키기 쉽지만, 남과 충돌하고 남의 나쁜 점을 드러내는 사람은 도리어 잘못되는 일을 만들어 빗나가게 하니, 조심해야 한다."

記言曰 "恥過莫如戒心, 守口莫如愼黙, 愼黙者寡言, 寡
言則戒專, 戒專則寡過."

기언왈 "치과막여계심, 수구막여신묵, 신묵자과언, 과언즉계전, 계전
즉과과."

---

*정백자 : 중국 송나라의 학자.

미수 허목의 기언이란 책에서 다음과 같이 말하였다.

"잘못된 일을 저지른 후 부끄러워하기보다는 마음을 경계하는 것이 낫고, 비밀을 지키는 것보다는 말을 조심하여 조용히 생각에 잠기는 것이 낫다.

조용히 생각에 잠기면 말을 조심하여 말을 적게 하게 되고, 말을 적게 하면 마음을 철저하게 경계할 수 있으며, 마음을 철저하게 경계하면 잘못하는 일이 적어진다."

安月牕應世 "非義之食, 未嘗一接於口, 曰 不義之財, 止於補家, 其醜猶可說也? 不義之食, 止於補五臟, 父母遺體, 尤不可慢也, 薦新之前, 蔬果之屬, 未嘗入口."

안월창응세 "비의지식, 미상일접어구, 왈 불의지재, 지어보가, 기추유가설야? 불의지식, 지어보오장, 부모유체, 우불가만야, 천신지전, 소과지속, 미상입구."

- 〈見秋江冷話(견추강냉화)〉

월창 안응세는 의롭지 않은 음식을 한 번도 입에 대지 않았는데, 그는 이렇게 말씀하였다. "의롭지 않은 재물은 다만 자기집 가산을 보탬에 그치니 그 추악함을 오히려 말할 수 있지만, 의롭지 않은 음식은 자신의 오장을 보호하게 되고, 부모님께서 남겨주신 몸을 더더욱 소홀히 해서는 안 된다. 라고 하였으며, 새로운 음식은 조상에 올리기 전에는 채소와 과일 따위를 입에 넣어서는 안 된다."

鄭愚伏先生, 誡人書曰 "酒乃殺人之酖毒, 今幸因病止

酒, 此是保養精神, 安享壽考之徵, 千萬痛絶, 如麴蘗杯
樽等物, 一切不留家中, 如破釜甑燒廬舍, 濟河焚舟底
勇決, 不然, 恐或駸駸爲嗜慾所牽, 一到口頭, 忍不得舊
滋味, 千萬戒之."

정우복선생, 계인서왈 "주내살인지탐독, 금해인병지주, 차시보양정신,
안향수고지징, 천만통절, 여국얼배준등물, 일절불유가중, 여파부증소
려사, 제하분주저용결, 불연, 공혹침침위기욕소견, 일도구두, 인불득
구자미, 천만계지."

우복 정경세 선생이 남을 경계한 편지에 다음과 같이 말씀하였다.
"술은 바로 사람을 죽이는 독약인데 지금 다행히 병 때문에 술을 끊
었으니, 이는 정신을 보양하고 수명을 편안히 누릴 수 있는 좋은 징조
이다. 천만번 철저히 술을 끊어 누룩과 술잔·술독 같은 물건을 일체
집안에 남겨 두지 말아야 한다. 마치 옛날 항우가 결사대를 이끌고서
가마솥과 시루를 깨뜨리고 여막에 불을 지르고 황하를 건넌 다음 배를
불태운 것처럼 용기 있게 결단하라. 그렇지 않을 경우, 혹 점점 즐기는
욕심에 끌려서 한 번 술을 입에 대면 옛 맛을 참지 못할까 두려우니, 천
만번 경계하라."

擊蒙要訣曰 "君子憂道, 不當憂貧, 但家貧, 無以資生,
則雖當思救窮之策, 亦只可免飢寒而已, 不可存居積豊足
之念, 且不可以世間鄙事, 留滯于心胸之間. 古之隱者,
有織屨而食者, 漁樵而活者, 植杖而耘者, 此等人, 富貴
不能動其心, 故, 能安於此. 若有計較利害, 豊約之念,

則豈不爲心術之害哉? 學者須以輕富貴, 守貧賤爲心."

격몽요결왈 "군자우도, 부당우빈, 단가빈, 무이자생, 즉수당사구궁지
책, 역지가면기한이이, 불가존거적풍족지념, 차불가이세간비사, 유체
우심흉지간. 고지은자, 유직구이식자, 어초이활자, 식장이운자, 차등
인, 부귀불능동기심, 고, 능안어차. 약유계교이해, 풍약지념, 즉개불위
심술지해재? 학자수이경부귀, 수빈천위심."

격몽요결에 말하였다.

"군자는 옳은 도리를 다하지 못할까 근심할 것이지 집안이 가난한 것
을 근심하는 것은 마땅하지 않은 것이다. 다만 집이 가난하여 잘 살아
갈 수 없는 형편이면 비록 궁핍함을 구하는 대책을 생각한다고 하더라
도, 다만 굶주림과 추위를 면하면 그만이라고 여겨야지, 풍족하게 쌓아
두고서 살 생각을 하는 것은 옳지 않은 것이다. 또한 세상의 비루한 일
을 마음 속에 간직해 두어서는 안 된다. 옛날에 세상을 피하여 사는 사
람은 짚을 삼아서 밥을 구해 먹으며 살기도 하고, 고기를 잡거나 나무
를 해서 먹고 살기도 하며, 지팡이를 꽂아 놓고서 김을 매주며 사는 사
람도 있었다. 이런 사람은 부귀가 능히 그 마음을 움직일 수 없는 까닭
으로 능히 이런 생활에 편안할 수 있었다. 만약 이로운가 해로운가를
비교하거나, 풍성한가 풍성하지 못한가를 헤아리는 생각이 있을 것 같
으면 어찌 마음에 해롭다고 하지 않겠는가? 모름지기 부귀를 가볍게
여기고 빈천을 지킬 수 있는 것을 명심할 것이다."

"衣服, 不可華侈, 禦寒而已, 飮食, 不可甘美, 救飢而
已, 居處, 不可安泰, 不病而已. 惟是學問之功, 心術之

正, 威儀之則, 則日勉勉, 而不可自足也."

"의복, 불가화치, 어한이이, 음식, 불가감미, 구기이이, 거처, 불가안
태, 불병이이. 유시학문지공, 심술지정, 위의지즉, 즉일면면, 이불가자
족야."

"의복은 화려하고 사치하게 할 것이 아니라 추위를 막으면 족한 것이
요, 음식은 맛있고 기름진 것을 먹을 것이 아니라, 굶주림을 구하면 만
족할 따름이며, 거처하는 곳은 편안하게 지낼 것이 아니라, 병들지 않
으면 만족할 따름이다. 다만 공부하는 공력과 마음의 바로잡음과 몸가
짐의 법도만은 날로 힘쓰며 스스로 만족해서는 안 되는 것이다."

善行

선행

善行 선행

선현들의 훌륭한 행실을 기록하였다.

이 책에는 태평성대에 어진 분들이 행한 착한 행실을 기록하여 가르치는 근본을 세우고 인륜을 밝히고, 몸가짐을 삼가는 데 충실하도록 하였다.

畢齋父江湖公, 爲星州敎授, 先生往省焉, 與諸子, 入禮夫子廟, 見五聖十哲, 皆塑以土, 歲月旣遠, 或目盲而指缺, 或冠倒而笏墜, 黯黲如入古寺, 見千歲偶人. 先生愕然, 不敢指視, 以爲大聖大賢, 如有靈, 其肯依此, 而受享乎? 於是, 咎始作者無稽, 遂作賦責諸子, 俾改以栗主, 朝廷聞, 而陳啓改造位版. 時, 先生年二十四.

점필제부강호공, 위성주교수, 선생왕성언, 여제자, 입예부자묘, 견오

성십철, 개소이토, 세월기원, 혹목맹이지결, 혹관도이홀추, 암참여입
고사, 견천세우인. 선생악연, 불감지시, 이위대성대현, 여유령, 기긍의
차, 이수향호? 어시, 구시작자무계, 수작부귀제자, 비개이율주, 조정
문, 이진계개조위판. 시, 선생년이십사.

점필재 김종직의 아버지인 강호공 김숙자가 성주'교수'*가 되었을 때
의 일이다. 선생이 아버님을 찾아 뵈러 갔다가 아랫 사람들과 함께 '부
자묘'**로 들어가서 뵈었는데, 여기 모신 오성십철을 보니 그것은 다 흙
으로 만든 소상으로, 이미 오랜 세월이 흐른 탓인지 눈이 멀고, 손가락
이 끊어지기도 하고, 관이 쓰러지고, 홀이 떨어지기도 하고, 새까맣게
퇴색되어 마치 낡은 옛 절에 들어와서 천년이 지난 소상을 보는 것과도
같았다. 선생은 크게 놀라서 눈여겨 보지도 못하고, 속으로 대성대현이
만약 넋이 있으면 이런 처지에 만족하며 제사 흠향을 받을까? 하고 생
각하였다. 그래서 이것을 처음 만든 사람이 앞 일을 생각하지 않은 점
을 나무라고, 드디어는 글을 지어 아랫 사람들에게 주어 신주를 다시
만들어 모시게 하고, 이런 사실을 조정에 알려, 위판을 다시 만들게 하
였다. 이 때 그의 나이가 24세였다.

**許文敬公稠, 治家嚴, 而有法, 教子弟, 皆用小學之禮,
毫忽細行, 皆謹, 爲一代士夫家模楷.**

허문경공조, 치가엄, 이유법, 교자제, 개용소학지예, 호홀세행, 개근,
위일대사부가모해.

- 〈見慵齋叢話(견용재총화)〉

＊교수 : 조선 때, 종6품 벼슬.
＊＊부자묘 : 공자의 유패를 모신 사당.

문경공 허조는 집안을 다스리는 가풍이 엄격하고 법도가 서 있었는데, 그 자제를 가르치는 데 있어서는 소학에 실린 예절을 잘 지키게 하여, 사소한 행실도 다 삼가하게 하였으므로, 그 당시 선비들의 가정 생활에 한 모범이 되었다.

姜戴敏公碩德, 嘗教誡其子希顔 希孟曰 "人之富貴榮達, 在天, 非求之可, 得所自盡者, 孝悌忠信禮義廉恥而已, 有愧於是, 餘不足觀也." 及二子登第, 請開榮親宴, 公不許曰 "榮非吾好, 榮則必有辱." 二子皆以文學顯, 清謹自持.

강대민공석덕, 상교계기자희안 희맹왈 "인지부귀영달, 재천, 비구지가, 득소자진자, 효제충신예의염치이이, 유괴어시, 여부족관야." 급이자등제, 청개영친연, 공불허왈 "영비오호, 영즉필유욕," 이자개이문학현, 청근자지.

- 〈見名臣錄(견명신록)〉

대민공 강석덕이 일찍이 아들 희안과 희맹을 훈계하여 말하였다.

"사람의 부귀와 영달은 타고난 분수에 달려 있는 것이지 구한다고 얻게 되는 것은 아니고, 스스로 힘쓸 것은 효도와 공경과 충성과 신의와 예절과 의리와 청렴과 수치뿐이다. 이것이 부끄러워할 것이지, 그 밖에 것은 볼 것이 못 되는 것이다."

그 뒤 두 아들이 다 과거에 급제하여 어버이를 영화롭게 하는 잔치를 베풀 것을 청하니, 공은 이를 허락하지 않으면서 말하였다.

"영화는 내가 좋아하는 것이 아니다. 영화로우면 반드시 욕이 따르는 것이다."

그 후 두 아들이 모두 문학으로 이름을 날렸으나 항상 청렴하고 근신하여 스스로 지조를 지켰다.

> 鄭八溪君宗榮, 教子弟甚嚴, 導以禮義, 非講學稟事, 不敢輒告以私語, 常誡其子弟曰 "吾未嘗求自便, 貽害於人, 汝輩生長富貴, 不知飢寒, 若不能謹飭. 而反生驕侈, 則殃禍必矣, 須戒之."
>
> 정팔계군종영, 교자제심엄, 도이예의, 비강학품사, 불감첩고이사어, 상계기자제왈 "오미상구자편, 이해어인, 여배생장부귀, 불지기한, 약불능근칙. 이반생교치, 즉앙화필의, 수계지."
>
> – 〈見聽天堂集(견청천당집)〉

팔계군 정종영은 그 자제들을 매우 엄격하게 가르쳤고, 항상 예의에 어긋나는 행동을 하지 못하게 하였다. 그래서 학문에 대한 것을 묻는 일이 아니면 감히 급하게 말을 아뢰지 못했고, 더더욱 사사로운 이야기는 꺼내지도 못했다.

그는 항상 자제들을 다음과 같이 훈계하였다.

"나는 지금까지 내 자신이 편하기 위해서 남에게 해를 끼친 적이 없었다. 너희들은 부유하고 귀한 집안에서 성장하여 굶주림과 추위를 알지 못한다. 만약 몸가짐을 조심하지 않고 도리어 교만하고 사치스러운 마음이 생긴다면 반드시 얼마 안 가서 재앙을 당할 것이니, 부디 조심해야 한다."

禹經歷彦謙, 敎子弟以倫理爲先, 平居凡灑掃應對, 必
令子弟爲之, 或疑其妨學業, 公曰 "此固其職也. 苟不知
此, 讀書何爲?" 子性傳, 以文行聞.

우경력언겸, 교자제이윤리위선, 평거범쇄소응대, 필령자제위지, 혹의
기방학업, 공왈 "차고기직야. 구불지차, 독서하위?" 자성전, 이문행문.

– 〈見西厓集(견서애집)〉

경력 우언겸은 자제들을 가르칠 때는 윤리를 최우선으로 하고, 평소
의 생활을 통하여 무릇 가정 안팎을 깨끗이 청소하며 손님을 응접하는
일은 반드시 자제들로 하여금 하게 하였는데 그것이 학업에 방해가 된
다고 생각하면 공은 이렇게 말 하였다.

"이런 일을 하는 것은 진실로 너희들의 직책이다. 실로 이 뜻을 알지
못하면 책을 읽어서 무엇 하겠는가?"

그 아들 성전은 뒤에 문장과 행실로 세상에 이름이 알려졌다.

芝峰李文簡公晬光夫人金氏, 訓子女以嚴, 隨事警飭, 不
令惰慢, 居常雖慈愛, 有小過, 必加峻責曰 "常見夫人知
愛, 而不知敎. 以成其子之惡者, 多矣, 吾不取也."

지봉이문간공수광부인김씨, 훈자녀이엄, 수사경칙, 불령타만, 거상수
자애, 유소과, 필가준책왈 "상견부인지애, 이불지교. 이성기자지악자,
다의, 오불취야."

– 〈見芝峰集(견지봉집)〉

문간공 지봉 이수광의 부인 김씨는 자녀들을 매우 엄격하게 가르쳤

다. 일에 따라서 주위를 주기도 하고 또한 훈계도 하면서 조금도 게으름을 피우지 못하게 하였다.

부인은 평소 자식들을 사랑하였으나 작은 잘못이라도 있을 때에는 반드시 준엄하게 꾸짖었다.

"내가 항상 보면, 어머니들이 자식을 사랑할 줄만 알고, 가르칠 줄을 몰라서 그 자식의 나쁜 행실을 키워주는 경우가 많다. 그러나 나는 그렇게 하지 않을 것이다."라고 하였다.

> 許遯溪, 每對學者, 極言近世爲學之弊, 不越乎言貌動
> 作之末, 而求其心, 則一出干名要譽之私, 終不入大公
> 至正之道, 眷眷以淑人心扶世敎爲心.
>
> 허돈계, 매대학자, 극언근세위학지폐, 부월호언모동작지말, 이구기심,
> 즉일출간명요예지사, 종불입대공지정지도, 권권이숙인심부세교위심.
> - 〈見記言(견기언)〉

돈계 허후는 학자를 대할 때마다 요즘 세상에 공부하는 사람들의 폐단을 심하게 말하였는데, 그 내용은 그들의 말과 행동이 근본 문제에서 벗어나 말단적인 부분을 건드리는 데 지나지 못하고, 그 마음가짐을 구하는 것이 한 번 큰 명예를 구하는 사사로운 데 나타내니, 이렇게 된다면 마침내는 그 처신이 공명정대한 도리에 들어가지 못할 것이므로, 사람들의 마음을 맑게 하고, 사회의 올바른 가르침을 돕는 것을 마음에 명심해야 될 것이라고 하였다.

> 金健齋, 年十六, 愓然自悟曰 "吾聞李一齋, 以道學訓後

學, 吾當往從之." 祖母愍其遠離, 謂之曰 "此地. 豈無爲
汝師也?" 曰 "經師易, 人師難, 吾所以捨近而就遠也." 旣
至, 一齋嘉其立志剛實, 獎勉特加焉.

김건재, 년십육, 상연자오왈 "오문이일재, 이도학훈후학, 오당왕종지."
조모민기원이, 위지왈 "차지. 개무위여사야?" 왈 "경사역, 인사난, 오소
이사근이취원야." 기지, 일재가기입지강실, 장면특가언.

- 〈見睡隱錄(견수은록)〉

건재 김천일은 그의 나이 16세 때 몸가짐을 삼가 스스로 사리를 깨닫
고 말하였다.

"내 들으니 이일재는 도학을 제자들에게 가르친다고 하니, 내 마땅히
가서 그 뜻을 따라 공부하겠다."

그런데 그의 할머니는 그가 멀리 떨어지는 것을 가엾게 여겨 만류하
며 말하였다.

"이 곳엔들 어찌 너의 스승이 될 만한 사람이 없겠느냐?"

그는 이렇게 말하였다.

"경서를 가르치는 스승을 만나기는 쉬우나 사람을 가르치는 스승을
만나기는 어렵다고 여겨집니다. 내가 가까운 데를 버리고 먼 곳으로
가려는 까닭은 바로 이것입니다."

그가 이르자, 이일재는 그의 뜻을 가상히 여기고, 굳건하고 진실하게
가르쳐 올바른 길로 인도하며 남보다도 더 보살펴 주었다.

李一齋恒, 星山人. 早擧武業, 年至三十, 瞿然警飭, 立
謝其黨, 乃折節, 讀大學, 晨夜不輟, 偶見白鹿洞規, 悅

若有省, 慨然曰 "幾失此生." 於是, 發憤激勵, 入道峰
山, 收心危坐, 必體認心得, 而後已.

이일재항, 성산인. 조거무업, 연지삼십, 구연경칙, 입사기당, 내절절,
독대학, 신야불철, 우견백록동규, 황약유성, 개연왈 "기실차생." 어시,
발분격려, 입도봉산, 수심위좌, 필체인심득, 이후이.

일재 이항은 성산사람이다. 그는 일찍이 무과 공부를 하였는데, 나이
30세에 이르러 크게 깨닫고 당장 그 친구들과 헤어진 다음, 곧 뜻을 굽
히고 대학을 읽고 또 밤낮을 쉬지 아니하고 공부하였는데 우연히 '백록
동규'*를 읽어 보고 당황하여 깨닫고 감격하여 말하였다.
"나는 거의 내 일생을 망칠 뻔 하였구나."
그리고 분발하고 힘써 도봉산으로 들어가 마음을 가다듬고 무릎 꿇
고 앉아 반드시 체득하고 마음속으로 터득한 뒤에야 그만두었다.

徐花潭, 家貧, 兒時, 父母使採蔬田間, 每日必遲, 蔬不
盈筐. 父母怪而問其故, 對曰 "採蔬時, 有鳥飛, 今日去
地一寸, 明日去地二寸, 又明日去地三寸, 漸次向上而
飛, 觀此鳥, 竊思其理而不能得, 是以每致遲滯, 蔬不盈
筐也." 蓋其鳥, 俗名從從, 鳥之當春, 地氣上升, 隨其
氣所至, 高下而飛焉. 花潭窮理之功, 奇哉.

서화담, 가빈, 아시, 부모사채소전간, 매일필지, 소불영광. 부모괴이문
기고, 대왈 "채소시, 유조비, 금일거지일촌, 명일거지이촌, 우명일거지

---

*백록동규 : 도학의 윤리적인 실천 규범을 적은 책.

삼춘, 점차향상이비, 관차조, 절사기리이불능득, 시이매치지체, 소불
영광야." 개기조, 속명종종, 조지당춘, 지기상승, 수기기소지, 고하이
비언. 화담궁리지공, 기재.

－〈見國朝彙語(건국조휘어)〉

화담 서경덕은 집이 매우 가난하였다. 어렸을 때에 부모가 밭에 나
가 나물을 캐오게 하였다. 그러나 그는 매일 늦게 들어오면서 나물도
광주리에 채워오지 않았다. 그의 부모는 이상하게 생각하여 그 이유를
물었다.

"너는 어떻게 매일 늦게 들어오면서 나물은 광주리에 채워오지 않는
것이냐?"

라고 묻자, 서경덕이 대답하였다.

"나물을 뜯으면서 보니까 어떤 새 한 마리가 하늘로 날아오르려고 무
척 애를 쓰고 있었습니다. 오늘은 땅에서 한 치쯤 날아오르고, 다음날
은 두 치쯤 날아오르더니, 또 그 다음날은 세 치쯤 날아올라 점점 높은
하늘을 향해 날아갔습니다.

제가 그 새를 보면서 '어떻게 날 수 있는 것일까?' 하고 그 이치를 마
음속으로 생각해 보았지만 알 수가 없었습니다. 그래서 이것을 연구하
느라 언제나 늦게 들어오고 나물도 광주리에 채우지 못한 것입니다."

이 새를 세상에서는 종달새라고 부르는데, 봄이 되어 땅의 더운 기류
가 올라오면 그 기류를 따라서 하늘에 높게 혹은 낮게 날아 오르내리는
것이었다. 서경덕은 사물의 이치를 연구하는 태도가 어릴 때부터 이렇
게 기특하였다.

李正厚基, 全義人, 清江濟臣之孫, 而吏曹參判行進, 副
提學行遇之大人也. 兩人俱顯于朝, 而管束無異奴隷, 常
時禁近盃酒. 一日, 某宰佩壺來副提學家, 與之飮, 正聞
之, 使奴招副提學, 至則捽髮而入, 將杖臀, 某宰欲乞寢,
踵副學而至, 閽入告某宰乘軺至門矣, 正大聲曰 "吾子違
吾言, 故, 杖之, 某宰獨無父乎?" 某宰大駭, 不敢入, 從
外還去. 先輩之嚴束子弟, 如此.

이정후기, 전의인, 청강제신지손, 이이조참판행진, 부제학행우지대인
야. 양인구현우조, 이관속무이노예, 상시금근배주. 일일, 모재패호내
부제학가, 여지음, 정문지, 사노초부제학, 지즉졸발이입, 장장둔, 모재
욕걸침, 종부학이지, 혼입고모재승초지문의, 정대성왈 "오자위오언,
고, 장지, 모재독무부호?" 모재대해, 불감입, 종외환거. 선배지엄속자
제, 여차.

- 〈見公私聞見錄(견공사문견록)〉

이후기는 전의 사람이다. 청강 제신의 손자이며, 이조참판 행진과 부
재학 행우의 아버지이다. 행진과 행우 두 사람은 함께 조정에 벼슬하
여 출세하였으나, 공은 자제들을 단속하기를 노비와 다름없이 하고 항
상 술을 가까이 하는 것을 금하였다. 그런데 하루는 어느 재상이 술병
을 차고 부제학의 집에 와서 함께 술을 마셨는데, 공이 이 말을 듣고 종
들로 하여금 부제학인 아들 행우를 불러오게 하여, 머리채를 잡고 들어
가서 볼기를 치려 하였다. 함께 술을 마셨던 재상이 만류하려고 부재
학을 따라가니, 문지기가 들어가

"아무 재상께서 수레를 타고 문 앞에 이르렀습니다."

라고 아뢰었다. 이에 공은 큰소리로

"내 자식이 내 명령을 어겼기 때문에 곤장을 치는 것인데 아무 재상은 아버지도 없단 말인가?"

하니, 그 재상은 크게 놀라 감히 들어가지 못하고 밖에 있다가 그대로 돌아가고 말았다. 옛 선배들이 자제들을 엄격히 단속함이 이와 같았다.

> **任貞憲公權, 嘗語子弟曰 "吾豈有過人哉? 但獨處無自欺, 對人無諱事而已."**
>
> 임정헌공권, 상어자제왈 "오개유과인재? 단독처무자기, 대인무휘사이이."
>
> — 〈見名臣錄(견명신록)〉

정헌공 임권은 일찍이 자제들에게 다음과 같이 말씀하였다.

"내 어찌 남보다 뛰어난 점이 있겠는가? 다만 홀로 거처할 때에 스스로 속임이 없고, 남을 대할 때에 숨기는 일이 없을 뿐이다."

> **黃翼成公喜, 沈深有度, 喜怒未嘗一見於面, 居家淸儉, 身爲首相, 蕭然一書生, 所幸侍婢, 與小奴戲狎, 公見之輒笑. 室外霜桃爛熟, 隣兒爭來摘之, 公緩聲曰 "勿盡摘, 吾亦欲嘗之." 少焉出視, 一樹之實, 已盡矣.**
>
> 황익성공희, 침심유도, 희노미상일견어면, 거가청검, 신위수상, 소연일서생, 소행시비, 여소노희압, 공견지첩소. 실외상도란숙, 인아쟁래적지, 공완성왈 "물진적, 오적욕상지." 소언출시, 일수지실, 이진의.
>
> — 〈見慵齋叢話(견용재총화)〉

익성공 황희는 항상 침착하고 도량이 깊어서 기쁜 표정이나 성난 표정을 한 번도 얼굴에 드러낸 적이 없었다.

그가 평소 집안에 있을 때는 청렴하고 검소한 생활을 하였고, 영의정이 되어서도 가난한 시골 선비의 집과 다를 바가 없었다.

자기가 부리고 있는 노비들을 대할 때에도 항상 사랑하는 마음으로 대하였고, 평소에 여자 노비가 어린 남자 노비에게 너무 지나친 장난을 해도 그는 그저 빙그레 웃기만 할 뿐이다.

또한 집 밖에 있는 복숭아나무에 복숭아가 빨갛게 익어서 이웃집 철부지 아이들이 다투어 와 마구 따먹어도, 그는 부드러운 목소리로 이렇게 말할 뿐이었다.

"얘들아, 다 따먹지 말아라. 나도 맛을 좀 보자."

그리고 잠시 후에 나가 보니 복숭아 나무에는 복숭아가 한 개도 남아 있지 않았다.

尚成安公, 常時出入, 不敢當路, 以避輦跡, 雖居深室, 旋便必避日月, 不喜聞人過, 聞之, 必先探其心, 求其可怨之道, 又求其長處, 聞人之善, 必揚譽不已. 或有偸盜者, 必反憐之曰 "迫於飢寒, 不得已也." 還給其贓, 曰 "汝若飢寒, 須來告我, 愼勿復然."

상성안공, 상시출입, 불감당로, 이피연적, 수거심실, 선변필피일월, 불희문인과, 문지, 필선탐기심, 구기가원지도, 우구기장처, 문인지선, 필양예불이. 혹유투도자, 필반연지왈 "박어기한, 부득이야." 환급기장, 왈 "여약기한, 수래고아, 신물복연."

- 〈見淸江集(견청강집)〉

성안공 상진은 조심스러운 사람이어서 평상시 길을 갈 때에도 언제나 임금이 타고 다니던 가마가 지나간 곳을 밟지 않았는데 이는 임금을 공경하는 마음 때문이었다. 또한 비록 깊은 방 안에 있더라도 소변을 볼 때는 반드시 해와 달을 정면으로 향하는 것을 피했는데, 이 역시 해와 달을 공경하는 마음에서였다.

그는 남의 잘못을 듣는 것을 싫어했으나, 어쩔 수 없이 듣게 되면 반드시 왜 그런 잘못을 저지르게 되었는지를 먼저 생각해서 그의 마음을 헤아려 용서하려고 하였다. 또 그 사람의 장점을 애써 찾으려고 하였으며, 남의 좋은 점을 들으면 반드시 그 사실을 다른 사람들에게 드러내어 칭찬해 주었다.

그는 자기 집에 물건을 훔치려고 들어온 도둑을 잡아 놓고서도 도리어 불쌍한 생각이 들어 가엾게 여기며 이렇게 말하였다.

"네가 어디 날 때부터 도둑으로 태어났겠느냐? 사람의 심성이 처음부터 악하지는 않는 법이다. 얼마나 굶주리고 추위에 쫓겼으면 마지못하여 이런 일까지 하겠는가."

그리고 도리어 그 훔친 물건을 내주면서 말 하였다.

"마음을 굳게 먹고 다시는 나쁜 짓을 하지 말게. 하지만 만약 굶주림과 추위를 정 못 견디겠거든 반드시 나를 찾아오게."

도둑은 감사하다는 말과 함께 눈물을 쏟으면서 그의 집을 나섰다.

李漢陰, 謙謹自持, 未嘗有一毫矜高色, 嘗應製於瑞蔥
臺, 居首, 聲名藉甚, 無敢爭鋒, 一日, 命文臣廷試, 同
列爭道者, 曰 明日, 李某又占高第." 公聞之, 稱病不就,
識者器之.

이한음, 겸근자지, 미상유일호긍고색, 상응제어서총대, 거수, 성명자심, 무감쟁봉, 일일, 명문신정시, 동열쟁도자, 왈 명일, 이모우점고제."
공문지, 칭병불취, 식자기지.

- 〈見愚伏集(견우복집)〉

한음 이덕형은 평소에 겸손하고 삼가는 몸가짐을 가지고, 조금도 자신을 자랑하는 빛이 없었다. 그는 일찍이 '서총대'*에서 임금이 지은 글에 응하여 글을 지었는데 일등이 되었다. 그 소문이 자자하게 퍼져 감히 그를 당할 사람이 없었다. 어느 날 왕은 문신들에게 명하여 정시를 보게 하였는데, 같은 또래의 벼슬아치들이 말하기를
"내일 이한음이 또 일등을 차지할 것이다."
라고 하였다. 그런데 공은 이 말을 듣고는 병을 핑계로하고 응시하지 않으니, 학식이 있는 자들은 그를 훌륭한 인물로 여겼다.

趙冶谷克善, 幼時, 自爲日錄, 凡日用云爲, 皆書之以自省, 有過則輒閉戶, 自撻, 嘗誦范文正公, 先憂後樂之語, 曰 "用心如是, 豈不誠大丈夫哉? 區區以一己得失, 爲先憂後樂者, 陋矣." 家間或有災異, 則輒爲之, 反己自省, 貶衣減食, 曰 "災異之作, 天所以譴告於人者, 理當恐懼修省, 豈以家國而有異乎?"

조치곡극선, 유시, 자위일록, 범일용운위, 개서지이자성, 유과즉첩폐호, 자달, 상송범문정공, 선우후락지어, 왈 "용심여시, 개불성대장부

---

*서총대 : 조선 때, 창덕궁 후원에 쌓았던 석대와 정자.

재? 구구이일기득실, 위선우후락자, 누의." 가간혹유재이, 즉첩위지,
반기자성, 편의감식, 왈 "재이지작, 천소이견고어인자, 이당공구수성,
개이가국이유이호?"

－〈見明齋集(견명재집)〉

　야곡 조극선은 어렸을 때에 일기장을 만들어 일상생활 하는 것을 모
두 기록해서 스스로 반성하고 조금이라도 잘못이 있으면 곧 문을 닫고
스스로 종아리를 때렸다.

　일찍이 범문정공의 '남보다 먼저 근심하고 남보다 뒤에 즐거워한다.'
라는 성현의 글을 읽고 감동되어 이렇게 말 하였다.

　"마음을 이와 같이 쓴다면 어찌 진짜 대장부가 아니겠는가? 그러나
구구하게 자기 한 몸의 잘되고 못 되는 것을 먼저 걱정하고 뒤에 즐거
워한다는 것은 도량이 없는 짓이다."

　그는 집안에 안 좋은 일이 생기면 그것이 자신으로 생긴 것이라고 스
스로 반성하여 평상시와는 달리 나쁜 옷을 입고, 음식을 적게 먹으며
이렇게 말하였다.

　"안 좋은 일이 생기는 것은 하늘이 사람들에게 경고하는 것이다. 그
러므로 마땅히 두려워하여 마음과 몸을 잘 닦고 반성해야 한다. 어찌
그것이 가정이나 나라라고 해서 차이가 있겠는가?"라고 하였다.

洪相彦弼, 訓子最嚴, 子暹, 位至列卿, 有過則撻, 嘗拜
大司憲, 乘軺, 相公大怒, 曰 "軺, 惟年位幷高者, 可乘
也." 遂以軺械暹於庭, 客有投謁者, 軺避而不敢入. 上聞
曰 "大憲宰臣, 何乃僇罰至此?" 遂命推考.

홍상언필, 훈자최엄, 자섬, 위지열경, 유과즉달, 상배대사헌, 승초, 상
공대노, 왈 "초, 유년위병고자, 가승야." 수이초계섭어정, 객유투알자,
첩피이불감입. 상문왈 "대헌재신, 하내욕벌지차?" 수명추고.

상공 홍언필은 아들을 매우 엄격히 가르쳐 아들 섬이 판서의 지위에
이르렀으나 잘못이 있으면 종아리를 때렸다. 홍섬이 일찍이 대사헌에
제수되어 '초헌'*을 타자, 상공은 크게 노하여
"초헌은 오직 나이와 지위가 높은 자만이 탈 수 있는 것이다."
하고는 초헌에다가 아들을 묶어 뜰에 두니, 대사헌을 뵙기 위하여 명
함을 바친 손님들이 모두 피하고 감히 들어가지 못하였다. 임금은 이
말을 듣고
"대사헌은 재신인데, 어찌 욕먹이고 벌주기를 이렇게까지 한단 말인
가?"
라고 하며, 마침내 그를 다시 생각하도록 명령하였다.

朴松堂先生英, 年二十二, 登武科, 以宣傳官, 入直關
內, 中夜不寢, 噓晞流涕曰 "馳馬試劒, 一勇夫事, 人而
不學, 何以爲君子?" 遂決意棄歸, 受大學於鄭新堂, 專
意學問, 以儒術聞.

박송당선생영, 년이십이, 등무과, 이선전관, 입직관내, 중야불침, 허희
유제왈 "치마시검, 일용부사, 인이불학, 하이위군자?" 수결의기귀, 수
대학어정신당, 전의학문, 이유술문.

– 〈見名臣錄(견명신록)〉

─────────────

＊초헌 : 종이품 이상의 벼슬아치가 타던 외바퀴 수레.

송당 박영 선생은 22세에 무과에 급제하여 선전관으로 궁중에 들어가 대궐을 지키고 있었는데, 한밤중에 잠을 자지 않고 목멘 소리로 눈물을 흘리며

"말을 달리고 칼을 쓰는 것은 한 용사의 일이니, 사람으로서 학문을 하지 않으면 어찌 군자가 되겠는가?"

라고 하고는 마침내 결심하여 벼슬을 버리고 돌아가 정신당에게 '대학'을 배워 학문에 전념한 결과, 마침내 유학자로 알려지게 되었다.

李芝峰, 少好觀書, 諸子百家, 無不領略, 晚年, 始悉屛去, 專精聖學, 自歎曰 "一落科臼, 遂爲文字所誤, 虛渡平生, 思欲洗滌舊習, 以求向上工夫, 而日暮途窮, 難望有成, 始知進德修業, 須在早年."

이지봉, 소호관서, 제자백가, 무불영약, 만년, 시실병거, 전정성학, 자탄왈 "일락과구, 수위문자소오, 허도평생, 사욕세척구습, 이구향상공부, 이일모도궁, 난망유성, 시지진덕수업, 수재조년."

지봉 이수광이 젊어서 책 보기를 좋아하여 재자백가를 보지 않은 것이 없었는데, 만년에야 비로소 자신이 했던 공부가 잘못되었음을 깨닫고, 오로지 자신의 몸과 마음을 닦는 성학에만 전념하였다.

그는 스스로 탄식하며 다음과 같이 말하였다.

"한 번 과거공부에 빠지게 되면 마침내 공부는 안 하게 되고 평생을 헛되이 보내게 되므로, 마음은 이 옛 습관을 씻어버리고 위를 향해 진보하는 공부를 하고 싶지만 날은 저물고 갈 길은 멀어 학문이 이루어지기를 기대하기 어렵게 되었다. 나는 이렇게 나이 먹어서야 비로소 몸

과 마음을 닦아 올바른 덕을 쌓는 일은 어릴 때부터 해야 된다는 것을 깨달았다."

黃錦溪先生俊良, 牧星州, 吳德溪爲州敎官, 公每公餘, 輒與吳對案講讀, 夜以繼日, 忘寢與食, 亹亹不厭, 或以因勞生疾爲規, 答曰 "讀書爲學, 本以治心養氣, 安有因讀書, 而致生病之理? 其或有反是者, 命也, 非書之罪也."

황금계선생준량, 목성주, 오덕계위주교관, 공매공여, 첩여오대안강독, 야이계일, 망침여식, 미미불염, 혹이인노생질위규, 답왈 "독서위학, 본이치심양기, 안유인독서, 이치생병지리? 기혹유반시자, 명야, 비서지죄야."

금계 선생 황준량이 성주목사로 있을 때 오덕계는 주교관이 되었다. 그런데 공은 공무의 여가가 있을 때마다 늘 덕계 오건과 책상을 마주하고 경서를 강독하였는데, 이렇게 책을 읽을 때면 밤에 시작하여 다음날 낮까지 계속하였으며, 잠자는 것과 밥먹는 것도 잊어버리고 온 정신을 쏟아 조금도 싫어하지 않았다. 이를 본 어떤 사람이

"너무 수고를 하여 병이 생길 것이다."

라고 하며, 이런 일은 바로 잡아야 한다고 하니, 그는

"책을 읽어 공부하는 것은 본래 마음을 다스리고 기운을 기르기 위함인데, 어찌 책을 읽는 일로 인하여 병이 생길 까닭이 있겠는가? 그러다가 혹은 이에 어긋나는 일이 있으면 이는 운명이지 책의 죄는 아닌 것이다."

라고 말하였다.

韓久菴先生, 學以思爲主, 字求其訓, 句求其義, 錯綜處, 欲其融會, 疑晦處, 欲其破綜, 窒礙處, 欲其通透, 反復研窮, 不得不措.

한구암선생, 학이사위주, 자구기훈, 구구기의, 착종처, 욕기융회, 의회처, 욕기파종, 질애처, 욕기통수, 반복연궁, 부득불조.

구암 한백겸 선생은 학문을 할 적에 깊이 생각하는 것을 제일로 삼았다. 그는 글자에서 가르침을 찾았고, 글귀에서는 그 뜻을 찾았는데, 복잡한 데는 그 뜻을 풀어 한데 모으려 하였고, 뒤엉킨 데는 그 뜻을 풀려 하였고, 꽉 막힌 데는 그 뜻을 뚫으려 하였다. 이렇게 반복 연구하여 그 뜻을 터득하지 못하더라도 그 생각하는 일은 그만두지 않았다.

實明倫 실명륜

- 실제로 인륜을 밝힘

一蠹鄭先生父六乙, 爲咸吉道虞侯, 死於李施愛之亂, 先生, 入積屍中, 求遺體歸葬, 時年十七. 服除, 上嘉其父功, 命官其嗣, 先生, 以父敗子榮, 爲不忍, 辭不受.

일두정선생부육을, 위함길도우후, 사어이시애지난, 선생, 입적시중,
구유체귀장, 시년십칠. 복제, 상가기부공, 명관기사, 선생, 이부패자
영, 위불인, 사불수.

일두 정여창 선생의 부친인 육을이 함길도 '우후'*로 있다가 이시애
의 난을 진압하다가 그만 죽고 말았다. 그는 시체더미 속으로 들어가
아버지의 시체를 찾아 가지고 돌아와서 장사를 지냈는데, 이때 공의 나
이는 겨우 17세였다.

삼년상을 마치고 그가 상복을 벗자 임금은 그 아버지의 전공을 높이
평가하여 그에게 관직을 내리도록 명령하였다. 그러나 그는 끝내 사양
하며 받지 않았다.

"아버지가 패하여 돌아가셨는데 그것을 발판으로 자식이 영화를 누
리는 일은 차마 못할 짓입니다."라고 하며, 사양하고 받지 않았다.

尹澤, 茂長人. 早孤, 不識父面, 於方策中, 見述父子之
情, 未嘗不流涕, 常佩一囊, 得異味, 必盛以獻母. 嘗遊
燕京, 道見遺金百兩, 守而待其主, 與之, 其主泣謝.

윤택, 무장인. 조고, 불식부면, 어방책중, 견술부자지정, 미상불유체,
상패일낭, 득이미, 필성이헌모. 상유연경, 도견유금백량, 수이대기주,
여지, 기주읍사.

윤택은 무장 사람이다. 그는 일찍이 아버지를 잃었으므로 아버지의
얼굴을 알지 못하니, 책 속에 아버지와 아들의 정을 기술한 내용을 보

* 우후 : 조선 때, 무관직. 종3품.

면 일찍이 눈물을 흘리지 않은 적이 없으며, 항상 주머니 하나를 차고
다니다가 별미를 얻으면 반드시 담아다가 어머니께 드리곤 하였다. 일
찍이 연경을 다녀올 때 길에서 금 백 냥을 흘린 것을 보고는 지키고 있
다가 그 주인이 찾으러 오기를 기다려 돌려주니, 그 주인은 눈물을 흘
리며 감사해 하였다.

> 金克一, 金海人, 居清道, 篤行無此, 世稱節孝. 先生, 性
> 至孝, 爲母吮疽, 爲父嘗痢, 前後廬墓六年, 有虎乳於墓
> 傍, 取祭餘飼之, 如養豕.
>
> 김극일, 김해인, 거청도, 독행무차, 세칭절효. 선생, 성지효, 위모연저,
> 위모상리, 전후여묘육년, 유호유어묘방, 취제여사지, 여양시.
>
> － 〈見群豹一斑錄(견군표일반록)〉

김극일은 김해 사람이다. 그는 청도에 거주하였는데 그의 착실한 행
실이 견줄 자가 없으니, 세상에서는 그를 절효 선생이라 칭하였다. 성
품이 지극히 효성스러워 어머니의 병을 낫게 하려고 종기를 빨아낸 일
이 있었고, 아버지의 이질을 치료하기 위하여 똥을 맛보기도 하였다.
그는 부모님이 돌아가시자 전후 6년 동안을 그 무덤 곁에 움막을 짓고
살면서 온갖 정성을 다하였다. 이 때 호랑이가 무덤 곁에 와 있으면서
새끼를 낳아 젖을 먹여 길렀다. 그는 제사지내고 남은 음식을 그것들
에게 가져다가 먹여주어 마치 돼지를 기르듯이 하였다.

> 金德崇, 鎮川人, 年七十二, 遭父憂, 廬墓哀毀, 鄉人,
> 以年老止之, 德崇泣曰 "父瘞於野, 子安於家, 吾所不

忍." 及終喪, 見父母平昔之座, 輒嗚咽. 及沒, 光廟嘉
其誠孝, 命官其二子, 立碑於墓, 以表人.

김덕숭, 진천인, 년칠십이, 조부우, 여묘애훼, 향인, 이년노지지, 덕숭
읍왈 "부예어야, 자안어가, 오소불인." 급종상, 견부모평석지좌, 첩오
인. 급몰, 광묘가기성효, 명관기이자, 입비어묘, 이표인.

- 〈見平壤誌(견평양지)〉

김덕숭은 진천 사람이다. 그의 나이 72세에 아버지가 돌아가셨는데
무덤 곁에 움막을 짓고 살면서 너무 슬퍼하여 건강을 크게 해졌다. 고
을 사람들이 나이가 많다 하여 만류하자, 공은 울며 말하기를

"아버지를 들에 묻어놓고 자식이 집에서 편안히 있는 것은 내 차마
못하겠다."

라고 하였으며, 그는 삼년상을 마친 다음 평소 부모가 앉아 계시던
자리를 보면 그때마다 오열하였다. 공이 별세하자, 세조는 그의 효성이
뛰어나다고 칭찬하며 그의 두 아들에게 관직을 내리도록 명하고, 비석
을 그의 무덤에 세워 그 사실을 기록하도록 마련하였다.

鄭嶷, 烏川人. 居廬墓下, 墓在山谷僻處, 親戚危之, 公
曰 "親喪吾所自盡, 今一坏未乾, 忍令體魄, 無所依乎?
卽不幸而爲强盜猛獸所害, 亦命也." 一夕, 大虎攫獐 置
之廬門前, 常曉往昏來, 如守護狀, 又有遊賊十餘人, 猝
至, 公少不變, 俯哭祭奠如儀, 賊環視良久, 又手致敬而
去.

정억, 오천인. 거여묘하, 묘재산곡벽처, 친척위곡, 공왈 "친상오소자

진, 금일배미건, 인령체백, 무소의호? 즉불행이위강도맹수소해, 역명야." 일석, 대호확장 치지여문전, 상효왕혼래, 여수호상, 우유유적십여인, 졸지, 공소불변, 부곡제존여의, 적환시양구, 차수치경이거.

정억은 오천 사람이다. 그는 어버이가 돌아가시자 무덤 곁에 움막을 짓고 살았는데, 묘가 산골짝 궁벽한 곳에 있으니 친척들이 매우 위험스럽게 여겼다. 그러나 그는 이렇게 말하였다.

"부모가 돌아가시면 내 할 바를 다해야 하는데, 이제 무덤의 흙이 채 마르기도 전에 부모의 혼백이 의지할 곳도 없이 쓸쓸하게 누워 계시게 하면 되겠습니까? 만일 불행하게도 강도의 습격을 받는다거나 혹은 사나운 짐승에게 물려 죽는다고 해도 이는 또한 제 운명입니다."

그가 움막에서 산 지도 꽤 오래된 어느 날 밤에 큰 호랑이 한 마리가 노루 한 마리를 잡아다가 움막 문 앞에 놓아두고 가더니, 그날부터 호랑이는 마치 그를 지키고 보호해 주려는 듯 매일 같이 새벽이 되면 갔다가 날이 어두워지면 돌아왔다.

또 어느 때는 10여 명이나 되는 도적 떼가 갑자기 들이닥쳐 곧 그를 해칠 기미를 보였다. 그러나 그는 조금도 얼굴빛을 변치 않은 채 엎드려 통곡하면서 의식에 맞추어 제례를 올렸다. 그러자 도적들은 얼마 동안 이 광경을 지켜보다가 두 손을 모아 예의를 표하고는 떠나갔다.

獨谷成文景公石璘, 昌寧人, 文靖公汝完之子也. 年六十, 慈氏年近八十, 病革瞑目, 不言者數日, 藥餌無效, 公焚香祈禱, 哀呼幾絕, 俄而慈氏曰 "是何聲也?" 侍者驚喜, 曰 "祈禱也." 慈氏曰 天遺人, 賜几杖曰 '有子至誠如此, 可扶而起.' 病尋愈, 人皆歎文景公孝誠之篤.

독곡성문경공석린, 창녕인, 문정공여완지자야. 년육십, 자씨년근팔십,
병혁명목, 불언자수일, 약이무효, 공분향기도, 애호기절, 아이자씨왈
"시하성야?" 시자경희, 왈 "기도야." 자씨왈 천유인, 사궤장왈 '유자지
성여차, 가부이기.' 병심유, 인개탄문경공효성지독.

－〈見筆苑雜記(견필원잡기)〉

　문경공 독곡 성석린은 창녕 사람으로, 문정공 여완의 아들이다. 그의
나이 60세 때에 어머니의 연세가 80세에 이르렀는데, 병이 위독하여 눈
을 감고 말을 하지 못한 지가 여러 날이었으며, 약을 썼으나 효험이 없
었다. 공은 향을 사르고 기도하여 슬피 울부짖다가 거의 기절할 지경
이 되었는데, 얼마 후 어머니가 깨어나 말씀하기를
　"이 무슨 소리인가?"
　하고 물으므로 모시던 사람들이 크게 기뻐하여,
　"기도를 올리는 소리입니다."
　라고 말하니, 어머니는 이렇게 말하였다.
　"하늘이 사람을 보내어 나에게 궤와 지팡이를 주면서 '이처럼 효성이
지극한 아들을 두었으니 이 지팡이를 짚고 일어나라'라고 하더라."
　어머니의 병이 마침 낫자, 사람들은 다 문경공의 효성이 지극하다고
감탄하였다.

　車軾, 號頤齋, 松都人. 其母在松都, 患帶下之病, 積歲
藥不效. 時, 軾以直講, 差恭靖王園寢典祀官, 爲其松都
不遠, 將因之歸覲也. 軾至園寢, 別致誠意, 沐浴蠲潔,

凡粢盛饌品, 無不躬自監莅, 禮旣畢, 歸臥齋房, 假寢,
有宮人, 傳呼曰 "殿下將引見." 軾整衣冠, 而進, 有一衰
王者, 御殿閣, 軾拜堦下, 王若曰 "向者饗祀, 多不恪, 又
不潔, 予不歆之, 今爾盡誠意, 予用嘉之, 予聞爾家有憂,
將錫爾良醫." 軾拜稽而退, 遽然而覺, 心異之, 歸向松都,
中路見一大雕, 攫大魚, 盤于中天, 又有大雕, 爭搏墮之,
軾令馬卒, 取之, 卽鰻鱧魚. 此魚, 卽治帶下之第一藥也.
軾大喜, 歸以奉諸母, 自此病卽愈, 至誠感神, 移忠於孝,
誠可喜也.

차식, 호이재, 송도인. 기모재송도, 환대하지병, 적세약불효. 시, 식이
직강, 차공정왕원침전사관, 위기송도불원, 장인지귀근야. 식지원침,
별치성의, 목욕견결, 범자성찬품, 무불궁자감리, 예기필, 귀와재방, 가
침, 유궁인, 전호왈 "전하장인견." 식정의관, 이진, 유일곤왕자, 어전
각, 식배계하, 왕약왈 "향자향사, 다불각, 우불결, 여불흠지, 금이진성
의, 여용가지, 여문이가유우, 장석이양의." 식배계이퇴, 거연이각, 심
이지, 귀향송도, 중로견일대조, 확대어, 반우중천, 우유대조, 쟁박타지,
식령마졸, 취지, 즉만리어. 차어, 즉치대하지제일약야. 식대희, 귀이봉
제모, 자차병즉유, 지성감신, 이충어효, 성가희야.

- 〈見於于野談(견어우야담)〉

차식은 호가 이재이며, 송도 사람이다. 어머니가 송도에 계셨는데 대
하증을 앓아 다년간 치료하였으나 효험이 없었다. 이때 차식이 '직강'*
으로 공정왕의 원침 전사관에 임명되니, 이곳은 송도와 거리가 멀지 않

---

*직강 : 고려 때, 성균관의 종 5품.

아서 장차 이로 인하여 돌아가 뵙기 위해서였다. 차식은 왕릉에 이른 다음 각별히 성의를 다해 목욕재계하고 정결히 하였으며 모든 제수 물품을 직접 감독하지 않음이 없었다. 차식은 제례를 마친 다음 재계하는 방에 돌아와 누워 잠깐 잠이 들었는데, 비몽사몽간에 궁녀가 전갈하기를

"전하께서 장차 인견하려 하신다."

라고 하므로, 차식이 의관을 정제하고 나아가니, 곤룡포를 입은 한 임금이 한 전각에 앉아 계시므로 차식은 뜰 아래에서 절하였다. 임금이 말씀하기를

"지난번에는 제향이 대부분 정성스럽지 못하고 또 정결하지 못하므로 내 제물을 받지 않았었는데 이번에는 성의를 다하니, 내 가상히 여기노라. 내 들으니 너희 집안에 우환이 있다 하니, 장차 너에게 좋은 의원을 보내 주겠다."

라고 하였다. 차식은 절하고 머리를 조아리고 물러나오다가 별안간 꿈에서 깨었다. 차식은 마음에 이상하게 여기면서 송도로 돌아오던 도중 큰 독수리 한 마리가 큰 물고기를 움켜쥐고서 중천에 맴돌고 있었는데 또 다른 독수리 한 마리가 이것을 다투다가 그만 땅에 떨어뜨렸다. 차식이 마부로 하여금 이것을 주워오게 하니, 이는 곧 뱀장어라는 고기로 이 고기는 곧 대하증을 치료하는데 제일 좋은 약이었다. 차식은 크게 기뻐하여 돌아와 어머니에게 드렸는데 그 뒤 병이 즉시 나았다. 지극한 정성으로 신을 감동시켜 충성을 효도에 옮겼으니, 참으로 좋은 일이라 하겠다.

宋圭菴麟壽, 幼年喪母, 任情過哀, 所伏苫帖, 因淚而腐, 燕棲其墓廬, 其雛皆白, 人謂孝感.

송규암인수, 유년상모, 임정과애, 소복점첩, 인루이부, 연서기묘려, 기
추개백, 인위효감.

규암 송인수는 어린 나이에 어머니를 잃고 너무나 슬피 울어서 엎드
려 있는 거적자리가 눈물로 인하여 썩었다.

그는 어머니의 무덤 곁에 움막을 짓고 있었는데 봄에 제비가 와서 그
움막에 깃들였다. 그런데 신기한 것은 제비새끼들의 빛깔이 모두 하얀
빛이었다. 그래서 사람들은 그 효성에 감동되어 제비새끼도 상복을 입
은 것이라고 말하였다.

周愼齋, 性純孝, 母夫人, 病久不梳, 親自沐膏接髮, 緣
蝨而去之, 時年七歲.

주신재, 성순효, 모부인, 병구불소, 친자목고접발, 연슬이거지, 시년
칠세.

신재 주세붕은 성품이 지극히 효성스러웠는데, 어머니가 오랫동안
병들어 빗질을 하지 못하자, 친히 머리를 감기고 기름을 발라 드렸으며
머리카락을 훑어 이를 잡아 드리니, 이때 나이 겨우 7세였다.

李畏菴栻, 家貧, 小時居果川, 夜則讀書, 晝則負薪入
都, 易米肉以養親, 素有力, 所擔薪倍於他人, 而口不呼
二價, 買者亦不爭價, 每日家人, 洗鼎而待, 雖雨雪, 未
嘗不趁夕而還, 其負薪時休則必跪.

이외암식, 가빈, 소시거과천, 야즉독서, 주즉부신입도, 역미육이양친,
소유력, 소담신배어타인, 이구불호이가, 매자역불쟁가, 매일가인, 세
정이대, 강우설, 미상불진다이환, 기부신시휴즉필궤.

외암 이식은 집이 가난하였다. 그는 젊었을 때에 과천에 거주하였는
데, 밤이면 책을 읽고 낮이면 나뭇짐을 지고 도성으로 들어가 쌀과 고
기와 바꾸어 어버이를 봉양하였다. 그런데 그는 평소에 힘이 있어서
지고 다니는 나뭇짐이 다른 사람의 곱이나 되었다. 그러나 입으로 두
배의 값을 부르지 않으므로 사는 사람도 역시 값을 다투지는 않았다.
그리고 날마다 그 아내는 솥을 씻어 놓고 기다렸는데, 그는 비록 비가
오나 눈이 오나 저녁때가 되면 반드시 돌아왔다. 그리고 그는 나무를
질 때와 쉴 때면 반드시 무릎을 꿇었다.

慶徵君延, 字大有, 冬月, 父病欲食魚膾, 延鑿氷置網,
不得魚, 泣曰 "古人叩氷得魚, 今吾置網不得, 誠感不
足." 赤脫立氷, 哭經夜, 得烏鯉, 父欲食辛甘菜, 泣於
菜田, 根忽生, 父病愈.

경징군연, 자대유, 동월, 부병욕식어회, 연착빙치망, 부득어, 읍왈 "고
인고빙득어, 금어치망부득, 성감부족." 적탈입빙, 곡경야, 득오리, 부
욕식신감채, 읍어채전, 근홀생, 부병유.

— 〈見國朝彙語(견국조휘어)〉

경징군 이연은 자가 대유이다. 어느 해 겨울에 아버지는 병으로 앓고
있었는데 고기 회를 먹고 싶어 하였다. 그래서 연은 얼음에 구멍을 뚫

고 그물을 쳤으나 고기를 잡지 못하였다. 이에 공은 울면서

"옛 사람은 얼음을 깨고서 고기를 잡았는데 지금 나는 그물을 쳤으나 고기를 잡지 못하니, 이는 정성이 부족해서이다."

라고 하며, 맨발로 얼음 위에 서서 통곡하며 하룻밤을 지냈는데, 마침내 검은 잉어를 잡았다. 또 부친이 '신감채'*를 먹고 싶어 하시므로 채소밭에서 울고 있었는데, 신감채 뿌리가 갑자기 자라났다. 그리하여 이것을 갖다 드리자, 부친의 병환이 씻은 듯이 나았다.

趙文孝公翼父斂樞公, 享年八十九. 自八十後, 大便秘結, 每使奴以指刮出, 文孝公, 位至正卿, 年過六十, 手持後木, 親隨溷厠見, 奴不能稱意, 輒以第五脂長爪, 塗油躬自刮出, 晝夜共宿, 斂樞公主奧而坐, 公持所看冊子, 近廁而坐, 不暫離側, 以至鋪被解衣不委奴, 使斂樞公垂首獨語, 曰 "四寸判書愛我, 待我極盡, 其情誠感激. 蓋篤老之後, 精神昏瞀, 不覺公之爲己, 出所啖藥果, 厭則裏小紙, 置褥薦下, 時出自啖, 又分與公, 公不拭其麤汗, 而前坐甘啖, 笑語怡愉, 如嬰兒在慈母側, 及喪, 公年六十八, 而哀毀過節. 冬月, 涕泗流滿白鬚, 連襟成氷.

조문효공익부첨추공, 향년팔십구. 자팔십후, 대변비결, 매사노이지괄출, 문효공, 위지정경, 년과육십, 수지후목, 친수혼측견, 노불능칭의, 첩이제오지장조, 도유궁자괄출, 주야공숙, 첨추공주오이좌, 공지소간책자, 근창이좌, 불잠이측, 이지포피해의불위노, 사첨추공수수독어,

---

* 신감채 : 당귀의 딴 이름.

왈 "사촌판서애아, 대아극진, 기정성감격. 개독노지후, 정신혼무, 불각공지위기, 출소담약과, 염척리소지, 치욕천하, 시출자담, 우분여공, 공불식기추한, 이전좌감담, 소어이유, 여영아재자모측, 급상, 공년육십팔, 이애훼과절. 동월, 체사유만백수, 연금성빙.

— 〈見國朝彙語(견국조휘어)〉

문효공 조익의 부친인 첨추공은 향년 89세였는데, 80세 이후에는 변비증으로 대변이 딱딱하게 뭉쳐서 언제나 종들을 시켜 손가락으로 대변을 긁어내게 하였다. 문효공은 지위가 판서에 이르고 나이가 60이 넘었으나 손수 뒤 닦는 나무를 가지고 친히 변소로 따라가서 지키고, 종들이 마음에 들지 않게 하는 것을 보면 곧 새끼손가락의 긴 손톱에 기름을 발라 몸소 부친의 항문에 넣어 긁어내곤 하였다. 그리고 낮이나 밤이나 아버지와 함께 잠을 잤는데, 첨추공은 아랫목에 자리를 잡아 앉고 공은 보는 책자를 잡고 창가에 가까이 앉아서 잠시도 곁을 떠나지 않았으며, 이불을 펴고 옷을 벗겨드리는 일에 이르기까지 손수 하고 종들에게 맡기지 않았다. 첨추공은 머리를 숙이고 혼자 중얼대기를

"사촌 판서가 나를 사랑하여 나를 극진히 대하니, 그 정성이 참으로 감격스럽다."

라고 하였으니, 이는 연로한 뒤에 정신이 혼몽하여 공이 자신이 낳은 아들임을 알지 못한 것이었다. 약과를 먹다가 싫으면 작은 종이에 싸서 이부자리 밑에 넣어 두었다가 때로 꺼내어 먹으며 또 공에게 나눠주곤 하였는데, 공은 그 더러운 것을 씻지도 않고 앞에 앉아 달게 먹으며 온화하게 웃고 말하여 어린이가 어머니의 곁에 있는 듯이 하였다. 아버지가 돌아가시자 공은 나이가 68세였으나 슬퍼하는 것이 도가 지나

쳤으며, 겨울철이라 눈물이 흘러 흰 수염에 가득해서 옷깃을 타고 흘러
내려 얼고 고드름을 이루었다.

> 溪巖先生金文貞公坽, 家法素嚴, 子弟侍坐, 祁寒盛暑,
> 不敢退便, 柳公袗, 冬月來訪, 款話至夜半, 無侍側者,
> 及就寢, 公呼之四子, 齊唯而入, 蓋侍外, 屏氣若無人,
> 不命之入, 不敢入也, 柳公深歎服焉.

계암선생김문정공령, 가법소엄, 자제시좌, 기한성서, 불감퇴편, 유공
진, 동월내방, 관화지야반, 무시측자, 급취침, 공호지사자, 제유이입,
개시외, 병기약무인, 불명지입, 불감입야, 유공심탄복언.

　문정공 계암 김령 선생은 평소 가법이 엄격하여 자제들이 모시고 앉
았을 때에 큰 추위와 무더운 여름철이라도 감히 물러가 편안히 있지 못
하였다. 유공진이 겨울철에 방문하여 환담을 나누다가 밤중에 이르렀
는데 곁에 모시는 자가 없었다. 그러나 취침할 무렵 공이 아들을 부르
자 네 아들이 일제히 대답하고 들어오니, 이는 밖에서 대기하며 사람이
없는 것처럼 숨을 죽여, 들어오라고 명령하지 않으면 감히 들어오지 않
은 것이었다. 이에 유공은 깊이 탄복하였다.

> 中廟朝, 趙靜菴, 以弼違格, 非爲己任, 其於諫諍之際,
> 不得兪音, 則不止, 且疾惡揚善, 無所回避, 一友人, 語
> 之曰 "公雖有龍逢·比干之風, 得無乖明哲保身之道
> 乎?" 靜菴曰 "吾以直道事君, 而生則生矣, 不幸而死,
> 則死矣, 禍福吾何畏焉?" 宣廟之待李退溪, 禮遇甚隆,

而退溪造朝甚稀, 來亦即歸. 或問之曰 "主上之待公, 無異於昭烈之待武侯, 而未嘗久留者, 何也?" 退溪曰 "唐虞之際, 君臣契合, 千古罕比, 猶有都俞吁咈之辭, 今者, 主上, 於老臣之言, 不問可否, 輒皆從之, 吾以是不敢留耳." 兩先生處身之不同, 如此, 而俱爲正人君子云.

중묘조, 조정암, 이필위격, 비위기임, 기어간쟁지제, 부득유음, 즉불지, 차질악양선, 무소회피, 일우인, 어지왈 "공수유용방 · 비간지풍, 득무괴명철보신지도호?" 정암왈 "오이직도사군, 이생즉생의, 불행이사, 즉사의, 화복오하외언?" 선묘지대이퇴계, 예우심융, 이퇴계조조심희, 내역즉귀. 혹문지왈 "주상지대공, 무이어소열지대무후, 이미상구유자, 하야?" 퇴계왈 "당우지제, 군신계합, 천고한비, 유유도유우불지사, 금자, 주상, 어노신지언, 불문가부, 첩개종지, 오이시불감유이. "양선생처신지부동, 여차, 이구위정인군자운.

– 〈見國朝彙語(견국조휘어)〉

중종때 조광조는 군주의 잘못을 보필하고 나쁜 마음을 바로잡는 것을 자신의 임무로 여겼다. 그는 간쟁을 할 때에 임금의 응답을 얻지 못하면 그만두지 않았으며, 또 악한 자를 미워하고 선한 자를 찬양하여 회피하는 것이 없었다. 한 벗이 그에게 충고하여 말하였다.

"공이 비록 '용방'*과 '비간'**의 기풍이 있으나, 현명하고 지혜로운 사람이 편안한 것을 가리고 위태로운 것을 버리고 그 몸을 보전하는 도리에 어긋나는 것 같다."

---

*용방 : 하나라의 충신, 걸 왕에게 간하다 죽음을 당함.
**비간 : 은나라의 충신, 주 왕에게 간하다 죽음을 당함.

조정암은 이렇게 말하였다.

"내 정직한 도리로써 군주를 섬기다가 살게 되면 살고 불행하여 죽게 되면 죽는 것이니, 화와 복을 내 어찌 두려워하겠는가?"

라고 하였다.

선조가 이퇴계를 대접할 때 예로써 대우함이 매우 융성하였으나 퇴계는 조정에 나아가는 일이 매우 드물었고, 서울에 올라왔다가도 즉시 돌아가곤 하였다. 어떤 사람이 묻기를

"주상께서 공을 대우함이 옛날 소열황제가 제갈량을 대우하는 것과 다름이 없는데, 공이 한 번도 오랫동안 머물지 않음은 어째서입니까?"

하고 묻자, 퇴계는 이렇게 말하였다.

"요임금·순임금의 시절에는 임금과 신하가 서로 만나는 일은 천고에 견주기 드문 일이었으나, 그래도 만나 어떤 일을 말하게 되면 그 사리를 살펴, 그렇다 그렇지 않다는 등의 말이 오고 갔는데, 지금 주상께서는 이 늙은 신하의 말에는 가부를 묻지도 않고 곧 이에 따르니, 내 이 까닭에 감히 머물러 있지 못할 따름이다."

라고 하였다.

두 선생의 처신하는 것이 이와 같이 한 가지가 아니었으나, 다 함께 모두 정인군자가 되셨던 것이다.

端宗大王, 遜于寧越, 賜死之日, 人皆畏懼, 莫敢收斂, 有一老吏嚴興道, 具棺槨衣衾, 自擇葬地, 備諸需, 而厚葬, 其族屬, 以大禍將迫, 止之, 吏曰 "爲善受罪, 吾所甘心." 遂成其墓, 今莊陵.

단종대왕, 손우영월, 사사지일, 인개외구, 막감수렴, 유일노리엄흥도,

구관곽의금, 자택장지, 비제수, 이후장, 기족속, 이대화장박, 지지, 리
왈 "위선수죄, 오소감심." 수성기묘, 금장릉.

단종대왕이 임금 자리를 내놓고 영월에 가서 있다가 죽음을 당하는
날에 사람들은 모두 자신에게 화가 미칠까 두려워하여 감히 시신을 거
두어 염하는 자가 없었는데, 한 늙은 아전인 엄홍도가 관곽과 옷과 이
불을 장만하여 스스로 장지를 골라 장례에 필요한 제반 물건들을 갖추
어 장사를 지냈다. 친척들이 큰 화가 닥칠 것이라 하여 만류하였으나
그는 말하기를

"선행을 하다가 죄를 받는 것은 내가 마음에 달게 여기는 것이다."
라고 하고는 마침내 그 무덤을 완성하니, 바로 지금의 장릉이다.

許詡, 文敬公稠之子也 '文廟之喪, 光廟以首陽大君, 告
訃于京師. 詡請曰 "今梓宮在殯, 少主當國, 大臣未附, 百
姓狐疑, 公子爲國宗臣, 去國, 將何之?" 光廟不從, 而心
偉其言. 及受禪, 連誅金宗瑞, 皇甫仁等, 而詡, 以前日
請停赴京之語, 得免, 召入命坐, 酒行樂作, 座皆拊掌喧
笑, 詡獨愀然不樂, 亦不食肉, 已而命梟宗瑞·仁等, 首
于市, 誅其子孫. 詡曰 "此人, 亦何大罪, 至於梟首, 孥戮
乎?" 詡與宗瑞, 交道未孚, 其心未可知, 若仁也, 詡平生
審知其人, 萬無謀叛之理." 光廟曰 "汝不食肉, 意固在
此?" 對曰 "然. 朝廷元老, 同日盡死, 詡生且足矣, 又從
忍食肉乎?" 卽垂涕泣, 光廟怒甚. 然, 猶愛其才德, 不欲
致之死, 李季甸力諼, 竟謫外縊之.

허후, 문경공조지자야 '문묘지상, 광묘이수양대군, 고부우경사. 후청
왈 "금재관재빈, 소주당국, 대신미부, 백성호의, 공자위국종신, 거국,
장하지?' 광묘불종, 이심위기언. 급수선, 연주김종서, 황보인등, 이후,
이전일청정부경지어, 득면, 소입명좌, 주행락작, 좌개부장훤소, 후독
초연불락, 역불식육, 이이명효종서·인등, 수우시, 주기자손. 후왈 "차
인, 역하대죄, 지어효수, 노류호?" 후여종서, 교도미부, 기심미가지, 약
인야, 후평생심지기인, 만무모반지리." 광묘왈 "여불식육, 의고재차?"
대왈 "연. 조정원로, 동일진사, 후생차족의, 우종인식육호?" 즉수체읍,
광묘노심. 연, 유애기재덕, 불욕치지사, 이계전역참, 경적외액지.

허후는 문경공 조의 아들이다. 문종이 돌아가시자 세조는 수양대군
으로서 명나라 조정에 가서 부고를 알리려 하였다. 이때 허후는

"지금 재궁이 빈소에 계시고 어린 군주가 나라를 담당하여 대신들이
따르지 않고 백성들이 의심하고 있는데, 공자께서는 국가의 종신이 되
어 서울을 떠나 어디로 가시려 합니까?"

라고 하며, 만류하였다. 세조는 그의 말을 따르지 않았으나 마음속에
그의 말을 훌륭하게 여겼다.

세조는 그 후 선위를 받을 때에 김종서와 황보인 등을 차례로 죽였는
데, 허후는 지난날 연경에 가는 것을 만류했던 일로 죄를 면하였다. 세
조는 신하들을 궁중으로 불러 자리에 앉히고 술잔을 돌리며 풍악을 울
리니, 자리에 앉은 자들이 모두 손뼉을 치며 웃고 떠들었으나 허후는
홀로 서글퍼하고 즐거워하지 않았으며 또한 고기를 먹지 않았다. 세조
는 얼마 후 김종서와 황보인 등의 머리를 저자거리에 효수*하고 그 자

---

*효수 : 지난날, 죄인의 목을 베어 높이 매달던 일.

손들을 죽이라는 명령을 내렸다. 이에 허후는 항의하기를

"이 사람들이 무슨 큰 죄가 있기에 머리를 효수하고 자식들까지 죽인단 말입니까? 저는 김종서와는 교분이 깊지 않으니 그의 속마음을 알수 없으나 황보인으로 말하면 제가 평소 그 인물을 잘 알고 있으니 절대로 모반할 리가 없습니다."

라고 하였다. 세조가

"네가 고기를 먹지 않은 것은 뜻이 진실로 여기에 있었구나!"

라고 하며 꾸짖자, 공은 대답하기를

"그렇습니다. 조정의 원로대신들이 한 날에 모두 죽었으니, 저는 살아남은 것만으로도 충분합니다. 또 어찌 차마 고기를 먹는단 말입니까?"

라고 말하며 즉시 눈물을 떨구었다. 세조는 매우 노여워하였으나 그의 재주와 덕망을 아껴 죽이려고 하지 않았는데, 이계전이 강력히 모함하여 끝내 외지로 귀양 보냈다가 목매어 죽였다.

朴彭年, 字仁叟, 號醉琴軒. 光廟受禪, 與成三問 · 兪應孚 · 河緯地 · 李塏 · 柳誠源謀復上王, 事泄被繫, 上愛其才, 密令人語彭年, 曰 "汝能歸我, 而諱初謀, 則生矣." 彭年笑, 而不答, 稱上, 必曰 "進賜" 上使擊其口, 曰 "汝旣稱臣於我, 今雖不稱無益也." 對曰 "我是上王臣, 豈爲進賜臣也? 曾爲忠淸監司, 一年啓目於進賜, 未嘗稱臣." 使人校其啓目, 果無一臣字.

박팽년, 자인수, 호취금헌. 광묘수선, 여성삼문 · 유응부 · 하위지 · 이개 · 유성원모복상왕, 사설피계, 상애기재, 밀명인어팽년, 왈 "여능귀

아, 이휘초모, 즉생의." 팽년소, 이부답, 징상, 필왈 "진사" 상사격기구,
왈 "여기칭신어아, 금수불칭무익야." 대왈 "아시상왕신, 개위진사신
야? 증위충청감사, 일년계목어진사, 미상칭신." 사인교기계목, 과무일
신자.

박팽년은 자가 인수이고 호가 취금헌이다. 세조가 왕위를 물려 받자,
성삼문·유응부·하위지·이개·유성원 등과 상왕을 복위시키려고
도모하다가 그 사실이 발각되어 붙잡혔다. 세조는 그의 재주를 아껴
은밀히 사람을 보내어 회유하기를
"네가 나에게 돌아오고 처음 모의했던 것을 숨긴다면 살려주겠다."
라고 하였다. 그러나 공은 웃기만 하고 대답하지 않았으며, 세조을
칭할 때에 반드시 나리라고만 하니, 세조는 그의 입을 치게 하며
"네 이미 나에게 신이라고 칭하였으니, 지금 비록 임금이라고 칭하지
않더라도 소용이 없다."
라고 하였다. 이에 공은 대답하기를
"저는 바로 상왕의 신하이니, 어찌 나리의 신하란 말입니까? 제가 일
찍이 충청감사로 있었는데 1년 동안 올린 계목에 나리에게는 한 번도
신이라고 칭한 적이 없습니다."
라고 하였다. 세조는 사람을 시켜 그가 올린 계목을 살펴 보게 하니,
과연 신자가 한 자도 없었다.

成三問, 字謹甫, 號梅竹軒. 光廟受禪, 公以禮房承旨,
抱國璽痛哭, 光廟俯伏謙讓, 擧首諦視之. 及被鞫, 光廟
怒甚, 令武士灼鐵穿其脚, 斷其股, 而不服, 徐曰 "進賜

之刑慘矣." 載車出門, 顏色自若, 顧左右, 曰 "若輩佐
賢主, 致太平, 三問歸見故主於地下耳." 旣死, 籍其家,
自乙亥以後祿俸, 別置一室, 書曰 "某年某月之祿." 家
無所餘.

성삼문, 자근보, 호매죽헌. 광묘수선, 공이예방승지, 포국새통곡, 광묘
부복겸양, 거수체시지. 급피국, 광묘노심, 영무사작철천기각, 단기고,
이불복, 서왈 "진사지형참의." 재거출문, 안색자약, 고좌우, 왈 "약배좌
현부, 치태평, 삼문귀견고주어지하이." 기사, 적기가, 자을해이후녹봉,
별치일실, 서왈 "모년모월지록." 가무소여.

성삼문은 자가 근보이고 호가 매죽헌이다. 성삼문은 세조가 단종을
내치고 임금 자리에 오르자 옥새를 끌어안고 분을 이기지 못하다가 이
어 통곡을 하였다. 그 모습을 본 세조는 잠시 얼굴에 노기를 띠는가 싶
더니 이내 얼굴을 풀고 옥새 앞에 엎드려 예를 갖추었다. 그런 세조의
모습을 그는 노려보고 있었다. 잠시 후 세조가 일어나서 쳐다보니 그
는 눈빛을 전혀 풀지 않은 채 계속해서 세조를 똑바로 노려보고 있었
다. 그런데 그 후 단종을 복위시키려고 했던 일이 실패로 끝나서 성삼
문은 세조의 친국을 받게 되었다. 그러나 그는 조금도 굽히지 않은 채
바른말을 하여 세조의 노여움을 샀다. 세조는 무사들로 하여금 혹독한
고문을 하게 했다. 시뻘겋게 쇠를 달구어 그의 종아리를 꿰뚫고 팔을
자르면서 잘못을 인정하라고 했지만 그는 끝까지 버티면서 우렁찬 목
소리로 천천히 말하였다.

"나리의 형벌이 참혹합니다."

그는 온통 피범벅이 된 채로 수레에 실려 대궐 문을 나오면서도 얼굴

빛이 태연자약하였으며, 침착한 태도로 좌우에 있는 사람들을 돌아보면서 이렇게 말하였다.

"그대들은 어진 임금을 도와서 태평세월을 누리게나. 나는 죽어서 지하에 계신 옛 임금을 만나 뵙겠네."

그가 죽은 뒤에 그의 집 재산도 몰수되었는데, 온 집안을 다 뒤져도 물건다운 물건은 하나도 없는 가난한 살림이었다. 다만 세조가 즉위한 이후에 받은 봉급만이 한 방에 '이것은 몇 년 몇 월의 봉급'이라 써놓고 뜯어보지도 않은 채로 차곡차곡 쌓여 있을 뿐이었다.

> 俞應孚, 武人也. 拿至闕庭, 上問曰 "汝欲何爲?" 答曰 "清宴日, 欲以一劍, 廢足下, 復舊主, 不幸爲奸人所發耳, 應孚何求足下? 第速殺我." 上怒, 令武士剝膚, 而問情不服, 顧謂三問, 曰 "人謂書生不可同事, 果然. 頃者吾欲試劍, 汝輩固止之, 曰 '非萬全計.' 以致今日之禍." 終不服而死.

> 유응부, 무인야. 나지궐정, 상문왈 "여욕하위?" 답왈 "청연일, 욕이일검, 폐족하, 복구주, 불행위간인소발이, 응부하구족하? 제속살아." 상노, 영무사박부, 이문정불복, 고위삼문, 왈 "인위서생불가동사, 과연. 경자오욕시검, 여배고지지, 왈 '비만전계.' 이치금일지화." 종불복이사.

유응부는 무인이었다. 그는 단종을 복위시키려는 사건으로 체포되어 대궐의 뜰 아래에 이르렀는데, 세조가 묻기를

"네 무슨 일을 하려 했는가?"

하자, 그는 대답하기를

"잔치하는 날에 한 칼로 족하를 폐위하고 옛 군주를 복위하려고 하였
는데 불행히 간사한 자들에게 발각되고 말았으니 내 무엇을 바라겠습
니까? 족하는 빨리 나를 죽여다오."

라고 하였다. 세조는 크게 노하여 무사들을 시켜 그의 살갗을 벗기면
서 심문하였으나 끝내 자백하지 않고 성삼문을 돌아보며

"사람들이 서생과는 함께 일을 할 수 없다고 하더니, 과연 그 말이 옳
도다. 지난번 내가 칼을 쓰고자 하였는데 너희들이 만전의 계책이 아
니다. 라고 굳이 만류하여 오늘날의 화를 자초하였다."

라고 하고는 끝내 굴복하지 않고 죽었다.

李耕隱孟專, 星州人, 光廟受禪, 棄官歸家, 託以盲聾, 謝
絶人事四十年, 一家妻孥, 莫知其託盲, 而臨歿, 始知之.

이경은맹전, 성주인, 광묘수선, 기관귀가, 탁이맹롱, 사절인사사십년,
일가처노, 막지기탁맹, 이임몰, 시지지.

- 〈見莊陵誌(견장능지)〉

경은 이맹전은 성주 사람이다. 세조가 임금의 자리를 물려 받자 그는
벼슬을 버리고 집으로 돌아가 눈이 멀고 귀가 먹었다고 핑계하고는 40
년 동안 세상 일을 사절하니, 한 집안의 처자식들도 봉사인 것처럼 행
세하는 것임을 알지 못하다가 죽을 때에 이르러서야 이러한 사실은 알
았다.

宋象賢, 字德久, 壬辰爲東萊府使, 賊迫城下, 力不能
支, 書數字於所把扇, 使從者, 傳於其父, 曰 "月暈孤

城, 禦賊無策, 當此之時, 父子恩輕, 君臣義重." 城陷,
整朝衣冠, 北望再拜, 坐椅而死, 其妾亦死節.

송상현, 자덕구, 임진위동래부사, 적박성하, 역불능지, 서수자어소파
선, 사종자, 전어기부, 왈 "월훈고성, 어적무책, 당차지시, 부자은경, 군
신의중." 성함, 정조의관, 북망재배, 좌기이사, 기첩역사절.

송상현은 자가 덕구이다. 임진왜란에 동래부사로 있었는데, 이 때 왜
적이 동래성 밑으로 몰려와 힘이 지탱할 수 없었다. 공은 쥐고 있던 부
채에 몇 자의 글을 써서 수행하는 자를 시켜 아버지에게 전달하게 하였
는데, 그 글에 이렇게 말하였다.

"외로운 성에 달무리가 지는데 적을 막을 계책이 없습니다. 이 때를
당하여 부자간의 은혜는 가볍고 군신간의 의리는 중합니다."

라고 하였다. 동래성이 함락되자, 공은 관복을 정돈하여 입고 북쪽을
향하여 두 번 절을 한 다음 의자에 앉아 죽으니, 그의 첩도 따라 죽어
절개를 지켰다.

李士龍, 星州人, 以良丁隷兵籍. 崇禎戊寅, 清兵西犯皇
朝, 嚇索我助, 自訓局別送精銳, 士龍與焉. 初至州, 默
然逢點, 及行, 州牧親犒以送酒食, 士龍不食, 曰 "聞以
我等助虜, 攻皇帝國, 我何忍食此? 仍自庭下直上州牧
座, 或偃仰, 或箕踞, 州牧任之不呵. 卽至錦州衛松山鋪,
虜與天將祖天壽, 對陣交戰, 虜愛我兵之技精, 庇在馬鞍
下, 以避失石, 有發砲而中者, 則輒有重賞. 士龍, 初放
砲不丸虛發, 虜擬刃於頸, 士龍不動, 虜釋之 曰 "復不敢

如是也, 汝若放而中, 則有重賞." 士龍復如是, 虜甚怒, 而猶不殺, 至於三, 則虜遂亂斫, 而殉之, 俄而祖將牒之. 揭示一大旗大書, 曰 "朝鮮義士李士龍." 虜亦義之, 兵罷, 許同行收尸以歸.

이사용, 성주인, 이랑정예병적. 숭정무인, 청병서범황조, 혁색아조, 자훈국별송정예, 사용여언. 초지주, 묵연봉점, 급행, 주목친호이송주식, 사용불식, 왈 "문이아등조로, 공황제국, 아하인식차? 잉자정하직상주목좌, 혹언앙, 혹기거, 주목임지불가. 즉지금주위송산포, 노여천장조천수, 대진교전, 노애아병지기정, 비재마안하, 이피실석, 유발포이중자, 즉첩유중상. 사용, 초방포불환허발, 노의인어경, 사용부동, 노석지왈 "복불감여시야, 여약방이중, 즉유중상." 사용부여시, 노심노, 이유불살, 지어삼, 즉노수란작, 이순지, 아이조장접지. 게시일대기대서, 왈 "조선의사이사용." 노역의지, 병파, 허동행수시이귀.

이사룡은 성주 사람이다. 그는 '양정'*으로 군적에 소속되어 있었는데, 숭정 무인년에 청군이 서쪽으로 명나라를 침범하면서 우리나라를 협박하여 구원병을 요청하였다. 이에 훈련원에서 별도로 정예병을 파견하였는데, 이때 이사룡이 참가하게 되었다. 그는 처음 고을에 이르러 묵묵히 점검을 받았는데, 떠날 때에 성주목사가 친히 군사들에게 음식을 먹이고 술과 밥을 보내주었으나 이사룡은 먹지 않고 말하기를

"내 들으니 우리들로 하여금 오랑캐를 도와 황제국인 명나라를 공격하려 한다 하니, 우리들이 차마 이것을 먹겠는가?"

라고 하며, 뜰 아래로 부터 목사의 자리로 올라가 드러눕기도 하고

---

*양정 : 양인 신분의 장정.

두 다리를 뻗고 걸터앉았기도 하였으나 목사는 내버려두고 꾸짖지 않았다.

우리 군대는 금주의 송산포에 도착하였는데, 청군은 명장 조천수의 부대와 대진하여 교전하게 되었다. 청군은 우리 조선군의 무예가 뛰어남을 아낀 나머지 말안장 밑에 숨어서 화살과 돌을 피하게 하고, 대포를 발사하여 명군을 명중시키는 자에게는 모두 큰 상을 내렸다. 이사룡이 처음 대포를 발사할 때에 탄환을 넣지 않고 헛방을 쏘자, 청나라 군사들은 칼을 목에 대고 위협하였으나 그는 조금도 동요하지 않았다. 청나라 군사들은 그를 놓아주며

"다시는 이렇게 하지 말라. 네가 만약 대포를 쏘아 명군을 명중시키면 큰 상을 내리겠다."라고 하며, 달래었다. 그러나 이사룡이 다시 헛방을 쏘자, 청군들은 더욱 노하면서도 죽이지 않았으나 세 번째에 이르러서는 끝내 어지럽게 찍어 죽였다.

얼마 후 조천수는 우리 진영에 통첩을 보내오고 한 큰 깃발을 게시하였는데 여기에 대서특필하기를

"조선 의사 이사룡"

이라고 씌어 있었다. 청군들 또한 그를 의롭게 여기고는 병란이 끝난 다음 동행한 사람들이 시신을 거두어 돌아오도록 허락하였다.

仁廟化家後, 有宮人韓氏名保香, 不能忘舊主, 有時竊泣, 同列告于仁烈王后, 后召保香, 慰藉甚至, 曰"國家興廢無常, 吾王雖得有今日, 安知後日不復如光海之失之乎? 爾之秉心如此, 可阿保吾子?" 命爲保母尙宮, 引言者撻之, 曰"觀汝今日之心, 可知他日之心." 韓氏感激流涕, 舊人之不自安者, 皆釋然歸服.

인묘화가후, 유궁인한씨명보향, 불능망구주, 유시절읍, 동열고우인열
왕후, 후소보향, 위자심지, 왈 "국가여폐무상, 오왕수득유금일, 안지후
일불복여광해지실지호? 이지병심여차, 가아보오자?" 명위보모상궁,
인언자달지, 왈 "관여금일지심, 가지타일지심." 한씨감격유체, 구인지
불자안자, 개석연귀복.

인조가 반정한 뒤에 궁녀 중에 한씨로 이름이 보향이란 자가 있었는
데, 옛 군주를 잊지 못하여 몰래 눈물을 흘리곤 하였다. 동료들이 이 사
실을 인열왕후에게 아뢰자, 인열왕후는 보향을 불러 위로하고 말씀하
기를

"국가의 흥망은 무상하니, 우리 왕이 오늘날 비록 왕위에 있으나 어
찌 후일에 광해군처럼 왕위를 잃지 않을 줄을 알겠는가? 네 마음가짐
이 이처럼 굳으니, 내 아들을 보호할 만하다."라고 하며, 보모상궁으로
삼고 고자질한 자를 데려다가 종아리를 치며

"네 오늘날의 마음을 보면 후일의 마음을 알 수 있다."

라고 하였다. 한씨가 감격하여 눈물을 흘리니, 옛날 광해군을 섬기던
궁인들로서 스스로 불안에 쌓여 있던 사람들은 다 인열왕후의 참 뜻을
이해하게 되어 모두 마음을 놓고 돌아와 복종하였다.

鄭甲孫, 東萊人. 嘗爲大憲, 吏曹誤擧人注官, 上御思
政殿, 受參河演爲判書, 崔公府爲參判, 俱入侍, 公啓曰
"崔公府不足數, 河演稍知事理, 而用非其人, 請鞫之."
上怡顏兩解之, 朝畢, 出外庭, 二公流汗翻漿, 公莞爾徐

笑, 曰 "各盡厥職, 非敢相害也." 遂呼錄事, 曰 "兩公迫
熱, 汝可扇颺之." 雍容自得, 不敢有悔懼之色.

정갑손, 동래인. 상위대헌, 이조오거인주관, 상어사정전, 수참하연위
판서, 최공부위참판, 구입시, 공계왈 "최공부부족수, 하연초지사리, 이
용비기인, 청국지." 상이안양해지, 조필, 출외정, 이공유한번장, 공완
이서소, 왈 "각진궐직, 비감상해야." 수호녹사, 왈 "양공박열, 여가선양
지." 옹용자득, 불감유회구지색.

정갑손은 동래 사람이다. 일찍이 대사헌이 되었는데, 이조에서 사람
을 잘못 천거하여 관직을 제수하였다. 임금이 사정전으로 나와 계셨는
데, 이때 하연이 이조판서였고 최공부가 이조참판이 되어 모두 들어와
모셨다. 이때 공은 아뢰기를

"최공부는 굳이 문제 삼을 거리가 못 되고, 하연은 다소 사리를 아는
데도 적임자가 아닌 사람을 등용하였으니, 청컨대 국문하소서."

이 말을 듣고 임금은 온화한 얼굴을 지으며 양편을 잘 화해시켰다.
조회가 끝나고 바깥 뜰로 나오자, 하연과 최공부는 땀이 흘러 내려 어
찌할 줄 몰랐다. 공은 빙그레 웃으면서 말하였다.

"각기 자기가 맡은 그 직분을 다하려 하였을 뿐이지 조금이라도 해치
려 한 것은 아니다."

그리고는 관리를 불러 말하기를

"두 분이 더위에 시달리시니, 네가 부채를 잡고 시원하게 부쳐 드
려라."

라고 하고는 부드러운 모습으로 태연자약하며, 조금도 뉘우치거나
두려워하는 기색이 없었다.

光海丁巳, 吳楸灘允謙, 爲通信使將還, 封置餘米於一
房, 關白例贈之物, 及受公筆蹟者, 用白金賭行, 不啻
累千珍玩, 奇瑰錯落眩曜, 並置之對馬島, 以一柚子置
手中, 及渡釜山, 投海中. 從事李公景稷, 見公投柚, 曰
"吾性愛劒, 求一寶刀而來, 何顔持此而去乎?" 卽解刀
投之海, 對馬島, 以公所置銀貨, 輸送東萊, 使傳送使臣
處, 府使啓聞, 光海命用於都監之役. 譯官將往取來, 問
于李公, 曰 "取來之時, 何以爲辭?" 公曰 "以我爲已死."
譯官又問, 答曰 "以使臣直受爲言, 勿言國家取用." 聞
者歎服.

광해정사, 오추탄윤겸, 위통신사장환, 봉치여미어일방, 관백예증지물,
급수공필적자, 용백금신행, 불시누천진완, 기괴착락현요, 병치지대마
도, 이일유자치수중, 급도부산, 투해중. 종사이공경직, 견공투유, 왈
"오성애검, 구일보도이래, 하안지차이거호?" 즉해도투지해, 대마도, 이
공소치은화, 수송동래, 사전송사신처, 부사계문, 광해명용어도감지역.
역관장왕취래, 문우이공, 왈 "취래지시, 하이위사?" 공왈 "이아위이사."
역관우문, 답왈 "이사신직수위언, 물언국가취용." 문자탄복.

광해군 정사년에 추탄 오윤겸이 통신사로 일본에 갔었는데, 돌아올
적에 남은 쌀을 한 방에 봉함하여 두었으며 '관백'*으로부터 받은 선물
과 공의 필적을 받은 사람들이 보내 준 선물인 백금이 수천 량이 될 뿐
만 아니라, 진귀한 보물과 기이한 옥가락지 등이 휘황찬란하였는데, 공
은 이것을 모두 대마도에 버려두고 유자 하나를 손 안에 넣어가지고 오

---

*관백 : 정무를 총괄하는 일본의 관직.

다가 부산을 건너오다가, 이것도 바다 속에 던져 버렸다. 종사관인 이경직은 공이 유자를 바다에 던지는 것을 보고 말하였다.

"내 평소 칼을 좋아하여 칼 한 자루를 구해 왔는데, 지금 무슨 낯으로 이것을 가지고 돌아가겠는가?"

그는 곧 차고 있던 칼을 풀어서 바다에 던졌다. 한편 대마도에서는 공이 두고 온 은자와 보화를 동래부로 수송하여 사신이 있는 곳에 전달하여 달라고 하였다. 그리하여 동래부사가 이 사실을 보고하자, 광해군은 도감의 공사에 사용하도록 명하였다. 통역관이 이것을 가져오려고 갈 때에 공에게 묻기를

"가져올 때에 뭐라고 말해야 합니까?"

라고 하자, 공은 말하기를

"내가 이미 죽었다고 말하라."

라고 하였다. 역관이 또다시 묻자, 대답하기를

"사신이 직접 받았다고 말하고, 국가에서 찾아 쓴다고 말하지 말라."

하니, 듣는 자들이 모두 탄복하였다.

藥圃先生鄭貞簡公琢, 以草莽登第, 拜校書正字, 直宿香室, 文定將供佛, 命取香於室. 公曰"此是供郊社之物." 拒不從, 文定大怒, 命下吏, 物議多之.

약포선생정정간공탁, 이초망등제, 배교서정자, 직숙향실, 문정장공불, 명취향어실. 공왈 "차시공교사지물." 거불종, 문정대노, 명하리, 물의다지.

– 〈見東儒師友錄(견동유사우록)〉

정간공 약포 정탁 선생이 초야에 있다가 과거에 급제하여 교서관정자에 임명되어 향실에서 숙직을 하고 있었는데, 문정왕후가 불공을 드리기 위하여 향실에서 향을 가져오게 하였다. 그러나 공이

"이 향은 종묘사직에 바치는 물건이다."

라고 하며, 따르지 않았다. 그러자 문정왕후는 크게 노하여 관리에게 명하여 하옥시키니, 여러 사람의 공론은 그를 훌륭하게 여겼다.

金處善, 宦官. 燕山昏亂, 每於宮中, 自作處容舞. 處善謂家人曰 "今日吾必死." 入而極諫, 曰 "老奴, 逮事四朝, 粗讀史記, 古今無如君王所爲者." 王不勝怒. 持滿發矢中脅, 處善曰 "朝廷大臣, 誅殺不憚, 如老宦, 何敢愛死? 但恨君不久爲國王." 王趨前斷其脚, 令起行, 仰曰 "君亦斷脚, 而行乎?" 又斷其舌, 親自剖腹, 出腸而散之, 至死, 言不絕口.

김처선, 환관. 연산혼란, 매어궁중, 자작처용무. 처선위가인왈 "금일오필사." 입이극간, 왈 "노노, 체사사조, 조독사기, 고금무여군왕소위자." 왕불승노. 지만발시중협, 처선왈 "조정대신, 주살불탄, 여노환, 하감애사? 단한군불구위국왕." 왕추전단기각, 영기행, 앙왈 "군역단각, 이행호?" 우단기설, 친자부복, 출장이산지, 지사, 언불절구.

김처선은 환관이다. 연산군이 혼란하여 항상 궁중에서 스스로 처용무를 추니, 김처선은 집안 식구들에게 이르기를 "오늘은 내 필경 죽고 말 것이다."라고 하며, 그는 궁중으로 들어가서 임금에게 지극한 말로 간하였다.

"이 늙은 종은 그 동안 네 분의 임금을 섬겨왔고, 역사책도 좀 읽어 보았사오나 고금을 통하여 임금님처럼 행동하신 분은 없었사옵니다."

그의 이와 같은 말에 화가 난 임금은 활을 힘껏 당겨 화살을 쏘아 갈 비뼈를 맞추었다. 그러나 김처선은 꿋꿋하게 말을 이었다.

"이미 조정의 대신들이 죽음을 두려워하지 않고 간하다가 죽었는데 저 같은 늙은 환관이 어찌 죽음을 두려워하겠습니까? 다만 임금님께서 오랫동안 국왕 노릇을 하시지 못할까 그것이 두려울 따름입니다."

김처선의 말에 임금은 더욱 화를 내며 그의 다리를 당장 부러뜨리게 하였다. 그런 다음 다리가 부러지고 화살을 맞아 일어나지도 못하는 그에게 임금은 일어나서 걸으라고 명령하였다. 그는 부러진 다리를 억지로 딛고 일어나며 말하였다.

"임금님께서는 다리를 부러뜨리고도 걸을 수 있겠습니까?"

임금은 이제 분노가 머리끝까지 치밀어서 그의 혀를 잘라버렸고, 칼을 꺼내서 배를 가르고 창자를 꺼내어 헤쳤다. 그러나 그는 완전히 숨이 넘어갈 때까지 임금을 비난하는 말을 그치지 않았다.

申命仁, 號龜峰, 己卯禍作, 館學諸生, 詣闕者千餘人, 顧時事, 慘酷, 無敢言者, 公倡言曰 "諸生, 日出而會, 日中而不爲疏草, 士氣之渝薄, 不圖至此." 余當其咎, 遂秉筆草疏, 將上, 爲門者所拒, "諸生, 慷慨發憤, 排闥闌入, 號哭闕庭, 聲聞大內, 上敎曰 "諸生, 排闕門突入, 號哭闕庭, 此千古所無之事." 仍命摘發治罪, 公厲聲曰 "古者, 楊震被囚, 太學生三千餘人, 守闕號哭, 則有之, 殿下今日之事, 誠千古所無之事, 信小人之說,

何至此極?"

신명인, 호구봉, 기묘화작, 관학제생, 예궐자천여인, 고시사, 참혹, 무감언자, 공창언왈 "제생, 일출이회, 일중이불위소초, 사기지투박, 부도지차." 여당기구, 수병필초소, 장상, 위문자소거, "제생, 강개발분, 배달난입, 호곡궐정, 성문대내, 상교왈 "제생, 배궐문돌입, 호곡궐정, 차천고소무지사." 잉명적발치죄, 공려성왈 "고자, 양진피수, 태학생삼천여인, 수궐호곡, 즉유지, 전하금일지사, 성천고소무지사, 신소인지설, 하지차극?"

신명인은 호를 구봉이라고 한다. 기묘사화가 일어나자, 관학의 생도들이 상소하기 위하여 대궐로 나온 자가 천여 명에 달했으나 당시 일이 참혹하여 감히 말하는 자가 없었다. 공은 앞장서서 말씀하기를

"여러 학생들이 해가 뜰 때에 모여 점심때가 되도록 상소하는 글 하나 못쓰니, 나는 선비들의 기개가 이처럼 나약할 줄은 몰랐다. 내가 그 책임을 지겠다."

라고 하고는, 마침내 붓을 잡고 상소하는 글을 올리려 하였으나 문지기가 막으므로 여러 학생들은 분개하고 울분을 터뜨리며 대궐문을 밀치고 들어가 대궐 뜰에서 울부짖으니, 울부짖는 소리가 대궐 안에까지 들렸다. 그러자 왕은 분부하였다.

"학생들이 대궐문을 밀치고 돌입하여 대궐 뜰에서 울부짖으니, 이는 천고에 없는 일이다."라고 하며, 이들을 적발하여 죄를 다스리도록 명하였다. 이에 공은 큰소리로

"옛날에 양진이 옥에 갇히자, 태학생 3천여 명이 대궐을 지키고 울부짖은 일은 있었으나 오늘과 같은 신하의 서사는 진실로 천고에 없는 일이니, 소인의 말을 믿음이 어쩌면 이처럼 심하십니까?"

라고 항변하였다.

成廟八年, 持平金彦辛, 論吏曹判書玄錫圭爲小人, 比
之盧杞·王安石, 上監怒, 下吏禁府, 律以欺罔上命, 致
闕庭, 責之, 曰"欺罔罪當死, 爾今猶以錫圭爲小人耶?
爾謂錫圭爲盧杞'王安石, 比予於德宗·神宗耶?"對
曰"德宗, 用一盧杞·神宗, 用一安石, 錫圭, 兼二人陰
險奸邪, 而殿下用之, 臣以爲過也."上卽霽怒, 慰諭之,
曰"殺諫者, 惟桀紂也. 予終不用唐太宗聽諫, 浸不如初
繫爾于獄者, 以爾固執耳, 爾得無驚怖耶? 錫圭良臣也,
勿爲侵辱, 與之共濟國事也, 爾之慷慨不屈, 予甚嘉焉,
命政院饋酒.

성묘팔년, 지평김언신, 논이조판서현석규위소인, 비지노기·왕안
석, 상감노, 하리금부, 율이기망상명, 치궐정, 책지, 왈 "기망죄당사,
이금유이석규위소인야? 이위석규위노비 '왕안석, 비어어덕종·신종
야?" 대왈 "덕종, 용일노기·신종, 용일안석, 석규, 겸이인음험간사,
이전하용지, 신이위과야." 상즉제노, 위논지, 왈 "살간자, 유걸주야.
여종불용당태종청간, 침불여초계이우옥자, 이이고집이, 이득무경포
야? 석규양신야, 물위침욕, 여지공제국사야, 이지강개불굴, 여심가
언, 명정원궤주.

- 〈見國朝典謨(견국조전모)〉

성종 8년에 지평 김언신이 이조판서인 현석규를 소인이라고 논박하
며 그를 노기와 왕완석에 비유하였다. 이에 성종은 크게 노하여 김언
신을 의금부에 하옥시켜 군주를 속인 죄로 다스리게 하였다. 성종은

그를 대궐 뜰로 데려오게 하여 꾸짖기를

"임금을 속이는 죄는 죽음에 해당한다. 네 지금도 현석규를 소인이라고 하겠는가? 네가 현석규를 '노기'*와 '왕완석'**이라고 하였으니, 이는 나를 당나라 덕종과 송나라 신종에 비유하는 것인가?"

라고 하였다. 이에 공은 대답하기를

"덕종은 노기 한 사람을 등용하였고 신종은 왕안석 한 사람을 등용하였을 뿐입니다. 그런데 현석규는 이 두 사람의 음흉함과 간사함을 겸하였는데, 전하께서 그를 등용하시니, 신은 두 임금보다도 더하다고 여깁니다."

라고 하였다. 이에 성종은 즉시 노여움을 거두고 위로하며 타일러 말하였다.

"간하는 신하를 죽인 것은 오직 걸·주 두 임금뿐이었으니, 나는 끝내 이를 따르지 않겠다. 당태종도 간언을 받아들임이 점점 처음만 못했었다. 내가 너를 옥에 가둔 것은 네가 고집하기 때문이니, 너는 두려워하고 놀라는 마음이 없도록 하라. 또한 한석규는 훌륭한 신하이니, 침해하거나 모욕하지 말고 함께 국사를 이루도록 하라. 네가 의롭지 못한 것을 보고 굽히지 않음을 내 매우 가상히 생각한다."

라고 하고는, 승정원에 명하여 술을 내려주도록 하였다.

閒居謾錄曰 "嘗見小說, 有曰 '太祖開國, 賜宰臣宴于政府, 皆以前朝宰相入仕新朝者也, 與宴妓中有雪梅者, 才貌過人, 而善娼特甚, 政丞醉, 而戲之, 曰 "聞汝朝從東家

---

*노기 : 당나라 덕종 때 재상으로 전횡을 일삼아 정사를 문란하게 하였음.
**왕완석 : 송나라 신종 때 재상으로 전횡을 일삼아 정사를 문란하게 하였음.

食, 暮從西家宿, 亦爲老夫薦枕?" 雪梅對曰 "以東家食,
而西家宿之賤軀, 得侍事王氏, 事李氏之政丞, 則豈不宜
耶?" 政丞面赤低頭, 坐中噓唏黙黙, 或有墮淚者.

한거만록왈 "상견소설, 유왈 '태조개국, 사재신연우정부, 개이전조재
상입사신조자야, 여연기중유설매자, 재모과인, 이선음특심, 정승취,
이희지, 왈 "문여조종동가식, 모종서가숙, 역위노부천침?" 설매대왈
"이동가식, 이서가숙지천구, 득시사왕씨, 사이씨지정승, 즉개불의야?"
정승면적저두, 좌중허희묵묵, 혹유타루자.

'한거만록'에 다음과 같이 기록되어 있다.

일찍이 소설을 보니 이러한 내용이 있었다. 태조가 개국한 다음 재신
들의 잔치를 의정부에서 베풀었는데, 이들은 모두 전왕조의 재상으로
서 새 조정에 들어와 벼슬하는 자들이었다. 이 잔치에 참여한 기생 중
에 설매라는 사람이 있었는데, 재주와 용모가 뛰어났으며 음탕함이 특
히 심하였다. 이 때 한 정승이 술에 취하여 희롱하기를

"내 들으니 네가 아침에는 동쪽 집에서 밥을 먹고 저녁에는 서쪽 집
에서 잠을 잔다고 하니, 또한 이 늙은 지아비를 위해 잠자리를 마련해
줄 수 있겠는가?"

이에 설매는 대답하기를

"동쪽 집에서 밥을 먹고 서쪽 집에서 잠을 자는 천한 몸으로서 왕씨
를 섬기다가 이씨를 섬기는 정승을 모신다면 어찌 마땅하지 않겠습니
까?"

하니, 그 정승은 얼굴을 붉히고 머리를 숙였고, 이에 자리에 모여 있
던 사람들은 모두 한숨을 쉬며 말을 못하였고, 어떤 사람은 눈물을 흘

리는 사람도 있었다.

> 金鶴峰先生, 奉使日本, 至對馬島, 島主平義智, 請使臣
> 宴山寺, 使臣已在座, 義智乘轎入門, 至階方下, 公怒曰
> "對馬島, 乃我國藩臣, 使臣奉命至, 豈敢慢侮如此? 吾
> 不可受此宴." 卽起出, 義智歸咎於擔轎者, 殺之, 奉其
> 首來謝. 自是, 倭人敬憚待之加禮, 望見下馬.

> 김학봉선생, 봉사일본, 지대마도, 도주평의지, 청사신연산사, 사신이
> 재좌, 의지승교입문, 지계방하, 공노왈 "대마도, 내아국번신, 사신봉명
> 지, 개감만모여차? 오불가수차연." 즉기출, 의지귀구어담교자, 살지,
> 봉기수래사. 자시, 왜인경탄대지가례, 망견하마.

학봉 김성일 선생이 사명을 받들고 일본에 갔었는데 대마도에 이르
니, 대마도주인 평의지가 사신을 청하여 산사에서 잔치를 베풀었다. 그
래서 그가 이미 자리에 와서 앉았는데, 대마도주가 가마를 타고 문으로
들어와 마당에 이르러서야 가마에서 내렸다. 이러한 행동을 본 그는
매우 노하여 이렇게 말하였다.

"대마도는 바로 우리나라의 '번신'*인데 사신이 임금의 명령을 받들
고 왔거늘 네 어찌 감히 이처럼 거만하고 업신여기는가? 내 이 잔치를
받지 않겠다."

그리고는 곧 일어나서 나왔다. 이에 대마도주는 가마를 메고 온 사람
에게 책임을 돌려 그를 처형하고 그의 머리를 가지고 와서 극구 사죄하
였다.

---

*번신 : 변방에 있는 외국인으로서 우리 나라에 신하로 칭하는 사람.

이로부터 일본인들은 김성일을 공경하고 두려워하여 예를 다해서 대접했으며, 멀리서 사신이 오는 것을 바라보기만 해도 말에서 내리곤 하였다.

仁祖丁卯, 姜弘立, 引虜兵而入, 以復舊君爲辭, 蓋疑癸亥反正, 或失弔伐之義也, 及至境上. 聞金沙溪長生 · 鄭愚伏經世 · 張旅軒顯光, 皆彙登朝, 端驚曰 "此人必不以非道立朝." 其意大沮, 勸虜解兵, 身歸本朝. 丁卯, 虜兵專爲脅和, 和成便退, 未必不由於弘立之勸解, 而賢士之進退, 繫國家輕重如此.

인조정묘, 강홍립, 인노병이입, 이복구군위사, 개의계해반정, 혹실조벌지의야, 급실경상. 문김사계장생 · 정우복경세 · 장여헌현광, 개휘등조, 단경왈 "차인필불이비도입조." 기의대저, 권노해병, 신귀본조. 정묘, 노병전위협화, 화성편퇴, 미필불유어홍립지권해, 이현사지진퇴, 계국가경중여차.

－〈見國朝彙語(견국조휘어)〉

인조 정묘년에 강홍립이 오랑캐 군대를 이끌고 들어오면서 옛 군주인 광해군을 복위시키려 한다는 구실을 삼았으니, 이는 계해년의 반정이 나라나 백성에게 해가 될까 하여 의심한 까닭이었다. 그는 국경에 이르러 사계 김장생과 우복 정경세, 여헌 장현광 등이 모두 조정에서 벼슬한다는 말을 듣고는 놀라며 말하기를

"이 사람들은 반드시 도의에 맞지 않는데도 조정에서 벼슬하지는 않을 것이다."

라고 하며, 그 뜻이 크게 꺾인 나머지 오랑캐들에게 권하여 군대를 철수하게 하였으며, 자신은 그대로 조정으로 돌아왔다. 정묘년에 오랑캐 군사들이 단지 위협하여 강화할 것을 요구하고, 강화가 이루어지자 곧 후퇴한 것은 강홍립이 군대를 철수하도록 권했기 때문이 아니라고 말할 수 없으니, 어진 선비가 나가고 물러나고 하는 일이 나라의 크고 작은 일에 매이는 것이 이와 같은 것이다.

> 奇虔, 幸州人, 爲濟州牧. 濟俗不葬親, 公備棺, 敎以斂葬, 夢見三百餘人, 拜於庭下, 曰 "公恩難報, 令公多生賢孫也." 後子孫盛顯, 服齋遵, 及高峰大升, 皆以文章德行, 名於世.
>
> 기건, 행주인, 위제주목. 제속불장친, 공비관, 교이염장, 몽현삼백여인, 배어정하, 왈 "공은난보, 영공다생현손야." 후자손성현, 복재준, 급고봉대승, 개이문장덕행, 명어세.

기건은 행주 사람이다. 제주목사가 되었었는데, 제주의 풍속은 부모를 장사지내지 않았으므로, 공은 백성들에게 관을 구비하여 염습해 장례하도록 가르쳤는데, 꿈에 3백여 명의 사람들이 나타나 뜰 아래에서 절하며 말하기를

"영공의 큰 은혜를 갚기 어려우니, 영공은 어진 자손들을 많이 낳을 것입니다."

라고 하였다. 그 후 공은 자손들이 번성하고 현달하여, 복재 준과 고봉 대승이 모두 문장과 덕행으로 세상에 유명하였다.

許相琮, 號尙友堂, 上疏斥佛, 上佯怒, 命殺之, 便力士
拔劒加之, 公略無懼色, 言語自若. 上歎曰 "眞丈夫也."
命賜酒.

허상종, 호상우당, 상소척불, 상양노, 명살지, 편력사발검가지, 공약무
구색, 언어자약. 상탄왈 "진장부야." 명사주.

- 〈見東言當法(견동언당법)〉

정승 허종은 호가 상우당인데, 불교를 배척하는 상소를 하니, 성종은
거짓 노한 체하여 그를 죽이도록 명하고 역사로 하여금 칼을 뽑아 목에
대게 하였으나 공은 조금도 두려워하는 기색이 없었으며 말을 평상시
와 똑같이 하였다.
"진짜 대장부이다."
라고 감탄하고, 술을 내리도록 명하였다.

李栗谷先生, 凡於禁令, 守之甚嚴. 嘗不食牛肉, 曰 "非惟
國法食其力, 而噉其肉非仁也." 時朝家申明其法, 犯者
至於徒邊, 先生曰 "國禁如此, 尤不可犯." 自是, 雖祭祀,
亦不用焉.

이율곡선생, 범어금령, 수지심엄. 상불식우육, 왈 "비유국법식기역, 이
담기육비인야." 시조가신명기법, 범자지어사변, 선생왈 "국금여차, 우
불가범." 자시, 수제사, 역불용언.

이율곡 선생은 국가의 모든 금령을 매우 엄격히 지켰는데, 선생은 일
찍이 쇠고기를 먹지 않으면서 말씀하기를

"단지 국법이 이러할 뿐만 아니라, 일을 부려먹고 도살하여 그 고기까지 먹는 것은 어진 행실이 아니다."

라고 하였다. 이 때 국가에서는 소를 도살하지 못하게 하는 법령을 강화하고 법을 범하는 자는 변방으로 귀양 보내었다. 이에 선생은

"국가에서 금지함이 이와 같으니, 더더욱 범할 수 없다."

라고 하고는 이후로는 제사를 지내더라도 쇠고기를 쓰지 않았다.

崇禎丙子, 淸大擧來侵, 上幸南漢, 被圍四十餘日, 城中請成崔鳴吉密啓往淸營, 鄭桐溪奏曰 "鳴吉以爲稱臣, 則城圍可解君父可全, 此婦寺之忠也, 曷若守禮義社稷乎? 況君臣父子, 背城一戰, 萬一有城完之理? 我之於天朝, 有父子之恩, 不可背之." 明日, 約車駕下城, 公怒曰 寧亡國以君降虜, 吾恥之." 遂晨夜痛哭, 正其衾褥而臥, 拔佩刀自刎, 刃沒腹中, 殊不絶, 遂舁至鄕里, 歎曰 "主辱矣, 臣死已遲, 更以何心與凡人, 齒食妻子之養乎?" 乃入金猿山谷, 披草爲屋, 耕山種以自給, 居山中三十七年, 甲子而沒.

숭정병자, 청대거내침, 상행남한, 피위사십여일, 성중청성최명길밀계왕청영, 정동계주왈 "명길이위칭신, 즉성위가해군부가전, 차부시지충야, 갈약수예의사직호? 황군신부자, 배성일전, 만일유성완지리? 아지어천조, 유부자지은, 불가배지." 명일, 약거가하성, 공노왈 영망국이군강노, 오치지." 수신야통곡, 정기금욕이와, 발패도자문, 인몰복중, 수부절, 수여지향리, 탄왈 "주욕의, 신사이지, 갱이하심여범인, 치식처자지양호?" 내입금원산곡, 피초위옥, 경산종말이자급, 거산중삼십칠년,

갑자이몰.

- 〈見記言(견기언)〉

숭정 병자년에 청나라 군사가 대거 몰려와 침략하므로 인조는 남한 산성으로 행차하였는데, 포위된 지 40여 일만에 성안에서 강화할 것을 청하였다. 이때 최명길이 임금께 청군의 진영으로 가실 것을 은밀히 청하자, 동계 정온은 아뢰기를

"최명길은 우리가 지금 청나라에게 신이라 칭하면 성의 포위를 풀 수 있고 군부를 온전히 보호할 수 있다고 말하지만, 이는 아녀자와 내시의 충성에 불과합니다. 어찌 예의를 지키고 사직을 위해 죽는 것만 하겠습니까? 더구나 아버지와 아들이 성을 등지고 한 번 결전을 벌인다면 만에 하나 성이 온전히 보전될 수도 있습니다. 우리는 명나라에게 은혜를 입었으니, 배반하여서는 안 됩니다."

라고 하였다. 다음 날 왕이 성을 내려가 항복하기로 약속하자, 공은 노하여 말하기를

"차라리 나라를 멸망시킬지언정 군주로서 오랑캐에게 항복하는 것은 나는 부끄러워한다."라고 하고는, 새벽에 통곡하고 요와 이불을 반듯이 펴놓은 다음 누워서 차고 있던 단도를 뽑아 스스로 찔러 칼이 뱃속으로 다 들어갔으나 숨이 끊어지지 않았다. 그리하여 들것에 실려서 향리로 돌아오니, 한탄하기를

"군주가 욕을 당하였는데 신하의 죽음이 이미 늦었으니, 내 다시 무슨 마음으로 평상인과 같이 처자식의 봉양을 누리겠는가?"

라고 하고는, 마침내 금원산 골짜기로 들어가 풀을 엮어 지붕을 만들고 산을 갈아 수수를 심어서 자급자족하다가 산중에 산 지 37년 만인

갑자년에 별세하였다.

宣廟壬辰, 倭奴入寇, 上西狩, 京城陷. 金公千益, 罷官
居羅州, 聞報號痛, 旣而奮曰 "吾徒哭何爲？ 國有君父
播越, 吾世臣, 不可鳥竄求活, 吾將擧義赴難, 卽强弱不
敵, 有死而已, 不死無以報國." 乃誓衆討賊, 義士梁山
璹等, 聞風赴集, 進兵據江華, 遣山璹奏行在, 命賜號倡
義使. 自是朝命始達於兩湖矣. 及賊棄城南走, 朝廷命
公追之, 賊盤據嶺海, 將西窺湖南, 公謂湖南國之根本,
晉州爲湖南蔽, 請守晉, 以捍湖南." 遂入晉以死守, 賊
大至, 軍中以爲公士, 人勸使以兵屬副將, 馳出城以自
全, 不聽. 會久雨, 土城崩, 矢盡力竭. 城遂陷, 公怡然
曰 "起事之日, 斷吾死矣" 遂起北向拜, 與子乾象, 相抱
走潭水死. 公嘗勸山璹出城, 山璹曰 "旣與同事, 當與同
死." 卒從公而死, 李相國恒福曰 "壬辰倭變, 其從容就
死, 不失所操, 唯金 · 梁二人而已."

선묘임진, 왜노입구, 상서수, 경성함. 김공천익, 파관거나주, 문보호
통, 기이분왈 "오도곡하위? 국유군부파월, 오세신, 불가조찬구활, 오장
거의부란, 즉강익불적, 유사이이, 불사무이보국." 내서중토적, 의사양
산숙등, 문풍부집, 진병거강화, 견산숙주행재, 명사호창의사. 자시조
명시달어양호의. 급적기성남주, 조정명공추지, 적반거령해, 장서규호
남, 공위호남국지근본, 진주위호남폐, 청수진, 이한호남." 수입진이사
수, 적대지, 군중이위공사, 인권사이병속부장, 치출성이자전, 불청. 회
구우, 토성붕, 시진역갈. 성수함, 공이연왈 "기사지일, 단오사의" 수기
북향배, 여자건상, 상포주담수사. 공상권산숙출성, 산숙왈 "기여동사,

당여동사.” 졸종공이사, 이상국항복왈 “임진왜변, 기종용취사, 불실소
조, 유김 · 양이인이이.”

– 〈見谿谷集(견계곡집)〉

선조 임진년에 왜적이 쳐들어오니, 선조는 의주로 피난하고 서울이
함락되었다. 김천일은 이때 벼슬을 그만두고 나주에서 거주하고 있었
는데, 왜적이 쳐들어왔다는 말을 듣고 통곡한 다음 분발하여 다음과 같
이 말씀하였다.

“내 한갓 통곡만 한들 무엇 하겠는가? 임금께서 피난하였는데, 나는
대대로 녹을 먹은 신하이다. 새처럼 도망하여 살기를 구할 수 없으니,
내 장차 의병을 일으켜 국난에 달려가겠다. 만약 강하고 약함이 대적
할 형세가 된다면 다만 죽음이 있을 뿐이니, 내 죽지 않으면 나라에 보
답할 수 없다.”

공은 마침내 여러 사람들과 왜적을 토벌하기로 맹세하였다. 이에 의
사인 양산숙 등이 소문을 듣고 달려와 합류하였다. 이에 공은 진군하
여 강화도를 점거한 다음 양산숙을 행재소로 보내어 아뢰자, 선조는 창
의사라는 칭호를 주니, 이후로 조정의 명령이 비로소 호남과 호서 지방
에 전달되었다.

왜적들이 도성을 버리고 남쪽으로 도망치자, 조정에서는 공에게 추
격하도록 명령하였는데 왜적들은 영남의 해안을 점거하고 서쪽으로
호남을 엿보려 하였다. 공은 생각하기를

“호남은 나라의 근본이요 진주는 호남의 울타리이니, 내 진주를 지켜
호남지방을 보호하겠다.”

라고 하고는 진주를 지켜 왜적이 호남 지방에 침입하려는 것을 막자

고 청하였다. 공은 드디어 의병을 거느리고 진주로 들어가서 죽음으로 써 지키려 하였다. 왜적이 많은 군사를 거느리고 쳐들어 오자 군중에 서는 공이 선비라고 해서 군사를 부장에게 맡기고 성 밖으로 나가 스스 로 목숨을 보전할 도리를 마련하라고 권하였으나, 공은 듣지 않았다. 그런데 때마침 오랫동안 비가 와서 토성이 무너졌으며 화살이 떨어지 고 힘이 다하여 성이 끝내 함락되니, 공은 태연히 말씀하기를

"나는 거사하던 날에 죽기로 결심했다."

라고 말하고 일어나 북향하여 절을 하고 아들 건상과 함께 서로 껴안 고 못으로 뛰어들어 죽었다. 공은 일찍이 양산숙에게 성을 빠져 나가 도록 권하였으나 양산숙은

"내 이미 일을 함께 하였으니, 마땅히 함께 죽겠습니다."

라고 말하고 끝내 공을 따라 함께 죽었다. 상국 이항복은 말씀하기를

"임진왜란에 조용히 죽어 지조를 잃지 않은 것은 오직 김공과 양공 두분 뿐이다."

라고 하였다.

> 沖齋先生 權忠定公橃子東輔, 爲參奉, 騎馬充肥, 公怒
> 曰 "一命之士, 苟存心於愛物, 於人必有所濟, 汝甫得末
> 官, 瘠人肥畜, 如此, 敢望濟人乎?" 會公當扈駕, 斥其馬,
> 借騎於人.

충재선생 권충정공벌자동보, 위참봉, 기마충비, 공노왈 "일명지사, 구 존심어애물, 어인필유소제, 여보득말관, 척인비축, 여차, 감망제인호?" 회공당호가, 척기마, 차기어인.

– 〈見退溪集(견퇴계집)〉

충정공 충재 권벌 선생의 아들 동보가 참봉이 되었는데, 그가 타는 말이 충실하고 살이 많이 쪘다. 이를 본 공은 노하여 꾸짖기를

"낮은 벼슬아치가 진실로 물건을 사랑함에 마음을 두면 은혜가 사람에게 미쳐 반드시 사람을 구제하는 법인데, 네가 이제 겨우 미관말직을 얻어 사람을 야위게 하고 가축을 살찌게 함이 이와 같으니, 어찌 사람을 구제하기를 바라겠는가?"

라고 하였다. 때마침 공이 임금을 모시고 어디를 갔는데, 그 말을 물리치고 말을 남에게 빌려 타고 갔다.

鄭貞節公甲孫, 淸直嚴峻, 子弟不敢干以私. 嘗爲咸吉道伯, 被召如京, 道見解榜, 子俁亦中焉. 公罵試官曰 "老奴, 敢狐媚我乎? 吾兒業未精, 豈可僥倖欺君耶?" 遂鉤去之, 竟黜試官.

정정절공갑손, 청직엄준, 자제불감간이사. 상위함길도백, 피소여경, 도견해방, 자우역중언. 공매시관왈 "노노, 감호미아호? 오아업미정, 개가요행기군야?" 수구거지, 경출시관.

– 〈見名臣錄(견명신록)〉

정절공 정갑손은 성품이 청렴결백하고 정직하고 엄격하여 그 자제들이 감히 사사로운 일로 부탁을 하지 못하였다. 그는 일찍이 함길도 관찰사의 부름을 받고 서울로 가다가 도중에 과거에 합격한 사람을 발표한 것을 보니 그 아들 우도 역시 급제하였다. 공은 시험관을 보고 꾸짖어 말하였다.

"네가 감히 나에게 아첨하여 미혹하게 하려하는가? 내 집 아이는 학

업이 아직 미진한데 어찌 감히 요행으로 임금을 속이겠는가?"

그리고 드디어 그 명단에서 끝내 아들의 이름을 도려내고 마침내 시험관을 파면하였다.

李石潭先生, 居星州, 子道長, 娶于堤川. 或勸自堤赴擧, 公聞之, 貽書戒以李君行之言, 爲證, 曰 "科擧, 發身初程也. 汝星州人, 而赴堤擧, 不幾於失身欺君乎? 士當守正, 雖終身禁錮, 命也." 其後, 道長登第, 在京, 公移書戒之, 曰 "新進之人, 有同處子, 寧有自衒新進, 雖吾執友方在要路, 切勿往見也." 及以馬官來省, 公戒之, 曰 "吾家長物, 只淸白, 若欲養若翁, 愼勿以不義物汚我.

이석담선생, 거성주, 자도장, 취우제천. 혹권자제부거, 공문지, 이서계이이군행지언, 위증, 왈 "과거, 발신초정야. 여성주인, 이부제거, 불기어실신기군호? 사당수정, 수종신금고, 명야." 기후, 도장등제, 재경, 공이서계지, 왈 "신진지인, 유동처자, 영유자현신진, 수오집우방재요로, 절물왕견야." 급이마관래성, 공계지, 왈 "오가장물, 지청백, 약욕양약옹, 신물이불의물오아.

－〈見東溟集(견동명집)〉

석담 이윤우 선생이 성주에 거주하였는데, 아들 도장이 제천에서 장가들었다. 어떤 사람이 제천에서 과거에 응시할 것을 권하자, 공은 이 말을 듣고 편지를 보내어 '이군행'*의 말로써 증거를 삼아 경계하는 문구를 삼아 말하였다.

＊이군행 : 송나라 때 태학박사.

"과거는 몸을 일으키는 첫걸음이다. 너는 성주 사람인데 제천의 과거에 응시한다면 이는 지조를 잃고 군주를 속이는 것에 가깝지 않겠는가? 선비는 마땅히 정도를 지켜야 하니, 비록 종신토록 벼슬길에 나가지 못하더라도 운명이다."라고 하였다.

그 뒤에 도장은 과거에 급제하여 서울에 있게 되었는데 공은 글을 보내 경계하여 말하였다.

"새로 벼슬길에 오른 사람은 처녀와 같은 몸가짐을 가져야 한다. 새로 벼슬한 사람에게 자랑스러운 사람이 있으면 비록 내 친구로서 요긴한 자리에 있더라도 절대로 가보지 말아야 한다. 또한 나와 절친한 벗이 현재 요직에 있으나 절대로 찾아보지 말아야 한다."

라고 하였다. 도장이 병조의 관원으로 임관되어 와서 문안을 드리자, 공은 경계하여 말하였다.

"우리 집에서 내세울 만한 것은 다만 청렴결백한 것이다. 네가 만약네 아비를 잘 봉양하려고 한다면 부디 의롭지 않은 일로 해서 나를 더럽히지 말라."

라고 하였다.

李忠武公, 旣出身, 絶意進取, 不事干謁. 李文成公珥,
爲吏判, 聞公爲人, 且欲敍同宗, 因人求見, 公不肯, 曰
"同宗, 則可相見, 在銓地, 則不可見."

이충무공, 기출신, 절의진취, 불사간알. 이문성공이, 위이판, 문공위인,
차욕서동종, 인인구견, 공불긍, 왈 "동종, 즉가상견, 재전지, 즉불가견."
— 〈見澤堂集(견택당집)〉

충무공 이순신은 무과로 급제한 다음 벼슬에 나아가는 것을 단념하고 청탁을 하지 않았다.

이 때 이조판서로 있던 문성공 이이는 공의 인물됨이 뛰어나다는 말을 전해 들었고, 또 같은 집안이므로 정의를 펴고자 하여 사람을 통해 만나보기를 청했다. 그러나 이순신 장군은 이이의 이런 말을 달갑지 않게 생각하였다.

"같은 집안의 입장으로 만나자면 만나보겠지만, 지금은 그가 인사를 맡아보는 이조판서 자리에 있으니, 만나볼 수 없다."

라고 하였다.

> 兪雷溪好仁, 臨沒, 語其子瓊, 曰 "君子要須不欺君, 吾於事君, 無所欺, 若汝得一命, 當思吾言, 以爲家法."
>
> 유뇌계호인, 임몰, 어기자경, 왈 "군자요수불기군, 오어사군, 무소기, 약여득일명, 당사오언, 이위가법."
>
> ― 〈見葛川集(견갈천집)〉

뇌계 유호인은 죽을 때에 아들 경에게 다음과 같이 당부하였다.

"군자는 모름지기 군주를 속이지 말아야 하니, 나는 군주를 섬김에 한 번도 속인 적이 없었다. 만약 네가 낮은 벼슬이라도 얻거든 내 말을 생각하여 가법으로 삼아라."

> 李杏園阜, 與趙靜菴, 志合道契. 己卯, 登薦科, 拜正言, 思移疾歸湖西, 靜菴退至漢上, 責以君臣分義, 公慨然歎曰 "鬼蜮旁伺, 薰蕕同器, 吾寧溪漁谷耕, 以全吾身

命." 遂去不顧, 其冬, 北門禍作, 群哲並命, 公超然獨免. 後蒙恩敍强起, 一謝, 屢徵, 竟不起.

이행원부, 여조정암, 지합도계. 기묘, 등천과, 배정언, 사이질귀호서, 정암퇴지한상, 책이군신분의, 공개연탄왈 "귀연방사, 훈유동기, 오영계어곡경, 이전오신명." 수거불고, 기동, 북문화작, 군철병명, 공초연독면. 후몽은서강기, 일사, 누징, 경불기.

- 〈見東洲集(견동주집)〉

행원 이부는 조정암과 서로 뜻이 합하고 도가 같았다. 그는 기묘년에 과거 시험에 합격하여 정언에 임명되었는데 마음이 바뀌어 급히 호서로 돌아갔다. 이 때 조정암이 한강가로 쫓아가서 군신의 의리를 밝혀 책망하였는데, 공이 탄식하며 말하였다.

"마귀와 여우들이 옆에서 엿보고 있으며, 향초와 악취 나는 풀이 한 그릇에 같이 있으니, 나는 차라리 시내에서 물고기를 잡고 산골에서 밭을 갈아 내 몸과 목숨을 온전히 하겠다."라고 하고는, 뒤도 돌아보지 않고 그대로 떠나 버렸다. 그해 겨울 기묘사화가 일어나 많은 선비들이 처형되었으나 공은 초연히 홀로 화를 면하였다. 그 뒤에 나라에서 다시 나와서 벼슬을 하라고 굳이 권하였으나 한 마디로 사양하였고, 이어 여러 번 불렀으나 끝내 나오지 않았다.

洪景憲公暹, 新進時, 斥李芑, 受刑殿庭, 流南荒, 至錦江, 路有朝京赴試儒, 咸聚觀之, 林錦湖亭秀, 來觀垂涕曰 "吾聞京城有洪暹者, 當代佳士也, 有何罪, 而至斯, 此豈君子應擧之時也?" 卽回馬, 不赴試而還.

홍경헌공섬, 신진시, 척이기, 수형전정, 유남황, 지금강, 노유조경부시유, 함취관지, 임금호정수, 내관수체왈 "오문경성유홍섬자, 당대주사야, 유하죄, 이지사, 차개군자응거지시야?" 즉회마, 불부시이환.

－〈見於于野談(견어우야담)〉

경헌공 홍섬이 새로 벼슬을 하였을 때, 이기에게 배척되어 대궐 뜰에서 형벌을 받고 남쪽 지방으로 유배되어 가는 도중, 금강에 이르렀는데, 서울로 올라가 과거에 응시하려는 유생들이 길가에 모두 모여 이것을 구경하였다. 이 때 금호 임형수가 와서 홍섬을 보고 눈물을 흘리며 말하였다.

"내 들으니 서울에서 홍섬이라는 사람은 당대에 훌륭한 선비라 하던데, 지금 무슨 죄가 있어 이 지경에 이르렀는가? 이를 보고 어찌 군자가 과거에 응시할 때란 말인가?"

라고 하고는, 즉시 말을 돌려 과장에 가지 않고 집으로 돌아갔다.

仁祖, 與世子出御魚水堂, 命李延陽時白等數人入侍, 上親執爵飲之, 顧世子曰 "汝亦執爵." 公惶感卒飲, 上因問曰 "近日, 臣僚之不誠於國事, 甚矣?" 對曰 "願殿下毋患, 臣僚之不誠於國事, 惟患聖心之不誠於臣僚也."

인조, 여세자출어어수당, 명이연양시백등수인입시, 상친집작음지, 고세자왈 "여역집작." 공황감졸음, 상인문왈 "근일, 신요지불성어국사, 심의?" 대왈 "원전하무환, 신요지불성어국사, 유환성심지불성어신요야."

인조가 세자를 데리고 어수당으로 납시어 연양부원군 이시백 등 몇 사람에게 들어와 모시게 하였는데, 이 때 임금이 직접 술잔을 들어 술을 신하들에게 권하였으며 세자를 돌아보고 말씀하기를

"너도 술을 한 잔 올려라."

라고 하였다. 공이 황공해 하며 술을 마시자, 임금이 물었다.

"요즘 신하들이 나라 일에 정성을 다하지 않는 것이 심한 정도인가?"

이에 공은 대답하기를

"전하께서는 신하들이 국사에 성실하지 못함을 걱정하지 마시고, 오직 성상의 마음이 신하들에게 성실하지 못함을 걱정하소서."

라고 하였다.

仁祖丙戌, 李忠翼公時白, 賜第, 堦上, 舊有一朶名花, 名曰 "金絲洛陽紅." 世傳來自中華. 忽有人率役夫來, 公問其由, 乃披庭人承命, 欲採移其花, 公自往花間, 並取其根碎之, 垂涕而言 曰 "今日國勢, 莫保朝夕, 主上之不求賢, 而求此花, 何也? 吾不忍以花媚君, 而見國之亡, 須以此意啓達, 上待公益厚.

인조병술, 이충익공시백, 사제, 계상, 구유일타명화, 명왈 "금사낙양홍." 세전내자중화. 홀유인솔역부래, 공문기유, 내피정인승명, 욕채이기화, 공자왕화간, 병취기근쇄지, 수체이언 왈 "금일국세, 막보조석, 주상지불구현, 이구차화, 하야? 오불인이화미군, 이견국지망, 수이차의계달, 상대공익후.

인조 병술년에 충익공 이시백이 하사 받은 집 뜰에 예부터 유명한 꽃

한 그루가 있었는데, 그 꽃 이름을 금사낙양홍이라 하는 데, 세상에 전하기를 중국에서 온 것이라 하였다. 그런데 하루는 갑자기 어떤 사람이 인부를 거느리고 왔으므로 공이 그 이유를 물으니, 바로 궁중에 있는 사람이 왕명을 받들어 이 꽃을 옮기려는 것이었다. 이 말을 들은 공은 직접 꽃 사이로 가서 뿌리를 잡아 빼서 이를 다 부숴 버린 다음 눈물을 흘리면서 말하였다.

"오늘 우리 나라의 형세는 아침 저녁을 보전할 수 없는 지경인데, 주상께서 어진 인재를 구하지 않고 이런 꽃을 구하여 무엇 하려는 것인지? 내 차마 꽃으로써 임금에게 아첨하여 나라가 망하는 꼴을 볼 수 없으니, 모름지기 이 뜻을 주상께 여쭈어라."

라고 하였다. 이 후로 인조는 공을 더욱 후대하였다.

肅宗壬申, 聞前郡守洪萬恢家, 有棕櫚木, 使掖隷求之. 蓋以萬恢爲國戚故也. 萬恢下庭伏, 曰 "頂踵國恩, 髮膚不敢惜, 況卉木乎? 但雖名關戚屬, 遠爲外臣, 以卉木進, 有罪不敢也, 臣亦不敢復留之." 卽拔去之. 掖隷白其狀, 上稱善, 命拔後苑舊棕櫚木, 送還民間舊主.

숙종임신, 문전군수홍만회가, 유종려목, 사액례구지. 개이만회위국척고야. 만회하정복, 왈 "정종국은, 발부불감석, 황훼목호? 단수명관척속, 원위외신, 이훼목진, 유죄불감야, 신역불감복유지." 즉발거지. 액례백기상, 상칭선, 명발후원구종려목, 송환민간구주.

– 〈見寶鑑(견보감)〉

숙종 임신년에 숙종은 군수 홍만회의 집에 종려나무가 있다는 말을 들고 궁중의 하인들로 하여금 구해 오게 하였는데, 이는 만회가 나라의 외척이 이기 때문이다. 만회는 뜰에 내려가 엎드려 말하였다.

"나는 머리부터 발끝까지 모두 국가의 은혜를 입은 몸이니, 내 몸의 털과 살도 감히 아끼지 않는데 하물며 이 종려나무를 아끼겠는가? 다만 내 비록 명색은 왕실의 외척이라 하나 멀게는 외신이 되니, 종려나무를 올리는 일은 내가 죄를 받더라도 할 수가 없고, 신이 또한 이 종려나무를 그대로 둘 수 없습니다."

라고 하고는 즉시 종려나무를 뽑아버렸다. 하인들이 돌아가 그 내용을 아뢰자, 숙종은 칭찬하고 후원에 있는 옛 종려나무를 뽑아서 민간의 옛 주인에게 되돌려 주도록 명하였다.

今上戊午, 上候未寧, 宮人輩, 聞巫女一今者以靈巫見稱, 招致外宮, 俾令爲國家禱病, 其供具之備, 甚多. 巫曰 "吾假托憑神, 欺取人尺布升米, 以資衣食, 恒恐皇天降罰, 豈可欺瞞大内乎? 不義之富, 禍之媒也. 吾見士大夫之猝, 致富貴者, 未嘗有一人令終寧歿, 受重罪, 不敢承命." 老宮人掌事者, 喟然太息曰 "使朝廷士大夫, 皆如此巫, 則豈有橫罹禍綱者乎?" 招他巫, 代之.

금상무오, 상후미령, 궁인배, 문무녀일금자이령무견칭, 초치외궁, 비령위국가도병, 기공구지비, 심다. 무왈 "오가탁빙신, 기취인척포승미, 이자의식, 항공황천강죄, 개가기만대내호? 불의지부, 화지매야. 오견사대부지졸, 치부귀자, 미상유일인영종영몰, 수중죄, 불감승명." 노궁인장사자, 위연태식왈 "사조연사대부, 개여차무, 즉개유횡이화강자호?" 수타무, 대지.

– 〈見因繼錄(견인계록)〉

임금이 무오년에 몸이 불편해 자리에 누웠는데, 궁녀들이 무녀인 일금이 영특한 무당이라는 소문을 듣고, 바깥 궁월로 불러다가 국가를 위해 임금의 병환이 낫도록 기도하게 하였는데, 이에 대한 준비물이 매우 많았다. 그런데 그 무당은 이것을 보고 말하기를

"나는 신을 빙자하여 남을 속여서 한 자의 베와 한 되의 쌀을 취하여 의식을 마련하니, 항상 하느님이 벌을 내리실까 두려운데, 내 어찌 임금님을 속일 수 있겠는가? 의롭지 못한 돈은 재화의 원인이 되는 것이라, 내가 보니, 사대부들 중에 갑작스레 부귀를 이룬 자는 한 사람도 끝을 잘 마치는 자가 없었다. 내 차라리 죄를 받아 죽을지언정 명령을 받들 수 없다."

라고 하며, 거절하였다. 이일을 맡은 늙은 궁인은 크게 한숨을 쉬며 말하기를

"만일 조정의 사대부들이 모두 이 무당과 같다면 어찌 불행한 일에 관계하는 자가 있겠는가?"

라고 하고는 딴 무당을 불러 대신 굿을 하게 하였다.

朴判書遴, 兒時約婚未聘, 而女得凶病, 兩目失明. 其伯氏, 欲求他婚, 公曰 "病目天也, 非其罪也, 盲妻猶可同居, 人無信不立," 不可改也. 及合졸日, 實不盲, 蓋爲讐家反間也.

박판서린, 아시약혼미빙, 이여득흉병, 양목실명. 기백씨, 욕구타혼, 공왈 "병목천야, 비기죄야, 맹처유가동거, 인무신불립," 불가개야. 급합근일, 실불맹, 개위수가반간야.

- 〈견풍암집화(見楓巖輯話)〉

판서 박서가 어렸을 때에 약혼하여 아직 여자를 데려오지 않았는데, 여자가 나쁜 병을 얻어 두 눈을 실명했다는 소문이 있었다. 그래서 그의 형은 다른 혼처를 구하려 하였다. 이때 그는 이렇게 말하였다.

"병으로 눈이 먼 것은 하늘의 뜻이지 그녀의 잘못이 아닙니다. 눈먼 아내와는 함께 살 수 있지만 사람의 신의가 없으면 세상에 설 곳이 없으니, 혼처를 바꿔서는 안 됩니다."

그런데 결혼식 날이 되어 약혼녀를 보니까 그녀의 눈은 멀지 않았다. 이는 그 집과 원한 관계에 있던 집에서 방해를 하기 위해 헛소문을 퍼뜨렸기 때문이다.

> 金七峰希參, 嘗卜一妾, 金河西曰 "公內子, 提挈群稚子, 窮困家居, 公遽有妾媵, 自亭飽暖之樂乎?" 公瞿然, 遂棄之, 河西, 每稱其難.

> 김칠봉희참, 상복일첩, 김하서왈 "공내자, 제설군치자, 궁곤가거, 공거유첩잉, 자정포난지락호?" 공구연, 수기지, 하서, 매칭기난.

칠봉 김희삼이 일찍이 한 첩을 얻으려 하였는데, 하서 김인후가 만류하기를

"공의 부인은 어린 자식들을 데리고 집에서 곤궁하게 살고 있는데, 공은 대번에 첩을 얻어 자신만 배부르고 따뜻한 즐거움을 누리려고 하는가?"

라고 하였다. 이에 공이 크게 놀라 포기하니, 하서는 항상 보통 사람으로서는 하기 어려운 일이라고 칭찬하였다.

烈女崔氏, 參判致雲之女, 少時, 父教以詩書, 夫死. 爲
文以祭, 曰 "鳳凰于飛和鳴樂只, 鳳飛不下凰獨哭只. 搔
首問天天黙黙只, 天長地闊恨無極只."

열녀최씨, 참판치운지녀, 소시, 부교이시서, 부사. 위문이제, 왈 "봉황
우비화명낙지, 봉비불하황독곡지. 소수문천천묵묵지, 천장지활한무
극지."

열녀 최씨는 참판 치운의 딸이다. 어려서 부친이 '시서'*를 가르쳤는
데, 남편이 죽자 다음과 같은 제문을 지어 제사하였다.

"한 쌍의 나는 봉황새 화하게 울며 즐거워하였는데, 숫봉황새 날아가
고 내려오지 않으니, 암봉황새 혼자서 울고 있네. 머리 긁으며 하늘에
물으니, 하늘도 묵묵히 대답이 없고. 하늘도 넓고 땅도 넓은데 나의 한
다함이 없네."

慶徵君延, 事母至孝, 我英廟, 特除尼山倅, 在官而卒,
縣人備葬祭需, 以遺其妻, 妻曰 "何敢累吾夫清德?" 皆
不受.

경징군연, 사모지효, 아영묘, 특제이산졸, 재관이졸, 현인비장제수, 이
유기처, 처왈 "하감루오부청덕?" 개불수.

– 見勝覽《(견승람)》

경징군 이연은 극진한 효성으로 어머니를 섬겼는데, 영조가 특별히
이산현감을 제수하였으며 그는 그 벼슬로 있다가 관청에서 사망하였

---

*시서 : 시경과 서경.

다. 고을 사람들이 장례 도구와 제수를 갖추어 공의 아내에게 주자, 공의 아내는

"내 어찌 감히 우리 남편의 청백한 덕을 더럽히겠는가?"

하고 모두 사절하였다.

鄭文成公麟趾, 字伯睢, 河東人贊成芝衍五世孫也. 幼年喪父, 侍寡母貧居, 文才早就, 容貌如玉也. 常居外舍, 讀書至夜, 艾隔垣家, 有處子, 容貌絶艶, 蟬聯茂族也, 鎖隙偸眼, 見河東鄭公美年少讀誦琅琅, 心慕之, 夜踰墻而來, 欲逼之, 河東正色拒之, 處子欲發聲以彰之. 河東知其難拒, 因說之曰 "明日當告于母親, 以圖百年之歡. 今若一不勝情, 於子爲失身婦, 於吾心不快, 莫如姑濡忍兩家成禮." 處子喜甚, 成約而去. 河東, 翌日告母, 遷就他屋, 終賣其庄, 而絶之.

정문성공인지, 자백저, 하동인찬성지연오세손야. 유년상부, 시빈모빈거, 문재조취, 용모여옥야. 상거외사, 독서지야, 애격원가, 유처자, 용모절염, 선연무족야, 쇄극투안, 견하동정공미년소독송낭낭, 심모지, 야유장이래, 욕핍지, 하동정색거지, 처자욕발성이창지. 하동지기난거, 인세지왈 "명일당고우모친, 이도백년지탄. 금약일불승정, 어자위실신부, 어오심불쾌, 막여고유인양가성례." 처자희심, 성약이거. 하동, 익일고모, 천취타옥, 종매기장, 이절지.

- 〈見於于野談(견어우야담)〉

문성공 정인지는 자가 백저이며 하동 사람이다. 찬성 지연의 5대손이다. 어린 나이에 아버지를 여의고 홀어머니를 모시고 가난하게 살았

는데, 글재주가 일찍 발전되고 용모가 옥처럼 아름다웠다. 그는 늘 바깥 사랑방에 거처하며 책을 읽다가 한밤중에 이르렀는데, 담 넘어 집에 용모가 매우 아름답고 문벌이 화려한 한 처녀가 있었다. 그 처녀가 문틈으로 공을 엿보니, 아름다운 소년이 낭랑한 목소리로 글을 읽고 있었다. 처녀가 마음속으로 공을 흠모하여 밤중에 담을 넘어와 가까이 하려 하자, 공이 정색을 하고 거절하니 처녀는 소리를 질러 이 사실을 드러내려고 하였다. 공은 거절하기 어려움을 알고 처녀를 달래기를

"명일에 내 어머니에게 말씀드려 부부가 되어 백년해로의 즐거움을 이루도록 하겠다. 우리가 이제 만약 한 번 정을 이기지 못하면 그대는 정조 잃은 부인이 되고 나의 마음에도 불쾌할 것이니, 지금은 우선 참아 두 집안에서 의논하여 혼례를 이룩하도록 하는 것이 좋을 것이다."

라고 하였다. 이에 처녀가 매우 기뻐하여 약속을 하고 갔는데, 공은 그 다음날 어머니께 아뢰어 다른 집으로 옮겨갔으며 끝내 그 집을 팔고 거절하였다.

金慕齋 "常在高陽村舍, 公貌如玉, 隣有處女, 乘月而來, 公責曰 "爾以士族之女, 夜投於人, 得罪於倫紀." 折簾笞之, 而送之. 處女, 嫁爲宰相妻. 己卯禍作, 慕齋將不免, 宰相之子, 極諫慕齋之賢, 蓋其母稱兒時事, 曰 慕齋君子人也.

김모재 "상재고양촌사, 공모여옥, 인유처녀, 승월이래, 공책왈 "이이사족지여, 아투어인, 득죄어윤기." 절추태지, 이송지. 처녀, 가위재상처. 기묘화작, 모재장불면, 재상지자, 극간모재지현, 개기모칭아시사, 왈 모재군자인야.

모국 김안국이 고양의 시골집에 있었을 때였다. 그는 준수한 외모에 다가 미남형의 얼굴이었는데 어느 날 밤에 평소 그를 흠모하던 이웃집 처녀가 달빛을 타고 찾아왔다. 그러자 그는 그 처녀를 크게 꾸짖었다.

"너는 양반집 처녀로 밤중에 외간남자를 찾아왔으니 윤리도덕을 어지럽힌 잘못을 저질렀다."

그리고는 회초리를 꺾어서 종아리를 때린 다음에 돌려보냈다. 그 뒤 그 처녀는 시집을 가서 재상의 아내가 되었다.

기묘사화가 일어나자, 김안국은 죽음을 면치 못하게 되었는데, 그 재상의 아들이 그의 어진 점을 들어 임금에게 간곡히 아뢰어서 살아날 수 있었다.

이는 공의 어머니가 어렸을 때의 일을 말하고 모재는 군자라고 말을 하였기 때문이었다.

鄭氏, 尙州人縣監繼金之女, 適校理權達手. 燕山甲子, 被殺, 鄭氏, 號泣不絶, 聲淚盡繼血, 語侍婢曰 "我豈不能卽死, 待夫體還葬, 便託骨其側耳, 吾願未遂, 吾其死矣." 乃慟哭而絶.

정씨, 상주인현감계금지녀, 적교리권달수. 연산갑자, 피살, 정씨, 호읍불절, 성누진계혈, 어시비왈 "아개불능즉사, 대부체환장, 편탁골기측이, 오원미수, 오기사의." 내통곡이절.

정씨는 상주 사람으로, 현감 계금의 딸이다. 교리 권달수에게 시집갔었는데, 연산군 갑자년에 남편이 연산군에게 살해되었다. 정씨는 울부짖기를 그치지 않고 눈물이 다 마르자 피눈물을 흘리며, 모시는 계집종에게 이르기를

"내 어찌 당장 죽지 못하겠는가? 남편의 시체를 모셔다가 장사 지내는 것을 기다려 내 그 곁에 나의 백골을 의탁하려 했었는데 내 소원을 이루지 못했으니, 나는 이대로 죽겠다."

라고 하고는 통곡하다가 마침내 죽었다.

> 鄭寒岡先生, 處於家內外之法, 斬斬, 夫人嘗遭母喪, 公以爲雖婦人, "三年之內, 不宜混處, 遂居外舍," 以至服闋, 雖甥妹之親, 不令同席而坐.
>
> 정한강선생, 처어가내외지법, 참참, 부인상조모상, 공이위구부인, "삼년지내, 불의혼처, 수거외사," 이지복결, 수생매지친, 불령동석이좌.
>
> － 〈見儒先錄(견유선록)〉

한강 정구 선생은 집에 거처할 때에 내외간의 예법이 엄격하였다. 그 부인의 어머니가 돌아가시자, 공은 "비록 부인이라도 3년 안에 부부가 함께 거처해서는 안 된다."라고 하며, 바깥 사랑에 거처하여 복을 마쳤으며, 아무리 남매간이라도 한 자리에 앉지 못하게 하였다.

> 李白沙之母崔氏, 家法甚嚴, 其兄廷秀, 年少長居同里, 至老相見尤數, 然, 未嘗見侍婢不在側, 而接也, 嘗誡諸女曰, 吾家, 子女甚繁, 而年已長, 足知禮法, 雖甥妹之間, 切不可嬉笑相謔自虧典訓, 坐臥言語, 皆當有別.

이백사지모최씨, 가법심엄, 기형정수, 년소장거동리, 지노상견우삭,
연, 미상견시비부재측, 이접야, 상계제녀왈, 오가, 자녀심번, 이년이장,
족지예법, 수생매지간, 절불가희소상학자휴전훈, 좌와언어, 개당유별.

백사 이항복의 어머니 최씨는 가정의 법도가 매우 엄격하였다. 그의
오라비 정수가 나이가 조금 많았는데 한 마을에 거주하였다. 이들 남
매는 늙음에 이르러 더욱 자주 만났으나 한 번도 시비를 곁에 딸리지
않은 채 서로 만나는 것을 본 적이 없었다. 부인은 일찍이 여러 딸들에
게 다음과 같이 경계하였다.

"우리 집안은 자녀가 매우 많은데 나이가 이미 장성하였으니, 충분히
예법을 알 만하다. 비록 남매간이라도 서로 장난하고 웃으며 농담하여
떳떳한 가르침을 훼손하지 말아야 한다. 그리고 앉거나 눕거나 말할
때도 모두 마땅히 분별이 있어야 한다."

趙隱隱堂遜妻金氏, 生長綺紈, 而絕無驕矜習, 擧止言
動, 合於禮, 好讀小學內訓等書, 敎子女, 心以是, 奉祭
祀, 饗賓客, 必躬自具饌, 割肉斷菜, 必使方正, 待妾如
御娣姒, 嘗語諸子, 曰 "父之所近, 是亦母也, 汝等何可不
敬?" 趙公常曰 "吾平居, 賴婦規益甚多, 此吾强輔也.

조은은당린처김씨, 생장기환, 이절무교긍습, 거지언동, 합어예, 호독
소학내훈등서, 교자녀, 심이시, 봉제사, 향빈객, 필궁자구찬, 할육단채,
필사방정, 대첩여어제사, 상언제자, 왈 "부지소근, 시역모야, 여등하가
불경?" 조공상왈 "오평거, 뢰부규익심다, 차오강보야."

— 〈見內範(견내범)〉

은은당 조린의 부인 김씨는 부귀한 집안에서 성장하였으나 교만하고 자랑을 하는 버릇이 없었으며 행동과 말씨가 예법에 맞았다. 그는 소학·내훈 등의 책을 즐겨 읽었으며, 아들 딸들을 가르칠 때는 반드시 이 내용으로써 인도하였고, 제사를 받들거나 손님을 대접할 때는 반드시 몸소 찬을 갖추고, 고기를 자르고, 채소를 썰되, 반드시 똑 바르게 마련하여 놓게 하였으며, 첩을 대접하는 것도 동서와 같았다. 그는 항상 여러 아들에게 이렇게 말하였다.

"아버지가 가까이 하는 여인은 이 또한 어머니이니, 너희들이 어찌 공경하지 않겠는가?

라고 하였다. 조공은 항상 이런 말을 하였다.

"내 평소 생활할 때 아내로부터 잘못을 바로잡는 이로움을 힘입은 바가 매우 많았는데, 이는 곧 나를 크게 도와주는 것이다."

라고 하였다.

趙文孝公之瑞妻鄭氏, 忠義伯夢周曾孫. 燕山甲子夏, 趙公以事見拿, 與鄭氏訣曰"吾之此行, 必不能返, 奈祖父神主何?" 鄭氏曰"當以死自保," 趙公果見殺, 籍沒其家, 鄭氏無所歸, 其父欲率還其家, 鄭氏涕泣, 曰"亡人托我以祖父神主, 妾許之以死, 豈以中負?" 遂抱神主, 詣其家, 盡誠奉祭, 朝夕哭泣, 以終三年, 及中廟改玉, 事聞于朝, 旌其閭.

조문효공지서처정씨, 충의백몽주증손. 연산갑자하, 조공이사견나, 여정씨결왈 "오지차행, 필불능반, 내조부신주하?" 정씨왈 "당이사자보," 조공과견살, 적몰기가, 정씨무소귀, 기부욕솔환기가, 정씨체읍, 왈 "망

인탁아이조부신주, 첩허지이사, 개이중부?' 수포신주, 예기가. 진성봉
제, 조석곡읍, 이종삼년, 급중묘개옥, 사문우조, 정기려.

문효공 조지서의 부인 정씨는 충의백 몽주의 증손녀이다. 연산군 갑
자년 여름에 조공은 사화의 일로 인하여 체포되었는데, 아내 정씨와 헤
어질 때 이런 말을 하였다.

"내 이번에 잡혀가면 반드시 돌아오지 못할 것이니, 할아버지와 아버
지의 신주를 어찌한단 말이오?"

라고 하였다. 이에 정씨는

"제가 목숨을 바쳐 보존하겠습니다"

라고 대답하였다.

조공은 과연 그 말대로 죽음을 당하고 그 집은 몰수되었다. 그래서
정씨는 의지할 곳이 없게 되었는데, 그의 아버지는 집으로 돌아오라고
하였다. 이 때 정씨는 눈물을 흘리면서 말하였다.

"죽은 남편이 나에게 할아버지와 아버지의 신주를 부탁하므로 제가
목숨을 바쳐 보존하겠다고 약속하였는데, 어찌 그 뜻을 배반하겠습니
까?"

라고 하고는 끝내 신주를 안고 친정으로 가서 정성을 다해 제사를 받
들며 아침 저녁으로 슬피 곡하여 3년상을 마쳤다. 그런데 중종이 반정
한 다음 이 사실이 조정에 알려지자, 나라에서는 그 마을의 어귀에 그
가 착한 행실을 한 사실을 알고 정려문을 세워 널리 알리게 하였다.

申文貞公欽妻李氏, 淸江濟臣之女也, 勤儉自守, 每門
會, 中表娣姒甚盛, 務以侈麗相高, 李氏, 獨攝弊預坐,

略無容飾, 識者敬之, 公秉銓時, 有媚寵求款, 李氏斥之,
曰 "吾少而事嚴君, 無絲毫累長, 而奉君子如嚴君焉, 何
可以利故, 垢吾家範?" 子翊聖, 尚公主, 李氏, 益懼盛
滿, 恒存謙挹, 不爲私謁附麗計, 惟日皐麻織紝而已. 李
相國恒福, 論婦人有士行者, 惟以李氏, 爲稱首云.

신문정공흠처이씨, 청강제신지여야, 근검자수, 매문회, 중표제사심성,
무이치려상고, 이씨, 독섭폐예좌, 약무용식, 식자경지, 공병전시, 유미
조구관, 이씨척지, 왈 "오소이사엄군, 무사호루장, 이봉군자여엄군언,
하가이리고, 구오자범?" 자익성, 상공주, 이씨, 익구성만, 항존겸읍, 불
위사알부려계, 유일시마직임이이. 이상국항복, 논부인유사행자, 유이
이씨, 우칭수운.

- 〈見芝峰集(견지봉집)〉

문정공 신흠의 부인 이씨는 청강 제신의 딸이다. 그는 부지런하고 검
소하게 생활을 하였다. 문중에서 모일 때마다 늘 동서들은 옷차림에
있어서 매우 야단스럽고 사치하여 서로 잘 입는 것을 자랑하였으나, 이
씨는 홀로 해진 옷을 입고 그 자리에 참석하고 얼굴에 화장을 하는 일
도 없었다. 사리가 있는 사람들은 모두 그를 존경하였다. 신공이 이조
를 맡았을 때에 이씨 부인에게 아첨하여 청탁을 하는 자가 있었다. 이
에 이씨는 이를 물리치며 이렇게 말하였다.

"나는 어려서부터 아버지를 섬기면서 조금도 어른에게 근심스러운
누를 끼친 일이 없었고, 지금 남편을 받들기를 아버지 모시듯 하는데,
어찌 이 청탁을 들어주어 우리 집안의 법도를 더럽히겠는가?"

라고 하였다.

그 아들 익성이 공주에게 장가를 들었는데 이씨는 부귀가 극에 달함을 두려워하여 항상 겸손하고 조심스러운 몸가짐을 갖고 사사로이 계교를 쓰지 않았으며, 오직 부인의 도리와 직분을 지켜 날마다 모시와 삼을 다루며 길쌈할 뿐이었다.

상국 이항복이 부인을 논할 때 말하기를

"선비 가정의 부인다운 행실을 한 사람은 오직 이씨를 으뜸으로 한다."

고 말하였다.

> 金忠烈公應河, 爲慶源判官, 將行, 有人來言 '有貴家
> 女, 少而艶, 吾欲媒君, 可卜而爲妾.' 公曰 "吾家素貧,
> 貴家女畜之不易, 置之妻右, 則名分亂矣, 遇之以妾. 則
> 彼憾矣, 凡人福有分限, 豈可緣妻致富貴乎?" 遂辭之.
>
> 김충렬공응하, 위경원판관, 장행, 유인내언 '유귀가여, 소이염, 오욕매
> 군, 가복이위처.' 공왈 "오가소빈, 귀가녀축지불역, 치면처우, 즉명분란
> 의, 우지이첩. 즉피감의, 범인복유분한, 개가연처치부귀호?" 수사지.
>
> — 〈見忠烈錄(견충렬록)〉

충렬공 김응하가 경원판관이 되어 부임할 적에 어떤 사람이 와서 권하기를

"귀한 집안에 딸이 있는데 나이가 어리고 예쁘다, 내 그대에게 중매하려고 하니, 첩을 삼았으면 좋겠다."

라고 하였다. 공은 말씀하기를

"우리집은 본래 가난하니, 귀한 집안의 딸을 대하기가 쉽지 않다. 또한 아내보다 윗자리에 놓으면 상하의 명분이 혼란해지고 첩으로 대우

하면 그녀가 감정을 품을 것이다. 모든 사람의 복에는 분수가 있는 것인데, 내 어찌 첩으로 인하여 부귀를 얻겠는가?"

라고 하고는 끝내 사양하였다.

> 俞公彦謙, 旅宦京師, 備嘗艱苦, 友人勸之妾, 期日未
> 及門, 而返. 人問其故, 答曰 "中道, 忽自念吾妻生於鄉
> 村, 妾則京城之女, 姿容必賢於妻, 服飾必賢於妻, 巧慧
> 必賢於妻, 挾賢以事我, 必驕, 吾妻幷之則無分, 降之則
> 有憾, 後悔多矣, 吾何妾爲?"

> 유공언겸, 여환경사, 비상간고, 우인권지처, 기일미급문, 이반. 인문기
> 고, 답왈 "중도, 홀자념오처생어향촌, 처즉경성지녀, 자용필현어처, 복
> 식필현어처, 교혜필현어처, 협현이사아, 필교, 오처병지즉무분, 강지
> 즉유감, 후회다의, 오하첩위?"

> - 〈見野言通載(견야언통재)〉

유공 언겸이 고향을 떠나와 서울에서 벼슬살이를 하느라 온갖 고초를 다 겪고 있을 때, 친구가 첩을 얻을 것을 권하였는데, 날짜가 되어 첩을 데리러 가다가 도중에 그대로 돌아오고 말았다. 사람들이 그 이유를 묻자, 공은 다음과 같이 대답하였다.

"중도에 내 스스로 생각해 보니, 내 아내는 시골에서 성장한 반면, 첩은 서울 여자라서 자태가 반드시 아내보다 나을 것이고 의복이 반드시 아내보다 나을 것이고 재주와 총명함이 반드시 아내보다 나을 것이다. 그렇게 뛰어난 사람이 나를 섬기게 된다면 반드시 교만하여질 것이고 그런 마음으로 나를 섬기면 반드시 내 아내를 얕볼 것이다. 그런데 둘

을 똑같이 대하면 구분이 없어지게 되고, 첩을 낮추면 첩이 서운해 하는 마음을 품어 후회가 많을 것이니, 내 어찌 첩을 얻겠는가?"

靜菴先生, 年十五, 嘗受學而還, 避雨歇市井家, 主人之女, 年可十五六, 見先生風儀, 不覺艶嘗, 露頂流眄, 雨止, 先生卽還, 厥後, 女思想成疾, 醫治不可效, 父母問故, 女以實言, 其父物色於路, 來訪先生, 言願一枉顧, 先生偕往其家, 女喜而出見, 先生諭之, 曰 "汝以良家女, 吾無目成之事, 而汝先於男子, 作病沈綿, 以貽父母之患, 可爲羞恥事也." 女赧然而入, 先生遂還, 女病卽瘳.

정암선생, 년십오, 상수학이환, 피우헐시정가 주인지녀, 년가십오육, 견선생풍의, 불각염상, 노정유면, 우지, 선생즉환, 궐후, 여사상성질, 의치불가효, 부모문고, 여지실언, 기부물색어로, 내방선생, 언원일왕고, 선생해왕기가, 여희이출견, 선생유지, 왈 "여이양가녀, 오무목성지사, 이여선어남자, 작병심면, 이이부모지환, 가위수치사야." 여난연이입, 선생수환, 여병즉추.

— 〈見撫松小說(견무송소설)〉

조정암 선생이 15세 때에 공부하고 돌아오다가 비를 피하느라 시내의 한 집 처마 밑으로 들어서서 비를 피하고 있었다. 이 때 주인집의 딸이 나이가 15~6세쯤 되었는데, 선생의 풍모를 보고는 못내 흠모하고 감탄하여 머리를 내놓고 곁눈질하여 보았다. 비가 그치자, 선생은 곧바로 돌아왔다. 그 후 그녀는 상사병이 나서 의원이 치료하였으나 효험이 없었다. 그의 부모가 이유를 묻자, 그녀는 사실대로 대답하였다.

그 아버지가 길가는 사람들에게 수소문하고는 선생을 찾아와 한 번 자기 집에 가서 딸을 만나보아 달라고 간청하였다. 선생이 함께 그 집에 갔더니, 그녀가 기뻐서 나와 보았다. 이 때 선생은 이렇게 타일렀다.

"너는 양가집 딸로서 내가 눈길을 보내어 너를 좋아하는 뜻을 보인 적이 없거늘 네가 남자보다 먼저 좋아하여 병을 이루어 부모에게 걱정을 끼쳐 드리니, 매우 부끄러운 일이라 할 만하다."

라고 하였다. 그러자 그녀가 부끄러워하고 방으로 들어가므로 선생은 그대로 돌아왔는데, 그녀는 즉시 병이 나았다.

> 李栗谷先生仲兄, 稟素迂疎, 每事招先生, 而使喚之, 服役無怠, 位至貳相, 執子弟禮甚恭, 門生曰 "旣有可使之子弟, 以三達之尊, 無乃過恭乎?" 先生曰 "父兄命我, 豈敢他代? 位之高下非所論, 日月如流, 兄歿之後, 雖欲躬執得乎?"
>
> 이율곡선생중형, 품소우소, 매사초선생, 이편환지, 복역무태, 위지이상, 집자제례심공, 문생왈 "기유가사지자제, 이삼달지존, 무내과공호?" 선생왈 "부형명아, 개감타대? 위지고하비소론, 일월여류, 형몰지후, 수욕궁집득호?"
>
> － 〈見國朝彙語(견국조휘어)〉

이율곡 선생의 둘째형은 평소에 성품이 거칠고 사리에 어두운 사람이었다. 그래서 일이 있을 때마다 꼭 동생을 불러서 시켰으며 선생은 그 일을 완수하는 데 게으름이 없었고, 선생은 높은 지위에 이르렀지만 항상 예절을 실천하여 매우 공손히 하였다. 이에 그의 제자들이 물었다.

"이미 대신 시킬 만한 자제가 있는데 높은 지위에 계신 분이 허드렛일까지 하신다는 것은 너무 지나치게 공손하신 것이 아닙니까?"

그러자 그는 다음과 같이 말하였다.

"형님이 내게 시키신 일을 어찌 다른 사람보고 대신하라고 하겠느냐? 지위가 높고 낮은 것은 논할 바가 아니다. 세월은 물 흐르듯이 빠르니 형님이 돌아가신 뒤에는 내가 아무리 형님의 명령을 받들고 싶어도 뜻대로 할 수 있겠느냐?"

라고 하였다.

成處士聃壽, 字眉叟, 成靜齋聃年, 字耳叟, 皆仁齋熺之子, 而文蕭公石瑢之曾孫也, 俱以文雅著名. 兄弟姉妹十餘人, 父母亡, 三年之喪畢, 會兄弟分財, 眉叟, 見物之美完者, 則曰與某, 奴之有實者, 則給某, 其破碎罷劣者, 則此父母之意也, 我其爲之. 妹李庭堅之妻, 無家, 又欲以本宅與之, 諸弟固諫, 曰 "父母家舍, 傳之長子." 眉叟曰 "均是父母之子, 我不可獨有家也?" 卽出所有綿布, 爲庭堅買家之資, 一門之內, 人無間言.

성처사담수, 자미수, 성정재담년, 자이수, 개인재희지자, 이문숙공석용지증손야, 구이문아저명. 형제자매십여인, 부모망, 삼년지상필, 회형제분재, 미수, 견물지미완자, 즉왈여모, 노지유실자, 즉급모, 기파쇄파열자, 즉차부모지의야, 아기위지. 매이정견지처, 무가, 우욕이본댁여지, 제제고간, 왈 "부모가사, 전지장자." 미수왈 "균시부모지자, 아불가독유가야?" 즉출소유면포, 위정견매가지자, 일문지내, 인무간언.

— 〈見靑坡劇談(견청파극담)〉

처사 성담수는 자가 미수이고, 정재 성담년은 자가 이수로, 인재 희의 아들이고 문숙공 석용의 증손이었는데, 그들은 모두 문장과 고상함으로 이름을 드러냈다. 미수는 형제자매가 10여명이었는데, 부모가 별세하자, 3년상을 마치고 형제들을 모아 놓고 유산을 나눌 적에 미수는 물건 중에 온전하고 아름다운 것을 보면 아무에게 주라. 하고, 물건 중에서 부서지거나 좋지 못한 것이 있으면,

"이는 부모의 뜻이니, 내가 갖겠다."

라고 하였다. 그 누이동생인 이정견의 아내가 집이 없으므로 또다시 본댁을 주려하자, 여러 아우들이 굳이 만류하기를

"부모님의 집은 맏아들에게 물려주어야 합니다."

라고 하니, 미수는 이렇게 말하였다.

"우리는 다 똑같이 부모의 자식이니, 나 혼자 집을 소유해서는 안 된다."

하고는 즉시 가지고 있던 면포를 내주어 이정견이 집을 사는 자금으로 쓰게 하니, 가문 안에 아무도 딴 말을 하지 못하였다.

敬菴許文敬公稠, 字仲通, 河陽人, 守法剛正, 人不敢干以私, 每遇父母忌, 必服母夫人手縫幼年所衣碧色小團領, 流涕以致齊, 子弟有過, 必告祠堂, 而撻之. 公兄周, 以判漢城府事致仕, 公每政府合坐, 鷄鳴而必詣之, 詣必屛騶, 從于洞口, 下車步入. 判府亦知公必至, 每夜正衣冠, 張燈設坐, 身倚床以待公之至, 至必設小酌, 公徐問曰 "今日府中有某事, 何以處之?" 判府曰 "以某之意, 理富如此." 公喜而退 曰 "人樂有賢父兄, 此之謂也."

경암허문경공조, 자중통, 하양인, 수법강정, 인불감간이사, 매우부모
기, 필복모부인수봉유년소의벽색소단령, 유체이치제, 자제유과, 필고
사당, 이달지. 공형주, 이판한성부사치사, 공매정부합좌, 계명이필예
지, 예필병추, 종우동구, 하거보입. 판부역지공필지, 매야정의관, 장등
설좌, 신의상이대공지지, 지필설소작, 공서문왈 "금일부중유모사, 하
이처지?" 판부왈 "이모지의, 이당여차." 공회이퇴 왈 "인락유현부형, 차
지위야."

- 〈見靑坡劇談(견청파극담)〉

문경공 경암 허조는 자가 중통이요 하양 사람이다. 그는 법을 지키
는 태도가 강직하고 바르므로, 사람들이 감히 사사로운 일을 청탁하지
못하였다. 그는 부모님의 제사를 맞을 때마다 반드시 어머니께서 손수
지어주신 어렸을 때 입던 하늘색의 작은 단령을 입고 눈물을 흘리면서
제사를 지냈다. 그리고 자제들이 잘못을 저지르면 사당에 아뢰고 종아
리를 때렸다.

형인 주가 판항성 부사로 지내다가 퇴직을 하였는데, 공은 조정에서
대사를 의논할 일이 있을 때마다 새벽이면 반드시 형을 찾아 갔고, 그
때는 마부를 물리치고, 동리 어귀로부터 걸어서 들어갔으며, 판부사도
역시 공이 꼭 올 것을 알았고 그 때마다 의관을 바로잡고, 등불을 켜고
앉아 평상에 기대어 공이 오기를 기다리다가 공이 오면 반드시 작은 술
자리를 베풀곤 하였다. 공이 천천히 묻기를

"오늘 의정부에서 여차여차한 일이 있으니, 어떻게 처리해야 합니
까?"

하면, 판부사는 대답하기를

"나의 생각으로는 도리가 마땅히 이리이리 하여야 할 것이다."

라고 하였다. 공은 기뻐하고 물러나오며 사람들에게 말씀하기를

"사람이 훌륭한 부형이 있는 것을 기뻐한다고 한 것은 이를 가지고 말하는 것이다."

라고 하였다.

崔叔咸, 性至孝, 母死, 父欲分土田臧獲, 叔咸, 皆占磽
礴老衰者, 皆推與兄弟, 鄕人 稱之曰 "庾黔婁薛包之行,
千載景仰, 況於一人, 而兼之乎?"

최숙함, 성지효, 모사, 부욕분사전장획, 숙함, 개점고박노쇄자, 개추여
형제, 향인 칭지왈 "유검루설포지행, 천재경앙, 황어일인, 이겸지호?"

– 〈見韻玉(견운옥)〉

최숙함은 성품이 매우 효성스러웠는데, 어머니가 별세하자, 아버지는 토지와 노비를 자제들에게 나누어주려 하였다. 이때 최숙함은 모두 척박한 토지와 노쇠한 노비들을 차지하고 좋은 것은 모두 형과 아우들에게 주니, 고을 사람들이 칭찬하기를

"옛날 유검루와 설포의 행실을 천년이 지난 지금에도 우러러보는데, 더구나 그는 한 사람으로서 그들의 행실을 겸하였구나!"

라고 하였다.

近世名卿, 以友愛見稱, 惟安相國玹, 李相國浚慶爲首,
安相以敬爲主, 於其兄瑋, 事之如父, 乘則下馬, 坐則必
趨, 拜於牀下. 唯諾唯謹. 李相以愛爲主, 於其兄潤慶,
友之如親, 朋坐則接膝, 臥則聯枕, 相對言笑, 爾汝爲

戲, 兩家雖不同, 皆爲一時縉紳之欽慕.

근세명경, 이우애견칭, 유안상국현, 이상국준경위수, 안상이경위주,
어기형위, 사기여부, 승즉하마, 좌즉필추, 배어상하. 유낙유근. 이상이
애위주, 어기형윤경, 우지여친, 붕좌즉접슬, 와즉연침, 상대언소, 이여
위희, 양가수부동, 개위일시진신지흠모.

- 〈見松齋雜記(견송재잡기)〉

요즘 세상에 유명한 재상으로 형제간의 우애가 두터워 남의 칭찬을
받는 사람은 오직 상국 안현과 상국 이준경을 두드러진 사람으로 삼는
다. 안상국은 공경을 으뜸으로 하였는데, 그는 형님인 위를 섬기기를
아버지와 같이 하여, 말을 탔으면 말에서 내리고, 앉으면 반드시 나아
가서 자리 밑에서 절을 하였으며, 부르면 '네'하고 답하며 모든 행동을
삼갔다. 이상국은 사랑을 으뜸으로 하였는데, 그는 형님 윤경에게 사랑
하기를 어버이와 같이 하여 같이 앉았으면 무릎을 맞대고, 누웠으면 베
개를 나란히 하고, 서로 마주앉아 이야기하고 웃고 할 때는 '너, 나'하며
놀았으며, 두 집이 비록 같지는 않으나 다 한때 높은 벼슬아치들의
흠모를 받았다.

金公鳳祥, 二弟曰龜祥·鸞祥, 皆孝友篤至, 嘗諗于母,
曰 "兄弟若離居, 飢飽寒暖, 不與之同, 其何以盡天倫之
義? 況吾兄弟三人, 赤心相孚, 其於同居, 豈有難乎?"
母喜, 以尺布斗粟之謠, 加勸戒. 於是, 相約爲同室共爨
之計, 日用百需, 莫不相均, 一家人, 不敢專一物, 以自
私焉.

김공봉상, 이제왈귀상·난상, 개효후독지, 상심우모, 왈 "형제약이거,
기포한난, 불여지동, 기하이진천륜지의? 황오형제삼인, 적심상부, 기
어동거, 개유난호?" 모희, 이척포두속지요, 가권계. 어시, 상약위동실
공찬지계, 일용백수, 막불상균, 일가인, 불감전일물, 이자사언.

- 〈見退溪集(견퇴계집)〉

김공 봉상의 두 아우는 귀상과 난상을 두었는데, 다 효성과 우애가
착실하고 지극하였다. 그는 일찍이 어머니에게 알리기를

"형제가 만약 헤어져 살아서 굶주림과 배부름과, 춥고 따뜻함을 함
께 하지 못하면, 그 어찌 천륜의 의리를 다한다고 할 수 있겠습니까? 더
구나 우리 형제 세 사람은 한 마음 한 뜻으로 서로 믿으며 함께 사는 게
어찌 어려움이 있겠습니까?"

하니, 어머니는 기뻐하면서 그 우애를 권장하고 경계하였다. 이에 있
어서 서로 한집에서 함께 밥을 지어 먹을 계획을 마련할 것을 약속하고
는, 일상 생활에 필요한 물건을 서로 고루 나누어 먹지 않은 것이 없었
고, 한집안 사람이 감히 한 가지 물건을 독점하거나 사사롭게 쓸 수가
없었다.

曹南冥, 與弟桓友愛甚篤, 以爲如肢體不可解也, 同居
一垣之内, 出入無異門, 合食共被怡怡如也, 損家藏, 分
與兄弟之貧乏者, 一毫不自取.

조남명, 여제환우애심독, 이위여지체불가해야, 동거일원지내, 출입무
이문, 합식공피이이여야, 손가장, 분여형제지빈핍자, 일호불자취.

- 〈見大谷集(견대곡집)〉

남명 조식은 아우 환과 우애가 매우 돈독하였다. 그리하여 이르기를 "형제간은 사람의 사지와 같이 떨어질 수 없다."

하여, 한 담장 안에서 함께 살아 나가고 들어오는 다른 문이 없었으며, 함께 모여 밥을 먹고 한 이불을 덮고 자면서 화기애애하게 지내며, 집에 있는 물건을 덜어내어 형제 중에 가난한 자들에게 나누어주고 자신은 털끝만큼도 취하지 않았다.

> 朴正世榮, 年十九而孤, 母李氏泣謂曰 "望汝勅穉弟, 復
> 有朴門也." 時有二弟, 世茂年甫十二, 世蓊纔六歲, 公
> 幷敎督勵, 或時豫怠, 必自撻墓前, 曰 "幽明望絶, 弟學
> 不勤, 乃兄知罪矣." 因泣下, 二弟不敢違敎, 卒能成就,
> 皆以文學, 顯於世.
>
> 박정세영, 년십구이고, 모이씨읍위왈 "망여칙치제, 복유박문야." 시유
> 이제, 세무년보십이, 세옹재육세, 공병교독려, 혹시예태, 필자달묘전,
> 왈 "유명망절, 제학불근, 내형지죄의." 인읍하, 이제불감위교, 졸능성
> 취, 개이문학, 현어세.

박세영이 나이 19세 때 아버지가 돌아가시자 그의 어머니는 울면서 이렇게 당부하였다.

"이제는 네가 어린 동생들을 잘 보살펴 박씨 가문을 다시 일으켜 주기 바란다."

이때 그의 밑으로는 두 동생이 있었는데 세무는 12세였고, 세옹은 6세였다. 이로부터 그는 동생들을 모두 가르치고 지도하였는데 혹시라도 동생들이 공부를 태만히 하면 반드시 아버지 무덤 앞에 가서 자기의

종아리를 치며 울면서 말하였다.

"아버님의 희망이 끊어지려고 합니다. 동생들이 공부를 열심히 하지 않는 것은 바로 형인 저의 잘못입니다."라고 하며, 눈물을 흘렸다.

형의 이러한 모습을 본 두 동생들은 감히 형의 가르침을 어기지 못했고, 마침내 큰 학자가 되어 세상에 그 이름을 떨쳤다.

> 李月澗㙉, 與弟埈當癸巳倭亂, 在中牟鈷鉧潭 倭兵至, 埈方病仆地, 謂曰 "吾病且死, 兄可得脫, 以血先祀." 公握手泣, 曰 "古有爭死者, 吾何忍獨生?" 遂負弟, 上白華山, 行數百步, 有賊抽刃而前, 公釋負, 彎弓奮罵迎賊, 大叫而走, 如是者數, 賊乃退去, 埈氣癍, 公掬取溲飲之, 始醒, 乃上山頂, 獲全. 埈摹其事繪之, 名曰 "兄弟急難圖," 傳於世.
>
> 이월간전, 여제준당계사왜란, 재중모고무담 왜병지, 준방병부지, 위왈 "오병차사, 형가득탈, 이혈선사." 공악수읍, 왈 "고유쟁사자, 오하인독생?" 수부제, 상백화산, 행수백보, 유적추인이전, 공석부, 만궁분매영적, 대규이주, 여시자수, 적내퇴거, 준기궐, 공국취수음지, 시성, 내상산정, 획전. 준모기사회지, 명왈 "형제급난도," 전어세.
>
> – 〈見月澗集(견월간집)〉

월간 이전이 아우 준과 함께 계사년 왜란을 당하여 중모 고무담에 있었는데 왜병이 갑자기 몰려왔다.

이때 이준은 병으로 누워 있었다. 그는 형에게 권하기를

"저는 병들어 장차 죽을 것이니, 형님은 빠져나가 선대의 제사를 이

으십시오."

하였다. 공은 아우의 손을 잡고 눈물을 흘리며

"옛날 형제간에 서로 다투어 자기가 대신 죽으려는 자도 있었으니, 내 어찌 차마 너를 버리고 홀로 살겠는가?"

라고 하고는 아우를 업고 백화산으로 올라가 수백 보를 가니, 왜적들이 칼을 뽑아 들고 앞으로 달려들었다. 공이 업었던 아우를 내려놓고는 활을 당기며 꾸짖고 적을 맞아 함성을 지르며 달려드니, 왜적들이 그대로 도망하였다. 이와 같이 하기를 여러 차례 한 끝에 왜적이 마침내 모두 물러갔다. 이준이 기절하자, 공이 손으로 오줌을 받아 먹이니, 비로소 깨어나므로 산꼭대기로 올라가 온전할 수 있었다.

그 후 이준은 그때의 일을 묘사하여 그림을 그리고 '형제급난도'라 이름하여 세상에 전하였다.

鄭寬齋太淸, 困齋介淸之弟也, 受業於困齋, 行誼著聞, 及困齋沒, 痛其非命, 遂服喪, 群居則不言不笑, 獨處則哭泣悲號, 辟肉十四年, 臨沒戒其子, 曰 "兄守道含冤, 而我不能雪, 我死後殮不用, 吉服祭, 不用魚肉, 一如生時之處."

정관재태청, 곤재개청지제야, 수업어곤재, 행의저문, 급곤재몰, 통기비명, 수복상, 군거즉불언불소, 독처즉곡읍비호, 벽육십사년, 임몰계기자, 왈 "형수도함원, 이아불능설, 아사후염불용, 길복제, 불용어육, 일여생시지처."

– 〈見愚得錄(견우득록)〉

관재 정태청은 곤재 개청의 아우이다. 그는 글을 곤재에게서 배웠는데 행실과 의리가 두드러지게 알려졌다. 곤재가 죽게 되자, 그는 형이 비명에 횡사한 것을 애통해 하여 상복을 입고는, 여러 사람이 있을 때에는 말하지도 않고 웃지도 않았고, 혼자 있을 때에는 통곡하고 울부짖었으며, 14년 동안 고기를 먹지 않았다. 공은 별세할 때에 아들에게 다음과 같이 경계하였다.

"형님이 도를 지키다가 원통하게 별세하였는데, 내가 그 원한을 풀어 드리지 못했으니, 내가 죽은 뒤에 염할 때에는 길복을 쓰지 말고 제사에는 고기를 올리지 말고 내가 생존해 있을 때와 같게 하라."

라고 말하였다.

> 鄭承旨誠謹, 嘗以淸節聞. 在歉歲, 將以米斛買舍, 聞諸族人呼飢, 公曰 "買宅爲子孫計也, 忍使諸族飢而死?" 遂分賑之, 道路濱死者, 亦多施之.
>
> 정승지성근, 상이청절문. 재겸세, 장이미곡매사, 문제족인호기, 공왈 "매택위자손계야, 인사제족기이사?" 수분진지, 도로빈사자, 역다시지.
>
> － 〈見棟溪集(견동계집)〉

승지 정성근은 일찍이 청렴하기로 알려져 있었다. 공이 흉년에 쌀을 주고 집을 사려 하였는데, 집안 사람들이 굶주린다는 말을 듣고는 말씀하기를

"집을 사는 것은 자손을 위한 계책이니, 내 차마 여러 집안들로 하여금 굶주려 죽게 할 수 있겠는가?"

라고 하며, 마침내 집을 사려던 쌀을 나누어 주었으며 굶주려 길가에

쓰러져 죽게 된 자들을 또한 많이 구휼하였다.

清陰金文正公尚憲, 於柳希奮爲姨兄弟. 癸亥改玉後,
希奮被一辟, 公持布帶, 將往尸所成服, 人有止之, 公曰
"雖於生時絶跡其門, 死後親戚無可絶之義, 旣不可絶,
則往哭而服之, 不可已者也."

청음김문정공상헌, 어유희분위이형제. 계해개옥후, 희분피일벽, 공지
포대, 장왕시소성복, 인유지지, 공왈 "수어생시절적기문, 사후친척무
가절지의, 개불가절, 즉왕곡이복지, 불가이자야.

- 〈見遺聞錄(견유한록)〉

문정공 청음 김상헌은 유희분과 이종 형제간이었다. 계해년에 인조
가 반정한 뒤에 유희분이 극형을 받자, 공은 삼베옷과 띠를 갖고 시신
이 있는 곳으로 가서 상복을 입으려 하였다. 어떤 사람이 만류하자, 공
은 다음과 같이 말씀하였다.

"비록 생시에는 그 집과 발걸음을 끊었으나 죽은 뒤에는 친척간의 의
리를 끊을 수가 없으니, 이미 끊을 수 없다면 가서 곡하고 상복을 입는
것을 어찌 그만 두겠는가."

金江湖叔滋, 一日, 其子宗直, 自成均退, 公問館中有何
事, 對曰 "聞兵判安崇善, 以受人略, 逮禁直." 公愀然
曰 "安公受略, 雖鄙情狀未白, 且君子也, 宰相也, 汝童
子, 何故, 斥其名乎?" 非敬長之道也, 吾不願聞.

김강호숙자, 일일, 기자종직, 자성균퇴, 공문관중유하사, 대일 "문병판

안숭선, 이수인뢰, 체금직." 공초연왈 "안공수뢰, 수비정상미백, 차군
자야, 재상야, 여동자, 하고, 척기명호?" 비경장지도야, 오불원문.

－〈見佔畢齋集(견점필재집)〉

강호 김숙자가 어느 날 그 아들 종직이 성균관에서 물러나오는 것을
보고,

"성균관 안에 무슨 일이 있었는가?"

라고 물으니, 대답하여 말하기를

"듣자오니 병조판서 안숭선이 남의 뇌물을 받아 이 때문에 의금부에
체포되었다고 합니다."

라고 하였다. 공은 서글픈 낯빛으로 다음과 같이 말씀하였다.

"안공이 뇌물을 받은 것은 비록 나쁜 짓이나 죄의 정상이 아직 분명
치 않으며, 또 그 분은 군자이고 재상이니, 너 같은 동자가 무슨 연유로
그의 이름을 함부로 부르는가?" 이는 어른을 공경하는 도리가 아니니,
내 자손 중에 이러한 행실이 있음을 듣기 원하지 않노라.

先生誡孫安道書曰 "汝於諸丈前, 當虛心下氣參聽, 衆
論之不一, 深究而細察之, 以庶幾從其長, 而得其益, 可
也. 今乃先以粗疎之見, 偏主己意, 只信口騰說, 高聲大
叫, 以凌駕諸丈之說, 假便不違理, 已是咆哮無禮. 非學
者求益之道. 況妄見誤入, 而如此, 其可乎? 其速改之."

선생계손안도서왈 "여어제장전, 당허심하기참청, 중론지불일, 심구이
세찰지, 이서기종기장, 이득기익, 가야. 금내선이조소지견, 편주기의,
지신구등설, 고성대규, 이능가제장지설, 가편불위리, 이시포효무예.

비학자구익지도. 황망견오입, 이지차, 기가호? 기속개지."

- 〈見退陶言行錄(견퇴도언행록)〉

퇴계 선생이 손자 안도를 경계한 편지에 다음과 같이 말씀하였다.

"너는 어른들 앞에서 마음을 겸허히 하고 기운을 낮추어 여러 의견을 참고해 듣고서 깊이 연구하고 세세히 살펴 그 장점을 따라 유익함을 얻어야 한다. 그런데 이제 거친 소견을 가지고 편벽되이 자기 생각만을 주장하여 다만 입에서 나오는 대로 말하고 큰소리로 고함쳐 어른들의 말씀을 능가하니 가령 네 주장이 이치에 어긋나지 않는다 하더라도 이미 소리친 것은 무례한 것으로 공부하는 사람으로서 이로움을 구하는 도리가 아니며, 더구나 망령된 의견과 그릇된 참견이 이와 같아서야 옳겠는가? 이런 것은 속히 고치도록 하라."

鄭寒岡先生門人, 侍側私相與語, 寒岡曰 "長者之側, 不得多言語."

정한강선생문인, 시측사상여어. 한강왈 "장자지측, 부득다언어."

- 〈見寒岡言行錄(견한강언행록)〉

한강 정구 선생의 문인이 곁에서 모시고 있으면서 사사롭게 이야기를 하였는데, 선생은 말하기를
"어른 곁에서는 말을 많이 하지 말아야 한다."
라고 나무라셨다.

李后平, 初拜許遜溪, 遜溪手持小竹杖, 俄捨之在地, 后

平起動之際, 以足踐之. 公曰 "長者所持之物, 亦不可不
敬, 敬長, 乃知長者家中子弟." 后平不覺汗出.

이후평, 초배허돈계, 돈계수지고죽장, 아사지재지, 후평기동지제, 이
족전지. 공왈 "장자소지지물, 역불가불경, 경장, 내지장자가중자제."
후평불각한출.

- 〈見遯溪集(견돈계집)〉

이후평이 처음 돈계 허후를 찾아뵈었는데, 돈계는 손에 들고 있던 작
은 대나무 지팡이를 쥐고 있다가 조금 후에 땅에 내려놓았는데, 이후평
이 일어나 몸을 움직이다가 그만 발로 지팡이를 밟고 말았다. 공은 말
씀하기를
"어른이 사용하는 물건을 또한 공경하지 않으면 안 되니, 어른을 공
경함은 바로 어른이 계신 집안의 자제임을 알 수 있는 척도이다."
라고 하였다. 이에 이후평은 부끄러워 온몸에 진땀이 흘렀다.

徐居正, 字剛仲, 號四佳亭. 嘗趨朝, 梅月堂金時習, 衣
藍縷帶薰索, 戴蔽陽子, 犯前導, 仰首呼剛仲安穩否, 公
笑應之, 駐軒語, 一市人皆駭目相視, 有朝士受侮者, 欲
治其罪, 公止之, 曰 "狂者何足與較, 今罪此人, 百代之
下, 必累公名."

서거정, 자강중, 호서가정. 상추조, 매월당김시습, 의남루대고색, 대폐
양자, 범전도, 앙수호강중안온부, 공소응지, 주헌어, 일시인개해목상
시, 유조사수모자, 욕치기죄, 공지비, 왈 "광자하족여교, 금죄차인, 백
대지하, 필루공명."

- 〈見群豹一斑錄(견군표일반록)〉

서거정은 자가 강중이고 호가 사가정이다. 그는 일찍이 조복을 입고 조정에 들어가고 있을 때 매월당 김시습이 남루한 옷에 새끼줄을 띠 삼아 매고 패랭이를 쓰고는 길 앞을 인도하는 무리들 속으로 뛰어들어 고개를 쳐들고

"강중 그 동안 잘 지냈는가?"

하니, 공이 웃으며 대답하고 수레를 멈추고서 함께 이야기를 나누었다. 이에 온 시장 사람들은 놀라 서로 쳐다보았다. 그런데 한 번은 조정의 높은 벼슬아치가 매월당에게 모욕을 당하고는 그의 죄를 다스리려 하자, 공은 다음과 같이 만류하였다.

"미친 자의 행위를 어찌 따질 것이 있겠는가? 만약 이 사람을 벌주면 후세에 반드시 공의 이름에 누가 될 것이다."

君子交遊, 不可不審, 知宮禁戚里之人, 則不論善惡, 必遂避之, 可也. 尹潔, 善士也, 嘗與綾原尉具思顔友善, 一日, 赴綾原家, 乘醉, 語及時事, 曰 "乙巳陷辜之人, 豈無橫冤?" 有一人預聞之, 漏其言於尹元衡, 則不施踵而, 將有赤族之禍, 綾原懼其及己, 先告之, 潔陷死, 此足爲後世之戒.

군자교유, 불가불심, 지궁금척이지인, 즉불론선악, 필수피지, 가야. 윤결, 선사야, 상여능원위구사안우선, 일일, 부능원가, 승취, 어급시사, 왈 "을사함고지인, 개무횡원?" 유일인예문지, 누기언어윤원형, 즉불시종이, 장유적족지화, 능원구기급기, 선고지, 결함사, 차족위후세지계.

－〈見鵝城雜記(견아성잡기)〉

군자는 친구를 사귀어 노는 데에도 잘 살피지 않아서는 안 된다. 그리고 상대가 궁중과 외척의 인물임을 알면 그 사람의 선악을 막론하고 반드시 피하는 것이 좋다. 윤결은 착한 선비였는데, 그는 능원위 구사안과 서로 친하게 지냈다. 하루는 윤결이 능원위의 집에 가서 놀았는데 술에 취하여 술김에 세상 일을 언급하다가

"을사년, 죄를 받은 사람 중에 어찌 무고하게 죄에 얽혀 희생된 사람이 없겠는가?"

라고 하였다. 이 때 한 사람이 그 자리에 있다가 이 말을 들었는데, 그가 만약 이 말을 윤원형에게 누설한다면 발걸음을 되돌리기도 전에 장차 삼족이 멸하는 화를 당할 판국이었다. 이에 능원위는 자신에게 화가 미칠까 두려워한 나머지 이를 먼저 고발하여 윤결을 죽음에 몰아넣고 말았으니, 이는 후세의 경계가 될 만하다.

> 柳夏亭寬, 字敬夫, 嘗誠子孫, 曰 "朋友, 固有通財之義, 然, 愼勿干索, 可也, 求而不得, 則在我不免, 有缺望之心, 在彼亦有愧恨之意, 交情, 自此而疎矣, 曷若不求之自若乎?"
>
> 유하정관, 자경부, 상계자손, 왈 "붕우, 고유통재지의, 연, 신물간색, 가야, 구이부득, 즉재아불면, 유결망지심, 재피적유괴한지의, 교정, 자차이소의, 갈약불구지자약호?"

하정 유관은 자가 경부인데 일찍이 자손들에게 다음과 같이 경계하였다.

"친구 사이에는 재물을 빌려 줄 수도 있고 빌려 쓸 수도 있다고는 하

지만 될 수 있으면 빌려 달라는 말을 하지 않는 것이 좋다. 빌려 달라고 했다가 만일 얻지 못하면 내 입장에서는 서운한 마음이 들 것이고, 친구의 입장에서는 무안하고 원망스러운 마음이 들 것이다. 그렇게 되고 나면 두 사람의 우정은 점차 멀어지게 되니, 어찌 빌려 달라는 말을 하지 않고서 그대로 지내는 것만 같겠는가?"

崔應教溥, 羅州人也, 宋正字欽, 靈光人也. 俱以玉堂受由下鄉, 相距十五里. 一日, 正字訪應教家, 語間, 應教曰 "君騎何馬?" 正字曰 "駬也." 應教曰 "國之所給, 止於君家, 自君家至吾居, 乃私行也, 何可乘駬?" 歸朝後, 應教啓此意, 罷之. 正字來辭於應教, 則曰 "君年少輩, 後當操心, 可也." 祖宗朝士大夫奉法, 朋友勸勵服義, 可以想見.

최응교부, 나주인야, 송정자흠, 영광인야. 구이옥당수유하향, 상거십오리. 일일, 정자방응교가, 어간, 응교왈 "군기하마?" 정자왈 "일야." 응교왈 "국지소급, 지어군가, 자군가지오거, 내사행야, 하가승일?" 귀조후, 응교계차의, 파지. 정자내사어응교, 즉왈 "군년소배, 후당조심, 가야." 조종조사대부봉법, 붕우권려봉의, 가이상견.

– 〈見海東野言(견해동야언)〉

응교 최부는 나주 사람이고, 정자 송흠은 영광 사람이었다. 이들이 함께 옥당의 관원으로 휴가를 받아 시골에 내려가니, 두 사람의 집은 거리가 15리쯤 떨어져 있었다. 하루는 정자가 응교의 집을 방문하였는데, 말하는 사이에 응교가 묻기를

"그대는 지금 무슨 말을 타고 왔는가?"

하니, 정자가 대답하기를

"역마를 타고 왔습니다."

라고 대답하였다. 응교는 말하기를

"나라에서 준 것은 그대의 집까지만 타고 가라는 것이었으니, 그대의 집에서부터 우리 집까지는 사사로운 걸음인데 어찌 역마을 타고 다니는가?"

라고 하였다. 응교는 조정에 돌아간 다음 이러한 뜻을 아뢰어 정자를 파면시켰다. 정자가 응교를 찾아와 하직인사를 올리자, 응교는 말씀하기를

"자네는 젊은 사람이니, 다음부터는 조심하여야 한다."

하였으니, 조정에 벼슬하는 사대부로서 법도를 받들고, 친구로서 잘하도록 권하고 힘쓰는 의리가 가히 볼 만 하다고 할 것이다.

鄭愚伏先生, 少時入科場, 見一少年, 善製善寫. 把試紙, 展看之時, 傍有友, 挽袖請倩寫, 而誤以墨甁觸于試紙, 墨汁淋漓于紙, 少年笑, 而棄置之, 卽以其所製, 移寫于其友人之紙, 鄭不勝歎服, 問其姓名, 則乃吳百齡, 每稱其德量.

정우복선생, 소시입과장, 견일소년, 선제선사. 파시지, 전간지시, 방유우, 만수청천사, 이오이묵병촉우시지, 묵즙임리우지, 소년소, 이기치지, 즉이기소제, 이사우기우인지지, 정불승탄복, 문기성명, 즉내오백령, 매칭기덕량.

– 〈見聞居謾錄(견한거만록)〉

우복 정경세 선생이 젊었을 때 과거를 보는 장소에 들어가서 보니 한 소년이 글도 잘 짓고 글씨도 잘 썼다. 그가 시험지를 잡고 펴보는 사이에 곁에 있던 한 친구가 소매를 당겨 대필해 줄 것을 청하다가 그만 잘못하여 먹병을 시험지에 닿아서 먹물이 시꺼멓게 종이에 배었다. 소년은 웃으며 그 시험지를 버리고는 즉시 자신이 제술한 글을 친구의 종이에 옮겨 써 주었다. 우복은 못내 탄복하고 그의 성명을 물어보니, 바로 오백령이었다. 그 후 우복은 그의 너그러운 점을 칭찬하곤 하였다.

> 寒暄堂金先生, 居京時, 嘗得一雉, 乾之將送于大夫人所, 爲猫兒偸去, 先生盛怒責守者, 靜菴進曰 "奉親之誠, 雖切, 君子辭氣不可太過, 先生起前握手, 曰 "吾方悔之, 汝言又如此, 吾不覺愧汗, 汝乃吾師也." 靜菴, 時年十七.

한훤당김선생, 거경시, 상득일치, 건지장송우대부인소, 위묘아투거, 선생감노책수자, 정암진왈 "봉친지성, 수절, 군자사기불가태과, 선생기전악수, 왈 "오방회지, 여언우여차, 오불각괴한, 여내오사야." 정암, 시년십칠.

- 〈見東言當法(견동언당법)〉

한훤당 김굉필 선생이 서울에 거주할 때에 일이다. 일찍이 꿩 한 마리를 얻었으므로 이를 말려서 어머니가 계신 곳에 보내려 하였는데, 그만 고양이가 물어가고 말았다. 선생이 매우 노하여 지키던 자를 꾸짖었다. 이 때 조정암이 그의 앞으로 나아가서 아뢰기를

"어버이를 봉양하는 정성이 아무리 간절하더라도 군자가 말을 너무

지나치게 해서는 안 됩니다."

라고 하였다. 선생은 일어나 앞으로 가서 조정암의 손을 잡고

"나도 지금 뉘우치고 있었는데 네 말이 또 이와 같으니, 나는 부끄러워 진땀이 난다. 너야말로 나의 스승이다."

하니 정암의 이때 나이 17세였다.

李公蓀, 廣陵人. 常食于家者, 不下數十人, 家儲屢空, 略不爲意. 旣老, 與柳相洵・安判書琛, 及諸老, 結爲九老會, 每良辰佳節, 迭相往來爲娛. 一世以美事.

이공손, 광릉인. 상식우가자, 불하수십인, 가저루공, 약불위의. 기노, 여유상순・안판서침, 급제노, 결위구노회, 매양진가절, 질상왕래위오. 일세이미사.

- 〈見東言當法(견동언당법)〉

이공손은 광릉 사람이다. 항상 집안에서 밥을 먹는 사람이 늘 수십 명에 이르렀다. 그리하여 집에 저축한 식량이 여러 번 떨어졌으나 공은 조금도 개의치 않았다. 공은 노후에 정승 유순과 판서 안침 및 여러 노인들과 구로회를 결성하고는 좋은 절기와 명절에 서로 왕래하며 즐거워하니, 그 때 세상 사람들은 모두 아름다운 일로 여겼다.

劉克良, 其母, 故宰相洪暹之婢也, 少孤, 登武科, 歷官顯榮, 諸公爭以將才薦, 母謂公曰 "我本某家婢也, 少時, 誤碎玉盃, 恐被罪而逃, 遇汝父, 生汝." 公聞之, 大驚, 卽上京, 尋主家, 陳其情, 欲上疏削科還爲奴, 洪相

曰"汝非我奴也, 何爲出此言也?" 公曰"母旣言之, 何
敢冒法, 背主欺君乎?" 洪相義之, 爲放役文券, 給之,
公謝而去, 每以主稱之, 宰邑閫帥賸遺不絶, 每見謁之
時, 自里門步進, 所獻之物, 手自持納, 嘗爲衛將分軍,
洪相入直禁中, 有所言, 以小紙書數字, 招之, 公卽欲起
去, 兵曹摠府官曰"分軍, 國之大事, 子何輕去?" 公曰
"舊主見招, 不敢遲延." 一座驚歎, 官至副元帥, 壬辰之
亂, 從申砬防守臨氵, 見賊兵甚小, 欲過江擊之, 公曰
"賊之羸, 誘我也, 愼勿輕渡." 砬 不聽而渡, 公曰"大將
已渡, 我何敢後?" 隨渡于彼岸, 俄而賊兵大至, 砬 狼狽
而還, 渡未半而溺. 公踞輤牀, 不動麾兵, 力戰而死.

유극량, 기모, 고재상홍섬지비야, 소고, 등무과, 역관현영, 제공쟁이장
재천, 모위공왈 "아본모가비야, 소시, 오쇄옥배, 공피죄이도, 우여부,
생녀." 공문지, 대경, 즉상경, 심주가, 진기정, 욕상소삭과환위노, 홍상
왈 "여비아노야, 하위출차언야?" 공왈 "모기언지, 하감모법, 배주기군
호?" 홍상의지, 위방역문권, 급지, 공사이거, 매이주칭지, 재읍곤수신
유불절, 매견알지시, 자리문보진, 소헌지물, 수자지납, 상위위장분군,
홍상입직금중, 유소언, 이소지서수자, 초지, 공즉욕기거, 병조총부관
왈 "분군, 국지대사, 자하경거?" 공왈 "구주견초, 불감지연." 일좌경탄,
관지부원수, 임진지란, 종신할방수임진, 견적병심소, 욕과강격지, 공
왈 "적지리, 유아야, 신물경도." 할 불청이도, 공왈 "대장이도, 아하감
후?" 수도우피안, 아이적병대지, 할 낭패이환, 도미반이익. 공거초상,
부동휘병, 역전이사.

– 〈見名臣錄(견명신록)〉

유극량의 어머니는 원래 재상 홍섬의 노비였다. 유극량은 어려서 아버지를 여의었는데, 무과에 급제하여 여러 가지 벼슬에 올랐으며 공경들이 다투어 장수가 될 만한 인물이라고 추천하였다. 이 때 그 어머니가 한번은 공에게 이르기를

"나는 본래 아무 집안의 계집종이었는데 어렸을 때에 잘못하여 옥잔을 깨뜨리고는 죄를 받을까 두려워 도망하였다가 네 아버지를 만나 너를 낳았다."

라고 하였다. 공은 이 말을 듣고 크게 놀라 즉시 상경하여 주인집을 찾아가 이러한 사실을 말하고, 상소하여 무과에 급제한 것을 삭제하고 다시 노비가 되려 하였다. 홍정승이

"너는 나의 종이 아닌데 어찌하여 이러한 말을 하는가?"

라고 하자, 공은 말하였다.

"어머니가 이미 말씀하셨으니, 어찌 감히 국법을 범하여 주인을 저버리고 군주를 속인단 말입니까?"

라고 대답하였다. 홍정승이 의롭게 여겨 노비를 해방하는 문서를 만들어 주니, 공은 사례하고 물러나왔다. 그 후, 공은 언제나 홍정승을 주인이라 칭하고, 고을을 맡아 다스리는 장수로 부임하게 되면 주인에게 선물을 끊이지 않고 보냈으며, 찾아 뵐 때에는 동네 어귀에서부터 걸어가고, 올릴 물건을 손수 갖고 갔다.

  공이 일찍이 위장이 되어 군을 나눌 적에 홍정승이 금중으로 들어와 숙직하였는데, 상의할 일이 있으므로 작은 종이에다가 몇 자를 써서 부르니, 공은 즉시 일어나 가려고 하였다. 병조와 도총부의 관원들이 만류하기를

"군대를 나눔은 국가의 대사인데 그대가 어찌 가벼이 자리를 뜬단 말

인가?"

하자 공은 말하기를

"옛 주인이 부르시니, 내 감히 지체할 수 없다."

하니, 한 자리에 앉은 사람들이 모두 놀라고 탄복하였다. 공은 벼슬이 부원수에 이르렀는데, 임진왜란에 신할을 따라 임진나루를 방어하였다. 이때 신할은 적병이 소수임을 보고는 강을 건너가 공격하려 하니, 공이 이렇게 말하였다.

"적이 약하게 보이는 것은 우리를 유인하고자 해서이니, 부디 가볍게 건너가지 마십시오." 하고 만류하였다. 신할이 이 말을 듣지 않고 강을 건너가자, 공은

"대장이 이미 건너갔으니, 내 어찌 지체하겠는가?"

라고 하며, 따라서 건너편 강안으로 건너갔다. 조금 후 적병이 크게 몰려와 신할이 낭패하고 돌아오던 중 강을 반쯤 건너오다가 물에 빠지니, 공은 초헌에 걸터앉아 동요하지 않고 군사들을 지휘하여 힘을 다해 싸우다가 죽었다.

驪州金生家, 有奴莫孫者, 金追奴海西地, 按得反魁數
人, 剪之而還, 其中一獷奴, 挾短劍追之, 將犯 莫孫, 卽
挾其主下馬, 扼吭蹲背, 顧, 爲獷奴, 曰 "此我之仇也,
汝今欲殺, 是我遂願之日也, 請以吾手戕之, 幸借爾劍."
獷奴喜之, 授其劒, 莫孫遂反劍斬其奴, 奉主還家.

여주김생가, 유노막손자, 금추노해서지, 안득반괴수인, 전지이환, 기중일영노, 협단검추지, 장범 막손, 즉협기주하마, 액항섭배, 고, 위영노, 왈 "차아지구야, 여금욕살, 시아수원지일야, 청이오수장지, 행차이

검." 영노희지, 수기검, 막손수반검참기노, 봉주환가.

- 〈見旬五誌(견순오지)〉

　여주에 사는 김생의 집에 막손이란 종이 있었다. 김생은 도망한 종들을 황해도 지방까지 쫓아가서 배반한 종의 괴수 몇 명을 조사하여 처벌하고 돌아오는 중이었는데, 이때 한 흉악한 종이 단검을 품고 쫓아와 김생을 범하려 하였다. 이에 막손은 즉시 그 주인을 잡아 말에서 끌어내리고는 목을 누르고 등을 밟으며 흉악한 종을 돌아보고 말하기를

　"이 놈은 나의 원수인데 네가 이제 이 놈을 죽이려고 하니, 이는 내가 소원을 이룰 수 있는 기회이다. 내 손으로 직접 죽이고 싶으니, 부디 나에게 칼을 빌려 달라."

　라고 하였다. 흉악한 종이 기뻐하며 칼을 주자, 막손은 칼날을 되돌려 그 종의 목을 베어 죽인 다음, 주인을 받들어 집으로 돌아왔다.

> 李靑蓮後白, 爲吏判, 務崇公道, 不受請託, 雖親舊, 若頻往候之, 則深以爲不韙, 一日 有族人往見, 語及求官之意, 後白變色, 示一冊子曰 "吾錄子名, 將以擬官, 今子有求, 求而得之, 非公道也. 惜乎! 子若不言, 可以得官矣." 其人慙而退. 後白每擬一官, 遍問其人當否, 若誤除不合之人, 則輒終夜不寢, 曰我誤國事.

　이청련후백, 위이판, 무숭공도, 불수청탁, 수친구, 약빈왕후지, 즉심이위불위, 일일 유족인왕견, 어급구관지의, 후백변색, 시일책자왈 "오록자명, 장이의관, 금자유구, 구이득지, 비공도야. 석호! 자약불언, 가이득관의." 기인참이퇴. 후백매의일관, 편문기인당부, 약오제불합지인,

즉첩종야불침, 왈아오국사.

- 〈見栗谷日記(견율곡일기)〉

청련 이후백은 이조판서가 되어 공정함을 숭상하고 청탁을 받지 않았다. 그리하여 아무리 친구간이라도 만약 자주 찾아오면 몹시 좋지 않게 생각하였다.

그러던 어느 날 친척 한 사람이 그를 찾아왔다. 이런저런 얘기 끝에 그 사람은 넌지시 벼슬자리를 하나 마련해 달리고 부탁을 하였다. 순간 그는 얼굴빛을 바꾸고 한 책자를 보여주면서 말하였다.

"여기에 적혀 있는 명단들을 보게. 이것은 내가 벼슬을 주려고 생각하고 있는 사람들이네. 내 자네의 이름도 여기에 기록해두고서 장차 벼슬을 주려고 했는데, 지금 자네가 벼슬을 청하다니. 이제 자네가 벼슬을 청하여 얻는다면 공정한 도리가 아니네. 참으로 애석하게 되었네. 자네가 만약 청탁을 하지 않았다면 벼슬을 얻을 수 있었을 것이네."

이 말을 들은 그 친척은 부끄러워하면서 그대로 물러갔다. 또한 그는 관리를 채용할 때마다 그 사람이 적임자인지를 여러 사람에게 의견을 물어서 채용했으며, 만약 합당하지 못한 사람을 잘못 채용하였으면 밤새도록 잠을 이루지 못하고

"내가 나라 일을 그릇되게 만들었구나."

하며 걱정하였다.

李土亭之菡, 繩笠草屩, 嘗訪曺南冥, 見其所居之室, 丹
碧崢麗, 几案華整. 南冥, 方危坐看書, 土亭曰 "先生何
其汰哉?" 南冥曰 "士以治心養氣爲主, 接於目者, 皆欲其

正耳." 因握手欣然, 信宿而別. 往候盧玉溪禛, 坐語未終,
適有自外至者, 曰某里 "某甲, 貸粟於我, 今責其息而還."
土亭怫然曰 "長石斗者, 殖産者也, 公胡爲之?" 卽納履而
去.

이토정지함, 승립초사, 상방조남명, 견기소거지실, 단벽쟁려, 궤안화
정. 남명, 방위좌간서, 토정왈 "선생하기태재?" 남명왈 "사이치심양기
위주, 접어목자, 개욕기정이." 인악수흔연, 신숙이별. 왕후노옥계진,
좌어미종, 적유자외지자, 왈모리 "모갑, 대속어아, 금책기식이환." 토
정불연왈 "장석두자, 식산자야, 공호위지?" 즉납이이거.

토정 이지함이 노끈으로 엮은 삿갓과 짚신을 신고 다녔다. 일찍이 조
남명을 방문하여 그가 거처하는 방을 보니, 붉은 색과 푸른 색으로 곱
게 꾸몄으며 궤와 책상이 화려하고 정돈되어 있었다.

이때 남명이 무릎 꿇고 앉아 책을 보고 있었는데, 토정이 말하기를
"선생은 어쩌면 그리도 사치한가?"
라고 물으니, 남명이 말하기를
"선비는 마음을 다스리고 기를 기르는 것을 주장으로 삼으니, 눈에
보이는 것을 모두 바르게 하고자 해서이다."
라고 하였다. 이에 두 분은 서로 손을 잡고 기뻐하며 이틀 밤을 묵고
작별하였다.

그 후 토정은 옥계 노진을 찾아갔는데, 앉아서 말을 채 마치기 전에
마침 밖으로부터 온 자가 말하기를
"아무 마을 아무개가 우리에게 곡식을 꾸어 갔었는데 제가 이제 그
이자를 독촉하여 받아왔습니다."

하였다. 토정은 이 말을 듣고 성을 내며 말하기를

"볏섬과 쌀말을 증식하는 것은 재산을 증식하는 자이니, 공은 어찌 이런 짓을 하는가?"

라고는 즉시 신을 신고 떠나와 버렸다.

東岡先生金文貞公宇顒, 字肅夫, 謫會寧, 路中逢趙姓人, 乃, 平日異議者也, 趙曰"公如今能無悔乎?"公正色曰"公論當定於後世, 吾何悔乎?"遂拂袖而起. 在謫所日, 金吾郎, 先聲到府, 一府驚撓, 以爲加罪之命, 必及公, 公辭氣如常, 斂衽危坐以待至, 則所拿乃府判官, 公亦無幸色.

동강선생김문정공자옹, 자숙부, 적회령, 노중봉조성인, 내, 평일이의자야, 조왈 "공여금능무회호?" 공정색왈 "공론당정어후세, 오하회호?" 수불수이기. 재적소일, 김오랑, 선성도부, 일부경요, 이위가죄지명, 필급공, 공사기여상, 렴임위좌이대지, 즉소나내부판관, 공역무행색.

문정공 동강 김우옹 선생은 자가 숙부이다. 그가 회령으로 유배를 가던 도중 조씨 성을 가진 사람을 도중에 만났는데, 그는 바로 평소 의견을 달리 하는 자였다. 조씨가

"공이 오늘날 후회하지 않는가?"

하고 묻자, 공은 정색하고 말씀하기를

"공론이 후세에 정해질 것인데, 내 어찌 지금 후회하겠는가?"

하고는 마침내 소매를 떨치고 일어났다.

그가 유배지에 있을 때에 '금오랑'*이 고을에 이른다는 기별이 오니,

온 고을이 놀라고 동요하여 죄를 추가하는 명령이 반드시 공에게 미칠 것이라고 걱정하였으나, 공은 말소리와 기색이 평상시와 똑같아 옷깃을 여미고 무릎 꿇고 앉아 기다렸는데, 금오랑이 와서는 고을의 판관을 잡아가는 것이었다. 그러나 공은 또한 다행이 여기는 기색이 없었다.

鄭文翼公光弼, 在己卯年間, 爲首相, 中廟朝, 因災異延訪于思政殿, 左右迭進, 各進, 災異之策, 韓忠曰 "聖上, 雖厲精求治, 鄙夫敢處首相之位, 災變之作, 必有所由以, 治道之成. 不可望矣." 及退賓廳, 右相申用漑, 作色大言曰 "新進之士, 面斥相臣, 此習不可長也." 公顔色自若, 揮手止之曰 "渠知吾輩之不怒, 故, 發此言也. 若, 小有忌憚, 雖勸之, 必不爲也, 於吾固無所損, 而年少敢言之風, 不可摧折之也. 用漑服其言, 而聞者以爲有大臣之量.

정문익공광필, 재기묘년간, 위수상, 중묘조, 인재이연방우사정전, 좌우질진, 각진, 재이지책, 한충왈 "성상, 수려정구치, 비부감처수상지위, 재변지작, 필유소유이, 치도지성. 불가망의." 급퇴빈청, 우상신용개, 작색대언왈 "신진지사, 면척상신, 차습불가장야." 공안색자약, 휘수지지왈 "거지오배지불노, 고, 발차언야. 약, 소유기탄, 수권야, 필불위야, 어오고무소손, 이년소감언지풍, 불가최절지야. 용개복기언, 이문자이위유대신지량.

– 〈見松窩雜記(견송와잡기)〉

＊금오랑 : 의금부도사의 별칭.

문익공 정광필이 기묘년에 수상으로 이었는데, 중종 때에 화재가 사정전에까지 파급된 일로 인하여 좌우의 신하들이 각각 화재에 대한 대책을 진언하였다. 이 때 한충이 이런 말을 하였다.

"성상께서 비록 정신을 가다듬어 정치를 하려고 하시나 못난 사람이 감히 수상의 자리에 있으니, 재변이 일어남은 반드시 이 때문일 것입니다. 바른 정치가 이루어지기를 더 이상 기대할 수 없습니다."

라고 하였다. 신하들이 빈청으로 물러나온 뒤에 우상 신용개가 큰소리로 말하기를

"신진의 선비들이 정승을 면전에서 배척하니, 이러한 습관을 길러서는 안 된다."

라고 하였다. 그러나 정광필은 얼굴빛이 태연자약한 채 손을 저어 만류하기를

"저 사람은 우리들이 성내지 않을 줄을 알기 때문에 이러한 말을 한 것이니, 만약 조금이라도 우리를 꺼려하는 마음이 있었다면 권하더라도 이런 말을 하지 않았을 것이다. 나에게는 조금도 손해되는 바가 없으니, 젊은 사람들이 과감히 말하는 기풍을 꺾어서는 안 된다."라고 하였다. 이에 신용개는 그의 말에 탄복하였으며, 듣는 자들은 '대신의 도량이 있다.'라고 말하였다.

吳楸灘, 以大臣薦除平康縣監, 在縣五年, 境内大治, 時寒岡 鄭公爲關東伯, 巡到江陵, 謂府使曰 "吾到平康, 必杖縣監." 曰 "何故?" 方伯曰 "此人, 自稱儒者, 簿書不及期會, 事多遲滯以此欲杖之." 府使曰 "公到縣, 不問是非, 猝入杖之, 則可, 若與之接話, 則不能杖也. 方

伯曰"豈有此哉?"及到, 即招入, 公擧止端雅, 言辭詳
敏, 隨其所問, 剖析如流, 方伯不覺心服, 引入房内, 促
膝而坐, 達夜談理, 喜曰"眞金玉君子也." 及還江陵謂
府使曰"公言果然." 船遊鏡湖, 到湖心, 而歎曰"恨不
與平康同舟." 府使曰"此何難事? 以公事招之, 當卽
到." 方伯從之, 留數日待公, 至更設宴湖中, 盡歡而散.

오추탄, 이대신천제평강현감, 재현오년, 경내대치, 시한강 정공위관동
백, 순도강릉, 위부사왈"오도평강, 필장현감." 왈"하고?" 방백왈"차
인, 자칭유자, 부서불급기회, 사다지체이차욕장지." 부사왈"공도현,
불문시비, 졸입장지, 즉가, 약여지접화, 즉불능장야. 방백왈"개유차
재?" 급도, 즉초입, 공거지단아, 언사상민, 수기소문, 부절지류, 방백불
각심복, 인입방내, 촉슬이좌, 달야담리, 희왈"진금옥군자야." 급환강
릉위부사왈"공언과연." 선유경호, 도호심, 이탄왈"한불여평강동주."
부사왈"차하란사? 이공사초지, 당즉도." 방백종지, 유수일대공, 지경
설연호중, 진탄이산.

-〈見名臣錄(견명신록)〉

추탄 오윤겸이 대신의 추천으로 평강현감에 제수되었는데, 그는 고
을에 부임하여 5년 동안 정사를 잘 다스려 경내가 편안하였다. 이 때
한강 정공이 관동관찰사가 되었는데, 순행차 강릉에 이르러 부사에게
이르기를

"내 평강에 이르면 반드시 현감에게 곤장을 치겠다."

라고 하였다. 부사가 무슨 까닭이냐고 물으니 관찰사가 이렇게 말하
였다.

"이 사람이 유학자라 자칭하고 문서를 제때에 올리지 않으며 일을 지

체함이 많으니, 내가 이 때문에 곤장을 치려는 것이다."

하였다. 부사가 아뢰기를

"공이 평강현에 이르러 시비와 곡직을 따지지 않고 그대로 들어가서 곤장을 치신다면 모르지만, 만약 그와 말을 나누시면 곤장을 치시지 못할 것입니다."

하였다. 한강은

"어찌 그럴 리가 있겠는가?"

하고 고을에 도착한 즉시 불러들이니, 공은 행동거지가 단아하고 말하는 것이 자세하고 민첩하여 물음에 따라 대답하기를 물 흐르듯이 하였다. 한강은 자신도 모르게 마음속으로 탄복하여 방안으로 들어가 무릎을 맞대고 밤새도록 이치를 말하고는 기뻐하며

"참으로 금옥과 같은 군자이다."

하였다. 한강은 강릉으로 돌아온 다음 부사에게 이르기를

"공의 말이 참으로 옳다."

하였다. 한강은 경포호에서 뱃놀이를 하다가 호수 한복판에 이르러 한탄하기를

"평강현감과 자리를 함께 하지 못하는 것이 못내 한스럽다."

하니, 부사는

"이 어찌 어려운 일이겠습니까? 공적인 일로 부르시면 즉시 도착할 것입니다."

하였다. 한강은 그의 말을 따라 며칠을 더 머물며 공이 이르기를 기다려 다시 경포호에서 잔치를 베풀고 극진히 즐긴 다음 헤어졌다.

爾瞻, 受業於原川君, 原川卽黃秋浦愼之外舅也. 先生自

在東林, 與之相從, 旣而覰其心術之慝, 不復與之還往,
光海初, 先生爲光海所倚重, 爾瞻自灣尹還, 欲歎結於先
生, 諂笑侫色, 以示親厚, 求擬諫長, 而大小宰皆來問, 先
生終不答, 爾瞻聞之, 怒形於言色, 子弟輩勸先生, 一見
以解, 先生曰 "素知其人不測, 欲往見, 而心難强耳." 爾
瞻大怒, 恨癸丑陰嗾賊竪鄭遴, 使之証引釀成大獄, 若非
光海終始保全, 則幾不免矣, 爾瞻慮先生或復起, 一邊論
啓, 一邊遺人緩頰曰 君雖負我, 我不可以負君, 自上數問
我以黃某實有罪與否, 君自今與我同事, 則我當白上解
之, 如此則不但免譴, 官爵自如也. "先生謝曰, 深荷故人
拯濟之念, 然, 身在死罪中, 豈敢復有意於世事, 而爲希
冀之言乎? 冒利求全, 亦故人之所賤也. 爾瞻." 又送言,
若遺其子弟, 則可議紓禍, 子弟泣請往見, 先生不許, 爾
瞻大怒, 必欲殺之, 而光海竟不從, 申監司翊亮常曰 "癸
丑之獄, 禍變猝作, 死生迫前, 雖以叔父雅量, 不無少變
常度, 而惟秋浦公, 言笑自若, 無異平日, 眞鐵石肝腸云.

이첨, 수업어원천군, 원천즉황추포신지외구야. 선생자재동상, 여지상
종, 기이한기심술지특, 불복여지환왕, 광해초, 선생위광해소의중, 이
첨자만윤환, 욕탄결어선생, 첨소영색, 이시친후, 구의간장, 이대소재
개내문, 선생종불답, 이첨문지, 노형어언색, 자제배권선생, 일견이해,
선생왈 "소지기인불측, 욕왕견, 이심난강이." 이첨대노, 한계축음주적
수정래, 사지무인양성대옥, 약비광해종시보전, 즉기불면의, 이첨여선
생혹보기, 일변론계, 일변유인완협왈 군수부아, 아불가이부군, 자상삭
문아이황모실유죄여부, 군자금여아동사, 즉아당백상해지, 여차즉불단
면견, 관작자여야. "선생사왈, 심하고인승제지념, 연, 신재사죄중, 개

감복유의어세사, 이위희기지언호? 모이구전, 역고인지소천야. 이첨."
우송언, 약유기자제, 즉가의서화, 자제읍청왕견, 선생불허, 이첨대노,
필욕살지, 이광해경불종, 신감사익량상왈 "계축지옥, 화변졸작, 사생
박전, 수이숙부아량, 불무소변상도, 이유추포공, 언소자약, 무이평일,
진철석간장운.

- 〈見明谷集(견명곡집)〉

이이첨이 원천군 이휘에게 수학하니, 원천군은 곧 추포 황신 선생의
장인이었다. 선생은 사위로 있을 적부터 이이첨과 서로 교유하였는데,
얼마 후 그의 마음 씀이 사악함을 보고 다시는 왕래하지 않았다. 광해
초년에 선생은 광해군에게 신임과 존경을 받았다. 이이첨은 의주부윤
으로 있다가 돌아온 다음 선생에게 환심을 사고자 하여, 아첨하고 웃으
며 얼굴빛을 좋게 하여 친한 뜻을 보이고 자신을 대사간으로 추천해 줄
것을 요구하였다. 이에 크고 작은 재신들이 모두 와서 대사간을 누구
로 천거할 것인가를 물었으나 선생이 끝내 대답하지 않으니, 이이첨은
이 말을 듣고 얼굴에 노기를 띠었다. 자제들이 선생에게 한 번 이이첨
을 만나보고 화해할 것을 권하자, 선생은

"내 평소 그의 불측한 심술을 아니, 한 번 찾아가 만나보려고 하나 마
음을 억지로 하기 어렵다."

라고 하였다. 이이첨은 이에 더욱 노여워하고 원한을 품었다.

계축년 이이첨은 은밀히 소인배인 정협을 사주하여 선생을 모함해서
큰 옥사를 일으키려 하였으니, 만약 광해군이 끝까지 보호해 주지 않
았더라면 선생은 화를 면치 못했을 것이다. 이이첨은 선생이 혹시라도
재 등용 될까 염려하여 한편으로는 선생의 죄를 논박하고, 한편으로는

사람을 보내어 선생을 달래기를

"자네는 비록 나를 저버리나 나는 자네를 저버릴 수 없네. 주상께서 자주 나에게 황신이 실제로 죄가 있는가?'

라고 하며, 여러 차례 물으시니, 자네가 지금이라도 나와 함께 일을 하면 내 주상께 아뢰어 풀어 주겠네. 이렇게 하면 단지 처벌을 면할 뿐만 아니라 관작도 그대로 보유할 것이네.'라고 하였다. 선생은 사절하기를

"친구가 나를 구재해 주려 함은 매우 고마우나 내 몸이 죽을 죄를 지었으니, 어찌 감히 세상 일에 뜻을 두어 다시 등용되기를 기대하겠는가? 이익을 탐하고 온전함을 구함은 그대 또한 천하게 여기는 바일 것이다."

라고 하였다. 이이첨은 다시 말을 전하기를

"만약 자제들을 보내오면 화를 늦출 방도를 의논하겠다."

라고 하니, 자제들이 울면서 찾아가 만나보겠다고 청하였으나 선생은 허락하지 않았다. 이이첨은 크게 노하여 선생을 죽이고자 하였는데, 광해군이 끝내 따르지 않았다.

감사 신익량은 항상 공을 칭찬하여 이렇게 말씀하였다.

계축옥사에 화변이 갑자기 일어나 죽음이 눈앞에 닥치니, 신흠 같은 분도 떳떳한 법도를 잃음이 다소 없지 않았으나 오직 추포 황신은 말씀하고 웃으며 태연자약하여 평소와 다름이 없었으니, 참으로 철석간장이라 할 것이다.

> 朴龍巖雲, 始遇朴松堂於漢江, 不覺心服. 奉陪還鄉, 遂見金眞樂堂就成, 謂曰 "松堂, 富世諸儒, 鮮有及者, 吾輩問難, 以就弟子之列" 眞樂不肯龍巖曰 "少年高擧之

病, 正坐此耳, 須脫去是病, 做得新功. 眞樂曰, 子言誠
然, 乃會于月波亭講道." 眞樂謂龍巖曰 "若非吾子, 余
幾虛死矣." 遂共師事之, 專心性理之學.

박용암운, 시우박송당어한강, 불각심복. 봉배환향, 수견김진락당취성,
위왈 "송당, 부세제유, 선유급자, 오배문잡, 이취제자지열" 진락불긍용
암왈 "소년고거지병, 정좌차이, 수탈거시병, 주득신공. 진악왈, 자언성
연, 내회우월파정강도." 진락위용암왈 "약비오자, 여기허사의." 수공사
사지, 전심성리지학.

- 〈見名臣錄(견명신록)〉

용암 박운이 처음 송당 박영을 한강에서 만나보고는 마음속으로 깊
이 감복하여 받들어 모시고 고향으로 돌아왔다. 그리고 진락당 김취성
을 찾아가 이르기를

"지금 세상의 선비들로서 송당을 따를 만한 사람이 드물다. 우리들은
그 제자가 되기도 어려울 것이다."

라고 하였다. 진락당이 따르려 하지 않자, 용암은 말씀하기를

"소년들이 높은 체하는 병폐는 바로 이것이니, 모름지기 이러한 병폐
를 떨어버리고 새로운 공부를 해야 한다."

라고 하니, 진락당은 말하기를

"자네 말이 참으로 옳다."

라고 하고는 월파정에 모여 도학을 강론하였다. 그 후 진락당은 용암
에게 이르기를

"만약 자네가 아니었으면 나는 거의 헛된 삶을 살 뻔했다."

라고 하며, 드디어 둘이 함께 그를 스승으로 모시고 오로지 성리학을

열심히 공부하였다.

曹南冥先生, 入俗離山, 訪成東洲悌元, 期以明年八月
十五日, 會伽倻山海印寺. 及期大雨連日, 南冥冒雨而
行, 及至寺門, 東洲已到, 方脫蓑衣.

조남명선생, 입속리산, 방성동주제원, 기이명년팔월십오일, 회가야산
해인사. 급기대우연일, 남명모우이행, 급지사문, 동주이도, 방탈사의.
- 〈見德川師友錄(견덕천사우록)〉

남명 조식 선생이 속리산에 들어가 동주 성제원을 방문하고 그들은
다음해 8월 15일에 가야산 해인사에서 만나기로 약속하였는데, 약속한
때가 되자, 큰 장마비가 며칠을 계속해 내렸다. 남명이 비를 무릅쓰고
길을 떠나 절 문에 이르니, 동주는 이미 도착하여 막 도롱이를 벗고 있
었다.

靜菴先生, 一日, 執李灘叟手, 流涕曰 "自終南守死後,
未聞過失爲恨." 李公曰 "公別無病, 痛恐器量不寬弘也."
先生曰 "正中我病, 蓋終南守善箴儕輩過失者也.

정암선생, 일일, 집이탄수수, 유체왈 "자종남수사후, 미문과실위한."
이공왈 "공별무병, 통공기량불관홍야." 선생왈 "정중아병, 개종남수선
잠제배과실자야.
- 〈見恥齋日錄(견치재일록)〉

조정암 선생이 하루는 탄수 이연경의 손을 잡고 눈물을 흘리며 말씀

하기를

"종남수가 죽은 이후로 나는 네가 잘못했다는 말을 듣지 못하는 것이 한스럽다."

라고 하니 이공이 말하기를

"공은 특별한 병이 없고 단지 기량이 넓지 못한 듯하다."

라고 말하니, 선생은

"그대는 나의 병을 바로 맞추었다."

라고 하였다. 종남수는 바로 친구들의 과실을 잘 경계한 사람을 말하는 것이다.

> 鄭藥圃先生, 學於南冥, 南冥嘗贈以一牛, 藥圃未知其意, 南冥笑曰 "君辭氣太敏, 不如遲鈍而致遠, 吾所以贈牛也.

> 정약포선생, 학어남명, 남명상증이일우, 약포미지기의, 남명소왈 "군사기태민, 불여지둔이치원, 오소이증우야.

> – 〈見東言當法(견동언당법)〉

약포 정탁 선생이 조남명에게 공부하였는데, 남명이 일찍이 소 한 마리를 주었으나 약포는 어째서 주는지 그 뜻을 알지 못하였다. 남명은 웃으며 말씀하기를

"자네는 말이 너무 빠르니, 소처럼 느릿느릿하면서도 멀리 가는 소처럼 행동하라고 소를 주는 것이다."

라고 하였다.

黃朽淺, 與人交, 必忠必信, 有不善必言, 有不改者, 自
反曰 "言不信, 吾過也, 必以誠意自勉.

황후천, 여인교, 필충필신, 유불선필언, 유불개자, 자반왈 "언불신, 오
과야, 필이성의자면.

- 〈見記言(견기언)〉

후천 황종해는 사람들과 사귈 적에 반드시 충성스럽고 성실하게 하
여 잘못하는 일이 있으면 반드시 말해 주었으며, 고치지 않는 자가 있
으면 스스로 반성하기를
"저 사람이 허물을 고치지 않는 것은 나의 말이 성실하지 못하기 때
문이니, 이는 나의 잘못이다."
라고 말하였다.

金河西, 柳眉巖同門友也, 金公旅遊在沔, 染時疾, 人莫
敢視, 幾至死境, 柳公時爲學諭, 聞之, 亟興疾所寓, 躬
調湯藥, 日夜看護, 金公賴而起. 乙巳士禍起, 柳公竄濟
州, 禍將不測, 有一子無與婚者, 金公以其女歸于柳公
之子, 人皆兩賢之.

김하서, 유미암동문우야, 김공여유재반, 염시질, 인막감시, 기지사경,
유공시위학유, 문지, 극여질소우, 궁조탕약, 일야간호, 김공뇌이기. 을
사사화기, 유공찬제주, 화장불측, 유일자무여혼자, 김공이기녀귀우유
공지자, 인개우현지.

- 〈見五峰集(견오봉집)〉

하서 김인후와 미암 유희춘은 같이 공부한 친구였다. 김인후는 고향을 떠나와 성균관에 있을 적에 돌림병에 걸리니, 사람들이 병에 전염될까 두려워 감히 돌보지 못하여 거의 죽을 지경에 이르렀다. 이 때 유공은 성균관 '학유'*로 있었는데 이 소식을 듣고는 급히 가마에 태워 집으로 데려다가 몸소 조리하고 약을 달여 밤낮으로 간호하여 김인후는 일어날 수 있게 되었다. 그 후 '을사사화'**가 일어나 유공이 제주로 유배되니, 그 화를 측량할 수 없었다. 유공에게는 한 아들이 있었으나 죄에 연루 될까 두려워하여 더불어 혼인하는 자가 없었는데, 김인후는 자기 딸을 그 아들에게 시집보내었다. 이에 사람들은 모두 두 분을 훌륭하게 여겼다.

> **晚全先生洪文莊公可臣, 當己丑獄, 李公潑兄弟死 公爲之棺, 斂而哭之, 或戒以禍及, 公曰 "禍福命也, 斯人者一門皆死, 吾不忍以禍, 故, 相負也.**
>
> 만전선생홍문장공가신, 당기축옥, 이공발형제사 공위지관, 염이곡지, 혹계이화급, 공왈 "화복명야, 사인자일문개사, 오불인이화, 고, 상부야.
>
> — 〈見晚全集(견만전집)〉

문장공 만전 홍가신 선생이 '기축옥사'***를 당하여 이발과 이길의 형제가 죽자, 공은 그들을 위해 관을 마련하여 염습해 주고 곡을 하였다. 혹자가 화가 미칠 것이라고 경계하자, 공은 말씀하기를

＊학유 : 성균관의 종 9품 벼슬.
＊＊을사사화 : 1545년 왕실의 외척인 대윤과 소윤의 반목으로 일어나, 대윤이 소윤으로부터 받은 정치적 탄압.
＊＊＊기축옥사 : 1589년에 정여립을 비롯한 동인의 인물들이 모반의 혐의로 박해를 받은 사건.

"화와 복은 천명이다. 이 사람은 한 가문이 모두 죽었으니, 내 차마 화를 당한다 하여 서로 저버릴 수 없다."
라고 하였다.

> 壬辰倭寇至, 巡邊使李鎰, 往禦于嶺南尹文烈公暹友人
> 某, 爲其從事, 公往見鎰爲言 "其人有偏母, 無他兄弟, 其
> 母日夜號哭, 願公垂憐." 鎰曰 "國家存亡, 將決於此行,
> 幕佐不可不極選, 亦無踰於公, 辟公自從." 公將行, 拜辭
> 於母, 其弟逖握手, 泣曰, 兄何只恤友人, 而不自恤, 置
> 我父母於相忘之地?" 公曰 彼無兄弟, 情勢可矜, 而吾家
> 汝存焉, 且當國家危急之日, 何暇顧私耶?" 鎰至尙州, 賊
> 迫, 鎰逃去, 謂公 曰 "徒死無益, 願從我." 公曰 "只有一
> 死, 以報我殿下." 遂死於幕中.

임진왜구지, 순변사이일, 왕어우영남윤문열공섬우인모, 위기종사, 공왕견일위언 "기인유편모, 무타형제, 기모일야호곡, 원공수련." 일왈 "국가존망, 장결어차행, 막좌불가불극선, 역무유어공, 벽공자종." 공장행, 배사어모, 기제적악수, 읍왈, 형하지휼우인, 이불자휼, 치아부모어상망지지?" 공왈 피무형제, 정세가긍, 이오가여존언, 차당국가위급지일, 하가고사야?" 일지상주, 적박, 일도거, 위공 왈 "도사무익, 원종아." 공왈 "지유일사, 이보아전하." 수사어막중.

― 〈見靑野謾集(견청야만집)〉

임진년에 왜구가 몰려오자, 순변사 이일이 영남으로 가서 왜적을 막게 되었는데, 이때 문열공 윤섬의 친구 아무개가 그의 종사관이 되었다. 윤공은 이일을 찾아가 간청하기를

"그 사람은 홀어머니가 계신데 딴 형제가 없었습니다. 이 때문에 그 어머니가 밤낮으로 울부짖고 계시니, 공이 가엾게 여기시어 딴 사람으로 대체해 주십시오."

라고 하니, 이일은 말하기를

"국가의 존망이 이번 출동에 결정될 것이니, 보좌관을 엄선하지 않을 수 없다. 그를 딴 사람으로 바꾼다면 공보다 나은 사람이 없으니, 내 공을 종사관으로 임명하여 데리고 가겠다."라고 하였다. 공이 길을 떠나면서 어머니에게 절하고 하직하니, 아우 적이 형의 손을 잡고 울며

"형님은 어찌하여 친구만 생각하시고 자신은 아끼지 않으시어 우리 부모님을 잊어버리신단 말입니까?"

라고 하였다. 공은 말씀하기를

"저 사람은 형제가 없어 정세가 가련하고 우리 집은 네가 있기 때문이다. 또 국가가 위급한 때를 당하여 어느 겨를에 사사로운 일을 돌보겠는가?"

라고 하였다. 이일은 상주에 도착한 다음 왜적이 크게 몰려오자, 도망하면서 공에게 이르기를

"부질없이 죽는 것은 무익하니 나를 따르라."

라고 하였으나, 공은

"다만 한 번 죽어 우리 전하께 보답할 뿐입니다."

라고 하고는 적과 싸우다가 끝내 군막 안에서 죽었다.

金鶴峰先生, 授修撰, 覲親下鄉, 到用安驛, 見有村閭賤
人, 坐於田畝, 或指之曰 "是孝子也." 公, 旣請見之, 許
坐堂上, 待以賓禮, 或怪其太過, 公曰 "不善之人, 貴爲

卿相, 固無觀, 如有善行, 豈可以微賤, 而慢易之乎?"

김학봉선생, 수수찬, 근친하향, 도용안역, 견유촌여천인, 좌어전묘, 혹
지지왈 "시효자야." 공, 기청견지, 허좌당상, 대이빈례, 혹괴기태과, 공
왈 "불선지인, 귀위경상, 고무관, 여유선행, 개가이미천, 이만역지호?"

학봉 김성일 선생이 수찬에 제수되어 어버이를 찾아뵈러 고향으로
내려가다가 용안역에 이르렀을 때 마을의 천민들이 밭이랑에 앉아 있
었다. 그 중에 어떤 사람이 한 사람을 가리키며
"이 분이 효자입니다."
라고 말하자, 공은 그를 청하여 만나보고 당 위에 앉게 하여 손님으
로 예우하였다. 어떤 사람이 너무 지나치게 예우함을 괴이하게 여기자,
공은 말씀하기를
"선하지 못한 사람은 신분이 귀하여 정승·판서가 된다 하더라도 진
실로 볼 것이 없지만, 만약 선행이 있다면 신분이 미천하다고 하여 어
찌 함부로 대하겠는가?"
라고 하였다.

> 黃翼成公, 爲首相, 金忠翼公宗瑞, 判兵户部, 每有一事
> 錯失, 黃公輒折訶責, 或答奴, 或囚吏, 同列皆以爲過,
> 金公亦甚困, 孟文貞公思誠問曰 "金宗瑞一代名卿, 公何
> 捃撫之甚?" 黃公曰 "此乃玉成宗瑞也, 宗瑞性元氣銳, 作
> 事果敢, 他日居吾等之位, 不自愼重, 則償事必矣, 摧折
> 警勵, 俾其飭志持重, 庶不臨事輕發, 吾之志也, 非敢相
> 阨也." 孟公乃服. 黃公乞退, 擧金公自代.

황익성공, 위수상, 김충익공종서, 판병호부, 매유일사착실, 황공군절
가책, 혹태노, 혹수리, 동열개이위과, 김공역심곤, 맹문정공사성문왈
"김종서일대명경, 공하군척지심?" 황공왈 "차내옥성종서야, 종서성항
기예, 작사과감, 타일거오등지위, 불자신중, 즉분사필의, 최절경려, 비
기칙지지중, 서불임사경발, 오지지야, 비감상액야." 맹공내복. 황공걸
퇴, 거금공자대.

- 〈見悍翁識小錄(견성옹식소록)〉

익성공 황희가 영의정으로 있을 때에 충익공 김종서가 병조와 호조
의 판서를 맡고 있었다. 그런데 황희는 김종서가 한 가지 일이라도 잘
못을 하면 그를 불러서 곤욕을 주거나 호되게 야단을 쳤다. 그리고 만
약 김종서를 벌주지 못했을 경우에는 대신 하인을 불러다가 볼기를 치
기도 하고, 그의 부하를 잡아다가 옥에 가두기까지 하였다. 이렇게 되
자 주변 사람들은 모두 그가 너무 지나치다고 생각하였다. 김종서 자
신도 남들에게는 한없이 관대한 분이 자신에게만 혹독하게 대하니 입
장도 난처하고 원망하는 마음도 생겼다.

이에 맹사성이 황희에게 물었다.

"김종서는 미래가 촉망되는 유명한 판서인데 어찌 그를 이렇게 심하
게 대하십니까?"

그러자 그는 다음과 같이 대답하였다.

"이렇게 하는 것은 바로 김종서를 훌륭한 사람으로 만들기 위해서 그
러는 것이오. 그는 재주가 뛰어나고 기운이 넘쳐서 너무 과감하게 일
을 밀어붙이고 있소. 후일 그는 나와 같은 벼슬자리에 앉게 될 것인데,
그런 과감한 성품으로 말미암아 일을 신중하게 하지 않으면 잘못될 것

이 틀림없소. 그래서 그의 기운을 꺾고 그 뜻을 가다듬어서 신중한 마음을 갖게 함으로써 일을 처리할 때 경솔하게 하지 않도록 하려는 것이 나의 뜻이오. 내 그에게 곤욕을 주려는 것은 아니오."

맹사성은 그 말을 듣고서야 황희의 깊은 뜻에 탄복하였다. 후에 나이가 많아 그는 벼슬을 그만 두고 물러나면서 임금에게 김종서를 정승으로 추천하여 자신을 대신하게 하였다.

> 癸亥, 仁祖大王 反正, 李文忠公元翼拜領相, 命卜左右
> 相, 朝議以韓文翼公浚謙, 雖王后父, 素有公輔望, 當卜."
> 李公不從曰 "革新之初, 先擧戚畹爲相, 是啓偏私之漸
> 也, 韓公聞之, 喜曰完平, 愛人以德."
>
> 계해, 인조대왕 반정, 이문충공원익배영상, 명복좌우상, 조의이한문익
> 공준겸, 수왕후부, 소유공보망, 당복." 이공불종왈 "혁신지초, 선거척
> 원위상, 시계편사지점야, 한공문지, 희왈원평, 애인이덕."
>
> ─ 〈見梧里集(견오리집)〉

계해년 인조대왕이 반정하고 문충공 이원익이 영상에 임명되었다. 인조는 좌상과 우상을 추천하도록 명하였는데, 조정의 의론은 문익공 한준겸이 비록 왕후의 부친이나 평소 정승이 될 만한 인물로 알려져 있으니, 그를 추천하여야 한다고 주장하였다. 그러나 이원익은 이에 따르지 않고

"혁신하는 초기에 먼저 외척을 천거하여 정승을 삼으면 이는 편파적이고 공정하지 못한 버릇을 열어놓는 것이다."

라고 하며, 반대하였다. 한공은 이 말을 듣고 기뻐하며

"이원익은 사람을 사랑하기를 덕으로써 한다."
라고 칭찬하였다.

> 金江湖, 初赴高靈, 閱軍須, 縮三千餘斛. 公曰 "若聞于
> 朝, 前官當陷贓罪, 吾何忍爲? 吾若瓜滿間不殿, 雖不橫
> 斂於民, 何有於數千?" 卽解由遺之. 自是, 縮節衛廩, 裁
> 減冗費, 臧獲皆食蔬糲, 訖五年, 充其數.
>
> 김강호, 초부고령, 열군수, 축삼천여곡. 공왈 "약문우조, 전관당함장
> 죄, 오하인위? 오약과만간불전, 수불횡감어민, 하유어수천?" 즉해유유
> 지. 자시, 축절위름, 재감용비, 장확개식소려, 흘오년, 충기수.
>
> – 〈見彝尊錄(견이존록)〉

강호 김숙자가 처음 고령에 부임하여 군수품을 검열해 보니, 3천여
섬이나 부족하였다. 공은 말씀하기를

"만약 이 사실을 조정에 보고하면 전관 사또가 장물죄에 걸릴 것이
니, 내 어찌 차마 이렇게 하겠는가? 내가 만약 임기 동안에 사치를 하지
않는다면 비록 백성들에게 명목 없는 세금을 함부로 거두지 않더라도
몇 천 섬을 충당하기가 어찌 어렵겠는가?"

라고 하고는, 즉시 사무 인계를 써서 전관 사또에게 주었다. 이 후로 공
은 관청의 경비를 줄이고 봉급을 절약하고 잡비를 줄이며 노비들에게
도 채소와 좁쌀을 먹게 하여 5년 만에 끝내 부족한 수량을 채워 놓았다.

> 晦齋先生, 素淸苦. 丁未間, 江界安置, 適値寒冱, 衣裳
> 單薄, 將不能堪, 張同知世豪, 使燕京還, 中途遇之, 語

人曰 "斯人, 雖得罪朝廷, 罪止流竄, 是豈使之凍死也?"
遂脫狐裘, 賜之, 公受而不辭. 其時, 誅斬竄逐者, 皆罪
涉宗廟親戚故舊, 莫敢相問, 猶恐禍及, 張公乃武官, 又
無昔日之分, 而能行古人所難行之事, 宜先生之受而不
辭, 以成其美也.

회재선생, 소청고. 정미간, 강계안치, 적치한호, 의상단박, 장불능감,
장동지세호, 사연경환, 중도우지, 어인왈 "사인, 수득죄조정, 죄지유
찬, 시개사지동사야?" 수탈호구, 사지, 공수이불사. 기시, 주참찬축자,
개죄섭종묘친척고구, 막감상문, 유공화급, 장공내무관, 우무석일지분,
이능행고인소난행지사, 의선생지수이불사, 이성기미야.

- 〈見圃樵雜錄(견포초잡록)〉

회재 이언적 선생은 본래 청빈하였다. 정미년에 강계에 유배될 때에
마침 추위를 만났는데, 얇은 옷 한 벌뿐이라서 추위를 견딜 수 없었다.
이때 동지 장세호가 연경에 갔다가 돌아오던 중 길에서 만나보고 사람
들에게 말하기를

"이 사람이 비록 조정에 죄를 지었으나 죄가 유배에 그쳤으니, 어찌 얼
어 죽게 하겠는가?"라고 하고는 입고 있던 여우 털 갖옷을 벗어 주니, 공
은 사양하지 않고 받았다. 이 때 죽임을 당하거나 쫓겨나 유배간 자들은
죄목이 모두 종묘에 관계되었다. 그러므로 친척과 친구들도 행여 화가
자신에게 미칠까 두려워 감히 서로 안부도 묻지 못하였는데, 장공은 바
로 무관이요 또 공과 예부터 친분이 있는 것도 아니었으나 옛사람도 행
하기 어려운 일을 행하였으니, 선생이 그 갖옷을 사양하지 않고 받아서
그의 아름다운 행실을 받아들이는 것이 마땅하다고 여겼기 때문이다.

盧蘇齋先生, 初見晦齋, 請問存心之術, 先生指掌, 曰
"有物於此, 握則破, 不握則亡." 蘇齋喜曰 "此忘助之異
名也, 一言妙契, 益用力於收斂之方.

노소재선생, 초견회재, 청문존심지술, 선생지장, 왈 "유물어차, 악즉파,
불악즉망." 소재희왈 "차망조지이명야, 일어묘계, 익용력어수염지방.

소재 노수신 선생이 처음 이회재를 찾아뵙고 마음을 보존하는 방법
을 물었다. 선생은 손바닥을 가리키며 이렇게 말하였다.
"여기에 물건이 하나 있는데, 꽉 쥐면 깨지고 쥐지 않으면 놓친다."
라고 하니 소재는 기뻐하며
"이는 알지 못하는 점을 깨우쳐 주는 훌륭한 말로서 명심할 점이다."
라고 하고는 한 말씀에 묘리를 깨우쳐 마음을 수련하는 공부에 더
욱 힘썼다.

靜菴先生曰 "嘗聞許相國稠, 對几案坐, 夜半, 偸兒入
室, 公不寢冥然, 若泥塑人. 盜去, 家人覺之, 恨焉, 公
曰 "賊之有甚於此者, 來戰於心, 何暇警止外賊乎?" 先
輩克己如此.

정암선생왈 "상문허상국조, 대궤안좌, 야반, 투아입실, 공불침명연, 약

니소인. 도거, 가인각지, 한언, 공왈 "적지유심어차자, 내전어심, 하가
경지외적호?" 선배극기여차.

- 〈見靜菴集(견정암집)〉

조정암 선생이 말씀하였다.

"내 일찍이 들으니, 어느 날 상국 허조가 책상을 대하고 앉아 있었는
데, 밤중에 도둑이 방으로 들어왔다. 이 때 공은 잠을 자지 않고 눈을
감고 있어 마치 진흙으로 만든 인형처럼 가만히 있었다. 도둑이 간 뒤
에 집안 식구들이 도둑맞은 것을 발견하고 공을 원망하자, 공은 말씀하
기를 '그보다 심한 도둑이 내 마음속에 와서 싸우고 있었으니, 어느 겨
를에 밖의 도둑을 경계하여 막겠는가?' 라고 하였다."

선배들이 자기 자신을 이겨내는 마음가짐이 이와 같았다.

鄭一蠹先生曰 "學而不知心, 何用學爲?" 寒暄堂曰 "心在
何處?" 一蠹曰無乎不在, 亦無有處."

정일두선생왈 "학이불지심, 하용학위?" 한훤당왈 "심재하처?" 일두왈
무호부재, 적무유처."

- 〈見師友錄(견사우록)〉

일두 정여창 선생이 말씀하기를

"배우면서 마음을 보존할 줄 모른다면 배워서 무엇 하겠는가?"

라고 하였다. 한훤당 김굉필이 말하기를

"마음이 어느 곳에 있는가?"

라고 물으니, 일두는

"있지 않은 곳도 없고 또한 있는 곳도 없다."
라고 하였다.

　寒暄堂金先生, 常肅然冠服終日, 夜嗒然不語, 蓋用力
　於喜怒哀樂未發前氣像.

　한훤당김선생, 상숙연관복종일, 야탑연불어, 개용력어희노애락미발전
　기상.

- 〈見恥齋集(견치재집)〉

　한훤당 김 선생은 항상 엄숙히 관을 쓰고 의복을 입고 있었으며, 밤
에는 모든 생각을 잊어 버린 듯 말씀하지 않고 조용히 계셨는데, 이 때
는 대개 기쁨 · 노여움 · 슬픔 · 즐거운 감정을 내기 이전의 기상이 되
도록 힘쓰는 것이다.

　宣廟, 問金東岡宇顒曰 "曹植敎爾者何事? 爾之所做何
　工?" 對曰 "臣誠不敢做工, 若植之所敎, 則以求放心爲
　務, 又以主敬爲求放心之工."

　선묘, 문김동강우옹왈 "조식교이자하사? 이지소주하공?" 대왈 "신성불
　감주공, 약식지소교, 칙이구방심위무, 우이주경위구방심지공."

- 〈見石潭日記(견석담일기)〉

　선조가 동강 김우옹에게 묻기를
"조식은 그대들에게 무엇을 가르쳤으며, 그대들은 무슨 공부를 하였
는가?"
라고 하니, 동강은 다음과 같이 대답하였다.

"신은 진실로 공부를 제대로 하지 못했습니다만, 조식이 가르친 것은 '방심'*을 찾는 것이었고, 또 공경을 으뜸으로 '방심'을 찾는 공부로 삼았습니다."

> 柳眉巖, 海南人也. 乙巳之謫濟州也, 舟入大洋, 風濤忽起, 同行三船, 皆覆, 舟中人, 失聲痛哭, 公顔色自若, 俄而風止.
>
> 유미암, 해남인야. 을사지적제주야, 주입대양, 풍도홀기, 동행삼선, 개복, 주중인, 실성통곡, 공안색자약, 아이풍지.
>
> — 〈見東言當法(견동언당법)〉

미암 유희춘은 해남 사람이다.

을사년 사화 때 제주로 귀양을 갔는데, 배가 넓은 바다 가운데 들어가자 바람과 파도가 갑자기 일어났다. 이 때 같이 가는 배가 3척이었는데 다른 배가 다 뒤집어지니, 배 안에 있는 사람들은 모두 소리를 내어 통곡하였으나 공은 얼굴빛 하나 변하지 않고 태연자약 하였다. 그러자 얼마 후 풍랑이 저절로 멈추었다.

> 李公約東, 碧珍人, 諡平靖公. 爲濟州牧使, 以淸白名, 將歸渡海, 風波忽起公曰 "行中或有島中物耶? 神必怒之." 幕裨曰 持一甲而來, 他無一物, 公命投之水中, 風不起, 又以一鞭掛官樓而歸, 曰 "此亦島中物, 不可持

---

*방심 : 마음을 놓는 것.

去." 後鞭久朽落, 邑人畫其形於壁, 以表公清.

이공약동, 벽진인, 시평정공. 위제주목사, 이청백명, 장귀도해, 풍파홀
기공왈 "행중혹유도중물야? 신필노지." 막비왈 지일갑이래, 타무일물,
공명투지수중, 풍불기, 우이일편패관루이귀, 왈 "차역도중물, 불가지
거." 후편구후락, 읍인화기형어벽, 이표공청.

이공 약동은 벽진 사람이고, 시호가 평정공이다. 그는 제주목사를 지
냈는데, 청백하기로 이름이 났었다. 그가 임기를 마치고 돌아오려고 바
다를 건널 적에 풍랑이 갑자기 일어났다. 그러자 그가 말하였다.

"행장 가운데 혹시 제주도에서 가져온 물건이 있느냐? 신이 반드시
이를 노여워하는 것이다."

그러자 종사관이 대답하였다.

"도민들이 목사님의 맑은 덕에 감격하여 갑옷을 한 벌을 보내왔기에
그것을 가져왔을 뿐 다른 물건은 한 가지도 없습니다."

그가 갑옷을 바닷물에 던지도록 명하자 풍랑이 일지 않았다. 그는 또
채찍 하나를 관청의 관루에 걸어 놓고 돌아오며 말하였다.

"이것 역시 제주도의 물건이니 가져가서는 안 된다."

뒤에 그 채찍이 오래되어 썩어 못 쓰게 되자 고을 사람들은 그 모습
을 벽에 그려놓고 그의 청백함을 오래도록 기렸다.

**李貳相尚毅, 兒時甚輕率, 父母憂之, 公佩少鈴, 而自
戒, 聞鈴警省, 今日減一分, 明日如之, 中年以太寬, 見
議於人, 渾然天成, 無一毫之態.**

이익상상의, 아시심경솔, 부모우지, 공패소령, 이자계, 문령경성. 금일

감일분, 명일지지, 중년이태관, 견기어인, 혼영천성, 무일호지태.

이상 이상의가 어렸을 때에 행동거지가 너무 경솔하여 부모는 이를 근심하였다. 그러자 공은 작은 방울을 차고 다니며 스스로 경계하였다. 그는 스스로 조심하기 위해 조그만 방울을 몸에 달고 다니면서 그 소리를 들으면 몸가짐을 조심하곤 하였다.

그는 나갈 때나 들어올 때, 누울 때에도 언제나 방울을 몸에서 떼지 않았다. 이와 같이 한 결과, 중년이 되었을 때는 너무 너그럽고 느리다고 남들에게 놀림을 받기도 하였다. 그리하여 후세 사람이 경박한 자제를 가르칠 때에 반드시 그의 이야기를 하면서 본보기로 삼았다.

尹公淮, 嘗投逆旅, 坐於庭上, 主人兒, 持大眞珠出來, 落於庭中, 傍有白鵝, 卽呑之. 俄而索珠不得, 疑公竊取, 待之朝, 將告官, 公不之辨, 只云彼鵝亦繫吾傍, 明朝, 珠從鵝後出, 主人慚謝曰 "昨何不言?" 公曰 "昨日言, 主必剖鵝覓珠, 故, 忍辱而待."

윤공회, 상투역려, 좌어정상, 주인아, 지대진주출래, 낙어정중, 방유백아, 즉탄지. 아이색주부득, 의공절취, 대지조, 장고관, 공불지변, 지운피아역계오방, 명조, 주종아후출, 주인참사왈 "작하불언?" 공왈 "작일언, 주필부아멱주, 고, 인욕이대."

윤공회가 일찍이 여행을 가다가 여관에 투숙하여 뜰에 앉아 있었는데, 주인집 아이가 큰 진주를 가지고 나와 놀다가 뜰 가운데 떨어뜨리니, 옆에 있던 흰 거위가 이것을 삼켜 버렸다. 얼마 후 주인이 진주를 찾았으나 찾지 못하자, 주인은 공이 훔쳐갔는가 하고 의심하여 다음날 날이 새기를 기다려 관가에 고발하겠다고 위협하였으나 공은 변명하지 않고 다만

"저 거위도 내 곁에 묶어 놓으라."

라고 하였다. 다음날 아침 진주가 거위의 똥에서 나오자, 주인은 부끄러워하고 사죄하며

"왜 어제 말씀하시지 않았습니까?"

라고 하니, 공은 대답하기를

"어제 내가 말하였으면 주인은 반드시 거위의 배를 갈라 진주를 꺼냈을 것이다. 내 이 때문에 모욕을 참고 기다린 것이다."

라고 하였다.

> 宣廟朝, 仁嬪金氏, 乃監察漢佑之女, 元宗大王之母也.
> 被遇特隆, 生四王子五王女, 子女常呼以母氏, 則嬪踧
> 踖不自安, 曰 國家不幸, 坤殿無誕育, 而吾輩有子女,
> 此不過借腹以生而已, 吾豈敢爲君輩之母也? 常欲不敢
> 當, 而亦不敢以爾汝呼子女." 其謙德如是, 天豈不卑以
> 無疆之福耶?

선묘조, 인빈김씨, 내감찰한우지녀, 원종대왕지모야. 피우특융, 생사왕자오왕녀, 자녀상호이모씨, 즉빈축적불자안, 왈 국가불행, 곤전무탄육, 이오배유자녀, 차불과차복이생이이, 오개감위군배지모야? 상욕불감당, 이역불감이이여호자녀." 기겸덕여시, 천개불비이무강지복야?

선조 때에 인빈 김씨는 바로 감찰 김한우의 따님으로, 원종대왕의 어머니였다. 선조에게 지극한 사랑을 받아 네 명의 왕자와 다섯 명의 공주를 낳았는데, 자녀들이 항상 어머니라고 부르면 인빈은 조심스러운 몸가짐으로 어찌할 줄 모르며 이렇게 말하였다.

"국가가 불행하여 중전이 아들을 낳지 못하시고 나에게 자녀를 있게 하니, 이는 내 배를 빌려 낳았을 뿐이다. 내 어찌 그대들의 어머니가 되겠는가? 라고 하며, 항상 어머니란 칭호를 받지 않으려 하였으며, 또한 감히 자녀들을 너라고 부르지 않았다. 그의 겸손한 덕이 이와 같았으니, 하늘이 어찌 무궁한 복을 내리지 않았겠는가?"

> 南章簡公二星, 以詞翰鳴於世, 而尤長四五. 丙午秋, 以吏曹正郎, 選嶺南御史, 使未還而重試, 試期在九月晦, 衆議皆屬望於公, 今番壯元, 仲輝當占, 公聞之, 在道遲回, 故, 徐其行, 過試後, 始復命, 其謙把之風, 非長德君子, 何能爲此? 仲輝, 公之字也.

남장간공이성, 이사한오어세, 이우장사오. 병오추, 이이조정랑, 선영남어사, 사미환이중시, 시기재구월회, 중의개속망어공, 금번장원, 중휘당점, 공문지, 재도지회, 고, 서기행, 과시후, 시복명, 기겸파지풍, 비장덕군자, 하능위차? 중휘, 공지자야.

장간공 남이성은 문장으로 당대에 알려졌고 특히 4~5언시에 뛰어났다. 병오년 가을 이조정랑으로 영남어사에 뽑혔다. 그런데 그가 어사로 나갔다가 돌아오기 전에 중시가 있었는데, 시험 날짜는 9월 그믐에 있었다. 이 때 여러 사람들은 한결 같이 말하기를

"이번의 장원은 중휘가 당연히 차지할 것이다."

라고 하니, 공은 이 말을 듣고 도중에 지체하여 일부러 걸음을 늦추어 시험 날짜가 지난 뒤에야 비로소 '복명'*하였다. 그의 겸손한 기풍은 덕이 뛰어난 군자가 아니라면 어찌 이렇게 할 수 있겠는가? 중휘는 남이성의 자이다.

> 李頤素齋, 嘗讀孟子書, 至人皆可爲堯舜, 遂有所悟, 曰
> "動靜語默, 皆天也, 一毫之差, 生理便息." 嘗刻九容九
> 思於竹簡, 串以韋帶, 終身佩服, 刻敬義二字於環圭, 懸
> 于笏端, 聞其鏗鏘, 惟恐有失.
>
> 이이소재, 상독맹자서, 지인개가위요순, 수유소오, 왈 "동쟁어묵, 개천
> 야, 일호지차, 생리편식." 상각구용구사어죽간, 곶이위대, 종신패복,
> 각경의이자어환규, 현우홀단, 문기갱장, 유공유실.
>
> － 〈見名臣錄(견명신록)〉

이소재 이중호가 일찍이 '맹자책'을 읽다가

"사람은 누구나 다 요순처럼 어진 사람이 될 수 있다."

하는 데에서 드디어 깨달은 것이 있어 말하기를

"행동하고 말하고 하는 것은 다 타고난 천성이라 조금만 어긋나더라도 생활하는 도리에 벗어나게 되는 것이다."

＊복명 : 명령에 따라 처리한 일의 결과를 보고함.

라고 하며, 일찍이 '구용'*과 '구사'**의 내용을 대쪽에 새기고 허리띠에 꿰어 죽을 때까지 차고 다녔다. 또 공경 敬자와 옳을 義자 두 글자를 둥근 구슬에 새겨 홀 끝에 매달고 그 소리를 들으며 행여 잘못이 있을까 두려워하였다.

> 李廣陵克培, 平生不喜言人過, 有斥人之短者, 輒艴然
> 曰"果若有短, 當取其所長, 況難的其短乎?"

> 이광릉극배, 평생불희언인과, 유척인지단자, 첩불연왈 "과약유단, 당
> 취기소장, 황난적기단호?"

광릉군 이극배는 평생에 남의 잘못을 말하기 싫어하였다. 공은 남의 단점을 배척하는 자가 있으면 곧 얼굴을 붉히며 다음과 같이 말씀하였다.
"그 사람이 비록 잘못된 점이 있더라도 마땅히 그의 잘된 점을 취하여야 할 터인데, 하물며 그 단점을 비난한단 말인가?"
라고 하였다.

> 鄭文翼公, 在謫所, 有叩棘門, 云"吉報至矣, 群奸皆
> 敗, 老爺承召有多少書信在此"公徐曰"故置之." 鼾睡
> 如初, 遲明開封, 人服其偉量.

> 정문익공, 재적소, 유고극문, 운 "길보지의, 군간개패, 노야승소유다소

---

*구용 : 아홉 가지 태도로, 1. 발을 무겁게, 2. 손은 공손하게, 3. 눈은 바르게, 4. 입은 신중하게, 5. 소리는 고요하게, 6. 머리는 똑바르게, 7. 숨소리는 고르게, 8, 설 때는 의젓하게, 9. 낯빛은 단정하게.
**구사 : 아홉 가지 생각할 일로, 1. 볼 때는 밝은 것을, 2. 들을 때는 총명한 것을, 3. 낯빛은 온화한 것을, 4. 모양은 공손한 것을, 5. 말할 때는 참된 것을, 6. 섬길 때는 공손스러운 것을, 7. 의심날 때는 묻는 것을, 8. 분할 때는 징계할 것을, 9. 재물을 볼 때는 옳은 것을,

서신재차" 공서왈 "고치지." 한수여초, 지명개봉, 인복기위량.

– 〈見畸翁漫筆(견기옹만필)〉

문익공 정광필이 유배지에 있었는데, 사람이 와서 가시나무 문을 두드리며 이르기를

"반가운 소식이 왔습니다. 모든 간신들이 다 실패하고 어르신네가 부름을 받게 되었습니다. 많은 편지가 여기에 와 있습니다."

라고 하였으나, 공은 천천히 말씀하기를

"우선 그대로 두어라."

라고 하며, 코를 골며 잠을 자다가 얼마 후에야 서신을 펴보는 것을 보고, 사람들은 모두 그의 큰 도량에 탄복하였다.

> 東嶽李文惠公安訥, 被選於淸白吏, 嘗語人曰 "吾於莅郡
> 按節, 豈能無玷? 而但夫人不善治家, 使吾衣服飮食居處
> 服用之物, 不能爲他人觀美. 故, 見者認吾爲淸白, 吾甚
> 愧先輩, 循實不喜名, 知此.
>
> 동악이문혜공안눌, 피선어청백리, 상어인왈 "오어이군안절, 개능무
> 점? 이단부인불선치가, 편오의복음식거처복용지물, 불능위타인관미.
> 고, 견자인오위청백, 오심괴선배, 순실불희명, 지차.

– 〈見公私見聞錄(견공사견문록)〉

문혜공 동악 이안눌이 청백리에 뽑혔는데, 일찍이 사람들에게 말씀하기를

"내가 고을에 부임하고 관찰사로 있었을 때에 어찌 하자가 없었겠는

가? 다만 부인이 집안을 잘 다스리지 못하여 나의 의복과 음식, 거처와 사용하는 물건들을 남들이 보기에 아름답게 하지 못하였다. 그러므로 보는 사람들이 나를 청백하다고 오인하는 것이니, 내 심히 부끄럽다." 라고 하였다. 그는 명예를 좋아하지 않는 것이 이와 같았다.

仁祖朝, 一宰臣卒, 將斂, 而體廣, 棺板無可稱合者, 時, 弔客滿堂, 皆卿宰大臣也, 棺工言 '某官某爲其親措置大板, 此必合用' 諸宰送言請先用." 而即償, 板主曰 "親年已高, 朝夕不可保, 不敢聞命." 有文官方負時望者, 迫到, 招傔從. 曰 "汝以吾言往請之." 板主聞其言, 不出一言, 即以家傔載送, 文官大喜曰 "吾言何可違也?" 潛谷金相國在座, 見文官自大之狀, 歸語子弟, 曰 "人畏勢不敢言私, 此可自反, 而全不覺悟, 欣快自得, 以誇其氣勢之能壓人, 此人決非吉人也." 其人. 後果不良死.

인조조, 일재신졸, 장렴, 이체광, 관판무가칭합자, 시, 조객만당, 개경재대신야, 관공언 '모관모위기친조치대판, 차필합용' 제재송언청선용." 이즉상, 판주왈 "친년이고, 조석불가보, 불감문명." 유문관방부시망자, 박도, 초겸종. 왈 "여이오언왕청지." 판주문기언, 불출일언, 즉이가동재송, 문관대희왈 "오언하가위야?" 잠곡김상국재좌, 견문관자대지상, 귀어자제, 왈 "인외세불감언사, 차가자판, 이전불각오. 혼쾌자득, 이과기기세지능압인, 차인결비길인야." 기인. 후과불량사.

– 〈見因繼錄(견인계록)〉

인조 때에 한 재신이 죽었는데 염습을 하려 하였으나 몸이 커서 관의 판자가 맞는 것이 없었다. 이때 조객들이 상가에 가득하였는데, 모두 공경대신들이었다. 관을 만드는 목수가 말하였다.

"아무 벼슬하는 아무개가 어버이를 위하여 큰 관을 마련해 두었으니, 이는 반드시 맞을 것입니다."

라고 하였다. 이 말을 들은 여러 고관들은 먼저 그 관을 빌려 쓰고 즉시 관을 마련해 주는 것이 좋겠다고 하여 사람을 그 집으로 보냈다. 그러나 그 사람은 부모의 나이가 많아서 언제 돌아가실지 모르기 때문에 관을 빌려 줄 수가 없다고 거절하였다. 이때 마침 조문을 왔던 당대의 권력자 한 사람이 이 말을 듣고 하인을 불러서 말하였다.

"너는 가서 내가 부탁한다고 말하고 청해 보도록 하여라."

그 사람은 이 말을 전해 듣고는 한마디 말도 하지 않은 채 즉시 하인을 시켜서 관을 보내왔다.

그러자 그 권력자는 크게 만족해하며 말하였다.

"그러면 그렇지. 제 주제에 감히 내 말을 어길 수 있겠는가?"

김육이 그 자리에 앉아 있다가 그 권력자가 스스로 과시하는 모양을 보고 집으로 돌아와서 자제들에게 말하였다.

"사람들이 권세를 두려워하여 감히 개인의 의견을 말하지 못한다면 이것은 권력자 스스로가 반성해야 할 일이다. 그런데도 전혀 깨닫지 못하고 제 뜻대로 됐다고 기뻐하면서 그 기세로 남을 누를 수 있다고 과시하려 든다면 이 사람은 결코 좋은 사람은 아니다."

그 후 그는 과연 제대로 죽지 못하였다.

趙豊原顯命, 拜相, 喪妻, 諸營門外方, 致賻甚多. 已葬, 司財者, 乘間, 請折錢買田, 公曰 "問長兒否?" 對曰 "喪人云好." 豊原不復答, 呼酒飮數斗, 酒酣, 召諸子, 厲聲

日 "豚犬, 爾欲以賻財買田, 是利親之喪, 且我爲相, 不
買田, 若輩寧憂飢死." 乃大杖之, 復痛哭, 日 "我死, 兒
輩無祭我者." 翌日, 取諸賻財物, 分賜窮族貧交.

조풍원현명, 배상, 상처, 제영문외방, 치부심다. 이장, 사제자, 승간, 청
절전매전, 공왈 "문장아부?" 대왈 "상인운호." 풍원불복답, 호주음수두,
주감, 소제자, 여성왈 "돈견, 이욕이부재매전, 시리친지상, 차아위상,
불매전, 약배영우기사." 내대장지, 복통곡, 왈 "아사, 아배무제아자."
익일, 취제부재물, 분사궁족빈교.

풍원군 조현명이 정승으로 있을 때 공의 아내가 죽었는데, 각 지방
에서까지 매우 많은 부조금이 들어왔다. 장례를 마친 다음 재정관계를
맡았던 사람이 조용한 틈을 타서 남은 돈으로 토지를 살 것을 상의해
오자 그는 이렇게 물었다.

"큰 아들에게도 물어보았느냐?"

"예, 큰 상주께서도 좋다고 했습니다."

그는 그 말을 듣자 더 이상 아무 말도 하지 않고는 술을 가져오게 하
여 많은 술을 혼자 마셔버렸다. 취기가 얼큰하게 오르자 그는 여러 아
들들을 불러놓고는 큰소리로 꾸짖었다.

"이 개·돼지 같은 놈들아! 너희들이 부조로 들어온 돈을 가지고 땅
을 사려고 한다니, 이는 곧 부모의 장례를 이용해서 돈을 벌겠다는 것
과 마찬가지다. 나는 재상으로 있으면서도 땅을 사지 않았는데 너희들
이 굶어 죽을까봐 걱정을 한다는 것이냐?"

그리고는 곧 곤장을 매우 치며 통곡하였다.

"내가 죽어도 제대로 제사를 지내줄 놈도 없을 것이다."

다음날 그는 부조로 들어온 모든 재물들을 가난한 친척과 친구들에게 모두 나누어주었다.

靜菴先生曰 "外間有愛馬者, 有愛花草者, 有愛養鵝鴨者, 若馳心於外物. 必至着泥, 而終無以入道, 是所謂玩物喪志也."

정암선생왈 "외간유애마자, 유애화초자, 유애양아압자, 약치심어외물. 필지착니, 이종무이입도, 시소위완물상지야."

조정암 선생이 말씀하였다.

"세상 사람들 중에 말을 사랑하는 자가 있고, 화초를 좋아하는 자가 있고, 거위와 오리 기르기를 좋아하는 자가 있으니, 만약 외물에 마음을 쓴다면 반드시 거기에 집착하고 빠져 끝내 도에 들어가지 못한다. 이는 이른바 사물을 좋아하면 뜻을 잃어버린다는 뜻이다."

曹南冥先生, 常佩金鈴, 號曰惺惺子, 時披以喚惺, 金東岡, 初拜南冥, 南冥出所佩鈴以贈, 曰 "此物, 在汝衣帶間, 凡有動作, 規警誚責, 甚可敬畏, 汝其戒愼, 無得罪於此子也." 問莫是古人佩玉意否, 曰 "固是抑此意甚切, 不止於佩玉也."

조남명선생, 상패금령, 호왈성성자, 시액이환성, 김동강, 초배남명, 남명출소패령이증, 왈 "차물, 재여의대간, 범유동작, 규경초책, 심가경외, 여기계신, 무득죄어차자야." 문막시고인패옥의부, 왈 "고시억차의 심절, 불지어패옥야."

– 〈見東岡集(견동강집)〉

조남명 선생은 항상 방울을 차고 다녔는데 이를 성성자라 불렀는데, 때때로 이것을 흔들어 정신을 환기시키곤 하였다. 동강 김우옹이 처음 남명을 찾아뵈니, 남명은 차고 있던 방울을 주면서 말씀하기를

"이 물건이 네 옷과 띠 사이에 있으면 몸을 움직일 때마다 울려서 경계하고 꾸짖으므로 매우 공경하고 두려워할 만하니, 너는 경계하고 삼가 이 방울에게 죄를 짓지 말라."

라고 하였다. 동강이

"이는 옛사람들이 옥을 차고 다니던 뜻이 아닙니까?"

하고 묻자, 말씀하기를

"참으로 그러하다. 그러나 이 뜻이 더욱 간절하여 옥을 차는 것에만 한정되지 않는다."

라고 하였다.

金鶴峰先生, 以劍分贈子弟, 曰 "爾等知所以贈劍之意
乎? 須以此劍斷利義之關, 以別其取捨也."

김학봉선생, 이검분증자제, 왈 "이등지소이증검지의호? 수이차검단이
의지관, 이별기취사야."

학봉 김성일 선생은 칼을 자제들에게 나누어주면서 말씀하기를

"너희들은 내가 칼을 주는 뜻을 아는가? 반드시 이 칼로 이롭고 의로움을 결단하여 취사선택을 분별하라는 것이다."

라고 하였다.

眉叟先生許文正公穆, 常言 '苟無以利己爲心, 庶幾免恥

也.' 遯溪曰 "亦末也. 書曰 '直哉惟淸' 事直則淸, 自見
欲舍其本, 而趨其末, 不幾於爲名乎?" 眉叟應之, 曰唯.

미수선생허문정공목, 상언 '구무이리기위심, 서기면치야.' 돈계왈 "역
말야. 서왈 '직재유청' 사직즉청, 자현욕사기본, 이추기말, 불기어위명
호?" 미수응지, 왈유.

- 〈見記言(견기언)〉

문정공 미수 허목 선생이 일찍이 말씀하기를

"만일 자신을 이롭게 하려는 마음을 품지 않으면 거의 부끄러움을 면
할 수 있을 것이다."

라고 하였다. 돈계 허후는 말하기를

"이 또한 근본적인 것이다. 서경에 '곧으면 청백해진다'라고 하였으
니, 일이 곧으면 청백함이 저절로 나타나니, 그 근본을 버리고 지엽으
로 나아가고자 한다면 명예를 구함에 가깝지 않겠는가?"

라고 하니, 미수는

"그렇다."

라고 찬동하였다.

柳潮溪宗智, 與崔守愚, 友善, 嘗講求義理・公・私・天
理・人欲之辨. 己丑獄起, 公被逮, 守愚與書, 曰 "萬事莫
非命也. 但當順守其正, 吾輩平日讀書, 政於此時用之云.

유조계종지, 여최수우, 우선, 상강구의리・공・사・천리・인욕지변.
기축옥기, 공피체, 수우여서, 왈 "만사막비명야. 단당순수기정, 오배평
일독서, 정어차시용지운.

- 〈見霽山集(견제산집)〉

조계 유종지가 수우당 최영경과 친구로 사이좋게 지냈다. 그들은 일찍이 의리와 공과 사와 천리와 인욕의 구분에 대하여 강론하였다. 기축옥사가 일어나서 유공이 체포되자, 수우당은 다음과 같은 편지를 보냈다.

"만사가 모두 천명이니, 다만 그 정당한 도리를 따라 순순히 지켜야 한다. 우리들이 평소 책을 읽은 것은 바로 이런 때에 쓰기 위한 것이다."
라고 하였다.

安遇, 嘗見寒暄先生于貞陵寺, 雖夜, 必正衣冠, 直躬危坐.

안우, 상견한훤선생우정릉사, 수야, 필정의관, 직궁위좌.

ー〈見恥齋集(견치재집)〉

안우가 일찍이 한훤당 김굉필 선생을 정릉사로 찾아 뵈었더니, 선생은 비록 깜깜한 밤중이라도 반드시 의관을 정제하여 몸을 꼿꼿이 하고 무릎 꿇고 앉아 계셨다.

金鶴峰先生, 嘗坐于堂上, 有一門生, 信步入見, 先生責之, 曰"行第一步, 心在第一步上, 行第二步, 心在第二步上, 斯可矣."

김학봉선생, 상좌우당상, 유일문생, 신보입견, 선생책지, 왈"행제일보, 심재제일보상, 행제이보, 심재제이보상, 사가의."

학봉 김성일 선생이 일찍이 당상에 앉아 있었는데, 문하생 하나가 제멋대로 걸어 들어와 뵈었다. 이에 선생은 다음과 같이 꾸짖었다.

"첫 번째 걸음을 걸을 때에는 마음이 첫 번째 걸음에 있어야 하고, 두 번째 걸음을 걸을 때에는 마음이 두 번째 걸음에 있어야 한다. 이렇게 하는 것이 옳은 걸음 거리다."

張旅軒先生, 少時豪放, 嘗有所戀, 抵黑而訪其門, 門已閉, 因逍遙門外, 見其澄潭如鏡, 秋月漾彩, 樹影參差, 互蔽潭面, 歎曰 "人之丹府, 本靜, 爲物欲滑亂." 卽拂袂而還.

장여헌선생, 소시호방, 상유소연, 저흑이방기문, 문이폐, 인소요문외, 견기발담여경, 추월양채, 수영참차, 호폐담면, 탄왈 "인지단부, 본정, 위물욕활란." 즉불메이환.

여헌 장현광 선생은 젊었을 때에 매우 호방하였다. 일찍이 그리워하는 여인이 있어 깜깜한 밤중에 그의 집에 이르니, 문이 이미 닫혀 있었다. 선생이 문 밖을 서성거리다가 보니, 못물이 거울처럼 맑고 가을 달이 휘영청 밝아 광채가 나는데 나무 그림자가 이리저리 엇갈려 서로 수면을 덮고 있었다. 선생은 탄식하기를

"사람의 마음도 본래 이 물처럼 고요한데 물욕으로 해서 어지럽혀지는 것이다."

라고 말하고는 즉시 단념하고 돌아왔다.

孟政丞思誠, 家甚矮陋, 兵判以稟事來到, 値雨, 處處皆雨, 衣冠盡濕, 兵判到家, 歎曰 "相公家如是, 我何以外廊爲?" 遂撤去.

맹정승사성, 가심왜루, 병판이품사래도, 치우, 처처개우, 의관진습, 병
판도가, 탄왈 "상공가여시, 아하이외랑위?" 수철거.

정승 맹사성은 집이 몹시 좁고 누추하였다. 병조판서가 일을 아뢰기
위하여 찾아 왔다가 비를 만났는데, 집안의 곳곳이 빗물이 새어 의관이
모두 젖었다. 병조판서는 집으로 돌아가 탄식하기를
"상공의 집이 이와 같은데 내 어찌 사랑채를 짓겠는가?"
라고 하고는 짓고 있던 사랑채를 철거하였다.

尙成安公, 嘗過于野, 見老翁牧二牛, 問曰 "二者孰優?"
翁不對, 再三問之, 終不答, 公深怪之, 行數十步, 翁來
密告, 曰 "俄問牛優劣, 而不答者, 以兩牛服役已久於吾
家, 不忍斥言也, 其實少者爲優." 公下馬謝曰 "翁其敎
我處世之道也." 平生不言人是非.

상성안공, 상과우야, 견노옹목이우, 문왈 "이자숙우?" 옹불대, 재삼문
지, 종불답, 공심괴지, 행수십보, 옹래밀고, 왈 "아문우우열, 이불답자,
이우우복역이구어오가, 불인척언야, 기실소자위우." 공하마사왈 "옹
기교아처세지도야." 평생불언인시비.

성안공 상진이 일찍이 들을 지나가다가 늙은 노인이 소 두 마리로 밭
을 갈고 있는 것을 보고 묻기를
"그 두 마리 소 가운데 어느 놈이 힘이 세오?"
라고 물었으나 노인은 대답하지 않았다. 두세 번 물었으나 끝내 대답
하지 않으므로 공은 매우 괴이하게 여겼는데, 수십 보를 걸어오자 노인

이 쫓아와서 은밀히 아뢰기를

"아까 어느 소가 더 낫냐고 물으셨는데 제가 대답하지 않았던 것은 소 두 마리가 모두 우리 집에서 일해 온 지 이미 오래되었으므로 차마 지적하여 말할 수 없었기 때문입니다. 그러나 실제는 젊은 놈이 더 낫습니다."

라고 하였다. 공은 말에서 내려 사례하기를

"노인께서는 나에게 처세하는 방법을 가르쳐 주었습니다."

라고 하고는, 평생에 남의 옳고 그른 장단점을 말씀하지 않았다.

> 林錦湖亨秀, 平澤人, 才兼文武, 時稱國器, 乙巳禍賜死. 禁府郎馳至, 公出跪聽傳旨, 請入辭父母而死, 郎愍而許之, 使視之, 則公於庭下再拜而出, 其子年未十歲, 召戒之, 曰 "勿學書." 旣去, 復召語之, 曰 "若不學, 則爲無識之人, 學書而勿應科, 可也."

> 임금호형수, 평택인, 재겸문무, 시칭국기, 을사화사사. 금부랑치지, 공출궤청전지, 청입사부모이사, 랑민이허지, 사시지, 즉공어정하재배이출, 기자연말십세, 소계지, 왈 "물학서." 기거, 복소어비, 왈 "약불학, 즉위무식지인, 학서이물응과, 가야."

금호 임형수는 평택 사람이다. 문무의 재주를 겸비하여 당시 국내 제일의 인물로 알려졌었는데, 을사사화에 사약을 받게 되었다. 의금부의 낭관이 달려오자, 공은 나와서 무릎을 꿇고 '전지'*를 들은 다음 들어가

---

*전지 : 상벌에 관한 임금의 뜻을 전하는 일.

부모에게 하직인사를 드리고 죽을 것을 청하니, 금부의 낭관은 가엾게 여겨 이를 허락하고 사람을 시켜 살펴보게 하였다. 공은 뜰 아래서 두 번 절하고 나왔는데, 이 때 채 열 살이 못된 아들이 있었다. 공은 아들을 불러 경계하기를

"글을 배우지 말라."

하더니, 떠나오다가 다시 불러 당부하기를

"만약 글을 배우지 않으면 무식한 사람이 될 것이니, 글을 배우되 과거에 응시하지 않는 것이 좋다."

라고 하였다.

崔潤德, 通川人, 以貳相兼平安道都節制使, 判安州牧, 公務之暇, 治廳後種瓜, 手自鋤之, 有訴訟者問曰 "相公安在?" 公紿曰 "在某所." 入而改服, 聽決焉, 嘗持服單奴, 南下路由開寧, 二三守令, 張幕縱飮, 言曰 "彼喪者騎馬去, 必村民, 大可懲也." 捽其奴, 而問 "汝主誰?" 曰 "崔古佛也." 皆怒曰 "汝復匿名, 主奴同惡." 遂歐之, 奴曰 "古佛名潤德, 今歸昌原田庄." 皆大驚, 馳往宿所, 謝其罪."

최윤덕, 통천인, 이이상겸평안도도절제사, 판안주목, 공무지가, 치청후종과, 수자서지, 유소송자문왈 "상공안재?" 공태왈 "재모소." 입면개복, 청결언, 상지복단노, 남하노유개령, 이삼수령, 장막종음, 언왈 "피상자기마거, 필촌민, 대가징야." 졸기노, 이문 "여주수?" 왈 "최고불야." 개노왈 "여복익명, 주노동악." 수구지, 노왈 "고불명윤덕, 금귀창원전장." 개대경, 치왕숙소, 사기죄."

최윤덕은 통천 사람이다. '이상'*으로 평안도 도절제사와 안주목사를 겸임하였는데, 공무를 처리하고 난 여가에 청사의 뒷밭 공터를 가꾸어 오이를 심고 손수 김을 맸으며, 소송을 하려는 자가 와서

"상공은 어디 계십니까?"

하고 물으면 공은

"아무 곳에 계십니다."

고 둘러대고는 들어가 옷을 갈아입고 나와 송사를 판결하곤 하였다.

"공이 한 번은 상을 당하여 하인 한 명만을 데리고 남쪽으로 내려가는 도중 개령을 지나게 되었다. 그때 마침 두서너 명의 수령들이 냇가에서 천막을 쳐놓고 마음껏 술을 마시며 놀이를 즐기고 있었는데 그들은 이미 술에 잔뜩 취해 있었다. 공이 상복을 입은 채 말을 타고서 그들 앞을 지나가자 그 수령들은 그를 촌 노인으로 알고 이렇게 말하였다.

"저런 늙은이가 있나! 감히 상복을 입고 말을 탄 채 우리 앞을 지나가다니, 우리가 누군 줄 알고. 호되게 버릇을 좀 고쳐놓아야겠다."

그리고는 공의 하인을 잡아다가 무릎을 꿇게 하고는 물었다.

"네 주인은 도대체 누구냐?"

"최고불 이십니다."

하인의 말을 들은 수령들은 화를 벌컥 냈다.

"네 이놈! 너의 주인이 말에서 내리지 않은 것만도 이미 죄를 지은 것인데, 너까지 네 주인의 이름을 숨기고 있으니 하인 놈이나 주인이나 똑같은 놈이구나."

그리고는 주인의 이름을 대라고 했지만 하인의 대답은 똑같았다. 화

---

*이상 : 조선 때, 좌찬성과 우찬성.

가 머리끝까지 난 수령들이 주인 놈도 잡아오라고 명령을 내리자 하인은 다음과 같이 천천히 이름을 밝혔다.

"최고불이란 바로 최윤덕 대감을 말하는데 지금 창원에 있는 집으로 돌아가시는 길입니다."

이 말이 떨어지자 수령들은 모두 크게 놀라 즉시 천막을 걷고 술자리를 치운 다음, 그에게로 다가가서 백 배 용서를 빌었다.

> 李梧里, 釋禍, 肄習漢語, 以書狀官赴京, 有舌人, 於使臣與禮部官, 相接之日, 變幻辭說, 有所要求, 意謂使臣未解華語也, 公黙若不知者, 還到山海關, 逢華儒, 探討經史問答如流, 舌人伏地叩頭, 曰 "死不足償罪, 願乞縷命." 公亦黙然不答.
>
> 이오리, 석갈, 이습한어, 이서상관부경, 유설인, 어사신여례부관, 상접지일, 변환사설, 유소요구, 의위사신미해화어야, 공묵약불지자, 환도산해관, 봉화유, 심토경사문답여류, 설인복지고두, 왈 "사불족상죄, 원걸누명." 공역묵연불답.
>
> − 〈見國朝彙語(견국조휘어)〉

오리 이원익은 과거에 급제한 다음 일찍이 중국어를 익혔다. 공은 그후 서장관으로 중국의 수도인 연경에 갔었는데 우리나라 사신과 예부의 관원이 서로 접견하는 날에 역관은 통역을 하면서 말의 내용을 바꾸어

"중국측에서 금품을 요구한다."

라고 하였다. 이는 우리 사신이 중국말을 모른다고 생각하여 협잡을 하려는 술책이었다. 공은 묵묵히 중국말을 모르는 척하고 있었는데 돌

아오다가 산해관에 이르러 중국 선비를 만나 경전과 역사책을 토론하면서, 중국말로 문답하기를 유창하게 하였다. 이에 역관은 땅에 엎드려 머리를 조아리며

"저의 죄는 죽어도 용서받을 수 없사오니, 부디 목숨만 살려 주기를 바랍니다."

라고 사죄하였으나, 공은 또한 묵묵히 듣기만 하고 대답하지 않았다.

> 樂靜趙文孝公錫胤, 在衿川, 未釋禍時, 有事入京, 翌日, 有客疾來, 報于其父大司諫廷虎, 曰 "今自露梁氵來, 令胤乘朽船, 覆沒." 趙公徐曰 "吾兒豈乘朽船, 君其妄見耶?" 客曰, 吾與之相熟, 豈不識面?" 答曰 "且觀, 今日可知." 客去, 而文孝公來. 蓋初乘一船, 見其危, 卽移他船, 客不復審察故也.

낙정조문효공석윤, 재금천, 미석갈시, 유사입경, 익일, 유객질내, 보우기부대사간정호, 왈 "금자노량진래, 영륜승후선, 복몰." 조공서왈 "오아개승후선, 군기망견야?" 객왈, 오여지상숙, 개불식면?" 답왈 "차관, 금일가지." 객거, 이문효공래. 개초승일선, 견기위, 즉이타선, 객불복심찰고야.

– 〈見國朝彙語(견국조휘어)〉

문효공 낙정 조석윤은 금천에 살았는데, 과거에 급제하기 전에 일이 있어 서울에 들어갔었다. 다음날 손님 하나가 급히 집으로 찾아와 그의 부친인 대사간 정호에게 아뢰기를

"제가 지금 노량진에서 오는 길이온데 아드님이 낡은 배를 탔다가 그

만 배가 전복되었습니다."

라고 하였다. 그러나 조공은 천천히 대답하기를

"내 아들이 어찌 낡은 배를 탔겠는가? 자네가 잘못 보았을 것이네."

라고 하면서 태연하였다. 손님은

"저는 아드님과 서로 친숙하게 지냈는데, 어찌 얼굴을 몰라보겠습니까?"

하니 조공은

"우선 오늘 두고 보면 알걸세."

라고 하였다. 손님이 떠나간 다음 문효공이 왔으니, 이는 처음 한배를 탔다가 배가 너무 낡아 위험해 보이므로 곧 다른 배로 옮겨 탔는데, 손님이 미처 이것을 살펴보지 못했기 때문이었다.

> 卞壺巖成溫, 受業於金河西, 恒習九容, 未嘗須臾離, 一日, 路遇驟雨, 足容猶重, 人皆譏其不知處變, 公曰 "方雨下時, 路距人家旣遠, 與其不及避, 而徒失吾足容, 不若守吾常, 不變之爲愈也."
>
> 변호암성온, 수업어김하서, 항습구용, 미상수유이, 일일, 노우취우, 족용유중, 인개기기불지처변, 공왈 "방우하시, 노거인가기원, 여기불급피, 이도실오족용, 불약수오상, 불변지위유야."
>
> — 〈見師友錄(견사우록)〉

호암 변성온이 김하서에게 수학하였는데, 항상 '구용'을 익혀 잠시도 어기지 않았다. 하루는 길을 가는 도중에 소낙비를 만났는데 빨리 달려 비를 피하지 않고 발 모양을 신중히 떼어놓으니, 사람들은 모두 너

무 고지식하여 변통할 줄 모른다고 놀렸다. 이에 공은 대답하기를

"소낙비가 내릴 때에 인가와 멀리 떨어져 있었으니, 미처 비를 피하지도 못하면서 쓸데없이 내 걸음 거리를 잃기보다는 항상 변하지 않는 행실을 지키고 변치 않음만 못하다."

라고 하였다.

> 洪恥齋, 每於幽獨中, 儼然上服, 益加矜持, 内子曰 "何爲致敬如是?" 曰 "上則天臨有赫, 下則地載吾身, 幽則鬼神洋洋, 明則妻子在傍, 如何不敬?"
>
> 홍치재, 매어유독중, 엄연상복, 익가긍지, 내자왈 "하위치경여시?"
> 왈 "상즉천임유혁, 하즉지재오신, 유즉귀신양양, 명즉처자재방, 여하불경?"

치재 홍인우는 혼자 있을 때에도 엄숙히 웃옷을 입고 더욱 공경하는 태도를 보였다. 그의 아내가 말하기를

"어찌하여 이처럼 공경을 지극히 하십니까?"

하고 묻자, 공은 다음과 같이 대답하였다.

"위로는 하늘이 밝게 굽어보고 계시고 아래로는 땅이 내 몸을 싣고 있으며, 어두운 곳에는 귀신이 가득히 있고 밝은 곳에는 처자가 곁에 있으니, 어찌 공경하지 않겠는가?"

라고 하였다.

> 金慕齋, 與成文莊公世昌, 並直湖堂, 成公衾枕華侈, 金公布被木枕, 蕭然如寒士, 成公愧甚, 終夜不安寢, 還家,

易以樸素, 乃敢同宿云.

김모재, 여성문장공세창, 병직호당, 성공금침화사, 김공포피목침, 소
연여한사, 성공괴심, 종야불안침, 환가, 역이박소, 내감동숙운.

모재 김안국이 문장공 성세창과 함께 호당에 숙직하였는데, 성세창
은 이불과 베개가 화려하고 사치스러웠으며 김안국은 삼베 이불에 목
침을 베어 쓸쓸함이 가난한 선비와 같았다. 성세창은 매우 부끄러워
밤새도록 잠을 편히 자지 못하다가 집에 돌아와 화려하지 않은 침구로
바꾼 뒤에야 함께 잠을 잘 수 있었다.

李芝峰, 位躋上卿, 衣衾弊綻, 至見故絮, 服一裘十五年
不改, 及卒, 親賓斂素曰 "不可以綺紋溷我公."

이지봉, 위제상경, 금의폐탄, 지견고서, 복일구십오년불개, 급졸, 친빈
렴소왈 "불가이기문혼아공."

- 〈見景遠錄(견경원록)〉

지봉 이수광은 지위가 '상경'*에 이르렀으나 옷과 이불이 해지고 터
져서 묵은 솜이 나타날 형편이었고, 갖옷 한 벌을 15년 동안 입고 바꾸
지 않았다. 별세하자, 친구와 손님은 흰 명주 베로 염하며 말하기를
"비단으로 염습하여 공의 청렴한 덕을 더럽혀서는 안 된다."
라고 하였다.

＊상경 : 판서.

南相國以雄之孫, 新娶婦, 婦將謁公, 姑服飾頗奢, 公不
受其禮, 使改服以見, 勿令更着. 公世業素饒, 而能遵法
度, 嚴束子弟如此.

남상국이웅지손, 신취부, 부장알공, 고복식파사, 공불수기예, 사개복
이견, 물령갱착. 공세업소요, 이능준법도, 엄속자제여차.

- 〈見遣閒錄(견견한록)〉

상국 남이웅의 손자가 새로 장가를 들었는데, 신부가 시부모를 처음
뵈올 적에 복장이 매우 사치스러우니, 공은 그 예를 받지 않고 검소한
옷으로 갈아입고 난 뒤에 뵙게 하였으며 다시는 그 화려한 옷을 입지
못하게 하였다. 공은 대대로 가업이 부유하였는데도 법도를 따라 자제
들을 단속함이 이와 같았다.

崔貞武公震立, 性儉約, 爲慶源, 衣服襤縷如也, 節度使
金景瑞, 見其衣弊, 令軍中新製貂裘, 以贐之, 公不受.
景瑞慚曰, "不料崔侯之廉, 乃如是也."

최정무공진립, 성검약, 위경원, 의복남루여야, 절도사김경서, 견기의
폐, 영군중신제초구, 이신지, 공불수. 경서참왈, "불과최후지염, 내여
시야."

- 〈見名臣錄(견명신록)〉

정무공 최진립은 성품이 검약하여 경원판관으로 있을 때에 의복이
매우 남루하였다. 절도사 김경서가 그의 옷이 해진 것을 보고는 군중
으로 하여금 담비 갖옷을 새로 지어 주게 하였으나, 공은 받지 않았다.

이에 김경서는 부끄러워하며

"최후의 청렴함이 이와 같은 것을 헤아리지 못하였다."

라고 하였다.

> 韓松齋忠, 字恕卿, 嘗携友上山寺, 讀小學·心經·朱子
> 語類. 端坐如泥塑人, 兩膝皆穿, 自三月至明年四月, 寢
> 不解衣, 蚤蝨滿衣, 猶不知苦.
>
> 한송재충, 자서경, 상휴우상산사, 독소학·심경·주자어류. 단좌여이
> 소인, 양슬개천, 자삼월지명년사월, 침불해의, 조슬만의, 유불지고.
>
> − 〈見東言當法(견동언당법)〉

송재 한충은 자가 서경이다. 그는 일찍이 친구들과 절에 올라가 소학·심경·주자어류 등을 읽었는데, 단정히 앉아 있기를 진흙으로 만들어 놓은 사람처럼 하여 두 무릎이 닿은 곳이 모두 패였으며, 3월부터 다음해 4월까지 잘 때에도 옷을 벗지 않아 벼룩과 이가 옷에 가득하였는데도 괴로운 줄을 알지 못하였다.

> 李土亭, 贅于毛山, 守醮之翌日, 出而暮還, 家人見其新
> 袍亡, 問之, 則曰 "過弘濟橋, 見丐兒凍病, 割而分之, 衣
> 三兒矣.
>
> 이토정, 췌우모산, 수초지익일, 출이모환, 가인견기신포망, 문지, 즉왈
> "과홍제교, 견개아동병, 할이분지, 의삼아의.
>
> − 〈見石潭日記(견석담일기)〉

토정이 모산수에게 장가를 들었는데 초례한 다음날 밖에 나갔다가 늦게 돌아왔다. 집의 부인이 새로 지어 드린 도포가 없어진 것을 보고 그 이유를 묻자, 토정은

"홍제교를 지나다가 빌어먹는 아이들이 추위에 병든 것을 보고 옷을 갈라 세 아이에게 나누어 입혔다."

라고 대답하였다.

> 柳寬, 文化人, 公廉方正, 雖位極人臣, 茅屋一間, 布衣
> 芒鞋, 淡如也, 嘗霖雨如麻, 公手傘備雨, 曰 "無傘者,
> 何以能堪?" 夫人曰 "無傘之人, 必有備." 公笑之.
>
> 유관, 문화인, 공염방정, 수위극인신, 모옥일간, 포의망혜, 담여야, 상
> 림우여마, 공수산비우, 왈 "무산자, 하이능감?" 부인왈 "무산지인, 필유
> 비." 공소지.

유관은 문화 사람이다. 청렴하고 공정하여 지위가 신하로서는 최고의 자리인 재상에 이르렀으나 다 쓰러져 가는 초가집에서 살았으며, 삼베옷에 짚신차림으로 깨끗하게 생활하였다.

어느 해 여름이었다. 장마가 그칠 줄 모르고 내리자 그의 집은 이곳저곳에서 비가 새기 시작하였다. 그는 방 안에서 우산을 받쳐 들고 비를 막으면서 아내에게 말하였다.

"우산이 없는 사람은 어떻게 지낼까?"

아내는 무심한 그의 말에 이렇게 대답하였다.

"우산이 없는 사람들은 반드시 비를 막을 준비를 했을 것입니다."

아내의 말에 그는 빙그레 웃었다.

元原平斗杓, 癸亥初, 爲靈光倅, 嘗歷謁其師朴潛冶知
誡, 朴公所居之室, 旣陋, 坐下只有一薰席, 當夜將寢,
脫衣直臥於其上, 時公行中寢具頗盛, 已入置一邊, 而目
見長者所爲, 終宵悚然, 不敢解衣就寢, 潛冶勸令鋪設,
曰 "年少之人, 視我必傷云." 後聞, 潛冶, 當壬辰亂, 喪其
母, 葬不能備禮, 故, 平生自貶, 知是也.

원원평두표, 계해초, 위영광졸, 상역알기사박잠야지계, 박공소거지실,
기누, 좌하지유일고석, 당야장침, 탈의직와어기상, 시공행중침구파성,
이입치일변, 이목견장자소위, 종소송연, 불감해의취침, 잠야권영포설,
왈 "년소지인, 시아필상운." 후문, 잠야, 당임진란, 상기모, 장불능비
례, 고, 평생자폄, 지시야.

— 〈見南冥記聞(견남명기문)〉

원평부원군 원두표가 계해년 초기에 영광군수가 되었다. 그는 일찍
이 그 스승인 잠야 박지계를 찾아뵈었는데, 박공은 거처하는 집이 몹시
누추하고 자리 밑에는 다만 거적자리 한 개가 깔려 있을 뿐이었다. 밤
이 되어 잠을 잘 적에 잠야는 옷을 벗고 곧바로 그 위에 누웠다. 이때 공
의 행장에는 침구가 꽤 많았는데, 이미 방으로 들여와 한쪽 구석에 쌓
아두었으나 스승이 이렇게 거처하는 것을 보고는 밤새도록 송구스러워
감히 옷을 벗고 자지 못하였다. 잠야는 이부자리를 펴라고 권하며
"나이가 젊은 사람이 나처럼 생활하면 반드시 건강을 해친다."
라고 하였다. 뒤에 들으니, 잠야는 임진왜란에 어머니 상을 당하여
장례에 예를 다 갖추지 못한 까닭에 평생 동안 스스로 누추하게 지내기
를 이와 같이 한 것이었다.

許文貞公琛, 陽川人, 臨絶勅其子, 曰 "雖蒙恩眷, 無勳
可記, 愼勿樹碑, 喪勿豊侈以重吾過."

허문정공침, 양천인, 임절극기자, 왈 "수몽은권, 무훈가기, 신물수비,
상물풍치이중오과."

문정공 허침은 양천 사람이다. 운명할 때에 아들들에게 경계하기를
"내 비록 군주의 은혜를 입었으나 기록할 만한 공로가 없으니, 부디
비석을 세우지 말고 장사를 성대하게 지루지 말아 나의 허물을 더하지
말라."
라고 하였다.

洪相國瑞鳳之大夫人, 家甚貧, 疏食菜羹, 每多空乏. 一
日, 遺婢買肉而來, 見肉色似有毒, 問婢曰 "所買之肉,
有幾許塊耶?" 乃賣首飾得錢, 使婢盡買其肉, 而埋于墙
下, 恐他人之買食生病也. 相國曰 "母氏此心, 可通神
明, 子孫必昌."

홍상국서봉지대부인, 가심빈, 유식채갱, 매다공핍. 일일, 유비매육이
래, 견육색사유독, 문비왈 "소매지육, 유기허괴야?" 내매수식득전, 사
비진매기육, 이매우장하, 공타인지매식생병야. 상국왈 "모씨차심, 가
통신명, 자손필창."

- 〈見東言當法(견동언당법)〉

상국 홍서봉의 집은 몹시 가난하여 그의 어머니는 항상 채소로 국을
끓여 먹었는데 그나마도 못 끓여서 굶을 때가 많았다. 하루는 특별히

쓸 일이 있어서 하인을 시켜 고기를 사오게 하였다. 그러나 하인이 사온 고기는 색깔이 변해 있었으므로 먹어서는 안 될 것 같았다.

그의 어머니가 계집종에게 물었다.

"네가 사온 것과 같은 고기가 얼마쯤 남아 있더냐?"

계집종이 본대로 모두 말하자 그의 어머니는 머리에 꽂아 있던 비녀를 빼주면서 말하였다.

"너는 당장 가서 그 고기를 모두 사오너라."

하인이 머리를 갸우뚱하면서 이상하게 생각했지만 시키는 대로 그 고기를 전부 사왔다. 그러자 그의 어머니는 그 고기를 담장 밑에 묻어버렸는데, 이는 혹시라도 다른 사람들이 그 고기를 사다가 먹고 병이 날까봐 염려했기 때문이었다.

그는 어머니의 행동에 감동하여 이렇게 말하였다.

"어머니의 이런 마음씨는 하늘도 감동할 만하니, 반드시 자손이 번성할 것이다."

韓松齋, 輕財好施, 父昌愈, 嘗儲穀數百斛, 公從容諫, 曰 "士君子不宜殖貨." 父曰 "汝言善矣, 任汝處之." 公聚窮族及鄕里之貧乏者, 盡散與之, 人皆感歎.

한송재, 경재호시, 부창유, 상저곡수백곡, 공종용간, 왈 "사군자불의식화." 부왈 "여언선의, 임여처지." 공취궁족급향리지빈핍자, 진산여지, 인개감탄.

- 〈見月沙集(견월사집)〉

송재 한충은 재물을 하찮게 여기고 남에게 은혜를 베풀기를 좋아하

였다. 아버지 창유가 일찍이 수백 섬의 곡식을 쌓아두자, 공이 조용히 아뢰기를

"사군자는 재물을 증식해서는 안 됩니다."

라고 하니, 아버지가 말하기를

"네 말이 참으로 좋으니, 이것을 네 마음대로 처분하라."

라고 하였다. 이에 공은 친척과 가난한 이웃들을 모아 놓고 모두 나누어 주니, 사람들이 모두 감탄하였다.

> 金慕齋, 罷歸驪興田里, 性精勤詳密, 不憚鄙事, 如監穫麥禾, 不使一穗遺野, 一粒遺場, 舂杵則碎米細糠, 竝收藏之. 以賑春, 常曰 "天之生物, 莫非有用, 暴殄不祥也." 乃成立田園闢書齋, 以廷四方遊學.
>
> 김모재, 파귀여흥전리, 성정근상밀, 불탄비사, 여감확맥화, 불사일수유야, 일립유장, 용저즉쇄미세강, 병수장지. 이진춘, 상왈 "천지생물, 막비유용, 폭진불상야." 내성입전원벽서재, 이정사방유학.
>
> – 〈見師友錄(견사우록)〉

모재 김안국이 벼슬을 그만두고 여흥(여주)의 고향마을로 돌아갔는데 성품이 치밀하고 부지런하며 자상하여 천한 일을 꺼리지 않았다. 보리와 벼 수확을 감독할 적에 한 개의 이삭도 들에 버리지 못하게 하고 한 개의 낟알도 마당에 흘리지 않게 하였으며, 방아를 찧을 때에는 싸라기와 겨도 모두 거두어 보관하였다가 춘궁기에 가난한 사람들을 구휼해 주고, 항상 말씀하기를

"하늘이 물건을 낸 것은 모두 쓸 곳이 있는 것이니, 함부로 버리는 것

은 상서롭지 못하다."

라고 하였다. 공은 마침내 전원을 마련하고 서재를 열어 사방에서 와서 배우는 자들을 맞이하였다.

> **孫文貞公舜孝, 位高而操心愈約, 每對賓客設酌, 只用黑豆苦菜, 松芽爲蔌, 專惡繫華之事, 嘗戒子弟曰 "吾家, 起於草萊, 無傳家舊物, 惟以淸白傳之, 亦足矣."**
>
> 손문정공순효, 위고이조심유약, 매대빈객설작, 지용흑두고채, 송아위속, 전악계화지사, 상계자제왈 "오가, 기어초래, 무전가구물, 유이청백전지, 역족의."
>
> – 〈見名臣錄(견명신록)〉

문정공 손순효는 지위가 높았으나 마음가짐이 더욱 겸손하여, 손님들을 대하여 술자리를 베풀 때에 다만 검정콩과 고추와 솔잎 등으로 나물을 만들뿐이었으며, 번화한 일을 싫어하였다. 공은 항상 자제들을 경계하기를

"우리 집은 궁벽한 시골에서 일어나 집안에 전해오는 옛 물건이 없으니, 오직 청백함을 물려주면 된다."

라고 하였다.

부 록

인물

姜邯贊(강감찬)   (948~1031) 고려시대의 명장. 거란이 10만 대군을 이끌고 쳐들어왔을 때 서북면행영도통사로 상원수(上元帥)가 되어 흥화진(興化鎭)에서 적을 무찔렀으며 달아나는 적을 귀주에서 크게 격파하였다.

姜碩德(강석덕)   (1395~1459) 조선 초기의 문신. 공조좌랑 시절 중국으로 간 무역품 중에 가짜 은이 발견되어 파직되었다. 후에 우부승지, 대사헌, 지돈령부사(知敦寧府事)을 지냈다.

姜翼(강익)   (1523~1567) 조식의 문하에서 수학하였다. 1549년 진사가 된 뒤, 벼슬에 뜻을 두지 아니하고 오직 학문에만 열중하였다.

康好文(강호문)   (? ~ ?) 고려시대의 문신. 시문에 뛰어났으며, 1362년(공민왕 11)문과에 급제하여 벼슬이 판전교시사(判典校寺事)에 이르렀다.

姜弘立(강홍립)   (1560~1627) 조선시대의 문관, 군인이다. 광해군 때 명나라에 지원병을 이끌고 참전했으나 청나라와 교전을 피하다가 거짓으로 투항하기도 했다.

姜希孟(강희맹)   (1424~1483) 조선 전기의 문신. 수양대군이 세조로 등극하자 원종공신 2등에 책봉되었다. 남이(南怡)의 옥사사건을 해결한 공로로 익대공신 3등에 책봉되었다.

姜希顔(강희안)   (1417~1464) 조선 전기의 문신. '용비어천가'를 주석하였고, '동국정운' 편찬에 참여하였다. 시·그림·글씨에 뛰어나 안견·최경과 함께 3절이라 불렸다.

甄萱(견훤)　　　　(867~936) 후백제의 초대 왕. 관제 정비, 중국과의 국교를 맺고, 궁예의 후고구려와 충돌하며 세력 확장에 힘썼다. 후에 고려 왕건에게 투항했다.

敬順王(경순왕)　　(? ~ 978) 신라의 제56대 이자 마지막 왕.

景哀王(경애왕)　　(? ~ 927) 신라의 제55대 왕.

高宗(고종)　　　　(1192~1259) 고려 제23대 왕.

恭愍王(공민왕)　　(1330~1374) 고려 제31대 왕.

恭讓王(공양왕)　　(1345~1394) 고려 제34대 왕.

光宗(광종)　　　　(925~975) 고려 제4대 왕.

光海君(광해군)　　(1575~1641) 조선의 제 15대 왕.

郭再祐(곽재우)　　(1552~ 617) 조선 중기의 의병장. 임진왜란 때 관군이 대패하자, 의병을 일으켜 관군을 대신해 싸웠다.

具思顔(구사안)　　(1523~1562) 조선 중기의 문신. 중종의 셋째딸 효순공주와 결혼했다. 을사사화의 공으로 위사원공신 1등에 책록, 능원군이 되었다.

權達手(권달수)　　(1463 ~ 1504) 조선 중기의 문신. 폐비윤씨를 종묘에 추숭하려고 할 때 반대를 하여 유배되었고, 갑자사화 때 국문 중 옥사하였다. 기개, 절조 있는 인물로 평 받았다.

權東輔(권동보)　　(1517~1591) 조선 중기의 문신. 윤원형 등의 소윤 일당을 비난한 양재역 벽서사건과 관련하여 아버지가 귀양가 죽자, 관직을 버리고 두문불출했다.

權得己(권득기)　(1570~1622) 조선 중기의 문신. 1610년 장원급제하여 예조좌랑이 되었다. 그 뒤 광해군이 모후를 서궁에 유폐하고 영창대군을 살해하는 등 정치가 혼란하여지자 관직을 버리고 야인 생활을 하였다.

權橃(권벌)　(1478~1548) 조선 중기의 문신·학자. 어린 명종이 즉위하자 원상(院相)에 임명됐다. 을사사화로 위사공신에 올랐으나 정순붕의 반대로 삭훈되었으며, 양재역 벽서에 연루되어 유배되어 죽었다.

權溥(권부)　(1262~1346) 고려시대의 문신·학자. 1279년 문과 급제하여 충선왕 때 사림원학사로 왕의 총애를 받아 여러 벼슬을 거쳐 영도첨의사를 지내고 영가부원군에 보리공신의 호를 받았다.

權轍(권철)　(1503~1578) 조선중기의 문신. 1534년 문과에 급제하였고, 경상도·전라도 관찰사를 역임하고, 형조·병조 판서를 거쳐 선조 즉위년에 좌의정이 되었으며 영의정에 올랐다.

貴山(귀산)　(? ~ 602) 신라의 군인. 친구 추항과 함께 원광법사에게 세속오계를 배우고 진평왕 24년 백제군이 아막성을 공격했을 때 소감(少監)의 관직을 띠고 출전하여 물러나지 않고 싸우다가 전사하였다.

奇虔(기건)　(? ~1460) 조선 전기의 문신. 수양대군이 단종을 폐위시키고 왕위에 오르자 벼슬을 버리고 낙향하여 끝까지 절개를 지켰다.

奇大升(기대승)　(1527~1572) 조선 중기의 문신·학자. '주자대전'을 발췌하여 '주자문록' 3권을 편찬하는 등 주자학에 정진하였다. 32세에 이황의 제자가 되었다.

奇遵(기준)　　　(1492~1521) 조선 중기의 문신. 홍문관박사·시강관 등을 거쳐 응교가 되었다. 신사무옥 때 유배지에서 교살되었다.

吉師舜(길사순)　　(? ~ ?) 길재의 아들. 선공직장과 사재감부정을 지냈다.

吉再(길재)　　　　(1353~1419) 고려 말, 조선 초의 성리학자. 1387년 성균학정이 되었다가 성균관박사를 지냈다. 조선이 건국된 뒤 태상박사에 임명하였으나 두 임금을 섬기지 않겠다는 뜻을 말하며 거절하였다.

金景瑞(김경서)　　(1564~1624) 조선 중기의 무신. 임진왜란 때 평양 방위전에서 대동강을 건너려는 적을 막고 명나라 이여송의 군대와 함께 평양성을 탈환했다.

金宏弼(김굉필)　　(1454~1504) 조선 전기의 성리학자. 김종직의 문하에서 학문을 배우면서 특히 소학에 심취하여 소학동자라 자칭하였다. 1488년 무오사화가 일어나자 평안도 희천에 유배되었는데, 그곳에서 조광조를 만나 학문을 전수하였다.

金克一(김극일)　　(? ~ ?) 조선 전기의 효자. 조부모, 부모를 정성으로 봉양하였다. 아들과 손자들의 교육을 맡아 손자 준손·기손·일손이 모두 당대의 문장으로 과거에 올라 '김씨삼주'라는 호칭을 듣게 한 토대를 마련하였다.

金德崇(김덕숭)　　(1373~1448) 조선 전기의 효자. 사헌부장령을 비롯하여 여러 관직을 역임하다가 귀향하여 부모 봉양에 전력을 다했다.

金得培(김득배)　　(1312~1362) 고려 후기의 문신. 공민왕을 따라 원나라에 갔고 홍건적 침입으로 의주·정주·인주 등이 함락되자 이를 방어했다. 서경을 탈환하여 적을 압록강 밖으로 격퇴하였다.

金坽(김령)   (1577~1641) 조선 중기의 문신. 임진왜란이 일어나자 17세의 나이로 유성룡의 막하에 자진 종군했으며, 1612년 급제하여 여러 벼슬을 거쳐 주서에 이르렀으나, 광해군의 어지러운 정치를 비관해 관직을 그만두고 낙향하였다.

金盤屈(김반굴)   (? ~ 660) 신라 중기의 장군. 장군을 역임한 김흠춘의 아들이며 김유신의 조카이다. 황산전투에서 계백이 이끄는 백제와의 전투에서 싸우다 전사하였다.

金鳳祥(김봉상)   (1496~1545) 조선 전기의 문신. 1541년 태학생으로 천거되어 사재감참봉이 되었고, 선전원을 거쳐 영릉참봉을 지냈다.

金尙憲(김상헌)   (1570~1652) 조선 중기의 문신. 1596년 급제하여 1636년 병자호란 때 주전론을 주장하다가 청에 항복하자 안동으로 돌아갔다. 효종이 즉위하자 좌의정 · 영돈령부사를 지냈다.

金誠一(김성일)   (1538~1593) 조선 중기의 문신 학자. 1590년 통신부사로 일본에 갔다 돌아와서, 황윤길과는 반대로 일본이 침입하지 않을 것이라고 보고하였다. 임진왜란이 일어나자 파직되기도 하였다. 그러나 다시 경상도초유사로 임명되어 왜란 초기에 피폐해진 경상도 지역의 행정을 바로 세우고 민심을 안정시키는 데 기여하였다.

金聖鐸(김성탁)   (1684~1747) 조선 후기의 문신 · 학자. 이인좌의 난 때 의병 참여에 이바지하여 그 공로로 참봉이 되었다. 이후 문과에 급제하여 지평 · 수찬 등을 차례로 지냈다. 문장가로 알려져 있으며, 성리학에도 조예가 깊었다.

金叔滋(김숙자)   (1389~1456) 조선 전기의 문신 · 학자. 1419년 급제하여 세종 때 관직을 지내다가 세조 즉위 뒤 밀양으로 돌아가 후진 양성에 전념하였다.

金時習(김시습) (1435~1493) 조선 초기의 학자. 생육신의 한 사람. 유·불 정
신을 아울러 포섭한 사상과 탁월한 문장으로 일세를 풍미하
였다. 한국최초의 한문소설 금오신화를 지었다.

金安國(김안국) (1478~1543) 조선 중기의 문신·학자. 1501년 급제하여 대사
간·공조판서·경상도관찰사 등을 지냈고, 성리학의 실천·
보급에 주력하였으며 향촌민들을 교화시키는 데 힘썼다. 이
후 예조판서·대사헌·병서판서 등을 지냈다.

金彦辛(김언신) (1436~ ?) 조선 전기의 문신. 1466년 급제.

金鏞(김용) (? ~1363) 고려 말기의 문신. 자신의 권세를 위해 온갖 패륜을
저질렀다. 공민왕을 시해하려다 발각되어 사지가 찢어지는
극형을 받고 처형되었다.

金宇顒(김우옹) (1540~1603) 조선 중기의 문신·학자. 1567년 급제하여 병조
참판·대사성을 거쳐 대사헌이 되었다. 기축옥사때 회령으로
귀양을 갔었고, 임진왜란 때 석방되었으며 이조참판 예조참
판 등 요직을 두루지냈다.

金遇賢(김우현) (? ~ ?) 고려 말의 낭장.

金庾信(김유신) (595~673) 신라의 명장. 삼국통일의 대업을 달성한 김유신을
흥덕왕은 흥무대왕으로 봉하고, 후손을 왕족으로 대우하였다.

金堉(김육) (1580~1658) 조선 중기의 문신. 1605년 사미시에 합격해 성
균관에 들어갔으며, 인조반정 이후 벼슬에 올랐으며 이괄의
난 때는 왕의 피난길을 도와 공을 세웠으며 대동법을 확대 실
시하게 하였다.

金應河(김응하) (1580~1619) 조선 중기의 무신. 1604년 무과 급제. 명나라에

서 원병을 요청하자 참전하여 후금군과 싸우다가 중과부적으로 패하고, 그도 전사하였다.

金麟厚(김인후)　(1510~1560) 조선 중기의 문신. 1540년 문과 급제. 1543년 홍문관 박사 겸 세자시강원 설서를 역임하여 당시 세자였던 인종을 가르쳤다. 인종이 즉위 8개월 만에 사망하고 을사사화가 일어나자 고향으로 돌아가 성리학 연구와 후학 양성에만 정진하였다.

金長生(김장생)　(1548~1631) 조선 중기의 문신·학자. 임진왜란 이후 주로 지방관을 역임하였으며, 인목대비 폐모논의가 일어나고 북인이 득세하자 낙향하여 예학연구와 후진양성에 몰두하였다.

金淨(김정)　(1486~1521) 조선 전기의 문신·학자. 1507년 문과 급제. 성균관전적에 임명되었다. 중종이 왕후 신씨를 폐출한 것은 명분에 어긋나는 일이므로 복위해야 한다고 상소했다가 보은에 유배되었다. 또 기묘사화 때 유배되었고 신사무옥에 연루되어 죽임을 당했다.

金正國(김정국)　(1485~1541) 조선 중기의 문신·학자. 1509년 문과 급제. 기묘사화로 삭탈관직되었다가 복관되어, 전라감사가 되고 뒤에 병조참의 공조참의 형조참판 등을 지냈다.

金濟(김제)　(? ~?) 고려 후기의 문신. 평해군수로 재직할 때 고려가 망하고 조선이 건국되자 배를 타고 해도로 들어가 시를 벗하며 은거했다.

金宗瑞(김종서)　(1383~1453) 조선 전기의 문신. 1405년 문과 급제. 1433년 야인들의 침입을 격퇴하고 6진을 설치하여 두만강을 경계로 국경선을 확장하였다. 1453년 수양대군에 의하여 두 아들과 함께 집에서 격살되었다.

金宗直(김종직)	(1431~1492) 조선 전기의 문신. 1459년 문과 급제. 이조참판·한성부윤·중추부지사를 지냈으며, 그가 생전에 지은 조의제문이 무호사화가 일어나는 원인이 되어, 부관참시를 당하였다.
金澍(김주)	(? ~ ?) 고려말기의 문신. 1392년 하절사로 명나라에 갔다가 일을 마치고 압록강에 이르러 고려가 망하고 조선이 개국되었다는 소식을 듣고 '충신은 두 임금을 섬기기 않는다'고 하며, 중국으로 되돌아가 형초에서 살면서 돌아오지 않았다.
金之岱(김지대)	(1190~1266) 고려 후기의 문신. 1217년 거란병의 침입 때 아버지를 대신해 출전했고, 1218년 급제, 김지대는 고아와 과부 등 어려운 사람들을 보살펴주는 한편, 힘센 토호를 억눌러서 관리와 백성들의 존경을 받았다. 전라도안찰사 등의 요직을 거쳐 이부상서를 지냈다.
金昌協(김창협)	(1651~1708) 조선 후기의 문신. 1682년 문과 급제. 병조좌랑·동부승지·예조참의·대사간 등을 역임하고, 청풍부사로 있을 때 기사환국으로 아버지가 진도에서 사사되자, 사직하고 은거하였다.
金處善(김처선)	(? ~1505) 조선 전기의 환관. 조선 전기 여러 여러 왕을 시종하였으며, 관직을 삭탈당하고 유배되기도 하였으나 곧 복직되었다. 연산군 때 연산군의 음란함이 극에 달하자, 극간을 하다가 죽임을 당했다.
金千鎰(김천일)	(1537~1593) 조선 중기의 문신·의병장. 임진왜란 때 나주에 있다가 의병을 일으켰고, 진주성을 사수하다 성이 함락되자 남강에 투신 자결하였다.
金就成(김취성)	(1492~1551) 조선 중기의 학자. 박영의 문하에서 수학하였고,

마을 뒷산에 서산재를 지어 다섯 아우와 많은 후학을 교육하였다. 이후 여러 차례 참봉에 천거되었으나 나아가지 않고 학문과 제자 양성에 전념하였으며, 의학을 공부하여 불우하고 병든 사람을 치료해주었다.

金台鉉(김태현) (1261~1330) 고려 후기의 문신. 충렬왕 때 여러 관직을 역임하여, 1302년·1306년 원나라에 가서 그 소임을 다하였다. 충선왕이 복위한 뒤 삼사판사를 지냈다. 충숙왕 때 평리 등을 거쳐 중찬에 이르러 벼슬에서 물러났다.

金品釋(김품석) (?~642) 신라 후기의 무장. 윤충이 거느린 백제군이 대야성을 공격해 낙성 위기에 처하게 되자, 투항하면 살려준다는 윤충의 약속을 믿었으나 전멸당했다.

金漢佑(김한우) (1501~1577) 조선 중기의 무신. 딸이 선조의 후궁이 되었는데, 딸이 낳은 정원군이 대원군이 되었다가 논란 끝에 왕 원종으로 추존되면서 영의정에 추증되었다.

金后稷(김후직) (?~?) 신라의 충신. 지증왕의 증손이다. 진평왕을 모셔 아찬을 지냈고, 병부령이 되었다. 왕이 사냥을 즐겨 정사를 소홀히 하므로 죽어서 왕이 사냥을 다니는 길목에 묻혀 왕의 잘못을 깨닫게 하였다고 한다.

金歆運(김흠운) (?~655년) 신라 중대의 화랑. 고구려와 백제의 동맹군이 변방 33성을 빼앗자 출전하여, 백제 땅 양산에 진을 치고 조천성을 공략하려다가 백제군의 내습으로 전사했다.

金欽春(김흠춘) (?~?) 신라 중대의 장군. 화랑으로서 인덕과 신의가 깊어 존경 받았고, 삼국통일에 큰 역할을 하였으며, 당나라와의 외교 관계를 회복하는 데 힘썼다.

金希參(김희삼) (1507~1560) 조선 중기의 문신·학자. 1540년 급제. 한 때 정
언으로 간신 진복창의 비위에 거슬렸다가 외직으로 쫓겨났
다. 이어 간원·헌부·이조·병조좌랑·옥당 등을 역임했다.

南二星(남이성) (1625~1683)조선 중기의 문신. 1657년 급제. 예조참의·좌부
승지 등의 벼슬을 지냈다. 동지겸 사은부사가 되어 청나라에
다녀왔다. 송준길과 함께 '어해록'를 증보, 간행하였다.

南以雄(남이웅) (1575~1648) 조선 중기의 문신. 1613년 급제. 오위장·황해
도관향사 등을 지냈다. 이괄의 난 때 공을 세워 진무공신 3등
에 책록되었다. 병자호란 뒤에는 소현세자를 시종하였다.

南孝溫(남효온) (1454~1492) 조선 전기의 문신. 생육신 중에 한 사람이다. 인
물됨이 영욕을 초탈하고 지향이 고상하여 세상의 사물에 얽
매이지 않았으며, 현덕왕후의 능을 복위시키려고 상소를 올
렸으나 저지당했으며 그 일로 갑자사화 때는 부관참시를 당
했다.

奈解王(내해왕) (?~230) 신라의 제10대 왕.

盧景任(노경임) (1569~1620) 조선 중기의 문신. 1591년 급제. 임진왜란이 일
어나자 고향으로 내려와 의병을 모집하여 왜군과 싸웠다. 지
평·순안어사·예조정랑 등을 지냈다. 성주목사 때 무고한
탄핵을 받아 파직되었다.

盧克淸(노극청) (?~?) 고려 후기의 관료. 산관으로 직장동정에 까지 이르렀다.

盧守愼(노수신) (1515~1590) 조선 중기의 문신·학자. 1544년 급제. 을사사
화 때 이조좌랑에서 파직되어 귀향살이를 하였다. 선조 즉위
후에는 우의정·좌의정을 거쳐 영의정에 오른다.

盧禛(노진)　　　(1518~1578) 조선 중기의 문신. 1546년 급제. 지례현감과 전주부윤 등 외직에 나가서는 선정을 베풀어 청백리로 뽑히기도 하였다.

訥祗王(눌지왕)　　(? ~458) 신라의 제19대 왕.

端宗(단종)　　　(1441~1457) 조선 제6대 왕.

德興大院君(덕흥대원군)　　(1530~1559) 조선 제14대 왕 선조의 아버지.

孟思誠(맹사성)　　(1360~1438) 고려 말 조선 초의 명재상. 여러 벼슬을 거쳐 세종 때 이조판서로 예문관 대제학을 겸하였고 우의정에 올랐다. 조선 전기의 문화 창달에 크게 기여하였다.

明宗(명종)　　　(1534~1567) 조선 제13대 왕.

武烈王(무열왕)　　(603~661) 신라 제 29대왕.

文努(문노)　　　(537~606) 신라 중기의 무신. 신라의 화랑으로 출신이다.

文定王后(문정왕후)　　(1501~1565) 조선시대 제11대 왕 중종의 계비. 명종의 어머니. 명종 즉위 후 수렴청정을 하였다.

文宗(문종)　　　(1414~1452) 조선의 제5대 왕.

勿稽子(물계자)　　(? ~ ?) 신라의 충신. 209년 신라의 무인으로 자신의 혁혁한 전공이 부당하게 인정받지 못하게 됨에도 남을 원망하지 않고 자신의 지조를 견지한 의로운 인물이다.

未斯欣(미사흔)　　(? ~433) 신라 내물왕의 아들. 신라가 일본과 강화하자 실성왕에 의해서 일본에 볼모로 갔다.

朴邁(박서) (1602~1653) 조선 후기의 문신. 홍문관과 사간원의 관직을 역임하다가 대사헌 · 도승지 · 공조판서 · 예조판서 · 병조판서 등을 지냈다.

朴世茂(박세무) (1487~1564) 조선 중기의 문신. 사관 때 김안로의 미움을 받아 마전군수로 좌천되었으며, 선정을 베풀었다. 승문원참교 · 안변부사 · 군자감정 등을 역임했다.

朴世榮(박세영) (1480~1552) 조선 중기의 문신. 형조정랑 · 돈령부정 등을 거쳐 의정부좌찬성을 지냈다.

朴世蓊(박세옹) (1493~1541) 조선 중기의 문신. 승문원부정사 · 검열 · 당상관을 거쳐 예조참의를 지냈다. 1540년 병조 · 이조의 참의를 지냈다.

朴世采(박세채) (1631~1695) 조선 중기의 문신 · 학자. 영조 · 정조 때에 이르러 탕평책을 시행할 수 있는 중요한 기반을 제공한 황극탕평설을 구체화한 문신 겸 성리학자.

朴英(박영) (1471~1540) 조선 중기의 무신. 성종 때 겸사복 · 선전관을 지냈다. 중종 시에는 의주목사 · 동부승지 · 영남도병마절도사 등을 역임하였다.

朴雲(박운) (1493~1562) 조선 중기의 학자. 명종 때 부사용을 지냈다. 이황과 서신으로 연락했고 저서 '격몽편, 자양심지학론' 등의 정정을 구했다. 사후 이황이 갈문을 지어 학문과 덕행을 찬양했다.

朴堤上(박제상) (363~419) 신라의 충신. 고구려와 왜에 건너가 볼모로 잡혀 있던 왕제들을 고국으로 탈출시켰으나 왜군에 잡혀 유배되었다 살해당했다.

朴洲(박주)   (? ~1604) 조선 중기의 문신. 동문교관을 지냈고, 시국이 당론 때문에 동인과 서인으로 나뉘자, 문인들도 서로 나뉘어 시시 비비를 가르며 스승에 말도 따르지 않았다. 이러한 시대적 상황을 한탄하며 정산으로 은거하였다.

朴知誠(박지계)   (1573~1635) 조선 중기의 학자. 인격과 학문을 겸비하여, 1606년 왕자사부로 천거되나 나아가지 않았다. 인조반정 직후 사포·지평을 거쳐, 이괄의 난 때는 인조를 공주로 호종하였다. 1632년 사업·장령·집의를 역임하고, 이듬해 동부승지를 지냈다.

朴彭年(박팽년)   (1417 ~ 1456) 조선 전기의 문신. 1434년 급제. 사육신의 한 사람이다. 집현전학사로 여러 가지 편찬사업에 종사했고 단종복위를 도모하다 탄로되어 체포되어 고문으로 옥중에서 죽었다.

裵紳(배신)   (1520 ~ 1573) 조선 중기의 학자. 1565년 남부참봉에 제수되었으나 나아가지 않았다. 1572년 동몽교관이 되어 학도를 가르쳤다. 그에서 종학하는 사람이 많아서 강소에 다 수용할 수가 없었다.

百結先生(백결 선생)
     (? ~ ?) 신라시대의 음악가. 거문고를 잘 탔으며, 본명은 전하지 않으며 몹시 가난하여 옷을 누덕누덕 기워 입었다 하여 백결 선생이라 불렀다.

卞成溫(변성온)   (1540 ~ 1614) 조선 후기의 학자.

卜好(복호)   (? ~ ?) 신라의 왕자. 신라와 고구려와의 화친을 맺고 복호를 고구려에 인질로 보냈다.

丕寧子(비녕자)   (? ~ 647) 김유신의 부하. 647년 김유신이 백제와 싸우다 기운이 다할 때 비녕자와 그의 아들 거진이 적진에 들어가 격투하다 죽었다. 그에 감동한 신라군이 다투어나가 크게 이겼다.

尙震(상진)   (1493~1564) 조선 중기의 문신. 사관 · 대사간 · 동부승지 · 한성부판윤 · 병조판서 · 우찬성 · 돈령부지사 · 중추부지사 · 삼정승을 지내고 '중종실록' 편찬에 참여했다.

徐居正(서거정)   (1420~1488) 조선 전기의 문신 · 학자. 1444년 급제. 세종에서 성종대까지 45년간 관직에 있었으며, 학문이 매우 넓어 천문 · 지리 · 의약 · 복서 · 성명 · 풍수에 이르기까지 관통했다.

徐甄(서견)   (? ~ ?) 고려의 문신. 조준 · 정도전을 탄핵하다 정몽주가 살해되자 김진양 등과 감금되었다가 조선 개국 후 풀려나 은거하며 벼슬을 하지 않았다. 고려의 망국을 읊은 시조가 전해진다.

徐敬德(서경덕)   (1489~1546) 조선 중기의 학자. 이기일원론을 주창하고, 평생 벼슬에 나아가지 않고 송도 동문 밖 화담에서 은거 수도하였다.

徐神逸(서신일)   (? ~ ?) 신라 말 고려 초 이천 지방의 호족. 신라 효공왕 때 벼슬이 아간대부에 이르렀으나 신라의 국운이 다했음을 알고는 이천의 효양산 기슭에 은거하면서 후진양성에 여생을 바쳤다.

徐弼(서필)   (901~965) 고려 전기의 문신. 서리로서 관직에 진출하여 벼슬이 내의령에 이르렀다. 직언을 서슴지 않았으나, 광종의 개혁 정책을 지지하여 신임을 받았다.

徐熙(서희)   (942~998) 고려의 문신. 거란의 내침 때 서경 이북을 할양하고 강화하자는 안에 극력 반대하고 자진해서 국서를 가지고 적장 소손녕과 담판을 벌여 거란 군을 철수시켰다. 그 후 여진을 몰아내고 지금의 평안북도 일대의 국토를 완전히 회복했다.

宣祖(선조)　　　(1552~1608) 조선 제14대 왕.

薛公儉(설공검)　　(1224~1302) 고려 후기의 문신. 1278년 좌승지를 거쳐 밀직부사로서 나라의 기강을 쇄신하고 왕권을 강화하는 데 주력하였다. 뒤에 지첨의부사·참리 등을 거쳐 참의중찬을 지냈다.

雪梅(설매)　　　(1392~1398) 조선 초기의 기생.

成聃年(성담년)　　(? ~?) 조선 전기의 문신. 경연검토관·수찬·정언을 거쳐 공조정랑이 되었고 교리에 이르렀다.

成聃壽(성담수)　　(? ~ ?) 조선 전기의 학자. 생육신의 한 사람이다. 성삼문 등의 단종복위운동 때 아버지 희가 관련되어 국문을 받고 김해로 귀양갔다가 3년 후 풀려났으나 곧 세상을 떠났다. 이에 충격을 받아 벼슬을 단념하고 파주에 은거했다.

成三問(성삼문)　　(1418~1456) 조선 전기의 문신. 사육신의 한 사람이다. 세종 때 한글 창제를 위해 음운 연구를 해 정확을 기한 끝에 훈민정음을 반포케 했다. 세조가 단종을 몰아내고 왕위에 오르자 단종의 복위을 꾀하다 체포되어 처형되었다.

成石璘(성석린)　　(1338~1423) 고려 말 조선 초의 문신. 신돈과 대립했고 왜구가 침입하자 적을 격퇴했다. 이성계 등과 함께 공양왕을 내세웠고 조선이 개국하자 이색·우현보 일파로 추방되었다가 그 후 한성부판사 등을 거쳐 1415년 영의정을 지냈다.

成石璘(성석용)   (? ~1403) 고려 말 조선 초의 문신. 고려 우왕 때 대언·지신
사·밀직제학을 역임하였다. 조선 건국 후에는 원종공신에
책록되었으며 대사헌·예문각대제학 등을 지냈다.

成世昌(성세창)   (1481~1548) 조선 중기의 문신. 갑자사화로 유배되었다 중종
반정 때 풀려났다. 강원도관찰사·한성부윤·우의정·좌의
정을 지냈다.

成守琛(성수침)   (1493~1564) 조선 중기의 학자. 조광조를 중심으로 추구해 온
도학적 지치주의가 기묘사화로 좌절되자 평생 산간에 묻혀
지내며, 학문탐구와 자기수양과 후생교육에 열중하였다.

成汝完(성여완)   (1309~1397) 고려 말기의 충신. 군부정랑·전법판사·해주
목사·충주목사·민부상서 등을 지냈고 정몽주가 살해되자
은거했다.

成運(성운)   (1497~1579) 조선 중기의 학자. 1545년 그의 형이 을사사화
로 화를 입자 보은 속리산에 은거하였다. 선조 때 여러 차례
벼슬에 임명되었으나 취임하지 않았다. 시문에 능하였으며
은둔과 불교적 취향을 드러낸 시를 많이 남겼다.

成悌元(성제원)   (1506~1559) 조선 전기의 학자. 성리학을 깊이 연구하여 정통
하게 되었으며, 한편 지리학·의학·복술 등을 배우고 벼슬
을 싫어하였다. 만년에 이르러 보은현감으로 부임하여 선정
을 베풀었다.

成宗(성종)   (1457~1494) 조선 제9대 왕.

成宗(성종)   (960~997) 고려 제6대왕.

成忠(성충)   (? ~ 656) 백제말의 충신. 정충이라고도 하며, 벼슬이 좌평에

이르렀다. 의자왕이 주색에 빠져 정사를 돌보지 않자 국운을 염려하여 극간하다 죽음을 당했다.

成渾(성혼)   (1535~1598) 조선 중기의 학자. 1572년 여름부터 기발이승일 도설을 주장하는 이이와 6여 년에 걸친 치열한 논쟁을 시작하였으며, 서인이 집권하자 이조판서로 복귀하여 의정부우참찬 비국당상 등을 거치면서 서인의 중진 지도자로 추앙 받았다.

成熺(성희)   (? ~ ?) 조선 전기의 문신. 승문원교리를 지냈고 정인지와 함께 '세종실록'을 편찬하였고, 단종의 복위에 연루되어 김해로 귀양 갔다가 3년 뒤에 풀려났다.

世祖(세조)   (1417~1468) 조선 제7대 왕.

世宗(세종)   (1397~1450) 조선 제4대 왕.

素那(소나)   (? ~675) 삼국간에 치열한 전쟁이 벌어진 7세기에 나라를 위해 목숨을 바친 용감한 신라인이다.

孫順(손순)   (? ~ ?) 신라시대의 효자. 경주 모량리 사람으로 아버지는 학산, 어머니는 운오이다. 아버지가 죽자 아내와 더불어 남의 집에 품을 팔아 얻은 곡식으로 늙은 어머니를 봉양하였다.

孫舜孝(손순효)   (1427~1497) 조선 전기의 문신. 1485년 임사홍을 두둔하다가 경상도관찰사로 좌천되었으나 곧 우찬성이 되었으며 중추부 판사를 지냈다. 성리학에 밝고 문장이 뛰어나고 그림은 화죽에 능했으며, 청렴하기로 이름이 났다.

宋象賢(송상현)   (1551~1592) 조선 중기의 문신. 임진왜란 때 동래부사로 재직하였고 왜적을 맞아 싸우다 전사했다. 사후 충렬이라는 시호가 내려졌고 동래 충렬사에 제향되었다.

宋時烈(송시열)　　(1607~1689) 조선 후기의 문신・학자. 주자학의 대가로서 이이의 학통을 계승하여 기호학파의 주류를 이루었으며 이황의 이원론적인 이기호발설을 배격하고 이이의 기발이승일도설을 지지하였다.

宋麟壽(송인수)　　(1499~1547) 조선 중기의 문신. 형조참판 때 동지사로 명나라에 다녀온 뒤 대사성이 되어 유생들에게 성리학을 강론했다. 성리학의 대가로 선비들로부터 추앙받았다.

宋欽(송흠)　　(1459~1547) 조선 전기의 문신. 지극한 효성과 청렴함으로 이름이 높았으며, 지방관으로 있으면서 부임하거나 전임할 때 늘 세 필의 말만 사용해 검소하게 행차하여 삼마태수라고 불렸다.

肅宗(숙종)　　(1661~1720) 조선 제19대 왕.

淑徽公主(숙휘공주)　　(1642~1696) 효종의 넷째 딸.

申季誠(신계성)　　(1499~1562) 벼슬을 하지 않았으며 몸가짐에 법도를 지킴이 있었고 영달을 구하지 않고 살았다.

辛旽(신돈)　　(? ~1371) 고려 말 승려. 공민왕의 신임을 받아 정치계에 들어와 관작을 받고, 부패한 사회 제도를 개혁하려 했던 승려 출신의 개혁 정치가이다.

申命仁(신명인)　　(1492~ ?) 조선 전기의 문신. 기묘사화가 일어나자 이약수 박광우 등 성균관유생 1,000여 명을 이끌고 광화문에 나가 조광조・김식 등 사림파의 구명을 상소하였다.

神武王(신무왕)　　(? ~839) 신라의 제45대 왕.

辛斯蔵(신사천)　(?~?) 고려 때 낭장을 지냈다.

申崇謙(신숭겸)　(?~927) 고려 초의 무신. 궁예를 폐하고 왕건을 추대하여 고려 개국의 대업을 이루고 공산에서 견훤의 군대에게 태조가 포위되자 그를 구하고 전사했다.

申用漑(신용개)　(1463~1519) 조선 초기의 문신·학자. 1506년 중종반정으로 등용된 뒤 형조참판·대제학·우참찬·대사헌을 거쳐 각조의 판서, 우찬성을 지내고 우의정에 거쳐 1518년 좌의정에 이르렀다.

申翊亮(신익량)　(1590~1650) 조선 중기의 문신. 경상감사·청주목사·밀양부사를 거쳐 승지에 이르렀으며 1644년 벼슬을 버리고 숨어 지냈다.

申翊聖(신익성)　(1588~1644) 조선 중기의 문신. 병자호란 때 왕을 호종하고 남한산성에 있으면서 끝까지 척화를 주장하여, 선양으로 붙잡혀 갔다가 뒤에 풀려났다.

申硈(신할)　(1548~1592) 조선 중기의 무신. 무과에 급제하여 경상도좌병사를 지냈고, 임진왜란 때 임진강 전투에서 왜적과 싸우다 순절하였다.

申欽(신흠)　(1566~1628) 조선 중기의 문신. 뛰어난 문장력으로 대명외교문서의 제작, 시문의 정리, 각종 의례문서 제작에 참여하였다. 정주학자로 이름이 높아 이정구·장유·이식과 함께 한문학의 태두로 일컬어진다.

沈東老(심동로)　(?~?) 고려 말 문신. 중서사인·예의판서·집현전제학 등을 역임하였다.

安崇善(안숭선) (1392~1452) 조선 전기의 문신. 형조판서 · 중추원지사 · 집현전 대제학 등을 역임하였고 춘추관지사로 '고려사' 수찬에 참여하였다.

安遇(안우) (1454~ ?) 조선 전기의 문신. 1518년 경상도관찰사 김안국의 추천으로 벼슬에 나가 전생서주부를 거쳐 수령을 지냈다. 효행으로 당대에 이름이 높았으며 절개와 지조를 높이 평가하였다.

安瑋(안위) (1491~1563) 조선 전기의 문신. 통례원 좌통례로서 '경국대전주해'를 찬수하였고 병조판서를 지내면서 변방을 방어하는데 큰 공을 세웠다.

安裕(안유) **安珦**(안향)
(1243~1306) 고려 후기의 문신 · 학자. 좌북승지 · 판밀직사사 · 도첨의중찬 등을 지냈으며, 한국 성리학의 시조라고 불린다.

安宗源(안종원) (1325~1394) 고려 후기의 문신. 우왕 초에 우사의대부로서 환관의 횡포를 시정하려 힘썼고 대사헌 · 밀직제학 등을 지냈다. 조선 개국 후 삼사영사 · 문하부판사 등을 지냈다.

安軸(안축) (1282~1348) 고려 후기 문신. 밀직사지사 · 첨의찬성사 · 정치도감판사 등을 지냈다. 실록 편찬에 참여하였으며 경기체가인 '관동별곡' 등을 남겼다.

安琛(안침) (1445~1515) 조선 전기의 문신. 예조참의 · 부제학 · 중추부지사 등을 역임하였고 관찰사 · 공조판서 등을 지냈다.

安坦大(안탄대) (? ~ ?) 조선 전기의 문신. 중종의 장인으로, 창빈안씨의 아버지이다. 사실상 부원군의 위치에 있었는데도 부귀영화를 사양하고 검소와 겸손으로 생애를 바쳤다.

安玹(안현)　　　(1501~1560) 조선 중기의 문신. 지평 · 집의 · 부제학 · 한성
　　　　　　　부좌윤 · 이조판서 · 우의정을 역임하고 좌의정에 올랐다.

梁山璹(양산숙)　(1561~1593) 조선 중기의 의병장. 벼슬에는 뜻을 두지 않고,
　　　　　　　경전연구에만 전념하여 천문 · 지리 · 병학에 정통하였다.
　　　　　　　1591년 천상(天象)을 보고 난리가 있을 것을 예언, 상소하여
　　　　　　　대책을 건의했다가 배척을 받기도 하였다. 임진왜란이 일어
　　　　　　　나자 의병을 일으켜, 진주에서 싸우다가 죽었다.

嚴興道(엄흥도)　(? ~ ?) 조선 전기의 문신. 강원도 영월의 호장.

燕山君(연산군)　(1476~1506) 조선 제10대의 왕.

英祖(영조)　　　(1694~1776) 조선 제21대의 왕.

吳健(오건)　　　(1521~1574) 조선 중기의 문신. 선조 때 이조좌랑으로 춘추관
　　　　　　　기사관을 겸하여 '명종실록' 편찬에 참여하였다.

吳百齡(오백령)　(1560~1633) 조선 중기의 문신. 인조 때 형조참판 성균관대사
　　　　　　　성 등을 지냈으며, 이괄의 난 때 인조를 공주로 호종하였다.

吳允謙(오윤겸)　(1559~1636) 조선 중기의 문신. 광해군 때 호조참의 · 우부승
　　　　　　　지 등을 역임하고 선현들의 문묘종사와 폐모론에 반대하여
　　　　　　　탄핵을 받았다. 중추부동지사로서 명나라에 다녀왔으며 인조
　　　　　　　때 형조와 예조판서, 우의정 등을 거쳐 영의정에 올랐다.

禹性傳(우성전)　(1542~1593) 조선 중기의 문신 · 의병장. 임진왜란이 일어나
　　　　　　　자 경기도에서 수천 의병을 모집, 추의군이라 하고 강화에 들
　　　　　　　어가 김천일 등과 함께 도처에서 공을 세웠다.

禹倬(우탁) (1262~1342) 고려 후기의 유학자. 문과에 급제. 영해사록으로 부임한 뒤 민심을 현옥 하는 요신의 사당을 철폐했다. 1308년 감찰규정으로 충선왕이 숙창원비와 밀통하자 이를 극간한 뒤 물러난 뒤에 은거하면서 후진 교육에 전념하였다.

元斗杓(원두표) (1593~1664) 조선 중기의 문신. 인조반정 때 세운 공으로 정사공신 2등에 책록, 원평부원군이 되었고 형조참판 · 호조판서 · 좌참찬 등을 지냈다. 병조판서 때 대동법에 반대하였고 우의정을 거쳐 좌의정에 이르렀다.

柳寬(유관) (1346~1433) 고려 말 · 조선 초의 문신. 조선의 개국원종공신이 되어 대사성 · 형조전서 · 대사헌 등을 지냈다. 춘추관지사로서 '태종실록'의 편찬에 참여하였으며 '고려사'를 개찬하였다.

劉克良(유극량) (? ~1592) 조선 중기의 무신. 임진왜란이 일어나자 조방장으로 죽령을 수비했으나 패하고 임진강에서 적을 방어하다가 전사했다.

柳成龍(유성룡) (1542~1607) 조선 중기의 문신. 임진왜란 때 도체찰사로 군무를 총괄, 이순신 · 권율 등 명장을 등용하여 국난을 극복한 명재상이다.

柳誠源(유성원) (? ~1456) 조선 전기의 문신. 사육신의 한 사람이다. 집현전 학사로 세종의 총애를 받았고 문종 때 대교를 지냈다. 성삼문 등과 단종의 복위를 모의하다가 탄로되자 자결하였다.

柳淑(유숙) (1324~1368) 고려 후기의 문신. 공민왕 때 추밀원직학사 · 동경유수 등을 지내고 홍건적이 침입했을 때 왕을 남행하게 한 공로 충근절의찬화공신이 되고 첨의평리에 올랐으며 홍왕사의 변란 때 세운 공으로 1등공신에 책록되었다.

柳洵(유순)　　　　(1441~1517) 조선 전기의 문신. 부제학 · 형조참판을 지내고 무호사화로 한때 파직되었다가 호조판서 · 우의정 · 좌의정 · 영의정에 올랐다.

兪彦謙(유언겸)　　(1496~1558) 조선 전기 천안 출신의 효자. 1540년 효행으로 사직서 참봉으로 제수되었다가 형조 정랑을 지내고, 그 뒤 용담 현감 · 신계현령 · 문화 현령을 역임하였다. 고을의 수령으로 있을 때 청렴하고 공평하게 일을 처리하였다.

兪元淳(유원순) 兪升旦(유승단)

　　　　　　　　(1168~1232) 고려의 학자. 인동현 사람이다. 침착 과묵하고 겸손했으며 전적을 널리 보아 잘 암기했다. 특히 고문을 잘 지었기 때문에 세상에서 '유원순의 문장'이라고 일컬었다.

庾應圭(유응규)　　(1131~1175) 고려 중기의 문신. 문장과 덕행이 출중했으며 성품이 진실하고 정직하여 아첨하지 않았다. 의종 때에 벼슬이 판이부사까지 올랐다.

兪應孚(유응부)　　(? ~1456) 조선 초의 무인. 사육신의 한사람. 첨지중추원사 · 평안도 절제사를 지냈으며, 단종복위모의에서 세조를 죽이는 임무를 맡았으나 탄로 되어 고문 끝에 죽임을 당했다.

柳宗智(유종지)　　(1546~1589) 조선 중기의 문신. 세상의 더러움에 물들지 않고 항상 충군과 애국에 두고 옳은 것을 쫓아 절개를 지켰다. 정여립과 연루되어 금부에 갇혔다가 사망하였다.

柳袗(유진)　　　　(1582~1635) 조선 중기의 문신. 아버지는 영의정 성룡이다. 1610년 급제. 인조반정 뒤 봉화현감으로 있으면서 전묘와 부세를 바로잡았으며 오랫동안 해결하지 못한 원옥을 해결하여 경탄을 받았다.

柳濯(유탁)	(1311~1371) 고려 후기의 무신. 감문위대호군·고흥군·합포만호·찬성사 등을 지냈다. 원나라가 홍건적을 정벌할 때 공을 세웠으며, 신돈이 주살될 때 그와 관련되었다는 무고를 받아 교수형을 당하였다.
柳馨遠(유형원)	(1622~1673) 조선 후기의 실학자. 벼슬살이를 단념하고 학문 연구와 저술에 전심하면서 수차 전국을 유람하였고, 농촌에서 농민을 지도하며 실학을 최초로 체계화하였다. 저서 '반계수록'을 통하여 중농사상에 입각한 전반적인 제도개편을 구상하였다.
兪好仁(유호인)	(1445~1494) 조선 전기의 문신. '동국여지승람'의 편찬에 참여하였다. 시·문·서예에 뛰어나 당대 3절이라 불리었고 성종으로부터 지극한 총애를 받았으며 당시 4대 학파 중 사림파에 속하였다.
柳希奮(유희분)	(1564~1623) 조선 중기의 문신. 광해군의 처남으로 그의 일문이 요직을 차지하였다. 임해군·영창대군 등을 죽이는 데 참여하였고, 인조반정 때 참형을 당했다.
柳希春(유희춘)	(1513~1577) 조선 전기의 문신. 1547년 양재역 벽서사건에 연루되어 제주도에 유배되고, 1567년 선조가 즉위하자 사면되어 직강 겸 지제교에 재 등용 되었다. 경사와 성리학에 조예가 깊어 많은 저서를 남겼다.
尹潔(윤결)	(1517~1548) 조선 중기의 문신. 명종 초에 유구에 표류한 박손의 경험담을 토대로 '유구풍속기'를 지었고, '시정기' 필화사건으로 참형된 안명세를 위해 변명하다가 사형되었다.
尹暹(윤섬)	(1561~1592) 조선 중기의 문신. 교리로 있다 임진왜란이 일어나자 순변사 이일의 종사관이 되어 싸우다가 상주성에서 전

사하였다.

尹元衡(윤원형)　(? ~1565) 조선 중기의 문신. 중종의 제2계비 문정왕후의 동
생. 을사사화의 공으로 공신으로 책봉되었으며, 1547년 양재
역 벽서사건을 계기로 대윤의 잔당을 모두 숙청하였다. 1565
년 문정왕후가 죽자 삭직되고 강음에 귀양가서 죽었다.

尹澤(윤택)　(1289~1370) 고려시대의 문신. 연경에 머물던 충숙왕으로부
터 왕자 강릉대군 기를 뒷날 왕으로 받들라는 부탁을 받았으
며, 1348년 충목왕이 죽자 강릉대군을 후계왕으로 세우려 하
였으나 충양왕이 즉위하자 광양감무로 좌천되었다.

尹淮(윤회)　(1380~1436) 조선 전기의 문신. 1401년 급제. 이조・병조 좌
랑을 역임하고, 태종은 그의 학문과 재질을 높이 평가하여 병
조참의로 승진시켰고, 집현전이 설치되자 부제학으로 발탁되
어 그곳의 학사들을 총괄하였다.

義慈王(의자왕)　(? ~660) 백제의 마지막 왕.

毅宗(의종)　(1127~1173) 고려의 제18대 왕.

李岡(이강)　(1333~1366) 고려 후기의 문신. 전의부주・이부낭중에 이어
지신사를 지내고 밀질부사를 거쳐 진현관 대제학을 지냈다.

李塏(이개)　(1417~1456) 조선 전기의 문신. 사육신의 한 사람. 훈민정음
의 창제에 참여하였고, 단종의 복위를 꾀하다 발각되어 처형
되었다.

李景奭(이경석)　(1595~1671) 조선 중기의 문신. 청나라의 침략으로 인한 위기
에서 국가를 구하는 데 큰 공을 세웠으나, 송시열 등 명분을
앞세우는 인물들에 의해 삼전도 비문 작성과 같은 현실적인

자세가 비판받기도 했다.

李景稷(이경직)　(1577~1640) 조선 중기의 문신. 호조판서를 거쳐 도승지와 강화부유수를 지냈다.

李季甸(이계전)　(1404~1459) 조선전기의 문신. '세종실록' 편찬에 참여하였다. 한성부원군에 봉해졌으며 대제학·중추원영사 등을 지냈다.

李公遂(이공수)　(1308~1366) 고려 후기의 문신. 1363년 공민왕을 폐위시키자 원나라에 사신으로 가서 공민왕의 복위를 위해 노력하였으며, 공민왕이 복위되자 고려로 돌아왔다. 신돈이 정권을 잡으면서 파면시키자 덕수현에 별장을 짓고 남촌 선생이라 자칭하면서 풍류를 즐겼다.

李公升(이공승)　(1099~1183) 고려 중기의 문신. 1136년 서경의 묘청의 난이 발생하자 좌군병마녹사로 출정하여 공을 세웠다. 왕이 지난날 그가 쌓은 덕행을 높이 사서 중서시랑평장사로 임명하였다.

李克培(이극배)　(1422~1495) 조선 전기의 문신. 세조가 즉위 후 좌익공신 3등으로 광릉군에 봉해졌다. 성종 때 영의정에 올라 광릉부원군에 봉해졌다.

李芑(이기)　(1476~1552) 조선 중기의 문신. 정조사로 명나라에 다녀왔다. 을사사화 때 윤임의 세력을 꺾어 보익공신 1등으로 풍성부원군에 봉해졌다.

李箕翊(이기익)　(1654~1739) 조선 후기의 문신. 사헌부 사간원의 여러 관직을 지냈다.

李洁(이길)　(1547~1589) 조선 중기의 문신. 이조정랑에 근무 중 정여립과 연관되어 심문을 받던 중에 고문으로 죽었다.

李德馨(이덕형)　(1561~1613) 조선 중기의 문신. 남북인의 중간 노선을 지키다가 뒤에 남인에 가담했고 이항복과 절친한 우정을 보여 그와 관련된 일화가 많이 전해진다.

李道長(이도장)　(1607~1677) 조선 중기의 문신. 성현도찰방이 되어서는 선정을 베풀어 창덕비가 세워졌다. 그 뒤 향리로 돌아와 사양서원을 세워 후학을 교육하였다.

李孟專(이맹전)　(1392~1480) 조선 초기의 문신. 생육신의 한 사람. 수양대군이 계유정난을 일으키자 관직에서 물러나 은둔생활을 하였고, 대궐을 향하여 앉지도 않았다고 한다.

李潑(이발)　(1544~1589) 조선 중기의 문신. 이조정랑에 근무 중 정여립과 연관되어 심문을 받던 중에 고문으로 죽었다.

李阜(이부)　(1482~1555) 조선 중기의 문신. 1519년 급제. 병조좌랑 정언을 역임하였다. 정언으로 있을 때 조광조 등과 함께 중종반정 공신에 대한 삭훈을 상소하였으나 중종이 허락하지 않자 병을 칭하여 사직하였다. 이 해에 기묘사화 때 벼슬을 떠나 있어서 화를 면했다.

李士龍(이사룡)　(1612~1640) 조선 후기의 의사. 1640년 청나라가 명나라를 치기 위하여 조선에 원병을 청하자 포사로 징발되었는데, 그는 임진왜란 때 명나라의 은혜를 생각하고 공포로 응전하였고, 청군에게 발각되어 죽음을 당하였다.

李山海(이산해)　(1539~1609) 조선 중기의 문신. 영의정을 지냈으며 북인의 영수였다. 종계변무의 공으로 광국공신에 책록되었다. 서화에 능하여 문장 8가라 일컬었다.

李尙毅(이상의)　(1560~1624) 조선 중기의 문신. 1608년 이조판서를 지냈으며 임진왜란 때 광해군을 호위한 공으로 여흥부원군에 올랐다. 인조반정으로 품계가 강등되어 중추부지사로 좌천되었다.

李穡(이색)	(1328~1396) 고려 후기의 문신·학자. 삼은의 한 사람이다. 정방 폐지, 3년상을 제도화하고, 김구용·정몽주 등과 강론, 성리학 발전에 공헌했다. 우왕의 사부였다. 조선 태조가 한산백에 책봉했으나 사양했다.
李蓀(이손)	(1439~1520) 조선 중기의 문신. 충청도·함경도 병마절도사, 충청·황해·전라도 관찰사, 형조판서 등을 지냈다. 정국공신의 호를 받고 한산군에 봉해졌다.
李晬光(이수광)	(1563~1628) 조선 중기의 문신·학자. 임진왜란 때 함경도지방에 큰 공을 세웠다. 주청사로 연경에 내왕, '천주실의' 등을 들여와 한국 최초로 서학을 도입했다. '지봉유설'로 서양과 천주교 지식을 소개했다.
李舜臣(이순신)	(1545~1598) 조선중기의 명장. 임진왜란 때 삼도수군통제사로 수군을 이끌고 전투마다 승리를 거두어 왜군을 물리치는 데 큰 공을 세웠다.
李時白(이시백)	(1581~1660) 조선 후기의 문신. 인조·효종에 걸쳐 여러 판서, 좌참찬, 영의정 등을 지냈다. 이괄의 난, 정묘호란, 병자호란 등 나라의 위기마다 공을 세웠다. 병자호란 패전 상황 수습, 대동법 실시 등 사회 안정에 공헌했다.
李施愛(이시애)	(? ~1467) 조선 전기의 무신. 북방민 회유정책으로 중용되었으나 세조가 북방민 등용을 억제하고 중앙집권 체제를 강화하자 반란을 일으켰으나 실패했다.
李栻(이식)	(1659~1729) 조선 후기의 학자. 숙종 때 학행으로 천거되어

지방관으로 등용되었고, 정시한의 문인으로 이황과 이재의 학통을 이어받아 성리학에 밝았다.

李安訥(이안눌) (1571~1637) 조선 중기의 문신. 형조참판 · 함경도관찰사 등을 지냈다. 주청부사로 명나라에서 정원군의 추존을 허락 받아 원종의 시호를 받았다. 시문에 뛰어나 이태백에 비유되었고, 글씨도 잘 썼다.

李安道(이안도) (1541~1584) 조선 중기의 학자. 성리학에 조예가 깊었으며 목청전참봉을 거쳐 상서원부직장 · 사온직장 등을 지냈다.

李嵒(이암) (1297~1364) 고려 후기의 문신. 충목왕 사후 충정왕을 왕으로 세우기 위하여 원나라에 갔다와 추성수의 동덕찬화공신의 칭호를 받았다. 찬성사 · 좌정승 등을 지냈다. 묵죽에 뛰어났고, 예 · 초서를 잘 써, 조맹부와 쌍벽을 이루었다.

李約東(이약동) (1416~1499) 조선 전기의 문신. 제주목사 때 민폐를 근절, 선정을 베풀었다. 대사헌, 호조참판 · 전라도관찰사 · 이조참판 · 중추부지사에 이르렀고, 경사에 통달하였고 여러 고을 목민관을 지냈으나 청렴으로 일관했다.

李養中(이양중) (? ~ ?) 고려 말의 문신. 고려 말엽에 형조좌참을 지냈으며, 조선 개국 후 한성판윤에 제수하였으나 고려 왕조에 대한 절개를 지키기 위해 벼슬에 나가지 않았다.

李彦迪(이언적) (1491~1553) 조선 중기의 문신 · 학자. 전주부윤에 나가 선정을 베풀어 송덕비가 세워졌다. 이때 조정에 일강십목소를 올려 정치의 도리를 논하였다. 윤형원 일당이 조작한 양재역 벽서사건에 무고하게 연루되어 강계로 유배되었고, 그곳에서 많은 저술을 남긴 후 세상을 떠났다.

李延(이연)　　　　　(? ~ ?) 영조 때 이산현감을 지냈다.

李延慶(이연경)　　　(1484~1548) 조선 중기의 문신. 사헌부지평을 거처 홍문관교
　　　　　　　　　　리에 올랐다. 기묘사화 이후 낙향하여 이자와 더불어 산수를
　　　　　　　　　　주유하면서 학문 도야와 후진 양성에 전념하였다.

李元翼(이원익)　　　(1547~1634) 조선 중기의 문신. 우의정ㆍ영의정 등을 지냈
　　　　　　　　　　다. 선조 때 대동법 실시를 건의, 실시케 했고, 불합리한 조세
　　　　　　　　　　제도를 시정했다. 안주목사 때 군병방수제도를 개혁, 복무를
　　　　　　　　　　2개월로 단축, 법제화시켰다.

李潤慶(이윤경)　　　(1498~1562) 조선 중기의 문신. 완산부윤 때 왜구를 섬멸하였
　　　　　　　　　　고 전라도관찰사를 지냈으며 도승지ㆍ병조판서 등을 지냈다.

李潤雨(이윤우)　　　(1569~1634) 조선 후기의 문신. 광해군 때 사관으로 정인홍의
　　　　　　　　　　비위사실을 직필했다가 탄핵을 받아 사직했다. 수성도 찰방,
　　　　　　　　　　경성판관을 지내고, 대북의 전횡이 심해지자 사직했다. 인조
　　　　　　　　　　반정 뒤 이조참의에 이르렀다.

李義傳(이의전)　　　(1568~1647) 조선 후기의 문신. 주로 외직을 지냈으며, 병자
　　　　　　　　　　호란 후 경기지방의 민심이 흉흉해지자 조정에서 그만이 민
　　　　　　　　　　심을 수습할 수 있다 하여 가평의 목민관으로 임명하였다.

李珥(이이)　　　　　(1536~1584) 조선 중기의 문신ㆍ학자. 동호문답ㆍ성학집요
　　　　　　　　　　등의 저술을 남겼다. 현실ㆍ원리의 조화와 실공ㆍ실효를 강
　　　　　　　　　　조하는 철학사상을 제시했으며, 조선 사회의 제도 개혁을 주
　　　　　　　　　　장했다.

李爾瞻(이이첨)　　　(1560~1623) 선조 때 대북의 영수로서 광해군이 적합함을 주
　　　　　　　　　　장했다. 광해군 즉위 후 영창대군을 죽게 하고 김제남을 사사
　　　　　　　　　　시켰다. 폐모론을 주장, 인목대비를 유폐시켰다. 인조반정 후

참형되었다.

李仁復(이인복)　(1308~1374) 고려 후기의 문신. 조일신의 난을 평정했다. 왕
에게 신돈을 멀리하도록 간했었다. 홍안부원군에 피봉되고
삼사판사를 거쳐 검교시중이 되었다.

李鎰(이일)　(1538~1601) 조선 중기의 무신. 이탕개가 침입하자 이를 격퇴
했고 임진왜란 때 명나라 원병과 평양을 수복했다. 서울 탈환
후 훈련도감이 설치되자 좌지사로 군대를 훈련시켰다.

李㙉(이전)　(1558~1648) 조선 중기의 문신. 1640년 유성룡이 상주목사로
있을 때 형제가 그에게 찾아가 수학하였으며, 이때부터 주자
학을 전공하게 되었다. 1603년 급제하였으나 벼슬에 나아가
지 않았다.

李濟臣(이제신)　(1536~1583) 조선 중기의 문신. 형조 · 호조 · 정랑, 사헌부감
찰, 사헌부지평 등을 지냈고, 사은사 종사관으로 명나라에 다
녀왔다. 함경북도 병마절도사 때 여진족의 이탕개를 소탕하
였으나 모함으로 유배 생활을 하다 죽었다.

李齊賢(이제현)　(1287~1367) 고려 후기의 문 · 학자. 원나라와의 관계에서 부
당한 처사를 해결하는 등 활약하였다. 당대의 명문장가로 정
주학의 기초를 확립했다. 조맹부 서체를 도입, 유행시켰다.

李兆年(이조년)　(1269~1343) 고려 후기의 문신. 1206년 왕유소 등이 서흥후
전을 충렬왕 후계로 삼으려 하자. 최진과 충렬왕을 보필했다.
충혜왕 복위 후 정당문학, 예문관대제학이 되어 성산군에 봉
해졌다.

李埈(이준)　(1560~1635) 조선 중기의 문신. 예조정랑 · 수찬 등을 지냈고,
정묘호란의 공으로 중추부첨사가 되었다.

李浚慶(이준경) (1499~1572) 조선 중기의 문신. 영의정을 지냈다. 선조 즉위 후 원상을 지냈다. 사화로 억울한 피해를 당한 사람들을 서용 또는 신원하였다. 죽을 때 붕당이 있을 것을 예언한 내용의 유소를 올려 규탄을 받았다.

李仲虎(이중호) (1512~1554) 조선 중기의 학자. 천거로 여러 차례 교직에 제수되었으나 나가지 않았으며, 그는 과거공부를 폐하고 도학에 전력하였다.

李至男(이지남) (1529~1577) 조선 중기의 효자.

李之菡(이지함) (1517~1578) 조선 중기의 학자. 역학 · 의학 · 수학 · 천문 · 지리에 해박하였으며 농업과 상업의 상호 보충관계를 강조하고 광산 개발론과 해외 통상론을 주장했다.

李恒(이항) (1499~1576) 조선 중기의 문신 · 학자. 젊어서 무예를 익히다가 30세에 박영에게 수학하였다. 태인으로 돌아가 어머니 봉양과 농사일을 하면서 성리학에 전념하였다. 1566년 명경행수지사로 천거되어 임천군수가 되었다가 다음해 병을 핑계로 사직하였다.

李恒福(이항복) (1566~1618) 조선 중기의 문신 · 학자. 이덕형과 돈독한 일화가 오랫동안 전해지고, 좌의정 · 영의정을 지냈고, 오성부원군에 피봉되었다. 임진왜란 때 선조의 신임을 받으며, 전란 후에는 수습책에 힘썼다.

李行遇(이행우) (1606~1651) 조선 후기의 문신. 예문관검열 · 대교를 거쳐, 효종이 즉위한 뒤에 승지에 임용된 뒤 이조참의 · 대사간 · 부제학 등을 두루 거쳤다.

李行進(이행진) (1597~1665) 조선 후기의 문신. 접반종사 · 수찬 · 교리 · 응

교를 거쳐 도승지·대사헌을 역임한 뒤, 경기도관찰사를 거
쳐 동지중추부사에 이르렀다.

李滉(이황)　　　(1501~1570) 조선 중기의 문신·학자. 유학자로서 주자의 사
상을 깊게 연구하여 조선 성리학 발달의 기초를 형성했으며,
이(理)의 능동성을 강조하는 이기호발설을 주장하였다.

李後白(이후백)　(1520~1578) 조선 중기의 문신. 대사간·호조판서 등에 이르
렀다. 인성왕후 복상문제 때 2년상을 주장 실행하게 했다.

李徽(이휘)　　　(? ~1594) 조선 중기의 종실. 성품이 순박하여 부모에게 효성
이 지극하였고 형제간에 우애가 깊었으며, 남을 존경하여 이
웃의 추앙을 받았고, 원천부위에 봉해졌다.

仁嬪(인빈)　　　(1555~1613) 선조의 후궁.

仁烈王后(인열왕후)　(1594~1635) 인조의 비.

仁祖(인조)　　　(1595~1649) 조선의 제16대 왕.

一今(일금)　　　(? ~ ?) 조선 후기의 무당.

任權(임권)　　　(1486~1557) 조선 중기의 문신. 예조참판을 지내고 경상도 관
찰사 때 신병을 이유로 사퇴, 다시 이조참판에 이어 전라도관
찰사를 지내고 병조판서·예조판서가 되었다. 춘추관지사를
겸임하고 그 후 우참찬에 이르렀다.

林衍(임연)　　　(? ~1270) 고려 후기의 권신. 원종을 폐하고 안경공 창을 즉위
시킨 뒤 교정별감이 되어 정치·군사의 실권을 장악했다.

林芸(임운)　　　(1517~1572) 조선 중기 문신·학자. 성·지리·율려·산수

에 통달했다. 만년에 행의로 추천받아 사직서참봉·연은전참봉 등을 지냈으며 형 훈과 함께 효자로서 고향에 정문이 세워졌다.

林亨秀(임형수)　(1504~1547) 조선 중기의 문신. 수찬·전한 등을 거쳐 부제학에 올랐으나, 윤원형의 미움을 받아 제주목사로 좌천되었다가, 을사사화로 파직되었다.

張世豪(장세호)　(? ~ ?) 조선 중기의 무신. 경상우도병마절도사·충청도방어사 등을 역임하였으며 무관직의 원로로서 국방의 자문역할을 하였다.

張顯光(장현광)　(1554~1637) 조선 중기의 학자. 영남학파를 대표하는 유학자로 칭송이 높았다. 많은 남인계 학자들을 길러냈다.

鄭甲孫(정갑손)　(1396~1451) 조선 전기의 문신. 1417년 급제. 부정지·감찰·병조·좌랑 등을 거쳐 강직한 성격을 인정받아 좌승지로 발탁되고 예조참판을 거쳐 전라도 관찰사로 나갔다. 그는 청렴하기로 널리 알려져 중종 때 청백리에 녹선되었다.

鄭介淸(정개청)　(1529~1590) 조선 중기의 문신·학자. 풍수설을 배우고 역학·율려에도 정통하였다. 정여립의 모반사건에 연루되어 경원으로 귀양가는 도중에 죽었다.

鄭經世(정경세)　(1563~1633) 조선 중기의 문신·학자. 임진왜란이 일어나자 의병을 일으켜 공을 세워 수찬이 되고 정란·사간에 이어 경상도관찰사가 되었다. 예론에 밝아서 김장생 등과 함께 예학파로 불렸다.

鄭光弼(정광필)　(1462~1538) 조선 전기의 문신. 중종반정으로 부제학에 복직되고 이조참판·예조판서·대사헌을 거쳐 전라도 도순찰사가 되어 삼포왜란을 수습한 뒤 우의정·좌의정을 거처 영의정에 올랐다.

鄭逑(정구) (1543~1620) 조선 중기의 문신·학자. 경학을 비롯하여 산수부터 풍수에 이르기까지 정통하였고 특히 예학에 밝았으며 당대의 명문장가로서 글씨도 뛰어났다.

鄭萬陽(정만양) (1664~1730) 조선 후기의 학자. 학문에만 전심, 과거에 뜻을 두지 않던 조선후기 학자. 규양과 함께 지은 저서에는 곤지록, 훈지문집, 심경질의 등이 있다.

鄭夢周(정몽주) (1337~1392) 고려 말기 문신·학자. 의창을 세워 빈민을 구제하고 유학을 보급하였으며, 성리학에 밝았다. '주자가례'를 따라 개성에 5부 학당과 지방에 향교를 세워 교육진흥을 꾀했다.

鄭鵬(정붕) (1467~1512) 조선 전기의 문신. 1492년 급제. 승문원권지부정자가 되었다. 무호사화·갑자사화로 많은 사림파가 주살당할 때 살아남았다. 중종반정으로 복직되고 청송부사로 재임 중 사망하였다.

鄭誠謹(정성근) (? ~1504) 조선 전기의 문신. 1493년 해주목사 때 파직되었다가 다시 기용되어 승지·직제학을 역임했다.

鄭軾(정식) (1407~1467) 조선 초기의 문신. 1432년 급제. 지평·장령을 역임하였다. 함흥부윤이 되었을 당시 야인을 정벌할 때 큰 공을 세웠다. 조선 초기의 군사제도와 군적 정리에 많은 공을 세웠다.

鄭汝昌(정여창) (1450~1504) 조선 전기의 문신·학자. 성리학의 대가로 경사에 통달하고 실천을 위한 독서를 주로 하였다. 무오사화가 일어나 화를 입었는데 당시 사초에 기록된 내용을 제대로 고하지 않았다고 파직되어 종성에 유배되었다.

鄭曄(정엽) (1563~1625) 조선 중기의 문신. 예조정랑으로 급고사가 되어 명나라에 다녀와서 사성이 되고 이어 나주목사 · 대사간에 이르렀으나 성혼의 제자라는 이유로 종성부사로 좌천되었다. 광해군 즉위 초에 예조참의 · 승지 · 충청도관찰사 등을 지냈다.

鄭蘊(정온) (1569~1641) 조선 중기의 문신. 강화부사 정항이 영창대군을 죽이자 임금에게 상소, 그를 참수하라고 주장했다. 광해군이 대로하여 투옥되었다가 귀양살이를 했다. 청나라와의 화의에 적극 반대하였고, 화의가 성립되자. 덕유산에 은거하다가 사망하였다.

鄭維城(정유성) (1596~1664) 조선 후기의 문신. 예조 · 이조의 판서를 역임하고 1659년 우의정으로 고부사가 되어 청나라에 다녀왔다.

鄭麟趾(정인지) (1396~1478) 조선 전기의 문신 · 학자. 조선 초기의 유학자로 세종 ~ 문종 대에는 문화 발전에, 단종 ~ 성종 대에는 정치 안정에 기여하였다.

鄭載崙(정재륜) (1643~1723) 조선 후기의 부마. 효종의 사위이다. 효종의 다섯째 딸 숙정공주와 결혼하여 동평위가 되었다. 사은사로 세 차례 청나라에 다녀왔고, '열성지장통기'를 간행했다.

鄭齊賢(정제현) (1642~1662) 조선 제17대 왕 효종의 부마.

定宗(정종) (1357~1419) 조선 제2대 왕.

鄭宗榮(정종영) (1513~1589) 조선 중기의 문신. 경상도 관찰사가 되어 윤형원에게 아첨하여 불법행위를 자행하는 수령을 응징하고 요승을 거세했으며, 평안도 관찰사로 나가 평양에 서원을 세우고 학문 발전에 공헌했다.

鄭仲夫(정중부)   (1106~1179) 고려 전기의 무인. 왕이 무신을 차별하는 데 불만을 품고 문신을 죽이고 정권을 장악하였다.

鄭芝衍(정지연)   (?~?) 고려의 역관출신으로, 첨의찬성사를 지냈다.

鄭琢(정탁)   (1526~1605) 조선 중기의 문신. '명종실록' 편찬에 참여하고, 이조좌랑·응교를 지냈다. 임진왜란 때 이순신·곽재우·김덕령 등 명장을 발탁했다.

鄭浹(정협)   (?~1613) 조선 후기의 무신. 1613년 역모에 가담하였다는 혐의를 받아 종성판관으로 재직 중 체포되어 처형당하였다.

趙絅(조경)   (1586~1669) 조선 후기의 문신. 이조정랑을 지내고, 사간 때 병자호란이 일어나자 척화를 주장, 이듬해 집의로서 일본에 청병하여 청군을 격퇴하자고 상소했으나 채택되지 않았다. 숙종 때 청백리에 녹선되고, 글씨도 잘 썼다.

趙光祖(조광조)   (1482~1519) 조선 중기의 문신. 사림의 지지를 바탕으로 도학정치의 실현을 위해 적극적으로 활동했다. 중종을 왕위에 오르게 한 공신들의 공을 삭제하는 위훈삭제 등 개혁정치를 서둘러 단행하였다. 사흘 후 기묘사화가 일어나 능주로 귀양갔으며 한달만에 사사되었다.

趙克善(조극선)   (1595~1658) 조선 후기의 문신. 1623년 동몽교관이 되고, 호조정랑·면천군수 등을 역임, 뒤에 사직하였다. 1637년 순창군수·형조정랑 등에 임명되었으나 사퇴하고, 1648년 온양군수가 되고, 효종 때 장령을 지냈다.

趙遴(조린)   (1542~1627) 조선 중기의 문신. 1614년 간신들의 전횡이 심하고 폐모론이 일어나 이원익·홍무적 등이 쫓겨나 귀양가게 되자 은퇴하였다.

趙穆(조목) (1524~1606) 조선 중기의 문신·학자. 평생을 학문 연구에만 뜻을 두어 대학자로 존경을 받았다. 문장과 글씨에 뛰어났으며 도산서원과 문암서원 등에 제향되었다.

趙錫胤(조석윤) (1606~1655) 조선 후기의 문신. 별시 문과에 급제해 시강원사서를 거쳐 수찬·이조정랑·승지를 지내고, 진주목사로 재임 중 치적을 올려 뒤에 송덕비가 세워졌다. 1650년 양관대제학으로 '인조실록' 편찬에 참여하기도 했다.

趙涑(조속) (1595~1668) 조선 후기의 서화가. 경학과 문예·서화에 전념하였으며, 영모·매죽·산수를 잘 그렸는데, 특히 영모는 중국풍의 형식을 벗어나 독특한 화풍을 형성하였다.

曺植(조식) (1501~1572) 철저한 절제로 일관하여 불의와 타협하지 않았으며, 당시의 사회현실과 정치적 모순에 대해서는 적극적인 비판의 자세를 견지하였다.

趙昱(조욱) (1498~1557) 조선 중기의 학자. 명종 때 조식 등과 현사로 뽑혀 내섬시주부가 되고 장수현감을 지냈다. 시문·서화에 능했다.

趙緯韓(조위한) (1567~1649) 조선 중기의 문신. 인조반정으로 사성에 기용된 뒤 장령·집의 등을 지내고 사가독서 하였다. 이괄의 난을 토벌하고, 정묘호란 때 관군과 의병을 이끌고 항전했으며, 동부승지·직제학을 거쳐 공조참판에 이르렀다.

趙翼(조익) (1579~1655) 조선 중기의 문신. 김육의 대동법 시행을 적극 주장하였고, 성리학의 대가로서 예학에 밝았으며, 음률·병

법·복서에도 능하였다. 예조판서·대사헌·좌참찬·우의
정을 거쳐 좌의정에 이르렀다.

趙廷虎(조정호) (1572~1647) 조선 중기의 문신. 병자호란 때 남한산성으로 출
동하여 성을 방어하는 데 공을 세웠고 1642년 관직을 버리고
금천에 은거하였다.

趙浚(조준) (1346~1405) 고려 말 조선 초의 문신. 고려 말 전제개혁을 단
행하여 조선 개국의 경제적인 기반을 닦고, 이성계를 추대하
여 개국공신이 되었다. 제1차 왕자의 난 전 후로 이방원의 세
자책봉을 주장했으며, 태종을 옹립하였다.

趙之瑞(조지서) (1454~1504) 조선 중기의 문신. 통신사 이계동의 군관으로 일
본에 다녀왔다. 성종 때 청백리에 녹선되고, 충효로 이름났으
며 시문에도 능했다.

趙沖(조충) (1171~1220) 고려 후기의 문신. 거란이 침입하자 출정하여 거
란을 격퇴하였고, 서북면병마사로서 인주에 침입한 여진족을
대파하였다. 이후 몽골과 연합하여 거란군이 있는 강동성을
공격하여 항복하게 하였다.

趙憲(조헌) (1544~1592) 조선 중기의 문신·의병장. 임진왜란이 일어나
자 옥천에서 의병을 일으켜 승병과 합세하여 청주를 탈환하
였다. 이어 전라도로 향하는 왜군을 막기 위해 금산전투에서
분전하다가 의병과 함께 모두 전사하였다.

趙顯命(조현명) (1690~1752) 조선 후기의 문신. 이인좌의 난 때 원수 오정항
의 종사관으로 출정하여 그 공으로 풍원부원군의 봉군을 받
았고 그 후 전라도관찰사, 이조판서, 공조판서 등을 역임한
뒤 우의정에 올랐다.

曹好益(조호익)　　(1545~1609) 조선 중기의 문신. 임진왜란 때 전공을 세워 녹
　　　　　　　　　피를 하사받았으며, 정유재란 때 재차 의병을 일으켜 활약하
　　　　　　　　　였다.

周世鵬(주세붕)　　(1495~1554) 조선 중기의 문신·학자. 사림자제들의 교육기
　　　　　　　　　관으로 백운동서원을 세워 서원의 시초를 이루었다. 서원을
　　　　　　　　　사림의 중심기구로 삼아 향촌의 풍속을 교화하려는 목적으
　　　　　　　　　로, 재정을 확보하고 서원에서 유생들과 강론하였다.

竹竹(죽죽)　　　　(? ~642) 신라 중기의 지방관리. 백제의 대야성 공격 때 지휘
　　　　　　　　　관인 김품석 등이 항복하려다 죽자 남은 병사를 모아 끝까지
　　　　　　　　　절개를 지켜 항전하다 순국하였다.

中宗(중종)　　　　(1488~1544) 조선의 제11대 왕.

眞德女王(진덕여왕)　(? ~654) 신라의 제28대 왕.

眞平王(진평왕)　　(? ~632) 신라의 제26대 왕.

車軾(차식)　　　　(1517~1575) 조선 중기의 문신. 1543년 급제. 급제 후 내외 관
　　　　　　　　　직을 두루 지냈다. 중앙관직으로는 성균관·호조·예조·승
　　　　　　　　　문원 등을 지냈고, 통진·항주·해주·평해·고성의 현감·
　　　　　　　　　군수를 역임하였다.

昌嬪(창빈)　　　　(1499~1549) 중종의 후궁.

蔡洪哲(채홍철)　　(1262~1340) 고려 후기의 문신. 문장·음악·의술에 조예가
　　　　　　　　　깊었고, 불교에도 심취하여 자기집 북쪽에 전단원을 지어 승
　　　　　　　　　려들을 기거하게 하는 한편, 집 남쪽에는 중화당을 지어 국로
　　　　　　　　　8인을 맞아 기영회를 조직하여 모임을 가졌다.

崔鳴吉(최명길)   (1586~1647) 조선 중기의 문신. 인조반정에 참여한 반정공신
이며 병자호란 때 강화를 주관하였고 대청 외교를 맡고 개혁
을 추진하면서 국정을 주도했다.

崔溥(최부)   (1454~1504) 조선 중기의 문신. 1487년 추쇄경차관으로 제주
도에 갔고, 돌아오던 중 풍랑으로 중국 저장성에 표류했다.
반년 만에 한양으로 돌아와 왕명으로 '표해록'을 썼다. 그는
수차의 제작과 이용법을 배워서 후일 충청도 지방의 가뭄 때
큰 도움을 주었다.

崔碩(최석)   (? ~ ?) 고려 중기의 문신. 동지중추원사로 병마사가 되어 판
행영병마사 문정과 함께 여진을 정벌하였다.

崔瑩(최영)   (1316~1388) 고려의 명장. 1359년 홍건적이 서경을 함락하자
이방실 등과 함께 이를 물리쳤다. 1388년 명나라가 철령위를
설치하려하자, 요동정벌을 계획하고 출정했으나 이성계의 위
화도 회군으로 좌절되었다.

崔永慶(최영경)   (1529~1590) 조선 중기의 학자. 당대 저명한 성리학자로서 전
정경의를 학문의 근본으로 삼았고, 학문이란 구설과 문장에
서 떠나 실생활에 적응 실천해야 한다고 주장하였다.

崔雍(최옹)   (? ~1292) 고려 후기의 문신. 경사에 밝아 충렬왕이 즉위하기
전 태손으로 있을 때부터 가르쳤으며, 국자감에서 후학을 지
도하였다.

崔潤德(최윤덕)   (1376~1445) 조선 전기의 무신. 김종서와 함께 조선 초기의
북방을 개척하였고, 이종무와 함께 대마도를 정벌해 왜구를
소탕했다. 평안도 절제사로 임명되어 압록강 유역의 여진족
을 소탕하고 4군을 설치했다.

崔震立(최진립)	(1568~1636) 임진왜란 때 의병을 일으켜 전공을 세우고 정유재란이 일어나자 서생포에 침입한 왜적을 무찌르고 도산 싸움에서 전공을 세웠다. 병자호란 때 용인에서 싸우다 전사했다.

崔致雲(최치운)	(1390~1440) 조선 전기의 문신. 1433년 평안도 절제사 최윤덕의 종사관으로 야인 정벌에 공을 세웠다. 1439년 공조참판 때 계품사로 명나라에 가 야인 회유에 관해 논의하는 등 수차례 사신으로 명나라에 왕래했다.

箒項(추항)	(? ~602) 신라 중기의 무인으로 화랑 출신으로 원광법사에게 오계를 받았다.

忠宣王(충선왕)	(1275~1325) 고려 제26대 왕.

忠烈王(충렬왕)	(1236~1308) 고려 제25대 왕.

太祖(태조)	(918~943) 고려 제1대 왕.

太祖(태조)	(1335~1408) 조선 제1대왕.

太宗(태종)	(1367~1422) 조선 제3대 왕.

河演(하연)	(1376~1453) 조선 전기의 문신. 대사헌으로서 조계종 등 불교를 통합하고 사사 및 사전을 줄일 것을 건의하여 실시하였으며, 우의정과 좌의정을 거쳐 영의정을 지냈다.

河緯地(하위지)	(1412~1456) 조선 전기의 문신. 사육신의 한 사람. 집현전 직전을 지냈고 단종의 복위를 꾀하다가 실패하여 거열형에 처해졌다.

韓百謙(한백겸)   (1552~1615) 조선 중기의 문신. 1586년 중부참봉이 되고 정
               여립모반 때 연좌되어 귀양갔다가 임진왜란 때 석방되어 적
               소에서 적군에게 아부하여 난을 선동한 자들을 참살한 공으
               로, 내자직장을 거친 다음 호조참의을 지냈다.

韓浚謙(한준겸)   (1557~1627) 조선 중기의 문신. 인조의 장인.

韓昌愈(한창유)   (? ~ ?) 장흥고주부와 이조참의를 지냈다.

韓忠(한충)   (1486~1521) 조선 중기의 문신. 1513년 전적 · 정언 · 이조 정
               랑을 거처 응교에 이르고, 서장관으로 명나라에 다녀왔으나
               그 때 서로 의견 충돌이 있어 남곤의 미움을 받았다. 신사무
               옥에 연루되어 의금부에 투옥되었다가 살해되었다.

咸有一(함유일)   (1106~1185) 고려 중기의 문신. 묘청의 난 때 공을 세워 서경
               유녹사가 되었다. 교로도감이 되어서는 미신타파에 힘썼으
               며, 병부낭중 · 공부상서 등을 지냈다. 일생을 베옷만을 입고
               질그릇을 쓰며 청빈하게 살았다.

許珙(허공)   (1233~1291) 고려 후기의 문신. 추밀원부사 때 전주도도지휘
               사가 되어 300척의 전함 건조를 담당하였다. 첨의부지사 때
               전함 90척을 건조하게 되자, 경상도도지휘사로 이를 지휘하
               였다.

許穆(허목)   (1595~1682) 조선 후기의 문신. 이황 · 정구의 학통을 이어받
               아 이익에게 연결시킴으로써 기호 남인의 선구이며 남인 실
               학파의 기반이 되었다. 전서에 독보적 경지를 이루었다.

許稠(허조)   (1369~1439) 고려 말 조선초의 문신. 1418년 경기도 관찰사
               를 역임하고, 세종이 즉위한 뒤 공안부윤 · 예조판서가 되어
               부민 고소 금지법을 제의, 시행하게 하였으며, 이듬해에는 시

관이 되어 많은 인재를 발탁하였다.

許琮(허종)   (1434~1494) 조선 전기의 문신. 문무에 모두 뛰어나 내직으로는 예조판서 · 이조판서 등을 거쳐 우의정에 이르렀으며, 외직으로는 함길도경차관 · 북정도원수 등을 지내며 국경의 경비를 튼튼히 하였다.

許周(허주)   (1369~1439) 조선 초기의 문신. 태조 · 정종 · 태종 · 세종의 임금을 섬기며 법전을 편수하고 예악제도를 정비하였다.

許琛(허침)   (1444~1505) 조선 전기의 문신. 성종이 윤비를 폐하려 할 때 이를 반대하여 갑자사화에 화를 면했고, 말년에는 늘 연산군의 폭정을 바로잡으려고 노력하였다.

許詡(허후)   (?~1453) 조선 전기의 문신. 예조참판 · 경기도관찰사 · 형조참판을 거쳐, 예조판서에 올랐으며, 좌찬성이 되어 어린 단종을 도왔다. 계유정란을 일으킨 수양대군에 의해 거제도에 유배, 교살되었다.

許厚(허후)   (1588~1661) 조선 중기의 문신. 정묘호란 때 의병장 김창일을 도와 공을 세웠다. 형조 · 공조의 좌랑 · 은산현감을 거쳐 세자익위사좌익위가 되었다.

玄德秀(현덕수)   (?~1215) 고려 후기의 무신. 조위총의 난 때 성을 사수했다. 그 뒤 권감창사가 되어 서경군의 군사 1만에게 성이 포위되자 이를 쳐서 궤멸시켰다.

玄錫圭(현석규)   (1430~1480) 조선 전기의 문신. 정직과 청렴으로 공사를 잘 처리하여 성종의 신임이 두터웠다. 평안도관찰사로 선정을 베풀어 백성의 청원으로 임기가 끝난 후 1년간 더 재직하기도 하였다.

顯宗(현종)　　　　　(992~1031) 고려 제8대의 왕.

顯宗(현종)　　　　　(1659~1674) 조선의 제18대 왕.

好童(호동)　　　　　(? ~ ?) 고구려의 왕자.

洪可臣(홍가신)　　　(1541~1615) 조선 중기의 문신 · 학자. 안산군수 · 수원부사
　　　　　　　　　　를 지냈고 홍주목사가 되어 이몽학의 반란을 평정하였다. 형
　　　　　　　　　　조참판 · 강원도관찰사 등을 거쳐 형조판서를 지냈다.

洪曇(홍담)　　　　　(1509~1576) 조선 중기의 문신. 훈구파의 거두로 김개와 함께
　　　　　　　　　　정철 등 사림파와 대립하였다. 대사헌 · 병조참판 · 한성부판
　　　　　　　　　　윤 · 함경도관찰사 등을 역임하고 이조판서에 이르렀다.

洪萬恢(홍만회)　　　(1643~1709) 조선 후기의 문신. 어머니는 선조의 딸 정명공주
　　　　　　　　　　이다. 1675년 장악원직장이 되었으며, 여러 벼슬을 거쳐 외직
　　　　　　　　　　으로 나가 안악군수 · 풍덕부사를 역임하고, 장례원판결사를
　　　　　　　　　　지냈다.

洪瑞鳳(홍서봉)　　　(1572~1645) 조선 중기의 문신. 병자호란이 일어나자 최명길
　　　　　　　　　　과 함께 화의를 주장하였고 영의정 · 좌의정을 지냈다. 소현
　　　　　　　　　　세자가 급사하자 봉림대군의 세자책봉을 반대하고 세손으로
　　　　　　　　　　적통을 잇도록 주장하였다.

洪暹(홍섬)　　　　　(1504~1585) 조선 중기의 문신. 김안로의 전횡을 탄핵하다가
　　　　　　　　　　그 일당의 무고로 유배되었고 김안로가 사사된 뒤 풀려나왔
　　　　　　　　　　다. 그 후 이조판서 · 대제학을 거쳐 우의정 · 좌의정을 거쳐
　　　　　　　　　　영의정을 지냈다.

洪彦弼(홍언필)　　　(1476~1549) 조선 중기의 문신. 갑자사화로 유배되었다가 중
　　　　　　　　　　종반정으로 풀려나왔으나 기묘사화 때 조광조 일파로 몰려

투옥되었다가 풀려났다. 우의정 · 좌의정을 거쳐 영의정을 지냈다.

洪仁祐(홍인우) (1515~1554) 조선 중기의 학자. 1537년 부친의 권유로 사마시에 응시하여 합격하였으나 , 벼슬에 뜻이 없어 대과를 단념하고 학문에 전심했다.

皇甫仁(황보인) (1387~1453) 조선 전기의 문신. 평안 · 함길도 체찰사가 된 후 10년 동안 절제사 김종서와 함께 육진을 개척하였다.

黃愼(황신) (1560~1617) 조선 중기의 문신. 정여립 옥사 때 대신들이 직언하지 않음을 논박했다가 좌천되었으며, 통신사가 되어 일본에 왕래하였고, 계축옥사 때 유배되어 죽었다.

黃宗海(황종해) (1579~1642) 조선 중기의 학자. 1611년 정인홍이 이황 등을 모함하자 호남 호서의 선비들과 함께 상소하여 정인홍을 논척하기도 하였다. 1613년 광해군이 대비를 서궁에 유폐하자 과거 공부를 폐하고 세상에 나오지 않았다.

黃俊良(황준량) (1517~1563) 조선 중기의 문신. 사헌부 지평으로 있을 때 언관으로 있는 한씨의 부탁을 물리쳤던 일로 파면되었다가 복권되었고, 단양군수로 있을 때 읍민의 피폐 상황을 주청하여 10년간 세금을 면제케 했으며, 성주목사로 재직 중에 시망하였다.

黃喜(황희) (1363~1452) 조선 전기의 문신. 18년간 영의정에 재임하여 세종의 가장 신임받는 재상으로 명성이 높았다. 인품이 원만하고 청렴하여 존경 받았으며, 시문에도 뛰어났다.

孝宗(효종) (1619~1659) 조선 제17대 왕.

興德王(흥덕왕) (? ~836) 신라 제42대 왕.

인용서책목록

葛川集(갈천집)

임훈의 시문집. 1665년 그의 증손이 편집 간행하였다. 내용은 시문과 상소문 및 편지 · 행장 · 서문 등으로 이루어져 있다. 상소문 가운데는 언양현감으로 있으면서 직접 목격한 백성들의 실정을 아뢴 것과, 중국의 군왕들을 예로 들어 군학과 시무에 관한 것을 아뢰었다.

擊蒙要訣(격몽요결)

1577년 이이(李珥)가 일반 학도들에게 도학(道學)의 입문을 지시하기 위해서 저술한 책. 이 책은 덕행과 지식의 함양을 위한 초등과정의 교재로 간행되었다.

遣閒錄(견한록)

조선 후기에 정재륜이 지은 견문록. 1656년 동평위가 된 후, 50년 동안 궁중에 출입하면서 견문한 바를 기록한 책.

景遠錄(경원록)

김경장 문집.

谿谷集(계곡집)

1643년 장유의 시문집. 저자 자신이 편집하였던 것을 1643년에 그의 아들 선징이 약간의 시문을 추가하여 다시 간행하였다.

高句麗史(고구려사)

해동잡록 속 고구려사.

高麗史(고려사)

1449년 김종서, 정인지가 저술한 고려 시대 역사서. 본기, 열기, 제도 표 등으로 구성된 기전체 형식의 역사서로, 고려 시대를 자주적 입장에서 서술하였다.

公私見聞錄(공사견문록)

조선 효종의 부마 정재륜이 궁중에 출입하면서 공적·사적으로 견문한 것을 기록한 책.

國朝寶鑑(국조보감)

1457년 조선 역대 국왕의 치적 중에서 모범이 될 만한 사실을 수록한 편년체의 역사책.

國朝儒先錄(국조유선록)

1570년 김굉필·정여창·조광조·이언적 등 4현의 행적을 모아 편찬한 책.

國朝彙言(국조휘언)

조선 시대 고사 및 일화를 모은 책. 13권 13책. 필사본. 조선시대 역대의 여러 사실을 항목별로 나누어 정리하였다.

群豹一斑錄(군표일반록)

김용의 문집. 삼국시대의 거현 명유들과 고려의 불교 충효, 조선 유림 선비들, 현조에 빛나는 인물들을 역대와 행장을 소상히 찾아 밝혀 수록한 책.

錦陽記善錄(금양기선록)

권중도가 이현일의 언행을 정리한 것으로, 이기·성명·요체·공부법·길흉상례·제가·접물·출처진퇴 등의 11조목으로 구분하여 기록하였다.

記言(기언)

1689년 허목의 문집. 예학에 관한 많은 의론을 개진하고 있으며 인물, 문장, 귀신, 도상, 누대, 사당, 묘비, 산천, 서화 등을 비롯한 여러 가지 사물에 관한 방대한 분량의 기사의 글들이 있다.

畸翁謾筆(기옹만필)

조선 인조 때의 정홍명의 수필집. 선학에 대한 평어, 시문에 관한 설화, 친지와 고구의 일화, 선친 정철과 스승 김장생 및 이들과 친교가 있던 사람들에 대한 기록 등이 수록되었다.

南溪記聞(남계기문)

남계 박세채의 문집.

南溪禮說(남계예설)

1718년 박세채의 예설에 관한 문답 · 서찰 · 논설 · 고증 등을 발췌하여 만든 책.

南冥師友錄(남명사우록)

김우굉의 시문집. 개암문집 안에 수록된 내용.

內範(내범)

1741년 유대진이 저술하였고 조선시대의 여성교훈서이다.

大谷集(대곡집)

1603년 성운의 시문집. 문하생인 김가기가 편집하고, 그의 아들 덕민이 유근 등과 함께 1603년에 간행하였다.

大東韻府群玉(대동운부군옥)

1836년 권문해가 편찬한 일종의 백과사전으로, 단군시대로부터 편찬 당시까지 우리 나라의 지리 · 역사 · 인물 · 문학 · 식물 · 동물 등을 총망라하여 운별로 분류해 놓은 책.

遯溪集(돈계집)

허후의 문집.

東岡文集(동강문집)

1661년 김우용의 시문집. 임진왜란 전후의 정치 · 경제 · 역사 · 당쟁사 및 사회적 문제를 적은 책.

東京雜記(동경잡기)

1669년 민주면, 이채 등이 편집, 보완하여 '동경잡기'라고 개칭, 간행하였다. 신라시대의 사실이 풍부하게 담겨 있다.

桐溪集(동계집)
정온의 시문집.

東國輿地勝覽(동국여지승람)
1481년 조선 성종 때에 노사신 등이 각 도의 지리, 풍속 등을 기록한 지리지.

東溟集(동명집)
1737년 김세렴의 시문집. 통신부사로 일본에 갔을 때 일기로서 사료적 가치가 높은 책.

東史撮要(동사촬요)
장혼의 문집. 몇몇 교우들과 힘을 합해 우리나라의 사록을 간추려서 정리한 책.

東儒師友錄(동유사우록)
1682년 박세채가 신라시대부터 조선 선조까지 유학자들의 사우의 연원을 밝혀놓은 책.

東洲集(동주집)
이민구의 시문집. 시의 수량이 방대하며, 또한 저작연도별로 구분하여 편집된 책.

同春堂集(동춘당집)
송준길의 시문집. 1768년 현손 송명흠이 여러 사람들의 도움을 얻어 교정하고 초록하여 중간하였다.

晩全集(만전집)
홍가신의 시문집. 1666년 현손 유경이 편집·간행하였다.

明谷集(명곡집)
최석정의 시문집. 1721년 제자인 조태억 등이 편집, 간행하였다.

名臣錄(명신록)
조선 초기부터 17세기 중반까지의 명신들에 대한 기록을 모아놓은 책.

明齋集(명재집)
조선 초기 인조 때의 윤증의 시문집.

撫松小說(무송소설)
김명시의 문장.

白沙集(백사집)
이항복의 시문집. 1726년 5대손인 종성이 두 판본을 합하고, 흩어진 시문을 추가 수집하여 간행한 책.

沙溪語錄(사계어록)
김장생의 문집.

士小節(사소절)
1675년 이덕무가 선비·부녀자·아동교육 등 일상생활에 있어서의 예절과 수신에 관한 교훈을 예를 들어가면서 당시의 풍속에 맞추어 설명한 책.

私淑齋訓子說(사숙재훈자설)
강희맹의 문집. 조선 초기 명신 강희맹이 자제를 훈계하기 위하여 만든 글.

三國史(삼국사)
고려 초기에 편찬된 삼국시대에 관한 역사책.

三國史記(삼국사기)
1145년 김부식 등이 고려 인종의 명을 받아 편찬한 삼국시대의 고대사를 설명한 최초의 역사 책.

西厓集(서애집)
유성룡의 시문집. 1633년 막내아들 유진이 합천군수로 있을 때 해인사에서 간행하였다.

石潭日記(석담일기)

조선 명종 ~ 선조 연간의 17년간 율곡 이이가 경연에서 강론한 내용을 적은 책.

續雜記(속잡기)
유형원 문집

松窩雜記(송와잡기)
이기의 문집

瑣篇(쇄편)
1788년 임천상이 편찬한 조선 중기의 인물 중심의 야사집.

壽谷集(수곡집)
조선 후기의 김주신의 시문집.

睡隱集(수은집)
1658년 강항의 시문집. 저자가 1597년 포로가 되어 일본에 억류되어 있을 때에, 그곳의 형세를 몰래 적어 조선에 보낸 기록을 모은 책.

旬五誌(순오지)
1678년 홍만종이 쓴 잡록. 십오지라고도 하며 상권에 고사일문, 시화, 양생술, 하권에는 유현, 도가, 불가, 삼교합론, 문담, 문집, 별호, 속언 등이 수록되어 있는 책.

識小錄(식소록)
허균의 문집.

雙節錄(쌍절록)
1803년 김제와 동생 김주 형제의 글과 행적을 후손인 김양선이 수집하여 간행한 시와 편지 글, 왕이 내린 교서 등을 모은 책.

鵝城雜記(아성잡기)
이제신이 쓴 야사집.

野言通載(야언통재)
윤의립의 문집.

於于野譚(어우야담)
1622년 유몽인이 지은 한국 최초의 야담집.

言行錄(언행록)
이홍림이 편찬한 윤리지침서. 공자를 비롯한 성현의 언행을 가려 뽑고, 이에 관한 제헌의 전주를 단 것인데, 장 말에는 '근안'이라 하여 저자의 주견을 적은 책.

旅軒集(여헌집)
장현광의 시문집. 조선시대의 유학사 연구에 매우 중요한 자료의 책.

蓮峰集(연봉집) 蓮峰文集(연봉문집)
1706년 이기설의 시문집.

列傳(열전)
주로 인물의 사적을 기록하여 실었으나, 외국 및 변경 소수 민족들의 역사나 특정 주제에 관련된 자료를 수집하여 만든 책.

梧里集(오리집)
1691년 이원익의 시문집.

五峰集(오봉집)
1636년 이호민의 시문집. 임진왜란 초기에 선조를 호종하며 각종 교서와 개첩·격문 등을 모은 책.

慵齋叢話(용재총화)
성현의 문집. 고려 때부터 조선 성종 때까지의 왕가·사대부·문인·서화가·음악가 등의 인물 일화를 비롯해 풍속·지리·제도·음악·문화 등 사회 문화 전반을 다룬 책.

愚得錄(우득록)

정개청의 시문집. 이기설을 비롯한 문학·철학·천문·역학 등을 수록한 책.

愚伏集(우복집)

1657년 정경세의 시문집. 자강정신의 고취를 강조하면서, 국왕을 포함한 중앙 정부의 확고한 주체의식과 철저한 전투태세를 갖출 것을 역설한 책.

月澗集(월간집)

이전의 문집.

月沙集(월사집)

조선 중기 이정구의 시문집.

栗谷集(율곡집)

이이의 문집으로 1742년 이재가 시집, 문집, 속집, 외집, 별집을 한데 합하고, 성학집요, 격몽요결 등을 보태어 1749년 '율곡전서'라는 이름으로 바꾸어 간행한 책.

彝尊錄(이존록)

1497년 김종직이 아버지 김숙자의 행적에 관한 기록들을 모아 편집한 책.

因繼錄(인계록)

정재륜의 문집

莊陵誌(장릉지)

1711년 권화·박경여 등이 단종의 왕위 피탈 후에 전개된 상황을 기록한 책.

霽山集(제산집)

1801년 김성탁의 학문적 경향과 백성들의 질고와 폐단을 피력한 애민의식, 그리고 성리학 관련 연구에 도움이 되는 책.

佔畢齊集(점필제집)

김종직의 문집.

靜菴集(정암집)

조광조의 시문집.

芝峰類說(지봉유설)

1614년 이수광이 편찬한 한국 최초의 백과사전적인 책.

淸江集(청강집)

1610년 이제신의 시문집.

靑野謾集(청야만집)

1739년 고려 말부터 조선 숙종 때에 이르기까지의 야사를 뽑아 연대순으로 엮은 책.

聽天堂遺閒錄(청천당문집)

조선 중기의 장응일의 시문집.

靑坡劇談(청파극담)

1512년 이륙이 지은 야담 · 잡록집으로 주로 유명 인물에 얽힌 이야기가 많고, 조복 · 의상 등의 내용은 민속학이나 복식의 연구에 중요한 자료가 되는 책.

秋江冷話(추강냉화)

남효온이 시화 · 일화 들을 모아 엮은 한문 수필집.

忠烈實錄(충렬실록)

1831년 임진왜란 때의 진주목사 김시민과 우병사 최경회 등 27인의 전기를 수록한 책.

沖菴集(충암집)

1552년 김정의 시문집. 기묘사화로 제주도에서 유배 생활을 하면서 견문한 제주도의 풍토를 적은 책.

恥齋日錄(치재일록)

홍인우의 문집

炭翁集(탄옹집)

1739년 권시의 시문집. 시 · 소 · 경연 강의와 서연 강의 · 편지 · 잡저 · 한거필 설 · 제문 · 묘갈명 등으로 구분된 목판본 책.

澤堂集(택당집)

조선 중기 이식의 문집.

退溪集(퇴계집)

1598년 이황의 시문집. 고매한 정신과 광박한 학식, 겸허한 인품을 느낄 수 있는 시와 그의 충성과 제세안민에 대한 염원을 느낄 수 있는 책.

退陶言行錄(퇴도언행록)

권두경이 '퇴계 선생언행록'에서 빠진 부분을 모아서 엮은 책.

平壤誌(평양지)

1590년 윤두수가 편찬, 현존한 지방지 중 편찬 연대가 가장 오래된 것으로서, 평 양 지리사 연구에는 중요한 자료의 책.

圃隱集(포은집)

1439년 정몽주의 문집. 시문과 중국 · 일본 등 외국에 여러 차례 내왕하여 외국인 들과 서로 주고받은 시편은 당시 외교의 사실과 문화 교류의 일면을 보여주는 좋 은 자료의 책.

浦渚集(포저집)

1692년 조익의 시문집. 국제 정세 및 조선의 대응 양상, 그리고 국내의 정치적 · 사회적 문제를 이해하는 데 중요한 자료인 동시에, 당시 한문학 연구에도 좋은 자료가 되는 책.

圃樵雜錄(포초잡록)

임보신의 문집.

楓巖輯話(풍암집화)

조선 영조 때의 야사·야담집, 유광익이 여러 책으로부터 뽑은 자료를 연차순으로 엮어 수록한 책.

筆苑雜記(필원잡기)
1487년 서거정이 역사에 누락된 사실과 조양의 한담을 소재로 서술한 수필집.

閒居謾錄(한거만록)
1708년 정재륜이 저술한 수필집. 효종과 현종 2대에 걸친 40년 동안 전하여 들은 일, 당대에 듣고 본 일 등을 짤막한 내용으로 기록한 책.

漢陰集(한음집)
이덕형의 문집으로 1673년에 그의 손자 상정이 편집하여 간행한 책.

海東名臣錄(해동명신록)
1651년 김육이 편집한 신라 말기에서 조선 후기까지 명신들 296명의 행적 등을 수록한 책.

海東樂府(해동악부)
심광세가 지은 조선 후기에 우리 역사를 소재로 하여 만든 영사악부.
海東野談(해동야담)
허봉이 조선 전기 여러 야사를 묶어 편찬한 책.

海東儒先錄(해동유선록)
김수항이 조선 성종 때부터 인조에 이르기까지 활약한 명현들의 사적과 언행 등을 발췌해 편찬한 책.

晦隱集(회은집)
남학명의 시문집. 한국 풍수와 지리에 대해 지명별로 그 지명의 유래와 연혁을 사실과 함께 공증하여 특색이 있는 기록이 많은 책.

鯼鯖瑣語(후청쇄어)
1629년 이제신의 수필집.